河南省文联老作家
艺术家作品丛书

刘学林小说散文选

刘学林 著

郑州大学出版社

图书在版编目（CIP）数据

刘学林小说散文选 / 刘学林著. -- 郑州：郑州大学出版社，2025. 6. --（河南省文联老作家艺术家作品丛书）. -- ISBN 978-7-5773-1088-6

Ⅰ. I217.2

中国国家版本馆 CIP 数据核字第 2025HC1942 号

刘学林小说散文选
LIU XUELIN XIAOSHUO SANWEN XUAN

策划编辑	李勇军	封面设计	孙文恒
责任编辑	宋雪丽	版式设计	孙文恒
责任校对	暴晓楠	责任监制	朱亚君

出版发行	郑州大学出版社（http://www.zzup.cn）
地　　址	河南省郑州市高新技术开发区长椿路 11 号（450001）
发行电话	0371-66966070
经　　销	全国新华书店
印　　刷	河南瑞之光印刷股份有限公司
开　　本	890 mm×1 240 mm　1 / 32
印　　张	12.375
字　　数	302 千字
版　　次	2025 年 6 月第 1 版
印　　次	2025 年 6 月第 1 次印刷

| 书　　号 | ISBN 978-7-5773-1088-6　定　价　58.00 元 |

总序

方启雄

文运同国运相牵，文脉同国脉相连。

河南承载中华文明主根主脉，在过去五千多年的浩荡长河中，绘就了中华民族一脉相承的文化图谱。习近平总书记多次亲临河南考察调研，对文化念兹在兹，谆谆教诲、殷殷嘱托，提出了许多标识性、原创性重大论断。2025 年 5 月，习近平总书记在河南考察时强调，要"着力推动文化繁荣兴盛"，赋予河南新的使命任务，为我们做好新时代文化文艺工作提供了根本遵循。

当代河南文艺，星河灿烂，人才辈出。河南省文联自 1954 年 4 月成立以来，团结引领广大作家艺术家，积极投身社会主义革命、建设和改革开放伟大事业，热情讴歌新时代、新征程，走过了七十多年的光辉历程。一批批作家艺术家与党同心同德、同向同行，为文艺事业留下一笔笔浓墨重彩，为我省经济社会发展提供了坚实文化支撑，注入了强大精神力量。

这些老作家艺术家是全省文艺界的宝贵财富。他们政治立场坚定、文艺思想丰沛、创作功力深厚、社会影响广泛，他们举精神之旗、立精神支柱、建精神家园，致力于弘扬河南精神、凝聚河南力量，参与、见证了河南文艺事业、当代文化事业的蓬勃发展。他们扎根中原大地，以真诚钻研的艺术追求和专心踏实的匠人精神，数十年如一日，用脚步丈量中原大地，用耳朵倾听人民呼声，用内心感应时代脉搏，以磅礴有力的好作品展现了热气腾腾、活力满满的河南，彰显了信仰之美、崇高之美，鼓舞着中原儿女朝气蓬勃地迈向未来。他们的创作实践和艺术成果，是"老家河南"最好的宣传方式，不管是一部小说、一出戏剧，还是一幅字画、一张照片，都为省外人民、海内外同胞乃至外国友人了解河南提供了独特的视角，对于讲好河南故事、传播好河南声音、阐发河南精神、展现河南风貌厥功至伟。

为传承优秀的文化基因，留下宝贵的精神食粮，在新的起点上推动文艺事业繁荣发展，我们怀着崇敬与感恩之情，选取了十位曾为河南文艺事业倾注心血、挥洒才情的老作家艺术家，将他们的经典之作编纂成集。这套丛书不仅承载着他们对艺术的执着追求、对人民的深厚情怀，也是时代文艺精神的生动写照。

河南文艺的繁荣局面，由老一辈作家艺术家开创，也将由一代代人在厚实的底子上不断推进。衷心祝愿老作家艺术家笔力不减，创作之树常青；也希望青年文艺工作者大力继承和发扬老作家艺术家的优良传统，努力创作出更多无愧于时代、无愧于人民的优秀作品，在奋力谱写中原大地推进中国式现代化新篇章中更好展现文艺界的担当作为。

是为序。

2025 年 6 月

（方启雄，河南省文联党组书记）

目　录

第一辑　中篇小说

乡事 / 003

蝈蝈 / 051

十字路口 / 121

沙岸 / 174

第二辑　短篇小说

品茶 / 221

红狐 / 230

开车门 / 233

小驴车载着的故事 / 241

老城区 / 261

彩色,二十四英寸 / 279

街规 / 290

高手 / 301

第三辑 散文随笔

我们老刘家的事 / 307

路的记忆 / 325

回老家摘杏 / 344

磨道之道 / 348

当了一次猿猴 / 351

野狼榆 / 354

梦回千年 / 357

花是主人 / 364

思念并未随时间而逝 / 370

父亲的手抄本 / 380

中篇小说

乡事

一

在乡里坐着无事，吃西瓜吃得肚子发胀，我就独自步出乡政府大院。今天背集，街上人很少；几处卖西瓜的摊棚，卖瓜人坐在棚下打盹。到处是西瓜皮。出村便被无边无际的绿野迷醉，不觉就走出了二三里路。

两块玉米田之间夹着一块花生地，给人一种河的感觉。绿的岸，绿的水，一窝窝花生秧横看竖看都像水的波纹，绿的波纹。水光潋滟，水波粼粼。锄地的农民离我二十多步远，锄柄上的阳光闪闪烁烁，他那驾轻就熟的风格给我的印象仿佛不是在锄地，而是在撑船。我站在地头看着他撑到我面前。

农民小模小样的，还算白净。

我说："歇歇吧，老乡！"

我突然冒出的声音把他吓了一跳，他愣怔了半天，脸上才渍出了一丝含义模糊的笑。

我递上一支烟，他想接却不接，最终还是接下了。

点上火，冒了烟。

我说："歇歇吧，老乡！"

路南有谁家的一处坟园，粗粗细细几棵柳树，浓浓淡淡几片荫凉。选定一处浓密的树荫，我先坐下来，他后坐下来。沙地很松软，稀稀疏疏长着狗狗秧儿，小猪草，牛蒡，节节草；一朵打碗花招引一只蜜蜂，蜜蜂离花朵约两寸远，不飞走也不落下，仿佛悬空定在那里，看不清翅膀嗡鸣似的震颤，却听得见震颤似的细微嗡鸣。

农民很拘谨，又像没有兴致和我聊天，就涩涩地坐着。然而，当我津津有味地吸完他让给我的一支劣质香烟之后，他的谈兴明显浓了起来。真没有想到，要和一个农民沟通感情，不是向他敬烟，而是肯吸他的劣质烟，这和城市正好相反。难怪乡里曹书记常常向村里的支书要烟吸。

家长里短地聊了一阵，也就了解了农民的情况。农民姓林，叫林自立，住小车赵村；老婆不争气，生不出儿子；大闺女十七岁，小闺女十五岁，两个闺女都长得不错；因为没有儿子，就想招一个养老女婿。我告诉他我姓刘，叫刘雨点，在省作家协会工作，是来乡里搞党建的，已经来一个多月了；要说我也算此地人，老家在南边，也就几十里远。

我感到脊背被太阳烤热的时候，才发现树荫已经移走了。看看手表，十一点半钟。我站起身，说："我该回乡里吃饭了。"林自立一把拉住我。

他说："今儿晌午饭去家吃，要不你就是看不起俺！"

从他手上传导给我的涩拉拉的力度，我感觉到了他乡土式的诚挚和热情。我竟然没有推辞，我甚至答应得很豪气。

我说："好！今天中午吃老兄的。"

我跟着他沿着地头的土路向西走。将近正午的太阳晒得北中原热气蒸腾。走过一块玉米田，走过一块大豆地，林自立把锄交给我，自己拐进一块红薯地。看他在红薯地里蹲下来，我以为他要解大便，心说解大便怎么不进玉米田，就是大豆地也多少能够遮遮丑。我正想着，林自立从后边赶上来，几个小红薯就像几只被逮住的正在哺乳期的小老鼠，可怜巴巴地躺在他的手心里。

他说："让刘同志尝尝鲜。"

见小红薯刚刚成形，我说："现在挖出来太可惜了。"

他满不在乎地说："尝鲜也！听说城里有一道高级菜叫烤猪娃，小猪娃人家都杀了，咱吃几个小红薯都不中？"

正走着，听到身后"嘀嘀嘀"有小车在叫唤，我和林自立闪到路边的时候，一辆红色"桑塔纳"就在我们的身边停住了。通讯员小张从车里钻出来，急得火烧火燎的。

"刘作家，曹书记叫你赶快回去！"

我有点为难，我对小张说："你给曹书记说，我吃了中午饭就回去。"

"曹书记说有急事。"小张说，"你要不回去，曹书记又该骂我不会办事了。"

小张汗抹流水的，急出几分可怜相，我知道我不回去他是不会善罢甘休的。在乡里当个通讯员也实在不容易，打水送饭，扫地拖地，冬天还要给书记倒尿盆，侍候亲爹亲娘恐怕也侍候不到这份儿上。我只有选择和小张一块回乡了。

我转向站在一旁的林自立，尤其注意到他手中的几个小红薯。我说："老林，真不凑巧，改天，我一定到你家里吃饭。"

林自立显得很失望，我甚至感觉到他眯着的眼睛中还有丝丝仇恨透出来。他是否以为我尽是跟他花花哨哨玩儿虚的，其实一点真的都没有？小车起步后，我探出身子向他挥手告别时，我吃惊地看到他的右手一扬，便有几条很有力度的弧线像利刃一样前进在灿烂的阳光中，把夏日的蓝天都划破了。

我心头一凉。我知道，林自立扔出去的不仅仅是几个还带有奶腥的小红薯。

二

小车没有进乡政府，直接在乡政府斜对面的杏林酒家停下来。酒家门面不算大，也谈不上档次，但和乡里其他饭店比较，还算干净，因此乡里来了客人总是在这里招待。也许还有另一层原因，那就是开店的女老板虽年近四十，但俏，仍然颇能调动乡村干部们的积极性。

已经迎候在门外的曹天福脸上笑眯眯的。

曹天福说："水利局孙局长和江主任。"

我心里说就这急事呀，口中说："曹书记，我不是说了，我们这次下来有原则：不准打牌，不准跳舞，不准陪客……"

曹天福依然笑眯眯的，用他独具个性的让客方法——扶着我的后背就往门里推，同时打断我的话："球也！什么叫'原则'？'原则'嘛，就是给咱留有一定的灵活性。"

我被推进一个雅间。曹天福把我介绍给水利局的客人，再把水利局的客人介绍给我，然后推推让让，到底把我推到了上座。孙局长大概饿了，想进展快一点，就谈吃。

孙局长说："曹书记，上次在这儿吃的'炸薯团'不错，还有其他风味小吃吗？"

曹天福很自信地说："咱乡其他方面不行，就是风味小吃丰富多彩。"

孙局长说："给咱介绍介绍。"

曹天福说："当然首推'凉拌杨花儿'也，'甜甜的酸酸的娃哈哈果奶'，让你尝一口终生难忘。"

孙局长很高兴："我吃过凉拌柳絮儿，凉拌槐花儿，凉拌榆钱儿，真还没有吃过凉拌杨花儿！"

说着，女老板就袅袅婷婷进来了，左手托菜单平放胸前，右手小指、无名指依次翘起，开放成一朵兰花。

曹天福把菜谱向孙局长面前一扔说："孙局长点。"

孙局长很内行的样子，张张扬扬地说："我就点一个'凉拌杨花儿'！看看是不是尝一口就一辈子忘不掉！"

除了水利局的客人，其余的人皆哄堂大笑，开心极了。老板娘两颊微微泛红，伸手就在曹书记腮上拧了一把。曹书记用手掌抚了抚被拧的地方，又在自己掌心很夸张地亲了一口，亲出很脆的响声，再掀起一次笑的浪潮。

孙局长被蒙在鼓里，不知笑由何起。负责纪检监察工作的冯书记①趴在他耳边小声说："杨花儿就是这位女老板。"

孙局长猛然醒悟自己着了曹天福的道儿，一时老脸没个放处，就用手指虚点曹天福的鼻子："你这个曹操，你这个曹操，让我老孙变成了孬孙不是！"

我不得不承认曹书记这家伙看上去傻大笨粗，可就像秋天的石榴一样，外表粗拉拉的，剥开皮，晶晶亮亮酸酸甜甜一包鬼点子，乡土语言叫"一肚子咕咕妙"，几乎每次吃饭都能弄出一点通俗畅销而又鲜活如初的笑料来佐餐。

---

① 下文称"冯纪检"。

午饭后的天气热得更够味儿，孙局长害怕路上叫太阳烤熟了，想等凉快一点再回去。乡里没有招待所，曹天福只好招呼他们摸两圈儿麻将。先吃了一通西瓜，就支起摊子。刚开场不久，电话铃就没眼色地响起来。

孙局长不耐烦地说："别理它！"

曹天福还是一手码牌一手把电话筒摘下来，歪着头夹在脖子里，然后马上又把话筒拿好了，一只手示意他们别弄出响声来，然后"是是是""好好好"很恭顺地应答着。我马上意识到来者不善，绝对不会是孙局长之类的角色。末了，曹书记说："我立马就去。您放心王书记，我保证妥善解决好，不留后遗症。"

王书记是县委一把手。

曹天福向孙局长摊摊手："原谅我不能奉陪了。"

孙局长连忙说："我们也走，我们也走。"然后目光停留在墙角的一大堆西瓜上。

曹天福就招呼人往孙局长的车上搬西瓜。

"咕咕咚咚"地打发走了孙局长，曹书记叫上冯纪检，说马上去县委。我问我去碍事不，如果可以的话我也去。

李师傅刚把"桑塔纳"开过来，迎面一辆摩托车驶进乡政府，车上的光头青年一边停车一边叫曹书记。曹书记装着没听见，一缩身钻进了"桑塔纳"。那青年忙抢上来拍车窗，曹天福连头也不摆过去，说："开车！"

"桑塔纳"恼怒地哼了一声，像挨了一鞭的叫驴，一蹿就蹿出了乡政府。

三

叫上冯纪检一块去，不用问我也能猜个八九不离十，可我还是忍不住问曹天福："曹书记，什么事情这样急？"

冯纪检插言："前丁庄的农民状告支书丁国庆。"

"上访？"

"现在的农民越来越精了，胆子也越来越大了，他们上访不找信访局，不找反贪局，不找纪检委，直接堵书记。他们的信息也不知道怎么那样灵，今天下午书记办公会刚开始，就被他们一个不漏地堵在了会议室，把书记们一网打尽了。"

前边正在修一条高速公路，路基已经挖开，像横亘着一条浅而宽的干渠。我们进县城的公路和高速公路十字相交处的高架桥开始施工，路面被挖断，我们只好下路绕行。刚挖好的路基凸凹不平，颠簸得非常厉害。曹天福掏出手机，拨通一个号码。

"张飞，我是曹操，我正在去县城的路上。不是说让他们垫一条临时钢渣路吗？你给他们说了没有？说了两次了？那他们为什么不垫？球也！我看这样吧，你多带一些人，把他们的工具收了，让他们来求咱们。"然后挂断电话。

车绕回到公路上，又骤然加速，舒展的绿原像被利刃划开一样，"嗖嗖"地飞速向后边闪退。

进了县委大院，办公室副主任老庞就匆匆迎出来。老庞说："你们可来了。他们都在办公室，十几个也，已经喝了我八瓶开水了。"

冯纪检小声问曹书记："还见不见县委王书记？"曹书记说：

"躲还来不及呢，还见！眼前最当紧的是赶快把人弄走。"

我们随着老庞来到县委办公室。满地的烟蒂、烟灰和痰迹，房间里充满了汗酸味儿、鞋臭味儿、屁味儿和劣质烟草味儿。我数了数，坐的，蹲的，站的，总共十六个人。他们或漠然，或冷淡，或若无其事，我们的到来显然早在他们的预料之中了。

冯纪检走到一个灰头灰脸的农民跟前，低声说："丁老铁也，不是跟你说马上就研究你们村的问题吗，你们怎么又捅到县委了？"

丁老铁冷漠地一笑，很老练地把吸剩的黑烟头接到另一支黑烟上，掏、搓、弹、蹾、接，一气呵成。我估计不透丁老铁的年龄，皮肤太黑，黑不溜秋像一团污泥，额上横纹也深，能夹住几粒豆子。但精神头儿很旺，刚才笑的时候一个嘴角动一个嘴角不动。看样子丁老铁是他们的头儿。

曹书记摸摸口袋，很失望的样子，之后笑笑地馋馋地走向丁老铁，在丁老铁肩上拍了一掌，粗腔大嗓地说："我说老铁也，你这货不够意思，吸烟连个人也不让。给老曹一支烟抽抽！"

丁老铁大概什么都想到了，可就是没想到曹书记跟他来这一手，第一件事第一句话就是向他要烟吸。这一掌拍得他猝不及防，一下子就拍垮了丁老铁的心理防线，拍得丁老铁心里头一时热乎乎的，竟有点不知所措了。

"曹书记你……你不嫌俺的烟孬？"

"孬个蛋孬？家常饭，粗布衣，知冷知热结发妻也！"

两军对峙的气氛一下子就缓解了，大有黑烟一点、带有干牛粪味儿的烟雾一冒就是一家人的意思。这个曹天福真是把当地农民的脾胃摸透了。曹天福向丁老铁要烟吸的时候，我曾隐隐地担心，担心丁老铁如果不给他们的书记掏烟，而是给他办个大长脸的话，这局面该如何收场？

我的担心多余了。曹天福吸着黑烟，唠嗑似的问他们什么时候来的，走了多长时间，路上热不热，等等。

曹天福说："你们相信我曹天福不？"

丁老铁说："相信。不过你得给俺们定个解决时间。"

曹天福说："时间由你们定。"

丁老铁说："三天以内。"

曹天福说："算不算今天？"

丁老铁说："不算今天。"

曹天福说："那不行，得算上今天。"

丁老铁说："算上今天其实就剩两天了，怕你们来不及处理。"

"你倒挺体谅我们。"曹天福说，"两天就够了。两天以内我曹天福要是解决不了问题，你们上市里、上省里、上北京，我都找车送你们。就这样定了。"

前丁庄的村民走了之后，曹天福说得去看望一下朱乡长，小车便开向人民医院。我还没见过乡长，只听说朱乡长是淇南乡的老乡长，已经"送走"三任书记了。在如何处理前丁庄支书的问题上，曹天福肯定要和朱乡长商量一下的，可闹了半天，我还是不知道：前丁庄的村民状告支书哪一壶呢？我问冯纪检，冯纪检说："农民告支书还能告什么？要么是作风粗暴欺压百姓，要么是乱摊派增加农民负担，前丁庄的支书是'两全其美'啦。"

没想到一个县级人民医院环境还是挺美的。病房前边是一个小花园，绿荫下有一处凉亭，几处石桌石凳，每处都有人在乘凉。其中一人，肩背两处长着两个大瘤子，明晃晃的耀人眼目，就像两个大玻璃球，叫人好不奇怪。我从来没见过这种品质的肉瘤子，目光便自然地粘上去。而我们的冯纪检竟像发现了新大陆一样指着那老兄说："那不是朱乡长？坏也坏也，你们看朱乡长长了两个啥玩意儿！"我们都看见了那两个玻璃体的大瘤子，脚步就不觉地加快了，走近了才看清是两个空罐头瓶，原来朱乡长是在拔火罐。又看见朱乡长旁边还坐着林副乡长。

"老朱也，你不是修底盘（朱乡长住院是割痔疮）吗？怎么背着两个这玩意儿？吓我们一跳！"

"老没成色，轴又坏了（肩周炎）。"朱乡长说。

互相"嘻嘻哈哈"几句，算是互赠的问候和见面礼，然后让座、递烟。几缕烟一冒，便开始切入正题，其他坐着的局外人也就很识趣地离开了。曹天福谈了前丁庄村民状告支书的情况，朱长贵很认真地听着，并不感到意外。

曹天福说："这件事怎样处理，我特意来和你商量一下，听听你的高见。"

朱乡长说："曹老板，你自己处理就行了，来找我，多此一举，多此一举也。"

曹天福不再"嘻嘻哈哈"，话就说得很直白："前几天小冯和王会计看过他们村的账目，问题确实不小。我打算把丁国庆拿掉。朱乡长你说也？"

朱乡长沉默了一会儿，把手中的烟拧灭，说："这样不妥吧。刘作家是下来搞党建的，党建文件上不是说，'以自我教育为主，以正面教育为主，以思想教育为主'吗？文件上是不是这样说的，刘作家？冯书记？林乡长？"

朱长贵先看看我。不了解情况，我自然不便插言。朱乡长又把目光移向冯纪检，冯纪检用手掌抹一把脸，仰头冲着树梢骂："我操！该死的知了，尿我一脸。"朱乡长含意不明地一笑，把希望的目光楔进林副乡长面部，林副乡长知道自己必须接下这目光了。

林副乡长说："要说也是，人家都是鞍前马后跟着咱们干的，出点问题说拿就拿掉了，会不会冷了其他村干部的心，影响他们的情绪？能不能拿出一个更妥善的处理办法？"

大家就抽烟。

冯纪检说："曹书记，朱乡长，你们看这样中不？咱们不说拿掉，咱们来个民主选举。要是仍然选上丁国庆，上访的村民就无话可说了；要是选上别人，丁国庆也无话可说了。"

曹天福说："这样好，还是年轻人脑袋瓜灵活。"

有风吹过，偶尔摇动树枝，有阳光滑落在朱乡长肩背的罐头瓶上，就更加晶亮。我的目光老被这景观吸引，我看到被瓶口罩住的肌肉呈球面凸了起来，像发了酵一样。

四

从县城回来的时候，阳光已由午间刺目的银白变成傍晚鲜亮的杏黄，北中原更显得胸怀宽阔、坦荡；不时有坟园进入视野又退出视野，树木繁茂，烟笼雾绕如蒸腾的灵魂。

车行到和高速公路十字交叉点，我看到几个民工正在垫绕道的土路，心里说曹天福这种近于胡来的办法还当真奏效。

一路上我都在想，"上访""告状"，这类事情应该归冯纪检处理，处理不了的再向曹书记汇报，怎么今天冯纪检似乎可有可无了？吃饭的时候我问冯纪检，冯纪检说："乡里的事就是这样，一把手不出面，我屁大点儿事也解决不了。"我问："是不是曹书记揽权?"冯纪检说:"也不是,乡里的事就是这样,村干部只认一把手,上边的领导只找一把手,我不就成了骡子的家伙,看着挺大,关键的时候却硬不起来,也就当不了家伙使。"

小车驶进乡政府大院,我一眼看见那个光头青年正抱着膀子守候在曹书记屋门口。曹天福肯定也看到了,因为曹天福说:"操!小冯,你和刘作家休息一下,我到东赵岗还有点事。"等我和冯纪检下了车关上门,小车转头又驶出了乡政府大院。

我想曹天福一定在躲那个光头青年。我虽然到乡里时间不长,但还是能看出来曹天福是一个颇有魄力、颇有胆识的人物,可他为什么要躲那个光头青年呢?冯纪检看看手表,说:"正是饭时,咱们去随便吃点吧。"中午喝了点酒,这会儿并不觉得饿,但我还是和冯纪检一块进了乡食堂。

等我们吃了饭从食堂出来,晚霞如火,西天边已红彤彤血成一片,东天边却有半圈月亮,白白的,薄薄的,又清纯,又淡雅。我又看到了那个光头青年。曹天福为什么要躲他呢?是个无赖?是个二杆子?我问冯纪检:"认识那个青年吗?"冯纪检说:"见过,不认识。"我说:"走,咱们先到曹书记屋里坐坐。"冯纪检迟疑了一下,还是随我去了。

喊来通讯员小张开了曹书记办公室的门,我们开门进门的时候,那青年走到一边。我猜想等一会儿他会进来。果然当我们杀开一个西瓜正吃的时候,那青年进来了。

青年问:"曹书记没回?"

冯纪检"呜呜噜噜"说:"没有。"

青年问:"曹书记今天不回来?"

我上下打量那青年,不像个二杆子,也不像个无赖,他如此等待可真有耐性。我说："你有什么事情要找曹书记，我们转告他行不行？"

青年说："我再来，我再来。"

晚上开乡党委班子会，曹书记号召大家吃西瓜，然后亲自操刀，杀开了一个足有三十多斤的大西瓜，瓤口极好。委员们却兴趣不大，一个个都有点消极怠工的样子。今年西瓜大丰收，大狠了就酿成了西瓜灾。乡里开展"科技富民工程"，种西瓜也是工程中的一项。去年拿小北村、大北村做试点，初见成效，每亩收入三四千元。今年扩大种植面积，又增加了大车刘、朱岗、大吴湾、胡楼等九个村庄。西瓜长势喜人，遍地滚动着绿色的小太阳，县里还组织各乡的书记、乡长前来参观学习。谁知到西瓜大批量上市的时候，却贵贱卖不出去。刘寨、朱岗、胡楼等几个村支书就成车成车地往乡里送西瓜，面子上说是让乡干部吃西瓜，心里边是埋怨乡里盲目扩大种植面积，给乡里施加压力，促使乡里积极联系销路。于是，乡政府每个房间里都堆满了西瓜。于是，曹书记就号召乡干部和全乡村民吃西瓜，列举吃西瓜的种种好处，诸如西瓜不但含糖，含蛋白质，而且解渴、消暑、利尿，规定打麻将不许带钱，只能赌西瓜，点炮吃一块儿，点庄吃两块儿，庄扣每人吃四块儿。我曾经问曹书记："为什么不联系一下，销往大城市？"曹书记说："球也！那么多关卡，还不够交运输费和买路钱！"

副书记、副乡长们讲了各自分抓的工作，东西南北四个片的片长分别汇报了片上的情况。最后曹书记强调了两点：一是防汛工作，别看大太阳晒着，一个个热得像打铁似的，老天爷说变脸就变脸，大暴雨说下就下，太行山的山洪说来就来。尤其是东片，东见水、西见水、马固、油坊、冯村等几个村子临着淇河，地势又低洼，千万麻痹不得。二是计划生育工作，咱们乡去年好不容易争了个先进，今年一定得保住，哪个片出了问题，我先把你们片长给劁了。

散会的时候暑热渐消，月光正好，草丛和豆架上，蝈蝈的叫声脆脆的滚成一团。大家到厕所站成一排小解，压力都很足，"哗哗哗哗"飞珠溅玉，月光中尿出一派"黄果树"的气势，尿膜中冒上来一股热烘烘甜浓浓的西瓜味儿。有人小声说："再这样吃下去，非吃出糖尿病不可。"于是都笑。从厕所出来，曹天福笑着叫住我。

曹天福说："和你商量个事。"

我问："什么事？"

曹天福说："今天晚上咱俩换个地方咋样？你到我房里睡，我去你房里睡。"

我问："为什么？"

曹天福说："作家嘛，体验生活嘛。"

我说："你这个书记我可当不了。"

曹天福说："球也！"

曹天福张开嘴打了一个很漫长的呵欠，伸了一个懒腰，大步走向我的房间。

我虽心有几分疑惑，也只好不很情愿地回到曹书记的办公室兼卧室。桌子上堆满了西瓜皮，还有几块吃剩的西瓜。我简单收拾了一下，正准备洗一洗睡觉，听到有脚步声响进门来，我抬头，看到了我今天已经见过两次的那个光头青年。

我说："曹书记不在。"

光头青年显然不相信，目光越过我探向里间。

我说："曹书记不在。"

光头青年就有点失望，迟疑了一下，从口袋里掏出一封信，说："县纪委田书记让我给曹书记带了一封信，有重要事情，麻烦你一定尽快交给曹书记。"

我接过那封信，果然是县纪委的信封，上面写着"面交曹天福书记"。

送走光头青年，我正在刷牙的时候，又有人敲门。我衔着牙刷打开门。来人脸很小，眼、鼻、嘴却很大，所以看上去就近似于没脸。由于这特色，我一下子就认出他来——前丁庄的支书丁国庆。丁支书（很可能两天之后就不再是支书了）手中掂着一个黑色的人造革提包，很尴尬地站在门口，进也不是，不进也不是。

丁支书张嘴一笑更加没脸："嘿嘿，曹书记不在？"

我忽然明白了曹天福和我换房的用意。这个老奸巨猾的曹天福。

五

时不时就想起小车赵村的林自立。那涩拉拉的热诚，那失望中略带仇恨的目光，尤其分别时扬手一甩小红薯，空中便划出几道弧线，弧线明亮而有力度，把夏日的蓝天都划破了。我一定得去一趟小车赵村。

夏日的夕阳永远美丽，尤其是夏日大平原的夕阳。夕阳的美不是在它的本身，而是它点亮了大平原的灵魂，升华了大平原的灵魂，使大平原的精神境界高不可攀。

从村东进小车赵，林自立家却在村西。一路问去，引来一身斑斑点点、形色各异的目光，弄得我像被蚊虫叮咬一样刺痒难耐。林自立家院落很小，三间堂屋又矮又旧，和四邻高大的瓦房相比，就有点鸡藏鹤群的味道了，然而收拾得却很整洁，猪圈羊栏，鸡窝牛棚，各归其位，当院一棵枣树，树下支一张水磨石小桌子。这家中一定有一个勤快的男人和一个爱干净的女人。

迎接我的是一只黄狗。这是一只土狗，个头不大却极凶，身体伏地做蓄势待发状，凶恶地对我低吼。我进退两难时听到一个苍老的声音说："狗，回来。"黄狗便乖乖地回到靠西墙的一棵椿树下。这时我才看到椿树下还坐着一个头发灰白的老太太。我迟疑了一下，走到老太太跟前。她一动不动，面无表情，仿佛一件陈年旧事，仿佛一本发黄的农家历书。

我问："老奶奶，林自立呢？"

老太太说："俺哩鸡？找食儿吃也。"

我问："是林自立家吧？"

老太太说："鸡不上架？天不黑也。"

老太太耳聋了，似乎眼也盲了。我只好点一支烟，到猪圈前看猪，到羊栏前看羊；我看猪，猪也看我，翘着嘴哼哼，我看羊，羊同样仰起头看我，错开嘴咩咩。老太太依然一动不动，黄狗则狐疑地监视着我。好在时间不长，林自立夫妇就从地里回来了，一人肩头扛一把锄头一捆草。我迎上去，不知该接谁肩头的草捆。

我说："老林，我来你家吃饭啦！"

林自立愣怔了好一会儿，才认出我来，撂下肩头的草捆，转身就走，口中说："我去打酒。"我追着说："你别麻烦，老林，我不会喝酒。"林自立又转身，说："看我瞎迷糊，你坐，你坐。"说完进屋抱了一个大西瓜出来，放在当院的水磨石桌上，又进厨房拿刀。我迎过去接刀，说："我自己来我自己来。"林自立不和我争，说:"刘同志你别客气。"说完交刀与我,就自顾出了大门。我呆立了一会儿,又把刀送回厨房。倒不是我客气,实在是没有一点吃西瓜的欲望了。

林自立媳妇果然是一个干净利落的女人,长得也好。我想她既然有那么大的闺女,起码快四十岁了吧,却仍然线条鲜明柔润,岗是岗洼是洼,特别是她那怀揣两座小山丘似的胸脯,可以让任何男人眼冒火光,心跳不止。她干活儿像舞台上的艺术表演,择菜洗菜切菜绝对没有逗号或顿号,轻巧自如流畅若行云流水一般。我甚至不敢插手帮忙,我害怕打乱她行云流水般的节奏,害怕暴露出自己的笨拙。

我说:"大嫂,我给你帮忙吧。"

林嫂说:"不也不也,城里人哪能干这个!一会儿花妞就回来了。"

我说:"大嫂,太麻烦你了。"

林嫂说:"你能来俺家,真是天上掉铜锣,俺捡了个好大的面子也。"

说着,院子里就有了声音,脚步的声音,放农具的声音,舀水洗脸的声音。林嫂喊:"花妞!"屋外应:"就来。"不一会儿花妞进来了。我想这就是林自立说的大妞了。闺女家家的,我不敢多看,仓皇瞄了瞄,感觉和她母亲的身条有点儿相似,只是更加健壮,肤色似乎没有她母亲白净,但更显得红润鲜活。林嫂说:"没见过世面,见了客人也不打个招呼。"花妞就对我一笑,反而笑得我十分窘迫。我听林自立说他家二妞比大妞长得好看,就想再看一看二妞。直到吃饭的时候二妞才从乡中学放学回来。二妞果然比大妞长得苗条白嫩,然而在我看来却比大妞少了一点健康和丰润。

吃饭的时候天已经黑了，林自立也不擅喝酒，我们就很随意。餐桌上除一盘炒鸡蛋外，其余都是刚刚从菜园采摘的时令蔬菜，番茄、辣椒、荆芥、豆角，新鲜无比，非常爽口。林嫂有时进来，站着说几句客气话，笑着看我们吃喝，却不肯就座。农村风俗，妇人是不兴陪客的，我也就不多勉强。

我随口问："你们村的支书是谁？"

我感觉气氛冷了一下，也许仅仅是我的错觉。

林自立说："赵正中。"

我搜寻浅层次的记忆。我来淇南乡后曾开过几次村支书座谈会，也跑过一些村，大多数村的支书我都有印象，能够对号入座的却不是很多。

我说："是不是一个外号叫'老枪'的？挺高挺壮的，就是眼斜？"

林嫂说："不光眼斜，心也邪得很。"

林自立说："当着刘同志的面，你娘儿们家瞎叨叨个啥也？"

林嫂说："我瞎叨叨，你不瞎叨叨，你那样怕着他，敬着他，他还不是照样拿捏咱……"

林嫂的嗓音忽然就有些哽咽，泪水也止不住流下来。林自立有点儿不知所措了。

林自立说："刘同志，你看你看……"

林自立对林嫂说："好吧好吧你说你说，你说够了我再来。"

又对我赔笑："我先去给牲口添一些草。"

这个时候我才看出来，这个家庭的真正当家人不是林自立，而是林嫂。林自立一走，林嫂就落落大方地坐到我的对面，先给我赔不是，再向我敬酒，然后一边劝酒劝菜一边给我讲她家里的事情。

林嫂十八岁那年就嫁给了林自立。林家在小车赵是独门独户，又是一线单传，她攒着劲想给林家生个儿子，谁知一连生出两个毛丫头，第三胎让计划生育给"计划"了。咋弄也？总不能让林家绝后呀！唯一的办法就是招女婿。现在院子太小了，没地方盖房子，就想换一处大点的宅基地。可支书赵斜眼儿就是不给批。全村谁家的宅基地没有批？都批了，就林家一家不给批。赵斜眼儿说要批其实很容易，只要答应他说的那件事。不说你也知道是啥事！缺德事！赵斜眼儿说，从她进小车赵他看到她的第一眼的时候起，就想要她，非常想，非常非常想，非常非常非常想，非常得他趴在别的女人身上也得想着她，要不就不中。一次她在玉米地锄草，被他从后边冷不防撂倒了。她又推又咬，拼命反抗，他看她以死相拼，只好悻悻地走了……

林嫂眼泪汪汪地说："你别笑话俺，俺是看你是好人，才给你说这么多话。"

我说："你怎么知道我是好人？"

林嫂说："你要不是好人，你就不会到俺家吃饭。"

没有想到他们判断好人和坏人的标准竟是这样简单，这样朴素。我到他们家吃了一顿饭就吃成了一个好人，我甚至有点儿感动。我想，人家既然把我看成一个好人，我就要想办法给人家办一点好事。

六

丁铁梁提前来了。丁铁梁就是丁老铁，丁铁梁摇身一变成了前丁庄的支部书记了。前丁庄支部改选，丁铁梁得票最多，就是说丁铁梁推翻了丁国庆当上了村支书。

丁铁梁提前来是为了向乡里要钱，向乡里要钱是为了修村里的小学。小学的教室实在是不能再将就了，随时都可能会塌下来。

曹天福大光其火。

曹天福说："丁铁梁，你上台第一件事就是来要钱？"

丁铁梁说："我上台第一件事是要修小学。"

曹天福说："修小学你找我干什么？我有钱？我又没有开银行，我又不会印票子！我有钱？你前丁庄一年给我交几个钱？你丁铁梁还不如丁国庆，丁国庆起码没有找我要过钱，丁国庆起码没有把困难上交过！"

丁铁梁就拿出黑烟让曹天福吸。

曹天福说："球也！一吸一嘴牛屎味儿。"

再补一句："吸多了嘴能变成牛屁眼儿。"

丁铁梁就笑了。丁铁梁笑着说："书记，你不吸我自己吸。我吸了二十多年了，嘴还是嘴，也没有变成牛屁眼儿。"

"曹书记，丁国庆知道自己要下台，现金变成了一把白条子，一分钱也没有留下来。让村民集资吧，丁国庆已经以修学校为名，向村民摊派过四次了。我们实在没辙了，才来找乡里想办法。"

曹天福说："其他方面的工作乡里都可以支持你，除了钱。"

又说："丁铁梁，俗话说，新官上任三把火，你应该漂漂亮亮干成这件事，登台就来一个碰头彩，这样你脚跟就站稳了。"

办公室主任来叫曹书记开会，说是二十四个行政村的村支书和村主任，除了实在有事没来的其余的都到齐了。

会议室乱糟糟的。村支书、村主任们大都敞着怀，有的干脆光着膀子；褪掉鞋，然后光脚蹲到凳子上；抠脚丫，吐痰，擤鼻涕，可着嗓门笑骂，响亮地放屁；差不多人人嘴上都长长短短、黑黑白白叼着烟，几十缕烟雾升腾着；屋顶的吊扇像一台功能不全的搅拌机，把烟草味儿、汗酸味儿、屁味儿、脚臭味儿不够均匀地通过呼吸道送进你的肺腑。第一次参加村支书、村主任大会时我非常不习惯，觉得他们比乌合之众都不如。现在习惯了，习惯了就觉得他们其实每个人都有每个人的可爱之处。他们之中多数人管理一个村基本上还是称职的。

曹书记讲话的时候，我用目光在全场里寻找着小车赵的支书赵正中，同时胡乱想着人的名字与体形相貌间的默合或滑稽处。比如丁铁梁长得铁头铁脑的，浑身一统铁乌色，名字就起得很贴切。可是像小车赵的支书赵正中就扯淡了，明明是斜眼，却偏偏叫正中。其绰号"老枪"就多少有点学问了。枪老了，总是瞄不准；也许另有其含义。因为他们之间开玩笑把男人的那东西也叫枪，不知是"老旧的枪"还是"老辣的枪"。

我看到了赵正中，他坐在阴面第二个窗户下。

我在考虑等一会儿该怎样说服赵正中。曹书记讲了些什么我基本上没听，尽管他每次问我"刘作家你说对不对"时，我都旗帜鲜明地回答说"对对对"。

一散会，村支书、村主任就争先恐后地往外拥，互相打招呼，亮着嗓门开玩笑，吆吆喝喝进厕所，把水管开到最大，"哗哗哗"地冲脚冲凉鞋，一时间，乡政府大院里仿佛到处都塞满了村支书和村主任。

我回到党建办公室，杀开一个西瓜等着赵正中。赵正中倒也不客气，吃了几块西瓜，吐了一地西瓜籽。他把最后一块瓜皮从窗户扔出去，扯过我的毛巾抹抹嘴，掏出一盒好烟，自己先抽一支，然后很大气地扔到我面前。

他说："哪村的西瓜？不甜。"

他面向着我。他面向我的时候目光是对着门的方向。

我说："前两天去了一趟你们小车赵，是无意间散步散去的。"

他说："怎么没有找我也？我家里可是有好酒。"

我说："认识了你们村的林自立。"

他说："是认识了林自立的老婆吧？"

他笑了。他笑的时候脸扭向窗外，他面向窗外的时候目光正好对着我。他笑得歪不叽叽的，骚不叽叽的，酸不叽叽的。

我说："我找你有正经事。"

他说："我是和你开玩笑。"

他又面对着我，他面对着我的时候目光又转向门口。

我对他谈了林自立家里需要宅基地的事。我说："男方到女方家落户是婚姻法所提倡的，对落实计划生育政策控制人口增长也有好处，何乐而不为呢？"他说："你说得非常对，只是，只是小车赵没有男孩的不止他一家，我是怕，是怕'凉粉摞鸡蛋，一碰乱动弹'。何况，何况……"

我说："何况什么呢？"

他说："村民对他女人有点看法，说她在娘家就有相好，说她的大姐就不是林自立下的种。要说其实也没啥，漂亮女人嘛，刘作家你说是不是？"

他的脸又扭向窗外。他的脸对着窗外的时候目光又正好对着我。

我心里感到非常不舒服。你想想，他面向你的时候眼睛却看着别处，他面向别处时眼睛却看着你，你心里能舒服？这不是乜斜的目光吗？这不是讥讽的目光吗？当然，我非常清楚这是我的错觉，事实并不是这样的，这是人家生理上的缺陷造成的，可我心里就是不舒服。

我站起身，我站起身是想变换我们的相对位置。

他也站起身，他站起身是要向我告辞。

他说："既然你刘作家说了，村里边还是要尽量考虑解决的。"

他走了，步子很雄健，从背后看，倒真是一条北中原哺育出来的男子汉。

七

县纪委书记田茂恩来了。上边的领导（主要是县、市领导，省以上的领导难得光临）经常来，有时候一天能来两拨，甚至三拨，上边千条线，下边一根针，上边那么多部委局办，那么多红头文件，千头万绪都要穿过这个乡级小针孔，让工作落实到大地上。不太一样的是纪委书记田茂恩到来之前没有打招呼，一般情况下，领导下来检查工作是要提前打招呼的。

气象部门预报，今年夏季降雨量超常，防汛任务艰巨，因此上边每次开会都要强调一下防汛工作，乡里每次开会也都要强调一下防汛工作。然而老天好像故意在和天气预报作对，近一个月来，别说是下雨，连云彩都少见，天天艳阳高照。这两天依然是晴天，气温却突然下降，三伏天竟有点凉气袭人的味道，淇河上游下了大暴雨。县防汛办通知，上午十点左右第一号洪峰通过淇南乡境内。

早点名之后，开了乡党委全委会，散会后曹天福要开车（他经常自己开车）带上我上河堤，同时检查一下东见水、西见水等几个临河村庄的防汛工作。这时，一辆黑色的"标致"驶进乡政府。曹天福烦烦地说："不知又是哪路神仙下界了。"当看到从黑色"标致"中往外钻的是县纪委书记田茂恩时，曹天福不等田茂恩下车，便立刻把车开走了。

车开出淇南街，曹天福的手机就响了。曹天福一手扶方向盘，一手握手机，嗓门很高："嗯，是我。什么？田书记来了？来了好也，来了说明县纪委关心我们的工作。我说小冯，好好招待田书记，你再找找朱乡长，中午多让田书记喝几杯。好，中午我尽量赶回去。"

曹天福关掉手机，很专注地开车。

我就想起了前些时候那个光头青年，想起他让我转给曹书记的那封信。我揣度田书记的到来八成和那封信有关，就问曹天福。

曹天福说："什么信？你说什么信？"

我说："我亲手交给你的那封信，田书记给你的那封信。"

曹天福说："你可没交给我过什么信。刘雨点同志，你是不是在编小说？"

我说："七月十九日晚上，你住我的房间，我住你的房间。一个光头青年交给我一封信，县纪委的信，上写'面交曹天福书记'。七月二十日上午八时，我把信交到了你手上。曹天福同志你想要赖吗？我可是每天都写日记的。"

曹天福哈哈大笑："看来是我记错了。瞧我这猪脑袋，给忘得一干二净了也，一点影子也没了也。"

我也笑着说："还是让我记错吧，好让你去糊弄田书记。"

曹天福又是一阵大笑："不愧是作家，具有敏锐的观察力和丰富的想象力。"

从西见水开始检查，沿淇河一个村一个村地向东进，路过一个村我们的车上就多一个村支书，开往最后一站东马固村时，车后边竟然挤了五个村支书。"桑塔纳"本来空间就小，挤得他们一个一个直叫唤。曹天福很恼火，走一路骂一路，因为他们大都没有把防汛工作当回事，好点的买了一些编织袋准备临时装土用，像西见水就连一点准备也没有。因此，这时候曹天福看着支书们被挤得叫唤很开心，故意忽左忽右急打方向盘，忽快忽慢专拣凸凹不平的路面跑，意欲把他们的屎尿给挤出来。

十点半钟，曹天福领着六个村支书来到淇河边的时候，正赶上第一号山洪泻下来。混浊的河水无声无息，却眼看着河水得寸进尺地往上涨。河水中漂浮着杂草、灌木、玉米秆儿、青豆秧之类，患难与共似的连成一片或抱成一团。不一会儿，河道涨满了，先漫上河边的草地，又漫进河滩的玉米田。不足一个小时，原本十来米的水面宽成了几十米，颇有浩浩荡荡一泻千里的气势了。正午时分，河水不再上涨了，我们八个人站在河堤上，直到下午一点时才往回走。曹天福还是有点不放心，不敢直接回乡里，就拍东马固村的支书马有光的肩膀头。

曹天福说："想吃玉花的手擀面条也。"

马有光说："回家让玉花给你擀。"

早就听说马有光老婆的手擀面条是淇南乡一绝，今天总算是有机会尝一尝了。不承想其他几个村支书都馋不叽叽地插了言。

一个说："我也想吃玉花的手擀面条也。"

一个说："我也想吃玉花的手擀面条也。"

一个说："我们都想吃玉花的手擀面条也。"

一个说："马支书，我们一起去，玉花受住受不住？"

马有光说："玉花受不住。她一看五个儿子一起来了也，还不高兴得死过去。"

曹天福说："打嘴仗你们一个比一个有能耐，算什么能耐？能让村里致富才叫真本事。你们几个今天就免了，想吃玉花的手擀面条改天吃。回去就立即组织人上河堤，分班巡视，水火无情，马虎不得。今天我之所以把你们六个召集在一起，是因为你们六个村的土地是连在一起的，不能一荣俱荣，却能一损俱损，无论哪个村出问题，受害的可是你们六个村。"

刚在马有光的家里坐下来，曹天福的手机又响了。曹天福打开手机说："我是曹天福。我在河堤上。不是让你找一找朱乡长吗？找不着？关机了？那你陪田书记耐心等一会儿，我尽快往回赶。"

吃了马有光老婆的手擀面条，我们三个又返回到河堤上。看到河堤上已经有人巡逻，看到淇河水确实没有再上涨，"桑塔纳"才驶上回乡里的路。回到乡党委，县纪委书记田茂恩果然还在耐心地等待着曹天福。

田茂恩笑得不大好看，显然肚子里憋着气。

田茂恩说想和曹天福单独谈一谈。

事后听说，冯纪检和我一离开，田茂恩就摆出一副很"纪检"的面孔，很"纪检"地说："曹书记，咱们都是共产党员不？"

曹天福就笑眯眯地说："你今天是怎么啦，田书记？有什么事情就摊也，你还不了解我曹天福？"

"那好，我也最喜欢直来直去。"

田茂恩打开公文包，拿出一封信放到曹天福的桌子上。

是一封举报信，举报淇南乡党委书记曹天福向各村大量索取时令土特产，除自己享用外，还向县、市领导行贿。单是今年瓜季，就已经向胡楼等村索要西瓜五千斤以上，凡是来淇南乡检查工作的领导，曹天福都要送西瓜。曹天福不但自己腐败，还腐蚀上面的领导干部，曹天福的恶劣行为严重地损害了党在人民群众中的威信，强烈要求上级领导查证落实，严肃处理。

落款是：淇南乡胡楼村村民。

院子里响进来一串"突突突"的马达声，像是一辆小"奔马"运输车。

曹天福很认真地看完了举报信，依然笑笑的。

曹天福说："事实部分基本上不错，你看，墙角的西瓜就是村里送的。只是有些地方用词不当，有些地方不够准确。比如，把'大量''凡是'这类词删掉，把'向各村索取'改为'有些村干部送或强送'，就比较准确一点了。"

田茂恩早就看到了墙角的西瓜。田茂恩点上一支烟，面部肌理就疏松了一些。田茂恩说："我们县委一贯是爱护干部的，不会轻易处分一名干部。再说咱们的关系也还是不错的，所以呢，收到举报信后我就先来和你通通气，看怎样妥善解决一下，而没有直接派人调查，一派人调查，不管事大事小，对你曹书记的影响就不好了。"

院子里有人喊："都出来抱西瓜！"接着，走廊里传来"腾腾腾"的脚步声。门被猛地推开，胡楼村村主任胡景仁和治保委员胡闹一前一后闯进来，一人挟两个大西瓜，把西瓜放到墙角也不招呼一下就走，大咧咧一派老朋友的架势。

曹天福叫住他们。

曹天福说："谁让你们送西瓜的？"

胡景仁说："嘻，吃也！吃了总比烂了强。"

曹天福说："好你个胡景仁，村主任给乡里送西瓜，村民到上边去举报，你们合伙挖个陷阱让我老曹往里跳也！"

胡景仁一愣一愣的："曹书记别开玩笑了，俺村的村民才不会干这种事。"

胡闹翻卷背心抹一把脸上的汗，说："就是。俺村的村民还让俺们给乡里多送些。他们说：送！给龟孙们送！撑死个龟孙！谁让龟孙叫咱们种这么多西瓜，也不帮咱推销，吃也吃不完，卖也卖不掉！"

曹天福又想恼又想笑，恼不得又笑不得地看着两个村干部出了门。此地老百姓对一些看不惯或深恶痛绝而又无可奈何的事情，其仇恨态度，往往表现为调侃的（也可以说是恶毒的，视语气而定）语言表达形式，譬如一谈起社会上的吃喝风，他们也会说：叫他们狠吃！吃死个龟孙才好也！撑死个龟孙才好也！最终曹天福也没有恼也没有笑，起码没有显露在表情上。

曹天福说："田书记，你都看到了，我没有向村里索要，他们送西瓜的目的是给我们施加压力，是对我们不满，是想撑死我们。"

田茂恩笑了。

田茂恩说："刚才我就说了，我这次来只是想和你曹书记通通气，打个招呼，也顺便看看托你曹书记的事办得怎么样了。"

曹天福迷迷瞪瞪的："托我办的事？啥事？"

"不就是安淇化工公司的事，经理是我的表侄子，要不我会管这闲事吗？人家辛辛苦苦赚几个钱也不容易，你们地税所一家伙就要人家交六万五，黑得很也！"

曹天福往自己头上狠拍一巴掌，好像拍西瓜，大有一拍两半的架势，一惊一乍地说："瞧我这脑袋瓜，怎么忘得一点影子也没啦！

我这就问问地税所。"接着拿起电话，"嘀嘀嘀嘀"按了一阵。"喂喂喂喂"嚷了一通，最后作出一副无辜样子，无可奈何地说："操！这一次怕是不行了，下一次我一定让地税所关照一下你的表侄子。真是对不起也，田书记。"

田茂恩脸上的笑意凝固了，一凝固就有点冷冷的寒光透出来，这种变化跟水结成冰给人的感觉差不多。

八

雨终于下来了。

县纪委"关于西瓜问题"的调查组也下来了。一行三人，组长和我同姓，都叫他刘组长。这是淇南由公社改乡以来第一次进驻调查组，也就颇有反响。也许是我敏感吧，我发现经常不干工作的一些干部忽然积极了，一些原来沉默寡言的干部谈笑风生了，一些原来与曹天福很亲近的干部忽然和曹天福保持距离了。曹天福倒是满不在乎，也没有给他们接风。对待上边的人，不到"杏林"吃上一顿这怕是第一次。

朱乡长本来已经上班了，调查组一来就又回家休养了。朱乡长解释说："调查组早不来晚不来，偏偏我一上班他们来了，好像调查组是我弄来的一样，还是避避嫌也。"

雨不下是不下，下起来就摆出一副打持久战的架势，哗哗啦啦，哗哗啦啦，偶尔停歇一会儿也是为了积蓄力量，以利再下。大院里积了一层水，开一片水花，水花败了结出水泡，大大小小的水泡随着水的流向漂浮，不时地破灭又不时地生成，让人体味生命之短暂无常。曹天福要去小车赵村，我就想到了林自立的宅基地，不知赵老枪批了没有，便提出来和曹天福同去。

气温很低，我加了一件夹克衫也不感觉暖和。

"桑塔纳"在雨中穿行的情状让我联想到潜水艇，或者水底的一尾红鱼。雨刮器刮来刮去也刮不清眼前的雨水，透过一层水汽，原野上的庄稼氤氲成了茫茫一片绿雾。

我说："这雨！"

曹天福似有意又似无意，说："刘作家你都看到了，下面的工作不好干。只要你认真去干，就有人和你捣蛋。现在把毛主席的话反着理解了，'世界上怕就怕认真二字'，所以共产党的干部谁都不敢认真了，一认真就麻烦。都不认真了，就你自己认真，人家就觉得你有病，觉得你是个傻屌。"

我说："你怕什么？通过调查组调查，不正好可以还你一个清白吗？"

曹天福淡笑："刘雨点同志，你是幼稚还是老练？谁都知道，他们可以还你一个清白，也可以泼你一身污水，还可以毁掉你的前程。"

说话间汽车就进了小车赵，我让曹书记在村中心停一下，我先去看一个熟人，然后直接去村委。曹书记看看我，目光中有一点诧异。我没有解释。

黄狗真聪明，只见过一面就记住了我，很乖地向我摇尾巴。

林自立在堂屋当门编草筐，林嫂坐在门口亮处做针线活儿，两个闺女都不在家。见我冒雨前来，林自立很激动，又是接雨伞，又是搬凳子。林嫂对我笑了笑，我感觉她的笑容很忧郁。林自立让给我一支黑烟，说了几句这场已经下了三天的雨，之后就找了个借口出去了。林自立这人有意思，故意把老婆单独留给我，风格倒是挺高的。同时，我也再一次感觉到林嫂在这个家庭中的权威。

我已经感觉到他们家的问题不但没有得到解决，恐怕连一点进展也没有。我问林嫂，果然林嫂苦笑着摇了摇头。

林嫂说："别替俺们操心了。赵斜眼儿的心斜得很，也硬得很，俺不答应他，他是不会批给俺宅基地的。"

我无话，有点惭愧，心里就愈加恼得很。恼赵斜眼不是个东西，不是个玩意儿，什么党员，什么支书，简直是流氓无赖，简直是恶霸地主！恼赵斜眼不给我面子，你一个村支书，多大的官呀！我要是有这个权，非拿了你不可！我当然知道我没办法对付赵斜眼，别说我，就是曹天福，就是县里，要拿掉赵斜眼也得掂量掂量。因为赵斜眼不只是在搞女人方面有魄力，在工作方面也有魄力，尤其是村办企业搞得有声有色，特别是饮料厂出产的一种枸杞饮料，说是滋阴壮阳，市场上供不应求。在淇南乡，小车赵是唯一一个免除村民上交提留款的村，而且在办学、修路、农田水利等方面都是淇南乡的脸。不只人要脸，小至家庭，大至国家，中间包括各级政府各个单位都是要脸的，乡自然也是要脸的，淇南乡也不能没有脸。

林嫂说："要说，俺也不是什么金枝玉叶，俺也没把俺的身子看得多金贵，只是和赵斜眼，俺实在不情愿，俺看见赵斜眼就恶心。要是俺看中的好人，俺就是把身子给他也没啥。"

我的耳朵很正常，绝对不会是幻听，真真切切是林嫂说的话，就在我们两人相对而坐的情况下，就在连阴雨把我们隔成了小天地的环境中。我当时的心态很难说准确，三分尴尬？三分紧张？四分激动？也许激动更多些。第一次见面林嫂不就说我是好人吗？此时此刻我的脑细胞活跃得就像闪烁的霓虹灯，我能听到我的心像擂鼓一样"咚咚"跳。只要我一句话或者一伸手，这女人就会向我打开吗？就会发生一段"廊桥遗梦"式的艳遇吗？小心这会不会是一个陷阱，或者叫作美人计？不不不！不可能，他们对你一点这样的必要都没有。你这次下来可是搞党建的，党建可没有这内容……

我努力让自己从春梦一样的境况中醒过来，我扭脸向门外看雨，看无休无止"哗哗啦啦"的雨，看雨中的枣树，看枣树下的积水，看水泡是怎样生成的，又是怎样破灭的，等一颗动如脱兔的心静下来之后，才又看林嫂。林嫂端端庄庄地坐着，手中的针线活儿绵绵密密，看上去平静如水，清纯如水，她刚才说那番话时也是平静如水的，既不动情，也不羞涩。她那平静如水的神态让我想到黄河游览区"黄河母亲"的塑像。

林嫂停下手中的针线活儿，说要给我擀瓜菜面条吃。我说不用了。我说我是和乡里曹书记一起来的，我得去村委会；我说宅基地的事，我还是要尽力帮忙。林嫂说，你对俺家好，俺只有心领了。

曹天福和赵正中在村委会等我，在场的还有村主任和会计。我一到大家就上车。村干部们坐他们的"奥迪"，我仍然坐曹书记的"桑塔纳"。我问去哪儿，书记说去吃饭。我连忙把林自立家需要宅基地的事给曹书记说了，又宣传男方到女方家落户的伟大意义。我的宣传还没有结尾，"奥迪"已经把我们带进了他们村办的枸杞饮料厂。陪我们吃饭的除了同来的村干部，又加上了厂长和厂里的会计，满满当当七个人。

我知道曹天福能喝酒，但从来也没有见他像今天这样豪饮过，来者不拒，碰杯必干。村干部、厂干部个顶个都是酒布袋，不一会儿墙根就摆了四个空瓶。打开第五瓶的时候，赵正中问厂会计钱都准备好了吧，厂会计举举椅背上的黑皮包，说全在这里了。赵正中集中六个小茶杯，这第五瓶正好倒满六杯酒。赵正中起身面向我，我一阵紧张，忽然明白他面向我的时候目光其实看着曹天福，果然他自己面前留三杯，另三杯端给了曹天福。

赵正中说："曹书记，赵正中敬佩你的为人！"

曹天福说："一万块钱才一杯酒，不多也。"

两只杯碰得"当"一响，赵正中说了声"先喝为敬"，"滋儿"一声一杯酒就吸进去，倒转杯一滴酒也没有滴下来。曹天福一仰脖子也喝下去一杯酒。两个人你一杯我一杯就喝下去一瓶酒。赵正中拿过厂会计手中的黑皮包递给曹书记，说："曹书记，三万块全在这里了。"

曹天福说："赵老枪，我今天来还有一件事要你帮忙。"

赵正中说："曹书记今天外气也！"

曹天福说："林自立家的宅基地你批了算球也……"

赵正中斜着眼睛对我笑一笑，那笑容在嘴角淡一下就又隐沉进去了，然而，我还是感觉到了他笑中隐含的浓烈的酸味和苦味：刘作家你可真有本事也，你三下两下就赢得了一个好女人，可我想要她想了十八年！你无非是随意玩玩尝尝鲜，可我是从骨头缝里喜欢她！只要我能天天搂着她睡一觉，我这个支书算个球，就是死了也值也！

赵正中说："只要刘作家和我喝干三杯酒。"

他又打开一瓶酒，像刚才一样又倒满六茶杯，站起身，面向村主任，他面向村主任的时候目光正好看着我。在他说倒酒却没有掂酒壶而是又再开启一瓶的时候，我的心就开始发毛了，这时候他那目不转睛地斜眼在我看来无异于一孔黑洞洞的枪口。真的，当他举起酒杯说一声"刘作家，赵正中我先喝为敬了"，接着一饮而尽的时候，我真的想到了死。喝酒喝死人已经不是一例两例了。我们单位就有一个。像我这样一个二两酒就能被撂翻的人，一口气喝下去半斤酒，谁能够保证我不死？

我说："我、我、我，我真的不能喝酒。"

我把求救的目光转向曹书记，我想我当时的目光一定很可怜。

曹天福说："赵老枪！"

赵正中只把斜眼准准地罩着我，一动不动地站着。手中的杯子倒举，滴酒不剩。

曹天福无奈地说："刘作家，我没办法帮你了。"

我被逼到了死角，我没有退路了。我说过的话我不能再吞进去，我毕竟是一个男人，我毕竟是一个真正的男人。一股英雄豪气忽然间灌满我的胸膛。我想，那些视死如归的英雄好汉，一定都是在这种没有退路的情况下英勇就义的。

我喝下去了面前的三杯酒，颇有点英勇就义前的悲壮。

"你刘作家是好样的，我赵正中赵老枪赵斜眼是狗球乌龟王八蛋！"

朦胧中，我还能看到赵正中斜眼中的泪波涌动；混沌中，我还能意识到他的泪不会是为我的豪气所感动，一定是为他自己疯狂地渴望得到一个女人却得不到而伤心。肚腹中翻江倒海般的难受催促我踉踉跄跄跑出餐厅，我的口腔和食道构成了救火车上的高压水龙，胃囊中已经变味的酒水汤菜喷射而出。在"哗哗啦啦"的雨中，我先是弯着腰，随后蹲下去，呕吐不止，晕晕眩眩看着雨水把我面前的秽物稀释，冲走。曹天福一帮人跟出来，把我扶进去，扶着我漱口、喝茶，后来又把我扶进汽车。在躺进汽车之前，我就进入了一种似醒非醒的境界，我依稀记得当时乱糟糟的场面，依稀记得赵正中趴在桌子上"呜呜"地痛哭。

昏昏冥冥有天无日坐车如乘船。汽车刹车，我几乎从座位上栽下来，还是轧死了一只鸡。村民黑压压拥上来。我说有规定的轧死鸭赔，轧死鸡不用赔的。村民说你就是轧死了一只鸭。我看看地下果然是一只鸭。我说刚才还是一只鸡怎么变成一只鸭了？是你们偷梁换柱。村民们就推我，还"一二三、一二三"地喊着号子。我被他们推醒了。

我感觉我的身体一荡一荡的，挺舒服，我慢慢睁开眼睛，慢慢辨识出自己是睡在汽车里。车身伴着"一二三、一二三"的号子声像秋千一样簸荡，号子声融在铺天盖地的雨声中显得很遥远。汽车陷进了一个泥坑中，听声音像有七八个村民在推车。我想我应该下车，就是不能帮忙起码减轻一些重量，就想坐起来。这时我才感觉到肚腹中空空荡荡的，十分难受，脑袋一动就一扎一扎地疼，好像里面睡着一只小刺猬。我问李师傅，这是在哪儿呀？

李师傅说是在前丁庄村头。

好在汽车很快被推出来了。曹天福一身泥水上了车，又招呼村支书、村主任他们也上来。丁铁梁说不坐，就几步路，反正已经淋透了。

汽车开进了前丁庄的小学。其实根本不能说开进去，因为土垛的院墙已经倒得像遗址。七所房子有六所已经极破旧，特别是最后面的两所，墙根的砖被雨销风蚀得陷进去，手一抠就会落下一撮碎末，房顶上杂草从断瓦间长出来，又把断瓦埋进去，在这样的雨中竟然没有倒塌实在是一个奇迹。室内的情景更不忍目睹，正在上课的女教师戴着草帽，面前破旧的讲桌上放着两个接雨水的脸盆；学生有的戴着草帽，有的穿着雨衣，为了避开漏雨坐得乱七八糟的。

曹天福对刚刚赶到的村支书、村主任和会计说："马上停课搬出去。能找一个安全的地方上课更好，找不到就暂时放假。"

丁铁梁说："先搬到村委会。"

曹天福把手中的皮包递给丁铁梁，说："这里是三万块钱。你让会计给我打个借条，就写'今借到小车赵村委会现金三万元整'。再不够你们自己想办法。"

回去的路上，曹天福歪着脖子死睡，"呼噜"打得气势恢宏。无边无际的雨声覆盖着北中原，紧一阵慢一阵，时而"噼噼啪啪"，时而"哗哗啦啦"，时而"轰轰隆隆"，大气磅礴，和曹天福的鼾声组成一曲雄浑的交响乐。

从车内的反光镜里，我看到曹天福嘴角的口水扯得很长很长，像胶水一样很有黏性。

九

淇河水很大，但一直没有出现险情。雨下到第七日才终于停歇下来。乌云时开时合，有点想放晴的样子，偶尔露出久违的太阳，金光普照，给人的感觉又新鲜又亲切。

只是气温依然低得反常。

星期五下午，市委党建领导小组和县委组织部召开党建工作汇报会，散会的时候天又阴了。

黑云压城，雨星如雾。曹天福亲自开车来县城接我。曹天福说："咱们乡条件太差，生活太苦，委屈作家了，今天晚上咱们改善改善生活。"我知道曹天福所谓改善改善的内容，我说："算了吧，你看这天，我总觉得今天夜里有可能出事。"曹天福说："天怎么啦？天阴得再重也不会塌下来。"

曹天福已经在"东坡酒楼"定好了一个雅间。雅间很大，一边作餐厅，一边是迪厅，套间里面是休息室。我原想曹天福约请的还有其他客人，没想到我们一坐下曹天福就让侍应小姐上菜。我们两个人坐在这么大的雅间里就显得格外空洞无物，大而无当。面对这种大而无当的奢侈，我心里隐隐滋生出一种不安和愧疚，就吃也吃不出滋味，喝也喝不出乐趣。曹天福仍然有说有笑，对侍应小姐说："小白，来陪刘作家喝两杯。"我忙说："不用不用。"白小姐说："曹书记你不知道我不会喝酒？"曹天福说："你去叫小黄过来。"白小姐出去不一会儿又领来一位小姐，自然是黄小姐了。看这架势，饭后一定还要唱歌，还要跳舞，要不曹天福定这么大一个雅间干什么？我的心里愈加不安。咱无钱无权，还没有被小姐"三陪"过，弄不清楚这样子叫不叫"三陪"。黄小姐之后又进来一个很像酒楼经理的男人，曹天福一介绍果然是经理。经理说："曹书记俺们又是老同学，又是老战友，刘作家一定要玩好玩痛快，今晚上算是兄弟我请客。"

经理的几句话让我心安了一些，再加上两位小姐长得都还算有点味道，又小鸟依人，跳舞的时候喜欢小猫一样往你怀里偎，不一会儿，我所剩的那点心理障碍就在这音乐和舞步中彻底消失了。

若不是淇河有险情，我们绝不会十点半就往回返的。十点半钟，曹天福接了一次电话，便立即向两位小姐和酒楼经理告别。我们走出酒楼的时候，天穹若熔铅欲坠，大风无声无形，却有千钧之力，一排排大树像被一种无形的重物压着，静止成一律的倾斜状态；雷声"轰轰隆隆"，又沉又闷，似被密封在云中，似被压抑在地下。我闻到了腥风血雨的味道，我体验到了天塌地陷的前奏。

一路几乎无话。茫茫无边的黑夜中，在大自然沉下脸来的时候，我们的"桑塔纳"更显得微不足道，就像一粒小小的甲壳虫，两道灯光就是它的触须。忽然一道闪电，把天空和大地映成刺目的紫色。我第一次看到这种紫色的闪电。紫得让人心惊胆战。雨，下起来了。雨来得并不暴烈，但雄浑沉实，遒劲有力。大地"轰隆隆轰隆隆"地震动，"桑塔纳"像在无数条皮鞭的抽打下挣扎着前进。

曹天福用手机打通了乡派出所的电话。当我们回到乡党委大院的时候，派出所所长和四名公安已经坐在他们的"警面包"里等着了。曹天福让我回房间休息，说他们得去对付洪水了。在这样的风雨之夜，躺在温暖的被窝中，听着窗外的风声雨声入眠，真乃人生一大享受。然而我还是决定放弃这一享受和他们同往，这种人生体验不是随便能够遇到的。

"警面包"冲破风雨，前边开道，"桑塔纳"紧随其后。我是第一次经历这种事情，心里难免有几分激动和紧张。我不明白曹天福为什么要带上警车和公安，我们是防汛抗洪的，又不是去侦破案件或者抓捕罪犯的。然而当我们赶到东马固村界的河堤时，我便明白了曹天福的用意。

从西见水村开始，沿淇河河堤东进，逐村察看，当我们赶到东马固时天已经放亮，灰蒙蒙可见雨流如注，天和地水汪汪一片混沌。

放眼淇河，洪流滔滔，不见边际，在隐约可见的漂浮物中，麦秸垛就像水泡一样顺流而下。水面距堤面不足半米，洪流拍岸，浪花已经溅上堤面，然而竟然没有人在加固、加高河堤。河堤上乱糟糟的，村民们有的在堤上，有的在水中，推的推，拽的拽，正在奋力打捞洪水从上游冲下来的箱柜梁檩。村支书马有光喊喊这个，叫叫那个，指挥不动一个村民，看到我们，就像受人欺辱的孩子见到了爹娘一样呜呜大哭。

马有光哭着汇报说：我们村有个老根爷，今年已经九十五岁，说还没见淇河开过口，因此村民们对防汛工作本来就不重视。今天黎明，从上游冲下来一根好大的房梁，我不让人去捞，可大马猴弟兄四个硬是下水捞了上来。曹书记你也知道，大马猴四兄弟是东马固的光棍儿，谁都不怕也。你们看，就是那一根，起码值五百块。村民们一看，个个都红了眼，会水的都纷纷下了水……

"操！"曹天福恶狠狠骂了一句，让派出所长拉响了警车上的警笛。警笛声冲破"哗哗啦啦"的大雨声和"轰轰隆隆"的洪水声，像厉鬼一样把水中的村民揪上了河堤。马有光把他们喊到了一起，请曹书记讲话。

曹天福登上一个不知谁打捞上来的大木箱，居高临下地说："你们看看洪水涨到了什么地方？睁大眼睛看清楚一点！你们竟然还有心捞水中的东西。这水中的东西是哪儿来的？是大水冲毁了上游的村庄，冲毁了他们的家园，冲走了他们的财产家业。现在你们再不加固、加高河堤，你们自己的家就要被冲毁了，下游的人就要捞你们家的东西了，你们竟然还有心捞别人家的东西！听说你们村有个老根爷，说是活了九十五岁也没见淇河开过口，那是他小时候不记事。县志记载，他出生那年淇河就决了口，方圆百余里房屋倒塌，死人无数。现在是什么时期？紧急时期！特殊时期！你们都看到了，公安和警车都在这里，谁要是不服从指挥，立即逮捕，谁要是搞破坏活动，就地枪毙！关所长，把家伙亮出来让他们看一看。"

关所长掏出手枪，向着蓄满雨水的天空连开三枪，"叭叽——叭叽——叭叽——"，枪声立马湿淋淋浸成水音儿。

曹天福接着说："我曹天福也没有这个权力，也没有这个胆量，这是特殊时期上级的特殊命令。现在我宣布：第一，无论谁捞出来的东西，无论捞出来的什么东西，任何人不准据为己有，以后有人来认领就物归原主，无人认领一律给村学校。第二，从现在开始，大家务必同心协力对付洪水，加固、加高河堤，不许请假，更不许无故离开，饭由村委统一安排。第三，各村民组清点一下人数，如果不齐，由公安人员陪同回村叫人，谁敢不从，立马押上警车！"

曹天福停顿一下，问："有没有人不服？"

没有人敢不服。

曹天福大步走下河堤，带头扛起了第一个沙袋。东马固几百号村民沿河堤散开，装的装，扛的扛，没有人说话，一个个干得都很卖力。

我一直觉得曹天福这一次的讲话是信口雌黄（往好处说也可以叫随机应变），后来我问他，他哈哈大笑说，什么县志记载淇河决口，什么特殊时期特殊命令，都是我现编现卖。你不知道，刘作家，这里的老百姓吃硬不吃软，你和他们讲道理，他蹬着你的鼻子上你的脸，你吓唬他们一通，他们才会老老实实服从你。你们不让我们作风粗暴，真要是和风细雨，你啥也弄不成。

十

持续了十几天的低温降雨天气过去后气温有所回升，只是再也没有大热起来，就像一个年富力强的人大病一场，阳气受损了。然而秋庄稼该成熟的还是要成熟，无非是早几天迟几天罢了。比如大片大片的玉米林，腰间硬邦邦的大棒槌就一日日饱绽，满嘴的红胡子干成了黑褐色；比如一株株修直挺拔的高粱，穗子也开始红了，先是少女思春式的不好意思的羞羞答答的红，忽然就火焰一样一朵朵红透了，迎朝阳，送夕阳，热热闹闹烧红了北中原。

我没有想到林自立媳妇会跑到乡政府大院来找我。

头天晚上县纪委"西瓜问题"调查组的大刘、小杜和小周拉着我打了一夜牌，中午又喝了两杯酒，一觉睡到了四点半，感觉真幸福。调查组除了大刘在县纪委工作，小杜和小周都是从其他部门临时借调的，而大刘也是个明白人，他压根儿就没打算调查出个什么子丑寅卯来。这样时间不长我们就混成朋友了。翻翻身又懒懒地闭上眼，脑袋里什么也不想，脑袋里什么也不想的时候真幸福。

这时候林嫂敲响了我的门。我没有想到会是女人来找我，更没想到是林嫂。我刚才还是一片空白的脑海中忽然就浪花涌溅，想入非非，种种层次的可能性成为诱惑你前进的航标灯，像妖精一样富有魅力。我只穿着一件短裤，我慌慌地穿衬衣的时候我甚至想林嫂可能会从身后拥住我，我甚至品味着林嫂那饱满的乳房贴在我后背时的滋味，我甚至有意放慢穿衣动作等待着。我当然知道各种可能性其实都是不可能发生的，当我穿好衣服转过身来的时候，只会看到林嫂静静地站在门口，眼角和嘴角浅漾着亲切祥和的笑。

林嫂说："俺妞她爹是个窝囊菜，让他请个客人也请不到。"

林自立上午来了，说他们家的宅基地终于给批了，说他们家的宅基地要了几年也要不下来，多亏我从中帮忙才批了，因此特意请我去吃饭。倒不是我不想去林嫂家里吃饭，我一贯觉得吃这种谢饭非常没意思，再加上中午确实有事情，就没去。

我说:"我中午确实离不开。"

林嫂说:"今天晚上去。"

其实我仍然不想去,可是我竟然抵不过林嫂的诱惑力,我竟然说不出一句婉言谢绝的话。

林嫂说:"叫不叫村支书、村主任?"

我去不去呢?不去什么都不说了,要去呢当然是不想叫村支书和村主任,多叫一个人就多一份应酬,多一份客气,多一份微笑,挺累的。何况,我一想到赵正中斜着眼睛看人的情状就觉得别扭;何况,赵正中的酒量和喝酒的方式实在叫人害怕。一想到赵正中,上一次呕吐的痛苦滋味马上就从肠胃翻上喉头。

看我迟疑,林嫂说:"不叫了吧。"

我说:"林嫂……"

林嫂说:"我先走也。"

我没有谢绝可是我也没有答应啊。林嫂竟然就走了,林嫂竟然一点也不担心我不去,太自信了啊。我点上一支烟,想想刚才的情景,林嫂语气轻轻的,其力量怎么就像下命令?你在市里什么样的饭没吃过?什么样的女人没见过?为什么这样没成色?难道是久居乡里,久未和妻子相聚的缘故吗?

我又看了一会儿书才走出乡政府,在路上有意走得很慢,有时还站下来,尽情欣赏北中原醉人的秋色。

率先迎接我的是黄狗。林自立正在夕阳下杀鸡,见我进门,举着一把血淋淋的刀冲我笑。我听到一串类似豫剧乐队中敲边鼓的声音,一定是林嫂在厨房切菜,只有林嫂才能切出玉盘丢豆子一样好听的声音。和林自立说了几句话,我就走进厨房。我喜欢看林嫂做饭,林嫂的厨房似乎就是舞台上的布景。她那种意到手到、虽动犹静的操作实在叫人赏心悦目。

林嫂说："坐那儿给我烧火吧。"

我说："我不会烧火。"

林嫂说："好烧。人要实心，火要虚心。"

我便坐下烧火，浓烟从灶口汹涌而出，立时充满了厨房。

林嫂说："你不是在烧火，你是在熏獾也！"

这顿饭林嫂是有准备的。林嫂到乡里叫过我后又到集市上割了二斤肉，买了金针菇和鱼罐头。有鸡有肉有鱼，在农村请客已经是够隆重够气派了。人熟了，便不再讲究"女人不上桌"的风俗了，林嫂和林自立一块儿陪我。林自立一再说我帮了他们的大忙，林嫂则把一个"谢"字留到了送我回去的乡路上。我说叫两个闺女也一起吃吧，林嫂说她们在看电视，不用管她们。黄狗卧在我的身边，我每次摸它，它都伸出舌头舔我的手作为回报。我们慢慢地"滋儿"酒，散散淡淡地谈一些节气年景豆棚瓜架上的话题，倒让我体味出一种融融的农家乐趣。

酒喝得恰到好处，头脑蒙蒙的，脚下轻轻的，思想飘飘而不远行。林嫂要送我，我说不用不用，林自立说让她送送你吧，乡下的夜路不好走，不像城里有电灯。我再说不用不用时，林嫂已在前面先走了，黄狗颠儿颠儿地跟在她身后。

我追随着林嫂的身影出了村，和林嫂保持十几步的距离。

月至中天，要圆未圆，该是农历的七月十二或十三吧。月光朦朦胧胧，落在皮肤上已微有凉意。月光下的原野若淡烟笼罩，蝈蝈的叫声"叮叮当当"，一粒一粒如金豆子一般。林嫂放慢脚步等我，黄狗跑过来蹭蹭我的裤子，跑过去蹭蹭林嫂的裤子，又跑到前面领路。

林嫂说："今年多大了？"

我说："四十八。"

林嫂说："你骗我。"

我说："真的四十八。"

林嫂说："比俺大十二岁，可看上去倒像比俺小。你们城里人面嫩，不像俺，三十多岁就成了老太婆。"

我说："你也不见老，像三十出头。"

林嫂说："你骗我。"

黄狗从前边跑回来，蹭蹭林嫂的裤子，又蹭蹭我的裤子。我总觉得要发生点什么，一定会发生点什么。我的有点朦胧的意识依稀超前进入了一种生理体验，北中原的月夜太美了呀！北中原的田野太美了呀！高高的玉米林实在诱人呀！

契机是一辆小汽车给送来的，伴着令人心跳的惊险。

前方横亘的从乡里通向县城的公路上开过一辆小汽车，开到路口时拐上我们脚下的这条路，迎着我们而来，距我们不到一里远近，灯柱摇摆颠动仿佛在捕捉什么。毫无疑问，这辆小车不是乡里的就是村里的，不管是乡里的还是村里的，他们都可能认出我来。而我所处的环境呢？夜，月光，原野，高高的玉米林，一个男人和一个女人，这种种富有诗意的条件只能构成一个别无选择的毁灭诗意的结果，我感觉到我和林嫂所处的环境十分险恶。

正当我心跳如兔隐身无术的时候，林嫂拉住了我的手，一缩身就钻进了路边的高高的玉米林。林嫂把我领上了一条更为险恶的路，然而似乎也是一条别无选择的路。我们屏息静气地蹲在高高的玉米林里，看着小车的灯光晃晃悠悠地移过来。这时候最危险的因素来自黄狗，这条平时很精明很懂事的黄狗，关键时刻却冒起傻气来，它无比勇敢地迎着小汽车冲上去，并且愤怒地吼叫着。好在小汽车并未理睬它的勇敢和愤怒，灯光慢慢远去了。

当危险离我们远去的时候，我发现林嫂紧紧地偎着我。我一动也不敢动，我开始闻到了林嫂身上的气味，一股泥土的气味，一股豆花的气味，一股青玉米的气味，一股成熟的高粱的气味。诗意去而复返，我的心又开始在诗意的氛围中骚动。

林嫂说："害怕不？"

林嫂又说："俺也害怕，你摸摸俺的心。"

林嫂解开扣子，拿起我的手放到她的胸脯上。第一次见到林嫂，我就为林嫂拥有的胸脯而惊叹和沉醉，然而那毕竟隔着一层衬衣，我还是没有想到林嫂的乳房竟然这样的饱满和硕大。

我说："林嫂。"我的声音干哑战栗。

林嫂说："俺一个乡下女人，没有办法报答你的大恩大德，你要是不嫌弃，就要了俺。"

我周身热血如沸，心如奔马，我把双手都按到了林嫂的乳房上，脸也贴了上去。就在这一刻，我的头脑忽然冷静下来。我忽然觉得玉米林里到处都是窥视的眼睛；也许林自立一直在暗中监视着我们，我看到了林自立善良却卑琐的眼睛；也许赵正中已经派人埋伏在我们周围，他那么粗鄙、那么刻骨铭心地爱并恨着林嫂，他能不对我们的行为倍加留心吗；我看到了妻子、女儿责备的眼睛；我看到了同事们不屑的眼睛。眼睛们说：搞的什么党建？搞了一个村妇！

在各种目光的逼视下，我的揉搓着林嫂乳房的双手停住了。慢慢地，依稀升华出一种俯在母亲怀中的感觉，说不清为什么，我的泪水涌出来，浸湿了林嫂的乳房。

我轻声说："林嫂，已经足够了，谢谢你林嫂。"

在后来的日子里，每当我回忆起这一次如梦如幻的经历时，便会有两种互相矛盾的心绪同时纠缠着我：一种是我很理智，我很高尚，我保住了林嫂玉璞般的身子；一种是我很自私，我很卑怯，我辜负了林嫂纯朴的情愫。

林嫂也流了泪，林嫂很安静，林嫂轻抚着我的背，说："这里，就当是你的老家，你啥时候想来，就来吧。"

有句公认的警语叫"英雄难过美人关"，可我过了。

所以，我想我不是英雄。

十一

来时曹天福亲自开车接我来，走时曹天福又亲自开车送我走。走时的路还是来时的路，走时的路并非来时的路。来时满眼都是水汪汪的绿，玉米还没有出穗，高粱正在拔节，一眨眼，夹道的青纱帐就荡然无存了。初冬的原野就像是集贸市场散了集，因为格外辽阔而显得苍凉和萧条。

曹天福车开得很平稳。

"什么时候在城里待腻了，就来咱乡里住一段。"

"是要来，一定来。"

我望着车窗外隐退着的大地，很是留恋，留恋这里的土地，留恋这里的人，留恋林嫂，甚至包括好色之徒赵斜眼儿，因为我原本就是北中原大地的儿子。

曹天福说："听说市委组织部的郭部长是你的同学？"

我说："不错。郭树林。"

曹天福似乎有什么话想和我说。其实从一上车我就觉得他有话想和我说。我看他一眼，他的目光直视前方，很专注的样子。右前方，一小块高粱地进入我的视野，这是谁家的高粱怎么现在还不收获呢？走近了才看清原来是一片空空的高粱秆儿，高粱穗早被主人杀去了。这些无穗的高粱秆，好像一下子卸去了责任感，悠闲地站在平原上，轻轻摇摆着干叶子，看上去轻松自在又潇洒。

再看曹天福，神态依然很专注。

我说："曹书记，是不是有什么事情想找郭部长？"

曹天福点了点头，又摇了摇头。

曹天福说："原本是想请你给引见引见的。刘作家你都看到了，这乡党委书记真不是人干的。自己还人模狗样地掂着手机，坐着'桑塔纳'，其实上上下下都没有把你当成什么东西看。苦咱不怕，累也不怕，最难受的是没有人真正理解你，没有人真正体谅你。现在的村民可不是过去的社员了，过去的社员都是向阳花，现在的村民可是酸枣刺，动不动就上访，就告状，就举报。上边的骂你作风粗暴像土匪，下边的骂你鱼肉乡里是匪徒。可你骂谁？你只能窝在中间受夹板气。"

"桑塔纳"在那片高粱秆儿旁边停下来。曹天福边下车边问我尿不尿一泡。我也下了车，跟他并排向高粱地里走。

曹天福一边解裤子一边说："所以，一听说郭部长是你的同学时，就想着让你给帮帮忙，不求升迁，只求动一动。"

我说："那好办，今天咱们就先去市委组织部，看看我的部长同学在不在。"

曹天福说："不，现在我已经改变主意了。"

我问："为什么？"

曹天福说："倒不是我的思想觉悟忽然提高了，而是忽然觉得这样做很没意思。何况，宁为鸡头不做凤尾也。"

我说："倒也是。就像这片无头的高粱秆儿，看上去轻松悠闲又自在，实际上它们站在这里已经没有什么意义了。"

曹天福说："不愧是作家，高粱秆儿也能琢磨出道理来。我可想不了这么深。"

"桑塔纳"又平稳地跑起来。也许是放下了一件心事，曹天福的神态明显比刚才轻松多了。

我这时又想到了林嫂，想到那天夜晚月光下高高的玉米林，我发现我确实是喜欢林嫂的，我走后赵老枪会不会继续为难她？

我说："求曹书记一件事。"

曹天福说："直说也。"

我说："还记不记得小车赵村的林自立？这人做人太窝囊，曹书记对他家关照点儿。"

曹天福说："看来赵老枪所言非虚也，眼虽斜看得还是挺准也！"

我的心里就有点虚。

曹天福说："昨天我开车去小车赵，找赵老枪要几件枸杞补肾茶，说是要送给你刘作家。赵老枪酸不溜溜地说刘作家是得补补肾，刘作家和林自立的媳妇'大蜜蜜'干上了，肾还能不虚？我说球也，瞎扯！赵老枪赌咒发誓说，我要是冤枉他叫我来世托生成一头驴，还是一头斜眼驴。"

"你别听赵老枪瞎球扯！"我一急也冒出一句粗话。曹天福哈哈大笑，猛然加速，"桑塔纳"几乎飘起来。

蝈蝈

一

人行如水，车行如水。一个腰驼如弓的乡下老农从这千篇一律的背景中脱颖而出，一拱一拱，走得非常生动。这身影很熟悉，走近些就认出来果然是我大哥。

大哥身体还挺硬朗，只是腰弓得越发厉害，也更见老了，整个体形和肌肤仿佛是用沧桑岁月掺和着黄河岸边的泥色、风色、日色雕塑而成。

大哥带来了乡下的季节：西瓜、甜瓜、嫩玉米。果实的个头、色泽、香味，仿佛都在证实大哥的勤劳。

大哥带来了一只蝈蝈儿。蝈蝈儿真嫩，绿莹莹若一颗俏色翡翠。笼子用细细的高粱莛儿做成，拱檐挑角，玲珑精致。大哥知道我从小就喜欢养蝈蝈儿，喜欢听蝈蝈儿的叫声，所以每次夏季进城从不忘捉一只嫩蝈蝈儿给我带来。

大哥的亲情让我心里甜得发酸，让我更感到了世事的无情，于是就有几分伤感。这些日子，就是回到家里，面对亲人，我依然摆脱不开一场官司罩在我心头的那团阴影。

天气很热，大哥的布衫全湿了。妻子接一盆水，让大哥到卫生间洗脸，又拿出我的一件衬衣，让大哥换上。我杀开一个西瓜，让大哥吃，大哥不肯吃，大哥说天天守在瓜园里，吃瓜吃烦了。大哥大老远从乡下背来，是让他的兄弟、弟媳、侄女尝鲜的，自己绝不肯吃一口。西瓜很甜，很甜，确实很甜，我和妻子、女儿都说西瓜很甜。大哥笑了，笑容含着老人的拙朴，透出童子的天真，闪烁出北中原乡土的光泽。

下午，大哥执意要走，妻子怎么也挽留不住。走就走吧。大哥为人太老实，太忠厚，自从家里铺上地毯，大哥总是借口乡下农活儿忙，当日来，当日走，从不留宿。我知道，大哥是不习惯，害怕留下来睡觉睡脏了我家的被单，吐痰吐污了我家的地毯。走就走吧，近来心情太坏，真害怕无意间怠慢了大哥。

大哥生活的意义和乐趣全在田园和农舍。

二

送大哥上了长途汽车，看着汽车像热昏了头一样喘息着启动，由慢而快，渐渐消失在夏季的阳光中，空落落的感觉填实了胸腔。

然后去上班。热，无风更热。汽车的喇叭一声一声，一声一声，长短不齐，干燥聒耳，路旁的树木一副蓬头垢面、困顿萎靡的样子。我骑车骑得很慢，因心情沉重而心不在焉，经过十字路口时差一点被一辆轿车撞了。司机似乎骂了一句什么，我没有听清。

到作协大院已是下午四点。办公室小黄正要骑车出门，看到我后又跳下车，神秘兮兮地问："刘老师，听说你那儿出事了？"我反问："谁说我那儿出事了？"小黄又神秘兮兮地一笑，骑上车走了。把自行车推进了车棚，又碰见组织部部长孙铁英。孙部长叫住我，问："雨点，听说你那儿出事了？"我脑神经一激灵，敏感到一点什么，勉强笑笑，说："是有点事。"孙部长用关心爱护的口气说：

"雨点，你刚提副主编不久，办事要谨慎一点，懂不懂？""谢谢你，孙部长。"我点点头。我意识到，在作协大院，这件事恐怕已经是无人不知无人不晓了。

编辑部在办公楼的二楼，主编老马在终审稿件，没有抬头，用报丧一样的声调说："餐餐啤酒厂又来人了。"

老马又说："这一段，编辑部的其他事情你先放一放，集中精力处理这件事情吧。雨点，难为你了。"

其实不用老马交代，这件事情该我负责。我不下地狱谁下地狱？

"谁来了？还是那个麻脸姚厂长？"我问。

"同来的还有他们聘请的律师。"老马从台历上拿起一张名片递给我，"还是要索赔经济损失一百二十万元，我说他们敲诈，他们说不行就诉诸法律。"

我拿起电话，打给诗人文化广告公司，我要再核实一下事实。

雷半诗很快就来了。

看相貌，这是一个说不上精明的年轻人。当初美编吕宋领他来，第一眼我就觉得他恐怕不适合办什么文化公司。雷半诗出过一本诗集，自称半个诗人，所以笔名"半诗"。由于吕宋一再作保，我和老马几经商量，觉得他也是文化圈里的人，总不至于欺骗我们编辑部吧，这才答应他的诗人文化广告公司以每年上交两万元的条件，"挂靠"在编辑部名下。雷半诗说，如果你们不放心，刘雨点老师可以兼任诗人文化广告公司总经理，法定代表人。

出了事我才知道，这个法定代表人可不是好当的。

我说："半诗，餐餐啤酒厂的姚厂长到底给你打没打那个电话？具体什么时间？你接电话时都有谁在场？你仔细回忆一下。"

"根本不用回忆，我记得非常准确。时间是四月八日上午八时，我正要去印刷厂发稿，接到姚厂长打来的电话，说他们厂销售科的电话号码最末一位数由3改为8，还说为了这一位阿拉伯数字他们交了三百元选号费。马老师，刘老师，我以人格担保，公司的人也可做证。"雷半诗信誓旦旦，"四月八日，是我特意选定的发稿日期，取'发'谐音；餐餐啤酒厂电话号码末位数也是改为8——发，所以我就记得特别清楚。"

我担心是他编出一套情节为自己开脱。

我强调说："半诗，今天就咱三个关着门说话，你一定要实事求是。"

雷半诗说："我要有一句假话，就不是人生的。"

老马沉吟良久，说："看来这确实是一个阴谋。"

"绝对。"雷半诗愤恨地咬牙切齿说，"绝对是姚麻子精心设置的一个陷阱！他妈的姚麻子。"

三

老马参加党组扩大会了，办公室就剩下我一个人。

我翻遍了所有的抽屉和抽屉里的所有东西，找出了我的同学录、同乡录和所有积存的名片，准备一件一件一条一条研读，试图通过大海捞针式的挑拣，框定出在这件事情上对我有用的人选。起初目的非常明确，可是看着看着，竟然不知不觉地漫游在朋友与往事之中了，尤其是外地久未见面的同人或朋友：曾凡华，《解放军报》编辑，1987年曾一起神游神农架，玩得非常愉快；胡鹏，明天出版社编辑，1990年结伴西游，在敦煌差一点和人家打一架……

这些名片，一张就有一段让人怀恋的往事，一张就是一个值得回味的故事。

要不是梦月进来打断我，也许我会一上午都徜徉在往事的烟云里，忘却眼前的烦恼。

我说："想找找关系，可不知不觉就走了神儿，游山玩水去了。"

我靠紧椅背用力向后仰，用力伸懒腰，之后点上一支烟，深吸一口，把一股浓烟对准梦月的红唇吹送过去。梦月没有躲闪，在烟雾朦胧中笑了笑，把烟雾轻轻拂开去。

梦月说："你看看这篇稿子。"

我不想看。我说："老马说这一段不要我看稿了，要我感情专一地去对付那个姚麻子厂长。"

梦月笑出了声，又忙捂住嘴。梦月说："你这个见谁爱谁的情种，啥时候感情专一过？"停停，又说："这篇稿子说不定对你专一的感情有用处。"

我俯身看那篇稿子，稿子上附一页我们编辑部的小信笺，信笺上的铅笔字竟然是我的手迹。

我已经记不起这件事情了。我翻过信笺，看到文章的题目是《听雨》，作者的名字叫"潘婷"。潘婷——我一下子想起来了。倒不是想起了这个人，因为我根本不认识也从来没见过这个人，而是想起南柯转给我稿件时的情景。当时，我一看到"潘婷"这两个字，立刻联想到电视屏幕上的一则广告，看到了一头流动的亮泽飘柔的秀发，闻到了一股香喷喷的洗发水的味道。

我不知道这篇稿件里会有什么奥妙，用眼睛问梦月。梦月只笑不答。我翻到最后一页找作者的通信地址，这一看心脏就扑扑通通跳得很厉害。原来潘婷就在餐餐啤酒厂职教科工作。直觉告诉我，不管成与不成，这里面一定有文章可做，梦月拿着稿子找我肯定也是这个意思。梦月真是个有心人。

梦月说："今天我正准备遵照你的指示退稿，写信封时，'餐餐啤酒厂'这几个字突然就跳了一下，跳亮了我的眼睛。餐餐啤酒厂，这不是正在敲诈我们的那个餐餐啤酒厂吗？"

这应该是个好兆头，但愿天不灭曹。我问："写得怎么样？"

梦月说："达不到发表水平，但从谋篇到语言还都颇有点儿灵气。"

我心说很好。层次高了用不着你去辅导，而没有一点灵气就会点不透，拨不亮，也不大可能执着地喜爱文学，真是一位恰到好处的文学女青年。

四

南柯是一位青年诗人，是我的文友和牌友，原在东海区文化馆工作，如今调到了文艺出版社。是通过南柯找潘婷，还是我直接和潘婷联系？通过南柯联系自然一些，我直接找潘婷有点儿唐突。然而，南柯是个好色之徒，通过南柯联系，这小子肯定要问我目的何在，而我暂时还不想让朋友们知道我面临的这场官司。还是我直接找她吧，就我和女性接触的经验而言，唐突的形式似乎比自然然更有魅力，更出效果。看似怪事，其实不怪。人们，尤其是青年男女，对自然相识大都觉得习以为常，而对意料之外的相识，则视作天意，视作缘分，格外珍惜。

我拿起电话听筒，准备直接给潘婷打电话——

刘雨点，此时我忽然觉得你其实很卑鄙，很可恶，你难道没有意识到你的所作所为是在算计一个无辜的女子吗？我的灵魂在内心深处发问。

可你觉得你无非是在寻找一种可能性，无非是在寻找一种对付卑鄙阴谋的可能性，并没有意识到自身的卑鄙。你很快拨通了潘婷的电话。

你说："请找一下潘婷小姐。"

"我是潘婷。"声音安静，音质纯净，听上去相当悦耳。

你说："我是《新荷》编辑部的刘雨点。"

因对方无语，你又重复了一遍："我是《新荷》编辑部的刘雨点。您通过南柯转来的散文我看了。喂，听得见我说话吗？喂喂，您听得见吗？"

"刘老师，您是刘老师？您真是刘雨点老师？"

潘婷声音不大，依然安静，然而只要你细心一点，就感觉出这安静的声音有一点微微发喘，发颤，你断定这是那种感情经过克制仍然掩饰不住的激动。你最想达到的就是这种效果，你心中暗喜，语气变得轻松随便。

你说："您的散文写得颇有几分灵气，《新荷》月刊准备留用，只是有几个地方需要修改一下，是给您寄回去还是您来一趟？"

"我当然希望当面听听您的指点，如果您不怕打搅的话。"潘婷说，"刘老师，我现在就去吗？"

你很得意，有一种猫捉到老鼠时的得意心理：现在就来，挺急。潘婷小姐，刘雨点当然不会让你现在就来，刘雨点也当过文学青年，刘雨点是过来人，刘雨点很清楚你此时迫不及待的心理，刘雨点先让你尝一会儿迫不及待的滋味。当然，刘雨点也不会让你等很长时间，因为刘雨点也迫不及待地想认识你。

你说："这会儿不行，上午我必须把要发的稿件看完，下午吧。哦对，下午还有一个编委会，得一个多小时。您几点下班？最好别影响您工作。要么您五点半来吧，我在编辑部等您。"

五

你不由自主地想，潘婷会是一个什么样的女孩儿呢？

你想抽烟，然而烟盒已经空了，你捏扁了扔进了废纸篓，然后在老马的文具盒里拣了一支阿诗玛（老马不抽烟，把作者让的烟都放在文具盒里），点燃，出门，下楼。

你在作协大门口的小店里买了一盒烟。

你这会儿不想回办公室，想透透气，就很随意地顺着人行道向西走。对潘婷的想象断断续续：潘婷会是一个什么样的女孩儿呢？

我知道你很喜欢女孩儿，一般男人都喜欢女孩儿，这似乎无可厚非。让我奇怪的是，面对着赔偿一百二十万元巨款的困境你竟然还有这种风月心情。

你想象着，潘婷一定有一头美丽的流动感极强的闪着新鲜光泽的弥漫着米兰型香味的披肩长发；潘婷，拥有健康，当然亮泽，那么，她一定健康，修直，健康修直得就像我们北中原上的一株红高粱；由此你又想到北中原诗人冯杰的诗句：在中原你没有必要写诗/因为任意一株修直的高粱/在这里/都要比你的灵感高出那么一穗或两穗/红红的/使你永远望尘莫及。

奇怪，你凭什么总是把潘婷想象成一个健康美丽的女孩儿，她为什么不可能像她的厂长一样，长着一脸麻子呢？

一个年轻人的喊声中断了你的想象。年轻人喊一声"刘老师"。又敬烟，又点火。你抽着年轻人敬的烟。回答着年轻人"忙不忙""最近有没有新作大作"之类的问话。等年轻人走后，你愣在了那里。你想了半天，到底也没有想起来在哪里见过这个年轻人。

　　你此时忽然觉得自己好像是一个被惊醒了的梦游人。你感到了热，就看到自己正站在大太阳底下，难道刚才和那个年轻人就是站在这火焰一般的阳光下谈话的吗？现在可不是做梦的时候。你转身往回走，想你现在即将面临的一场难以招架的官司，差不多是一场灭顶之灾。结识潘婷，说破了这实际上是一种算计，是一种走着看着并不一定能够成功的算计。叫不叫卑鄙现在还不便鉴定，但不能叫高尚你是心中有数的。而你却想入非非了。在灭顶之灾中竟然想入非非了。你不由得又联想到了一个掌故，大军阀阎锡山操练军队，口令：立正！向右看齐！军人却齐刷刷地来了个向左看齐。怎么回事？原来左边走过来一个花枝招展的女人。军令如山，女人如什么？

六

　　潘婷可能是美人，也可能是丑女。你却认定你即将见到的潘婷即便不是一个标准的美人，起码是一个招人喜爱的女孩儿，不然的话，她的那篇散文不可能写得那么水灵灵地鲜嫩。

　　你坐在办公室里静候着你的想象。

　　高跟鞋叩击地板的声音清晰地从走廊里传来。

　　高跟鞋的声音清脆、纯正、节奏适中，明净，没有杂音、噪声、涩音、邪音，不高低参差，不拖泥带水。这是那种身材亭亭玉立、两腿匀称修长、小脚板凹脚心的女子走出的脚步声。大胖子走不出来这样怡神悦耳的脚步声，罗锅背走不出来这样怡神悦耳的脚步声，罗圈腿走不出来这样怡神悦耳的脚步声，大平脚走不出来这样怡神悦耳的脚步声。

首先断定，潘婷有两条美丽非凡的腿。

就在你屏息静听这悦耳的脚步声时，悦耳的脚步声在门口止息，轻巧的敲门声传了进来。随着你的一声"请进"，作用为安全防卫及内外有别的"门"便被打开了。

果然有两条美丽非凡的腿，果然是一头流水样的秀发，果然如红高粱亭亭玉立，脸蛋儿是那种小巧型的，甜甜的，非常有味道。

你忽然觉得眼熟，依稀在哪儿见过。

女子有一种安静的美，亭亭玉立地站在门口，说："我找刘雨点老师。"

"我是刘雨点。"你竟然暂时忘记了罩在你头顶的阴云，进入了一种风清月朗的心境。

"我是潘婷。"

"请坐。"你看看表，"您来得非常准时。"

潘婷在你的对面坐下来，有点儿拘谨的样子。你点上一支烟，从抽屉里拿出潘婷的那篇散文，你知道，此时让潘婷摆脱拘谨的最好办法就是和她谈文学。

你发表过相当数量的小说散文，出版过长篇，又有十年文学编辑经验，给潘婷辅导一篇散文自然是小菜一碟。

同事们都下班了，办公楼很静，一束橘黄色的光芒斜射进来。

你说："您的艺术感觉确实不错，不少语言水灵灵的，像露珠，只可惜缺少一束光芒把这些露珠照亮，这束光芒就是这一篇文章的灵魂。"

潘婷静静地坐着，静静地听着，脸上有一种痴痴的表情，眸子中却始终有一朵火苗在闪烁，在跳动。

你和潘婷下楼的时候夕阳只剩下半个，红色成了天空的主调，橘红、柿红、桃红、杏红、玫瑰红。潘婷站在作协大院的红光里，说："刘老师，我从上初中就读您的作品，只要能见到的，每篇必读。我最喜欢您的短篇《龙井茶》，我现在还能从头到尾背下来。您信不，刘老师？"

潘婷静静地站在作协大院的红光里，依依不忍离去。

你确信你在潘婷静如秋水的眼睛中看到了那种景仰、爱慕的情感之火光，感觉潘婷就像飞入你网中的一只小鸟。你很兴奋，也很心疼。你判断得不错，两个月之后，潘婷跟你谈起过今日的感受："那天晚上的晚霞真美，我从来没有见过那么美丽的晚霞。当时我觉得一定是上帝特意专为我们两个人布置的氛围。那一刻，我是多么不愿意离去，也不愿意让你离去，我们就在那美丽的晚霞中，站着、坐着、走着，怎么着都行，怎么着都行，只要我们两个在一起。"而此时的你尽管明明感觉到了潘婷的依恋之情，却认为应该立即分手了。只有立即和潘婷分手，才能更有把握地把潘婷抓在手中，这就是当年人人皆知的不塞不流、不止不行、不离不即的矛盾论。

七

这两天晚上，妻子老跟我唠叨她们单位的人和事，说得烦恼的时候恨不得躲进深山老林或人迹不见的地方削发为尼，说得气愤的时候又恨不得立即枪崩了那给她气受的某某人。我不愿意听，但却不能不听。一个女人，受了委屈不向自己的丈夫诉说又能向谁诉说？真要去向别的男人诉说的话，那麻烦可就大了。妻子不知道她的男人在单位遇到了更焦心、更棘手的事。女人和男人不同，女人有了烦恼或受了委屈一吐为快，男人则往往把痛苦或烦恼深埋在心底，独自去享受。所以在一般家庭，丈夫对妻子单位的人和事往往了如指掌，反之就不一定了。

多亏了大哥送来的一只蝈蝈儿。

阳台上涂着一片奶油似的月光，室内的摆设依稀可辨。我仰躺在床上，左耳朵听妻子世事污浊艰难的唠叨，右耳朵听蝈蝈儿石间清泉般的歌唱。天各一方，清浊分明。妻子的枕边话语渐渐地模糊，模糊，蝈蝈儿的叫声则越来越清爽，清爽。月光在蝈蝈儿的叫声中摇晃，扩展，弥漫，无边无际，无边无际；月光茸茸，像雪白的绵羊一样咀嚼出北中原夏日的草香。

一条斜插豆地的小路。大哥背着一筐头草走在前面，我跟在后面，一手拿着两把小铲，一手拎着一只蝈蝈儿笼。从后面看不到大哥的身子，只看到小山一样的草筐头。快走出豆地的时候我绕到大哥的前边，要大哥歇一会儿。大哥说不累。我就缠大哥："歇歇嘛，歇歇嘛。"大哥只好放下草筐头。我说："哥，你闻闻啥味？"大哥吸吸鼻子。我说："这豆地肯定有野甜瓜。"大哥笑了："又是野甜瓜，又是野甜瓜，这是大伯家瓜园的瓜香。"

我当然知道是大伯家瓜园的瓜香。刚进豆地，这瓜香就像一缕丝线通过口腔、咽喉把我的肠胃系住了，让人摆脱不开。瓜香被日光烤得透熟，热雾般一阵浓似一阵弥漫，一块密密的高粱地都阻隔不住。

大哥不说走，也不说不走；我不说不走，也不说走。我一手捺蝈蝈儿笼子，一手挠脖子里刺恼人的痱子。蝈蝈儿的叫声笼盖绿野，就连我笼子里的蝈蝈儿也不甘寂寞地加入了大合唱。大哥终于说："你顺大路走，在前面柳棵子里等我。""哥！"我有点忐忑不安。我又想吃瓜又怕大哥被擒，大哥是我心目中的英雄，只要我高兴，天下没有大哥办不到的事。然而，我更知道大伯的瓜不是好偷的，就是一只苍蝇飞到瓜园里，也休想逃过大伯的眼睛；那块高粱地要是紧挨着瓜园也好办一些，中间还隔着一块花生地，花生地是连一条狗也埋伏不了的。

大哥成竹在胸地说："叫你走你就走，像没事人一样朝前走。"

我走上大路，顺大路走过高粱地头，走过花生地头，走过大伯的瓜园，装得像没事人一样。一走进大哥说的柳棵子，我就急不可耐地躲进去，从柳条的缝隙间注视着大伯的瓜园。

不大一会儿，大哥也从大路走来，光着膀子，布衫拎在手中。一走过高粱地，大哥便捏着布衫的领子在头顶上悠，一直悠，悠得布衫就像直升机上面的螺旋桨。走到大伯瓜园边上时，大哥悠着的布衫不小心脱手，布衫像大鸟一样飘落到大伯的瓜园里，大哥连忙捡起布衫，依然在头顶悠着，不慌不忙走上大路。

我很失望地等到了大哥，然而，大哥像变戏法一样从布衫里拿出一个甜瓜递给我。还是甜到边的"十道狸"，想一想就流口水的"十道狸"。我抱着甜瓜使劲吸了几鼻子，又递给大哥："你掰。"大哥不接："你吃。"我说："咱俩伙吃。""我尝一口就行。"大哥扒在甜瓜上咬了一口。我举着甜瓜不放下来："那你再咬一口。"大哥只好又咬了一口。

"沙沙……"大伯在笑，大伯不知道什么时候已来到了我们跟前。

大伯真讨厌，由于豁嘴漏风，嗓子沙哑，笑起来沙沙沙沙地响，就像蜈蚣在身上爬一样叫人难受；且走路像狐狸，一点儿声音也没有。我忙把甜瓜藏到身后，大哥羞愧地低着头，脚丫子挖着地上的沙土。大伯右手点着大哥的脑袋："你这个鳖子想蒙你大伯？你这个鳖子毛还没扎就想蒙你大伯？你这一招是跟谁学的？是不是跟你四叔？你问一问你四叔是不是我教他的？毛还没扎就想蒙你大伯！沙沙！"

大哥憋着气一声不吭，我也憋着气一声不吭。"好了好了，别肉着个脸给我对尿泥了，快回家喂脑袋吧。"大伯左手从背后伸出来，手掌上也托着一个"十道狸"甜瓜，说："给你个鳖子，大伯知道你疼你弟儿，偷一个甜瓜肯定自己不吃，给你弟儿吃。大伯是看你这么小就知道孝顺父母疼爱兄弟，才免打、赏你这个甜瓜的，不过，可是下不为例了。"

我忽然就觉得大伯不怎么讨厌了，就连那沙沙沙沙的笑声也有了一点儿亲人味……

八

餐餐啤酒厂把我们告到了东海区人民法院。

传票是星期二送到编辑部的。这一天天气格外晴朗，因此也热得出奇，早晨七点就逼人出汗。接到传票我并不吃惊，我知道我肯定要被送上经济法庭的，无非是早一天晚一天而已。人世间，不能左右自己命运的人占大多数，一旦厄运罩头时，你就像一条被按到了红案上的鱼，蹦也蹦不脱，滚也滚不掉，是清蒸是红烧你都不能选择。我也比较平静,宝剑悬在你头上时你会无比恐惧,一旦落下来你也就只有伤痛没有恐惧了。

我拉上雷半诗一起去法院,因为雷半诗是这场纠葛的直接当事人。经济庭在四楼,签发传票的审判员名叫杜玉洁,书记员叫曾向东。房间里已有三拨人。审判员和书记员正在听一拨人谈情况,我们进去时他俩连眼皮都没抬。轮到我们时,杜法官简单地问了一下情况,就让我在一本卷宗上签名,给了我一份原告起诉状的复印件和两份委托书,说:"十五日内写好答辩状。"然后又忙着接待另一桩案件的有关人员了。

我和雷半诗坐在门口的连椅上,看那份复印的《民事起诉状》。

民事起诉状

原告:东海餐餐啤酒厂。

地址:东海北路9号。

法定代表人:姚为民,东海餐餐啤酒厂厂长。

委托代理人:周清臣,黄河律师事务所律师。

被告:诗人文化广告公司。

地址:建国路7号。

法定代表人:刘雨点,诗人文化广告公司总经理。

诉讼请求:

1. 要求被告退回广告定金10000元。

2. 要求被告赔偿原告经济损失1200000元。

事实与理由:

今年1月6日,被告诗人文化广告公司副总经理雷半诗,手持电信局的许可证明，到东海餐餐啤酒厂联系印刷本市最新电话号码簿的广告业务。按照被告提出的广告价格，原告愿出30000元在号码簿前面的彩色插页上，登半页篇幅的广告，并先付了10000元定金，余款在广告按原告要求印出后付清。双方定有广告合同。5月底出版发行。然而，在电话号码簿的彩色插页广告上，被告却把原告销售科的电话号码2269983错印成2269988，即末位3错印成8，虽然只错了一位数字，却极为严重地影响了原告产品的销售。原告在7月召开的全国糖酒订货会上签订的供销合同，比去年全国糖酒订货会上签订的合同下降40%，仅此一项，原告的纯利润损失就有1200000元以上。原告曾多次要求被告赔偿经济损失，匀遭被告拒绝。因此，原告只有向人民法院起诉，请求维护合法权益。

　　此致

东海区人民法院

原告：姚为民

委托代理人：周清臣

　　回去的路上，雷半诗恨恨地说："我早晚得收拾了这个姚麻子。"我苦笑说："晚收拾不如早收拾，早收拾了也不会打这场官司了。"雷半诗就说："好吧，刘老师，我就听你的，回去我就呼我黑道的哥儿们，哥儿们叫他三更死，量他难过四更天。"我说："我可替你负不起这个责，你也没这个熊本事。你要有这个熊本事，也快不在这人世间受苦受累了。"

　　不知是不约而同，还是有约而同，几乎编辑部所有的人都聚集在主编室等候我。这是一件大事，这是一件几乎关系着编辑部生死存亡的大事，编辑部人员自然都极为关注，然而越是关注我心里就越不是个滋味。当然每个人关注的程度和目的都不尽相同，我自认为心里也明白个八八九九。我把餐餐啤酒厂的起诉状递给老马，老马看后递给了一编室主任梦月，梦月看后递给了二编室主任刘自知，刘自知看后递给了三编室主任金小玉，这样一个接一个传下去。最后老马说："这件事要内外有别，内部咱们要团结，要一心，对外就不要乱讲了。"

同事陆陆续续回各自的编辑室去了，只剩下我和老马两个人的时候，老马说："事情终于临头了，也好，经历经历也好。"

这时电话铃响了。我拿起听筒，一耳朵就听出是我们的主管副主席高国风，他那滋啦啦的嗓门让你的耳朵极力躲避又无处藏身。高副主席说："让老马来一下，你是小刘？你也一块上来吧。"

我和老马上了三楼，进了高副主席办公室，高副主席劈头就问："听说一个啤酒厂把你们给告了，情势还很严重，到底是怎么回事？"

我苦笑着看看老马，老马苦笑着看看我。

老马不大自信地挺挺胸，表示出一种虚弱的胆气。老马说："不错，我们昨天接到了法院的传票，今天去法院拿回了对方的诉状。"老马看看我又说："雨点，你把情况给高主席汇报一下。"

我意有所指地说："恐怕高主席已经知道得非常清楚了。"

高副主席就有些不高兴。高副主席说："情况党组当然知道一些，你总不会认为党组知道一些情况是听了人家的小报告吧？"

我说："我不是那意思，我是说作协大院恐怕无人不知无人不晓了。"

高副主席更不高兴了："既然已经到了这种程度，你们怎么连只言片语的情况汇报都没有？"

老马一个劲地给我使眼色。其实人家高副主席句句也都说在了理上，我只好把这场官司的起因从头到尾叙述了一遍。

高副主席听后沉吟良久，方说："一百二十万元，正好是咱们作协一年的经费。官司要是打输了，别说你们编辑部，就是整个作协也承担不起。你们二位可千万马虎不得。"

此时此刻，我才真正体验到什么叫沉重，什么叫压力。

下楼的时候老马走在我前边，我从上面看，忽然发现老马头顶上的白发已不少，脊背也很驼，脚步很迟滞。不会是我的精神作用吧。我忽然想到，我会不会在楼上还是一个身强力壮的中年人，下楼后就成了一个白发苍苍的小老头？

九

我做了一个似梦又似非梦的梦。

听着蝈蝈儿清脆的叫声，我进入了一种似睡又似非睡的蒙胧状态时，叫声固定成一个细弱单一的音符，如一豆亮光镶嵌在我的脑际。渐渐地，我也有了一种被镶嵌起来的窒息感，我用力挣扎也动弹不得。我想我是魇住了，挣扎也无济于事，睡吧，安安静静睡吧，睡熟了痛苦也就解除了。

蝈蝈儿发出了一声惊惧的颤音，就像被公鸡啄了一嘴惊逃时的颤音。我看到窗户上两个黑影晃了一下。有贼！我一动不动，想该怎样对付他们，我想起几年前我在青海塔尔寺买过一把藏刀，八寸长，牛角柄，就放在梳妆台右边抽屉里。我悄悄地从妻子身上爬过去取刀，妻子哼哼着像猪一样睡得很熟。之后又听了一下动静，我想他们一定藏在窗台下面。我看到阳台上站着两个公安人员，其中一个是姚麻子。我恍惚记起姚麻子是调到了公安局，我也恍惚记起我是曾经打死了一个人。我原来准备逃走的，我怎么还在家里睡着呢？姚麻子说你逃不掉，然后嘴笑得一歪一歪。我对准姚麻子的肚子就捅了一刀，手感就像捅在棉花包上一样。我又一连捅了许多刀，噗噗有声，姚麻子死是死定了。我准备逃回屋里再说，却见屋里的灯已经亮了，灯光下站着许多公安人员。我很笨拙地翻上阳台拦墙，背后有人抓住了我，但我还是挣脱跳了下去。我飘飘落地，拼命奔逃，腿极疲乏，迈不动步，需要借助手攀物体的力量向前跃进。为了逃生，我东躲西藏，恍恍惚惚逃到了乡下，草垛间、高粱地、柳树丛……然而不管逃到哪里也摆脱不开公安人员的追捕。我这时想到我一定是在做梦，不用跑了，睡吧，安安静静地睡吧，只有安安静静地睡着了才能解脱疲于奔命的痛苦。

当然，只有当我真正醒来后我才确认了我是做了一场噩梦。我先是蒙蒙眬眬醒来的，这时我还不敢认定我是做了一场梦，也许我现在正在做梦，疲于奔命的逃亡才是我真正的现实生活。

我坐起身子来证实我的醒来，我摸摸妻子，妻子实实在在地睡在我的身边。阳台上，蝈蝈儿的叫声湿漉漉地沾上了夜露。

这时我感觉到不被人追捕的生活该是多么幸福！然而，人的一生却总是在追捕和被追捕中度过。

十

下班的时候梦月喊住我。其时我刚跨上自行车，阳光火烧火燎着我的肌肤。

梦月说："中午到我家吃饭。来了两位客人，你来陪一陪。"

我说："不行，今天实在没情绪。"

"去了保险叫你来情绪。"梦月说，"带上你们和啤酒厂签订的合同书，带上他们的起诉状。"

如此说，梦月的这两位客人肯定不是一般的客人。我扎下自行车，重又上楼去拿合同书和起诉状，顺便给妻子挂了个电话。

梦月家的两位客人都在三十五岁左右。就他们两个比较，一个高大些，一个矮小些，其实身材都在一米七零以上。高大些的慈眉善目像一尊佛，矮小些的精明聪慧像一只狐。梦月互相介绍时，我感觉梦月很像一个干练的商品推销员。慈眉善目的名叫郑刚，梦月的大学同学，精明聪慧的名叫王天成，第一律师事务所的律师。王天成，这个名字有点印象，猛然想起前年那一场轰动全城的民告官的官司，王天成作为原告的律师很出了一阵风头。梦月可真有办法，不知道通过什么关系认识了一位这么有名气的大律师。

梦月稍坐就到厨房帮丈夫做饭去了。闲聊了几句，我就迫不及待地就面临的这场官司向他们请教。

王天成很专注地听我叙述案情，还提出了几个问题让我补充细节，然后看了我们的广告合同书和餐餐啤酒厂的起诉状。王天成说话字正腔圆，声音不高，然而音质浑厚，快慢缓急、抑扬顿挫中似乎含着音乐的旋律和节奏，颇具感染力。

王天成说："这份合同是一份残缺的合同，合同第三条规定，如果乙方没有如期出版或未能保证印刷质量，甲方不但不再向乙方付款，乙方还要退回甲方的一万元定金。除此之外，合同中并没有其他经济赔偿之说。怪不得在起诉状中，周清臣律师仅仅提到了广告合同，却并没有列举合同中的内容。"

我说："如此说，这份合同对我们有利?"

王天成说："当然对你们有利。"

"那么，我们能不能打赢这场官司呢?"

"就目前你所谈情况及所能列举的证据而言，你们打不赢这场官司，无非是赔多赔少而已。"王天成话锋一转说，"除非你们提取到证据，即他们电话通知你们更改电话号码的证据，可这证据你们恐怕不可能提取到。"

我心里说那可不一定。

我试探着问王律师愿不愿做我们的代理人，聘请费用得多少。王天成说得两万多元。又说你们其实不用正式聘请，节省一点开支。梦月端上来四个凉菜，张罗摆筷子斟酒，于是我们边喝边谈。我请教王律师该怎么办。梦月插话说咱们杂志社可以聘请王律师为咱们的法律顾问，王律师就理所当然应该替咱们打官司，这样就省去了交给律师事务所的聘请金。王天成说法庭辩论其实只是一个形式，打官司的关键环节不在法庭之上，而在法庭之下，不在法庭之内，而在法庭之外。你要从哪几点进攻对手才能奏效，你要提防对手从哪几点进攻，这些都要把握得非常准确。还有代理词要写得有理有据，材料准备必须充分，提取的证据必须完备有力，所以说法院开庭之时其实胜负已有定数了。做不做法律顾问以后再议，先顾问一次这场官司我还是有自信的。

阴云中如果能透出一线阳光，那一线阳光就显得格外亮丽。和王天成的这番谈话使我的心情轻松了许多。梦月的丈夫做好了菜，也坐下来陪我们喝酒。大家谈得很投机，酒也下得很顺。渐渐都有了酒意，话也就格外稠了，而且每句话从口中出来都带上了酒的味道。

十一

热烘烘地睡了一觉，醒时凉席上已积了一摊汗水。到卫生间冲了一个凉水澡，刚点上一支烟，就接到了潘婷打来的电话。

潘婷的那篇散文改得不错，你已说通老马，从正在校对的第十期稿件中抽下来一篇，把潘婷的散文挤了上去。

耳朵还未贴上听筒，你就听出是潘婷的声音，甚至未拿起听筒你就感觉到是潘婷的电话。

潘婷说："刘老师，我是在公用电话亭给你打电话的。我先打电话给编辑部，梦月老师说你在家里。刘老师，这会儿能出来一下吗？"

你故作矜持，问："有什么事吗？"

从个人感情来说你很喜欢潘婷，从眼前的处境来说你很需要潘婷，因此不管潘婷找你有没有事，不管你自己手中有没有事，你都会立即去见潘婷的。

潘婷说："刘老师，你说你从小就喜欢逮蝈蝈儿，养蝈蝈儿，喜欢听蝈蝈儿的叫声。我现在在延安路和广东路的交叉路口，我在这里看到了一个卖蝈蝈儿的，我想让你帮我买一只蝈蝈儿。"

你想，是因为我喜欢蝈蝈儿潘婷才喜欢蝈蝈儿的，还是潘婷和我一样热爱大自然呢？

你说："我马上就到。"

你还没有忘记给妻子留下一张字条，说是有要事，晚上可能不能回来吃饭。

尽管已是下午五点，太阳依然余威犹在。你一时不能适应强烈的阳光，眯缝着眼睛，车也骑得舒舒缓缓。尽管你心理上恨不得立即就见到潘婷，但你在行动上却控制得恰如其分。你尽量让你的头脑保持清醒，保持冷静，你的行动的目的不是去猎艳，你有更为重要的事。你肩负着非同一般的特殊任务，你扮演的角色有点类似苏联克格勃的色情间谍。因此，在你每次即将见到潘婷的时候，你既有一种感情上的激动，又有一种强烈的卑鄙感和犯罪感。因此，你不能让潘婷完完全全地看到你的真面目，只能让潘婷看到你的一张假脸，或者叫有真有假的复合脸。

广东路是一条有名的绿化路，两边一树树高大的法桐枝叶繁茂，在空中相互交叉重叠，形成一条绿色的涵洞，阳光只能偶尔从倾斜的叶面上滑落，滴滴答答，细细碎碎。快到延安路的十字路口时，你看到了潘婷。潘婷的小坤车扎在人行道上，潘婷背着一个小皮包立在旁边。今日的潘婷依然是长发披肩，宽松的红色真丝短袖衫束在白色的一步裙内，露出两条穿着肉色丝袜的修直的长腿，潘婷也看到了你。

潘婷叫你："刘老师。"

你滑车到潘婷面前，两腿撑地并未下车。你问："卖蝈蝈儿的呢？"

潘婷一边推车下人行道，一边说："在前面。"

你和潘婷骑车穿过十字路口，前进约有百米，你便听到了蝈蝈儿们的叫声。你立即感觉到了清爽的田园情调。几百只蝈蝈儿的叫声融汇成潮，就像夏风吹过北中原浩瀚的绿野，绿色的波浪汹涌澎湃。在一条小街的街口，你看到了一担像两座小山一样的蝈蝈儿笼和那个卖蝈蝈儿的乡下人。蝈蝈儿笼是那种用高粱篾编成的最简易的笼子，橘子大小，刚能容下一只蝈蝈儿。倾斜的阳光被雪亮的高梁篾笼子反射折射出密集的光点，闪闪烁烁，炫人眼目，和广东路上的浓荫形成强烈的反差，把蝈蝈儿们的大合唱烘托得更加轰轰烈烈。

这一刻，你的心中忽然掠过一丝悲悯。这些大自然中的自由的小精灵，绿色的小歌手，被人们捉住装进连转身都很困难的笼子里，运到钢筋铁骨、利欲熏心的城市换取金钱，这和天真无邪的乡村少女被拐卖进花巷青楼有什么两样吗？

你不敢让这一悲悯在你的心灵中停留，你不敢。

你反而想这位满脸泥色的乡下人谋生也不容易。

你问了蝈蝈儿的价格，然后开始给潘婷选购蝈蝈儿。你一边挑选蝈蝈儿，一边给潘婷讲解关于蝈蝈儿和如何挑选蝈蝈儿。

你说：蝈蝈儿在乡间叫"蚰儿"，有的地方也叫"叫哥哥"。

你说：看到了吗？蝈蝈儿腰部那对短翅叫"鞍儿"，因为部位和形状很像马背上的马鞍，乡下人的想象力真是非凡。

你说：蝈蝈儿那清脆悦耳的叫声其实不是从它嘴里发出的，而是靠它腰部那对短翅摩擦发出的。因此，准确地说不应该叫唱歌，而应该叫奏鸣。挑选蝈蝈儿首先就要看它腰间的短翅是否在不停地摩擦，因为我们买蝈蝈儿主要是听它奏鸣的。蝈蝈儿也有"勤"和"懒"之分。

你说：辨认蝈蝈儿的老嫩主要看它的颜色，尤其是脸部的颜色。嫩蝈蝈儿脸部呈鲜嫩的绿色，光泽亮丽，老蝈蝈儿脸部发青发灰，暗淡无光。这实际上和分辨人的年龄大小是一个道理。

你给潘婷选了两只翠绿翠绿的嫩蝈蝈儿，潘婷要付钱，你也要付钱。我猜想，你肯定要借争来争去的机会握住潘婷的手，享受一会儿女孩小手的柔润，你利用类似的办法曾经握过不少女孩的手。最后当然是你付钱，每当出现这类情景，最后当然总是你付钱。

你选的两只蝈蝈儿果然争气，当你正在付钱的时候，它们就在潘婷的手上"吱吱吱吱"地欢叫起来。

十二

你和潘婷不约而同地顺广东路向北走，悠悠的，一时无话，仿佛都在专心致志地品味蝈蝈儿的音乐。这当儿太阳徐徐西沉，其色泽由橙黄而橘红。浓荫遮蔽的广东路已提前进入了黄昏，因此，偶尔露进来的光束就格外亮丽动人。

你说："咱们去吃点什么呢？"

潘婷说："随便吃点什么吧。"

你们开始留意街边的饭馆了。第一家名叫"小雅小吃"，你们进去了，又很快出来了，你们觉得名不副实，一点儿不雅。第二家名叫"东坡酒楼"，你们进去了，又很快出来了，你们看到了一个醉汉正想闹事。第三家你们根本没进去。因为你们刚刚拨开花花绿绿的塑料吊帘，一只绿头大苍蝇像歼击机一样嗡嗡叫着俯冲而至，先撞着了你的鼻子，又醉汉一般撞到潘婷的前额上。

你说："咱们去吃点什么呢？"

潘婷说："随便吃点什么吧。"

于是你们相对笑了好一阵，最后你们在街头的小吃摊上吃了两个麻团和一盘炒凉粉，算是应付了这一顿晚餐。

晚霞的残红尚未褪尽的时候，东方的天空就贴着多半片月亮，薄薄的，白白的，淡淡的，当夜色弥漫开来，月亮开始发光的时候，城市已被五颜六色的灯光照亮，月亮就依然显得苍白，无神无采。

你说："月亮不属于城市。月亮属于乡村，属于田园，月亮是乡土诗，月亮是田园牧歌。月亮走不进城市，月亮在城市已经被人们遗忘了。"

潘婷也有同感。潘婷说："城市不但使月光平淡苍白，城市简直是月亮的切割机，城市把月光切割成零零碎碎的几何图形，使月光丧失了原本的浩瀚和温柔。"

你们谈得很诗意，两只蝈蝈儿给你们伴奏：时而独奏，时而合奏，时而二重奏。

潘婷说："真想去沐浴田园的月光。"

你说："我与你同行。"

你们骑上自行车飞一样向郊外疾驰，因为你们原来所处的位置差不多已在城市的边缘，所以你们不一会儿就出了城区来到了北郊。你们下了大道，走上了一条土路，在一条不大的水渠旁边扎住了自行车，你在渠埂上坐下来，潘婷乖乖地坐在了你身边。你轻轻哼起一曲民谣，一曲故乡关于月亮的民谣，两只蝈蝈儿热情洋溢地为你伴奏。潘婷的样子又乖又安静。

潘婷说："刘老师，蝈蝈儿为什么不停地叫呢？"

你说："这是它们在呼唤异性，它们和人类一样需要情爱。"

潘婷不再说话。潘婷又乖又安静的样子让你心动。

郊区，其实称不上真正的田园，然而这里的月光就已经相当美好了。在这里，月光像稻花一样香味弥漫；在这里，月光像稻芒一样轻吟浅唱；在这里，月光像情人一样能够熨平你心中的沟沟坎坎，排清你胸中的污浊之气，让你心平气和，让你静静入梦。

潘婷说:"刘老师,给我讲点什么吧。"

你说:"讲点什么呢?"

潘婷说:"讲讲你们的北中原,讲讲你们的黄河岸边,讲讲你们乡下的季节,讲讲北中原夏季的绿野和你与蝈蝈儿的故事。"

这些都是你最亲切的故事,最怀恋的故事,这些故事就像你珍存的佳酿老酒一样,越品越有味道。你看着天空那轮半圆的月亮,心里酝酿了一个小小的阴谋诡计。

你说:"那是20世纪60年代初的一个夏季,我小学毕业,还没有接到初中的录取通知书。一天中午,我在我家的自留地看瓜园。田野极静,静得能听到远处黄河的呜呜声。西边的柳棵丛里有一只蝈蝈儿在叫,那两年饿死了很多人,连蝈蝈儿也骤然减少了,田野里很难再听到蝈蝈儿的歌唱。我蹑手蹑脚地走过去,静静地立在柳丛中寻找。我终于发现了那只蝈蝈儿。柳丛中长了一株很高的狗尾巴草,那只蝈蝈儿就趴在狗尾巴草的草穗上。我伸出两手从两边缓缓前移,正要以迅雷不及掩耳之势合围,忽然感觉有凉津津滑溜溜的东西压在了我的脚面上……"

你清晰地感觉到潘婷的身体在向你的身体靠拢,你想,此时潘婷的脚面上一定也爬上那种凉津津滑溜溜的感觉了。

你说:"我低头一看——"

潘婷的手已颤颤地紧紧地抓住了你的手臂。

你说:"是一条擀面杖粗细的大青蛇。"

潘婷轻轻叫一声,像条大青蛇一样钻进了你的怀里。潘婷那种凉津津滑溜溜的感觉一定是爬遍她的全身了,因为你对潘婷的肌肤最初一刹那的感觉也是凉津津滑溜溜的。

潘婷缩在你的怀里又乖又安静,然而她那青春的芳香强烈地鼓荡着你，她那富有弹性的肉体女妖一样诱惑着你。你像服下一剂春药，你感觉你自己就像一座就要喷发的火山。此时你的头脑却又格外地清醒，清醒得就像一个面对政敌的政治家。

十三

早晨上班的时候我发现天阴了，还阴得挺重，风也丝儿丝儿地凉，有点像要下雨的样子。

有一段时间没有下雨了，城市的脸很脏很脏。地面上有一层浮尘，汽车一过浮尘就借势扬威，和汽车的油屁混杂，迷人眼目，污人肺腑；汽车又多，速度又快，空气中就总是悬浮着雾一般的灰尘。灰尘使树叶失去了亮泽，使花朵失去了艳丽，树木花草全都灰眉乌嘴蔫儿叽叽的打不起精神。因此，城市很需要一场大雨，洗一洗满身满脸的灰尘和污垢了。

在省府路中段，我又看到了那个精神病人。他身穿蓝色前进装，左臂戴着一个破旧的"文革"时代的红袖章，"红卫兵"三个字依稀可辨。他迎着我的面走来，像每次看到他时一样，他口中很有节奏地反反复复地重复着一句话："万岁、万岁，毛主席万岁！"春夏秋冬，上班下班，我从这条路上走了十余载，每次看到他时他总是反反复复地重复着这句话，一刻不停。我眼看着他的步态越来越迟缓，腰弓得越来越厉害，嗓音越来越沙哑。这地方有不少人认识他，据说，他也有沉默不语的时候，然而只要你在他跟前说一声"万岁"，那么就像你接通了电动机的电源，或者按了一下录音机的开关，他立即又会不停地喊起来。

有人用同情的目光看着他。

有人用悲悯的目光看着他。

其实这都大可不必。也许，他觉得他是这个城市中生活得最有信仰因而最幸福最充实的一个；或者，不应该是我们用同情和悲悯的目光看他，而恰恰是他应该用同情和悲悯的目光看我们。

昨天晚上回家又是很晚，我害怕惊醒妻子，小心翼翼地开门，尽量不弄出响声。好一会儿没有开开，我以为插错了钥匙，抽出来看看，没错。再开，仍然没有开开。再抽出来看看，确实没错，我确信是妻子从里面上了保险。我举手敲门，半道上又把手缩了回来。我得冷静下来想想。是妻子发现了我和潘婷的特殊关系？这不大可能，我每次和潘婷的约会都非常隐蔽，选择的地点都是离我家很远很远，离妻子的单位也很远很远。是因为这段时间我总是归家很晚妻子不高兴了？也不大可能，妻子很贤惠，也很通情达理，单单为此绝对不会拒我于门外。

如此处境我竟然还会想到"僧敲月下门"的典故，该死。

我摸出一根烟，打火机嚓一声跳出火苗时，门，出乎我意料地从里面开了。

门开得有些突然，我还没有准备好怎样对待这件事。我毕竟有几分心虚，故而不敢生气，又怕妻子窥出我心虚故而也不能赔笑，如此，我的表情就很难到位。

我多余注意自己的表情了，妻子根本没有开灯，我背部向后一靠碰上门，摸索着换上拖鞋。

妻子不语。适应了屋子里的黑暗后，依稀看见妻子坐在客厅的沙发上。

过了一会儿，妻子长叹一口气，说："真不想给你开门，可是不开门又能怎么样呢？"

妻子说话嚷嚷地带有鼻音，注释妻子刚刚哭过，看来问题确实有点儿分量。妻子说话声音不高不急，没有要闹的意思。妻子爱面子，别说现在夜深人静，就是白天和我吵架也从不大喊大叫，连哭也是低声饮泣的。

妻子说："去年秋天上峨眉山，一个老道给我算命，说我'荷花色艳，莲子心苦'。当时不以为然，现在仔细想想，人家说的真是再准确不过了。"

我不能顾左右而言他了。我在妻子的旁边坐下来。

我说："你今天是怎么了？"

妻子说："难道我的命真就这么苦吗？"

我说："到底是怎么回事？你这样憋在心里能不苦？为了什么你也得让我心里清楚，你又不是不了解我。如果是我错了我认错，如果是误会也得给我一个解释的机会，你也不至于窝在心里发酵了。"

妻子又小声哭起来。我到卫生间拿来一条毛巾，妻子不接。

妻子说："你都干了些什么你心里最清楚。你们单位人人都知道，恐怕你也只能瞒我这个傻瓜了。"

肯定是有人给我妻子说了些什么。

我的估计果然不错。原来我不在家的时候，有人给我妻子打了个匿名电话，说："为了你的幸福和你们家庭的幸福，提醒你留心一点儿你丈夫的行为。"

妻子终于说出这一原委的时候，我一点也不吃惊，一点儿也不生气，甚至觉得合情合理，就像我写小说写到这里就非要出现这一情节一样合情合理。我松了一口气，心也放到了实处。好心的匿名者并没有抓到什么真凭实据，否则他就不只单单为我们家庭的幸福着想了，他就会提醒党组织为我的个人前途着想了。

我只好给妻子讲了我面临的这场官司，为了这场官司我才去接近餐餐啤酒厂的一个女孩儿。妻子一时被一百二十万元的巨额数字吓住了，整个心都担在了我身上。妻子进了一趟卫生间，就把那个好心的匿名电话丢到了马桶里，冲进了下水道。

十四

明天是向法院交答辩状的最后期限。

答辩状是我写的，这是一个完全陌生的领域，虽然写过上百万字的文章，却连写答辩状的格式都不知道，因此在动笔前我请教了律师王天成，写完后又请他过了目。王天成说答辩状其实不重要，关键是法庭辩论和代理词，而法庭辩论和代理词靠的是证据和法律条文，法律条文是现成的，所以关键的关键还是取证。按照梦月事前的交代，我把我出版的一本小说集和一部长篇签上名字请"王天成先生雅正"，王天成又好意提醒我，也送一套书给经济庭杜玉洁审判员。王天成说社会上对作家还是很尊重的，你送她一套书，她在判决这场官司时只会对你们有好处，不会对你们有坏处。

老马看了答辩状，稍作沉吟，说："是不是有点儿太简单了？"

我说我已经请教过王天成律师，并把王天成律师的看法说给老马。老马说我也不懂，既然如此那就这样吧。

我又问老马能否聘请王天成做我们杂志社的法律顾问，老马说你刚才就提到王天成，是不是前年因为那场民告官的官司而轰动全城的王天成？我说就是那个名声很大的王天成。老马连说不可不可不可。

老马开始在他面前的文具盒里给我挑选香烟，边挑选边解释说："王天成是怎样出名的？王天成不是靠打赢官司而出名，恰恰相反，王天成是因为打输官司而出名的。听一位朋友说，社会上，人们都很敬仰他、佩服他，但打官司的又都不肯请他做代理人，为什么？原因很简单，因为官方并不喜欢他。"

　　我接过老马的香烟正要点火，同时想，老马识途靠的是经历和经验，甚至是惯性。我这样想时窗外的天空忽然变得很暗，很暗，暗得就像夜间，暗得令人惊讶。然后是一道耀目的闪电，一声惊心的炸雷，一片嘭啪的雨点，这几个段落连接紧凑，一气呵成。

　　我起身到窗前看雨的时候，办公楼因雨引起了一阵小小的骚动，肯定不少人和我一样挤到窗前看雨了。好长时间没有下雨了，这段时间热得破格，人们早就盼着来一场大雨浇一浇这恼人的燠热。雨点落到地上像枚枚铜钱，把地面铺满，眨眼间又消隐了。水花水沫形成的一层浅雾笼罩了地表，若光波一样缥缈游走。越过大院围墙，我看到有人影在大雨中狂奔，有车影像大鱼一样在马路之河中游动。

　　老马也站到了窗前。

　　老马说："听说王天成很有才能，也很有正义感，只是，只是……"

　　老马不愧是老马，老马考虑得很对，老马不说我就疏忽了这一方面的因素。和梦月商量了一下，只好让王天成当一个幕后操纵者了，事后付给王天成一些劳务费。

　　这种形式老马肯定会同意的。

十五

物极必反，这道理很精辟，既适合人事也适合大自然。一场大雨煞去了秋老虎的淫威，真正的秋意飘飘然而至了。夜间赤身躺在床上，小风被纱窗筛滤成丝儿丝儿的凉，舔得人由表及里多层次的舒服。

蝈蝈儿的叫声响亮、激越、圆润、饱满，叮叮当当有金玉之声；细品，像北中原熟透的累累果子在无风的枝头摇落，像北中原金秋禾场上的颗颗豆粒追随着石磙在阳光下弹跃。

今夜，我又听着蝈蝈儿的叫声蒙眬入梦；今夜，蝈蝈儿的叫声又牵着我的梦，就像乡愁系着游子，就像磷火负着鬼魂，就像悠悠的云载着细细的雨，飘呀飘，飘向北中原，飘回黄河北岸我的故乡，降落在那个遥远的歉收的秋季。

该到县城一中报到了，可我的学费还没有凑齐。

父亲病故后，大哥成了家里的掌舵人。大哥刨倒了宅基上的一棵榆树，拉到集上卖钱给我交学费。那是一棵尚未成材的小榆树，是几年前我和大哥一块栽下的小榆树。父亲一病就是两年，为了给父亲看病，宅基上的大树早已卖光了。我帮大哥刨树的时候心里很难受，我知道大哥心里也很难受，砍树根的时候我差一点哭出来。

我说："哥，我不想上学了。"

大哥吃惊地看着我，我低下头，不敢看大哥。大哥说了一句话让我终生难忘。

大哥说："哥再难也要供你上学。"

大哥借了一辆架子车，拉上那棵榆树赶集去了。我一边帮母亲捋枝头的榆叶，一边轰赶抢食榆叶的鸡。谁家的一头小猪不远不近地看着我们，一动不动，一副不敢近前又舍不得离去的可怜样子。那个年代，榆叶可是绝大多数农家难得的食品。

晚上，我去和小伙伴们告别。圪针和丢打没有考上中学，眉豆上学晚两年，该读五年级。我们坐在村东头的禾场上，看着天上密密麻麻的星星，竟然没有多少话说。今后，恐怕我们很难在一起尽兴地玩耍了。

回到家里的时候东屋亮着灯，是不是嫂子从娘家回来了？嫂子什么时候从娘家回来了？大哥自己在家里从不点灯的。明天一早我就要到县城上学了，正好去和嫂子说句话，也算是和嫂子告个别。

我走到东屋门口的时候，无意间拾到了嫂子一句话，嫂子的这句话仿佛具有定身魔法的效用，把我的身体和思想一同定在我家东屋门外的星光下。

嫂子说："我也不跟你吵，我也不跟你闹，你咬个牙印儿，到底分不分家？"

大哥说："分了家，俺娘咋办？谁供雨点上学？"

嫂子说："这我不管。连饭都吃不上，谁还顾得了那么多！"

大哥说："不分。"

嫂子说："不分咱就离婚。"

大哥说："离就离。"

嫂子说："不分咱一天也不过，明天咱就去公社打离婚证。"

大哥说："后天去，明天雨点开学，后天去。"

那天夜里，我站在我家东屋门外的星光下，心里黑洞洞的，没有一星一点儿亮光。脑袋像被人打肿了，又木又涨，腿软得像面条儿，我悄悄往北屋走的时候几乎支撑不住我瘦小的身体。

那天晚上，十三岁的我就切切实实地感受到了人生的艰难和沉重；那天晚上，哥嫂的对话像烙铁一样永生永世烙在了我的大脑，直到现在我还在想，如果那天晚上我不去东屋，大哥和嫂子为什么离婚对我来说将永远是一个谜。那个年代，"孝"字在北中原破落的农家小院里几乎就不存在了，媳妇骂公婆已经成了家常便饭。嫂子却不是这样，嫂子过门将近几年了还没有吵闹过，也没给过母亲和我脸色看，所以我心中一直充满了对嫂子的感激和尊重。那天晚上她把她自己的形象全毁了，她骗取了我的信任，她毁了我大哥的幸福，我恨她，我鄙视她，不管和大哥离婚后她嫁到了哪里，我的恨和鄙视将永生永世随着她，永不宽恕。大哥对我的亲情和恩德我永生永世也报答不了。当然有时我也想，我那么恨嫂子是不是为了减轻我自己的心理负担？大哥离婚的根本原因难道不正是我吗？

　　我虽然小，但我已经懂事了。我当然不能让大哥为了我付出一生的幸福。

　　第二天早上，母亲把我要带的馍装好，喊醒我起来吃饭。我肉肉磨磨怄着不肯吃，拿了一把铁锨跳进猪圈出猪粪。母亲说："雨点，你快点吃了趁凉快走吧。"我说："妈，我不想上学了。"母亲叹口气，说："不想上学你得和你哥商量。"

　　大哥下早晌回来，见我在出猪粪，就有点吃惊。

　　大哥说："雨点，你咋还没走？"

　　我说："哥，我真的不想上学了。"

　　大哥说："净说傻话。咱妈将来就指望享你的福哩，你不上学会中？"

　　又说："快出来洗洗吃饭，吃了饭趁凉快开路。"

　　我决定不上学了，就肉呀肉，吃饭也吃得很慢。等大哥上工走了，我就挎上篮子拿一把小铲子下地割草。那年天旱草稀，十斤草一个工分，我割草手快，割一天也差不多能顶一个劳动力了。

村子近处的草都让人割光了，我走得离村子很远。我正在割草时，听到不远的豆地有一只蝈蝈儿在叫。我正犹豫去不去逮这只蝈蝈儿，一抬头看到大哥正大步流星向我走来。大哥的身体抖动着，脸都变了形，我从来没有看到过大哥还有如此模样。

我站在那里不动，我吓呆了。

大哥手一抡便把我打倒在地，接着我便分不清是拳是脚，雨点般砸在我的身上。大哥一边打一边吼："谁让你割草的？谁让你割草的？"

我在雨点般的拳脚中清醒过来，钻心的疼痛反而坚定了我的意志，我像一只被逼到墙角的愤怒的猫："我不想上学，我学不会，我就是不想上学！"

大哥的拳脚越来越重："咱爹死时的情景你都忘了？咱爹死的时候一直合不上眼，一直等到看到了你的录取通知书，咱爹才合上了眼，你都忘了？"

我反正是横下了一条心："你打吧，你狠劲打，你打死我我也不上学！"

大哥忽然住了手，大哥抓住我的两肩把我从地上提起来，扶我站稳，扑通就跪在了我面前。

大哥说："小雨点，哥给你跪下中不中？哥给你跪下中不中？"

我哇哇大哭起来，我紧紧抱住大哥："哥，我去上学，我现在就去上学。"

三十年过去了。三十年，在人生旅途中算得上是漫漫长路了。三十年把大哥由一个英俊的青年变成了一个腰弓背驼的老人。母亲去世后，大哥连一个可以说话的人也没有了，然而，无依无伴的大哥却无时无刻不在惦念着他远在城市的已过不惑之年的弟弟，希望他的弟弟前途远大，一生幸福。

十六

酒量就是肚量，酒品就是人品，酒风就是作风，这话也不知道是哪个王八蛋发明创造的，我坚定不移地相信，凡是像我这样不能喝酒的人都会同意刘雨点的意见，把这句话的作者叫作王八蛋。你想想这话往桌面上一摊，谁愿意承担鸡肠鼠肚人品不好的名声？那就晕着头喝吧。

豪华的逍遥宫雅间里坐着五个人，刘雨点做东，雷半诗出钱，杜玉洁是客，王天成、梦月作陪。五个人围着一个磨盘大的桌面，大杯、小杯、大碟、小碟，中间是小丘样叠放的菜肴。刘雨点再一次举起酒杯。贪得无厌，坐吃山空——这两个成语在刘雨点的头脑里像喝醉了酒一样摇摆摆、摆摆摇站立不直；闭着眼喝，黑着心吃，早晚会把党的肉吃完，把国的血喝干——这些话在刘雨点心里像水中的倒影一样愤愤地涌动欲出而不能。刘雨点再一次举起酒杯。

刘雨点再一次举起酒杯时说："咱们就能者多劳吧，再平均主义你们就找不着我了。"

实际上早已找不到真实的刘雨点了，作为真实的刘雨点的我已经游离于刘雨点的身体之外了。

杜玉洁说："恐怕不行。你请我来喝酒，又不陪我喝酒，你说，说得过去吗？"

没想到这位女法官如此能喝，喝白酒跟喝白水似的。旁观者清，据我观察，十个八个刘雨点也喝不过这位女法官。我悄悄劝刘雨点千万不可和人家挺酒。刘雨点听从了我的劝告，因为我和刘雨点毕竟是密不可分的一个人。

刘雨点说："我也不能让你多喝酒，你是法官，喝糊涂了判案还不净判糊涂案吗？那不正应了人家说的'糊涂得像法院'这句话了吗？"

刘雨点你真是喝多了，诙谐你也得诙得是地方，这种话岂能当着法官说？好在杜玉洁笑眯眯的根本不在意，我的心这才放下来。

刘雨点抽出一支烟，刚刚放到嘴里，服务小姐就上前按燃了打火机。刘雨点凑前点烟时盯上了小姐的手，这小姐儿脸盘子不咋样，手倒真白嫩，亲一下或者摸一下，那滋味一定挺不错。

我连忙提醒刘雨点，你今天请客是为了官司，可不是为了这小姐儿的手。这顿饭也该结束了，王律师不是说了吗，人家杜法官最喜欢的是跳舞。

刘雨点说："法官女士，酒今天就喝到这里吧，咱们上楼玩一玩。"

杜玉洁说："好吧，今天跟作家学一学。"

刘雨点说："今天我喝得过量了，照顾不周你可得原谅我。"

逍遥舞厅不大，布置格局很别致，中心是舞池，北面是卡拉OK显像小屏幕，其余三面是围着沙发的小矮桌，每张桌子上有一盏仿蜡烛样子的小彩灯，整个色调宛若晚霞未尽的黄昏，静谧而柔和。

服务小姐引着五个人围拢着一张小桌子坐下来，另一位随即送上了瓜子、饮料、口香糖。平时拘谨内向的刘雨点这会儿有酒精在肚子里壮着胆，一派放荡不羁的样子，屁股还没坐稳，就拉着杜玉洁进了舞池。

对于"酒后吐真言""酒后露真相"之说，我觉得并不完全准确。对于有些人可能是这样，对于另一些人则恰恰相反。前一种情况是平常由于种种原因碍口不便或者不敢说出实话真话，于是借着酒精的魔力一吐为快，即便有得罪人处，人家也会因为你是酒后而原谅。后一种情况则是用酒色来化装遮脸好进入要扮演的角色，就像演员登上了舞台，进行精湛的表演来感动别人或者诱别人进入圈套，以达到预期的目的，周瑜导演的群英会就是典型一例。

刘雨点基本上属于后一种人。

其实仔细想想，只要是借酒，不管是前者或后者，不管是玩真的或是来假的，都含有表演的味道，只是真真假假成分比例极难辨别或根本无法辨别而已，正如现在，我也无法准确认定酒前酒后的我哪个是真、哪个是假或者哪个较真、哪个较假是一样的道理。

刘雨点搂着女法官杜玉洁在舞池中旁若无人地旋转。刘雨点忽然觉得很滑稽，这个将要审判我的女法官现在却被我搂在怀里，完全听从我的指挥、调度和摆布，这情节有点儿小说化。刘雨点有一种创造小说情节的冲动和愉悦感，于是就很娴熟地跳出许多花样来，随心所欲地摆弄这位女法官。

女法官杜玉洁被刘雨点摆弄得很高兴，连连称赞刘雨点跳得好，说刘雨点不愧是作家，连跳舞也跳出了一股作家味。

我暗想刘雨点这小子这会儿被酒精熏得很清醒。刘雨点在不喝酒的时候就显得很糊涂，和女人跳舞时总是拘拘谨谨的，其结果总是让女人失望和扫兴。

杜玉洁说："平时当事人请客我极少去，害怕判案受影响。"

刘雨点说："看来王律师的面子还真不小。"

杜玉洁说："主要是看了你送给我的那部书。你对现代家庭的了解很透彻，见解很精辟，特别是人物的心理描写很真实，读完后就想和你聊一聊。"

我写的这部长篇小说叫《人境》，简言之，这部书写了一对情人各自都有一个和睦的家庭，男主角把妻子和情人两个女人安置得很得体，女主角也把丈夫和情人两个男人安置得很到位。女法官能欣赏这部书，说明她的心里也不安分，敢不敢红杏出墙是另一回事，起码对家庭外的诱惑颇向往。

刘雨点说："如此说咱们算是有缘分，这场官司靠你关照了。"

刘雨点你失误了，这话有前半句就足够了，我真恨不得抓起后半句再塞回你的喉咙里。这时候不应该谈官司，这时候谈官司就显得很功利，这时候你只要把女法官摆弄得高高兴兴舒舒服服就什么都有了，半句不要谈官司。这就叫不谈之谈，不谈之谈乃谈之最高境界也。

果然杜玉洁说："缘分是缘分，官司是官司，两码事。"

刘雨点说："无缘难相逢，有缘便是情，玉洁你可不能大义灭情哪。"

刘雨点意识到了失误，只好用大胆的玩笑来补救。

杜玉洁说：　"到时候再说吧，关照也只能在法律界限的范围内。"

刘雨点说："这个我知道，比如我犯了流氓罪，应判 1 年至 4 年……"

杜玉洁说："什么罪不能犯，为什么偏偏要犯流氓罪？"

杜玉洁哏儿嘎、哏儿嘎地笑起来，笑得富富态态的身体一抖一颤的，刘雨点就感到左肩一沉一沉地有压力，忽然又觉得杜玉洁哏儿嘎、哏儿嘎的笑声像驴叫，越品味越像。

我觉得你刘雨点补救的效果基本上还可以。

十七

你和潘婷的交往越来越频繁了。你的计划很周密，步骤很清晰。你觉得你投入的感情已经很富足了，然而离你想到达的目的尚不知有多远。

我居高临下把你看得更清楚，我觉得你投入更多的不是感情而是心机。我觉得潘婷就像一条难得的鱼，你分阶段用细腻的感情搓成线，用热烈的感情铸成钩，用甜蜜的感情凝成饵；或者说潘婷就像一只罕见的鸟，你先把她诱入了一片神秘的充满童话色彩的大森林，又在森林的深处布下了一张迷宫似的网。这条鱼或者说这只鸟的经济价值你我心里都清楚。钓到钓不到这条鱼，或者说捕到捕不到这只鸟，现在就看你关键时刻的智慧和运气了。

现在你刚刚来到潘婷的单身宿舍，也是第一次来到潘婷的单身宿舍。因窗户向西，落日的橘红把房间里挤得满满当当，又被窗外的树枝摇得闪烁不定。你打电话问潘婷的蝈蝈儿饮食可正常，身体可健康。潘婷说我不告诉你，我要你亲自来看看我的蝈蝈儿，你还没有来过我的宿舍呢。

这时候，蝈蝈儿的叫声稳健、雄壮，亮着淬火后的钢蓝色的光泽。

潘婷说："以后每年夏季我都要买两只蝈蝈儿，刘老师你信不？"

你说："我信。"

潘婷说："我觉得我不是在听蝈蝈儿唱歌，我觉得我是在和大自然进行心灵的交流，这种美妙的感觉我简直找不到语言来表达。"

你的目光先是变得非常纯净，然后又变得非常复杂。我知道那是你心理变化的映象。你难得遇到了一个知音，你的感觉和潘婷的感觉真是点点相通，你简直不忍心去算计一个像大自然一样真纯美丽的姑娘。

潘婷说："我写了一篇散文《蝈蝈儿》，现在还不敢拿出手，等满意了再请刘老师赐教。"

你走到窗前，凝视着正在夕照中振翅高歌的两只蝈蝈儿，神情压抑忧郁。

你叹息一声，说："做一个人真还不如做一只蝈蝈儿！"

潘婷不知道你怎么了，静静地走到你身边，手搭在你肩上。你拿起潘婷的手轻轻抚摸，潘婷就小羊一样很乖地依偎着你。

走廊里响来高跟鞋由远移近敲击地板的得得声，潘婷离开你回到床上，你燃上一支烟，等待鞋音由近及远地敲过去。

你说："到外面走走吧。"

你先自己下楼了。你知道女孩儿出门前都要照照镜子，换换衣服，装扮一下。你没有等她，你不想和她同行，你们的关系你不想让潘婷单位的任何人知道，尤其不能让潘婷单位的领导知道。当初为了拉广告你和雷半诗曾经陪潘婷单位的领导喝过一次酒，你最担心被他们看见，因此你尽量不到厂里找潘婷。

潘婷换上了一件艳丽的红上衣，下身配一条墨绿色的牛仔裤。潘婷的打扮又一次让你想到咱们北中原上的一株修直的红高粱。

你们默默地走着。你看着天空暗淡的晚霞无声地在黄昏中消融。你很少说话，就是在潘婷说话的时候你也很少插言。我知道你是在营造一种氛围，营造一种沉闷压抑的氛围，营造一种适合你构思的情节发展的氛围，就像舞台上根据每一场戏的剧情而设置的布景一样。实际上，我以为这种氛围你早已营造好了，就存在你后台的仓库里，单等剧情需要的时候搬上前台摆放一下也就可以了。

现在你就等着潘婷自然入戏了。

潘婷说："刘老师，你今天有心事。"

你用叹气表示认可。

潘婷说："还不是一般的心事。"

你说："如果处理不好，也许我会身败名裂。"

潘婷被你的话吓住了。潘婷停下脚步，看着你，幽幽的目光被惊扰。

潘婷说："什么事这么严重？刘老师，能告诉我吗？"

你惨淡地笑笑，右手揽了一下潘婷的腰肢，继续肩并肩向前走，没有目标地向前走。黄昏初至，临街店铺灯火辉煌，唯有路灯暗淡。

你说："现在还不行，过段时间一定告诉你。"

潘婷说："希望我能够替你分担一点忧愁。"

拐过街角，有一家卡拉OK歌舞厅。潘婷说我想为你唱支歌。你连歌舞厅的名字也没看，就买了两张票。大概是时间太早的缘故，歌舞厅里空荡荡的一个人也没有。服务小姐走过来问你们要点什么，你给潘婷要了一听椰子汁，给你自己要了一听杏仁露。

潘婷为你唱的一支歌是《水手》。你没有想到潘婷唱流行歌曲唱得那么好，如果她改行唱歌说不定也会走红的。潘婷歌唱时感情真纯自然，不张扬，不做作，就像石间的溪流寄情于汨汨的声音。

当唱到"他说风雨中这点痛算什么，擦干泪不要怕至少我们还有梦"的时候，你觉得潘婷的情感就像乡间小雨，点点滴滴连绵不断地滋润着你干渴的心田；在潘婷忧而无怨，伤而不悲的歌声中，你依稀看到了咱们北中原上风雨中的劲草和折断的树干上抽出的新芽。你为潘婷唱了一首《小芳》。你的感情也很真挚，尤其当你唱到"谢谢你给我的爱，今生今世我不忘怀；谢谢你给我的温柔，伴我度过那个年代"时，你竟然不由自主地流了泪。我看到潘婷也被你感动得流下了泪。

你的真诚也触动了我。你知道我为什么要用"触动"而不用"感动"这个词。我相信你此时此刻确实动了真情，你的眼泪也是真情的眼泪，不是鳄鱼的眼泪。然而让我再从另一个角度来看看你。你毕竟正在扮演一种角色，所以触动了你的真情，是因为你的处境的确不妙，此时的剧情和生活中的真实正好重叠在一起了，你正在扮演的角色正好是你本人，你的眼泪使你要营造的氛围比生活中的真实还要真实。因此，从这一角度看，你的眼泪与鳄鱼的眼泪其实有异曲同工之效用。

十八

当第一批人进来时，你们起身走出了歌舞厅。你觉得应该把潘婷从刚才的氛围中引领出来了，因为你构思的情节是一波一波向前推进的。

你说："谈点别的吧。"

潘婷说："谈点别的吧。"

你说："都说目前企业状况不景气，你们厂的情况怎么样?"

你的口气淡淡的，我猜测你是在用淡入的手法，试探性地向前推进你的计划，你的计划能否成功其实你心中一点儿把握也没有。

潘婷说："我们厂的情况还可以，但也明显没有前几年红火了。"

你说："为什么？"

潘婷说："大概你也知道，我们的餐餐啤酒一投产就被评为省优部优，因此非常走俏，供不应求，正像广告上说的那样，'餐餐喝餐餐，餐餐好胃口'。谁知接着就出现了大量的假冒产品，把我们餐餐的牌子给砸了。一些不了解真相的消费者把我们的广告词改成了'餐餐喝餐餐，餐餐倒胃口'。你说气人不？"

你说："假冒伪劣产品是市场经济的大害。"

你心中却偷偷地暗自高兴，于是我预感到你及时准确地捕捉住了一条信息。好你个姚麻子，你们厂销售量大幅度下降的直接原因是假冒产品，你没有办法对付假冒产品，却心狠手辣地设置了一个"电话号码陷阱"，拿我们文化广告公司来当替罪羊，企图从我们这里捞一把来弥补你们的损失。这才是黑狗吃屎，白狗遭殃，儿子犯罪，老子挨打。

你觉得这条信息在面临的官司中对你方极为有利。我提醒你不要高兴太过，可以说"有利"，不一定"极为"，因为这毕竟是软件而不是硬件，只能为法庭判案提供参考而不是铁证如山。要确认餐餐啤酒销售量下降的真实原因，需要法庭做大量的调查取证工作，你想，目前法庭的经济案件堆积如山，要他们去做详尽的调查取证工作可能性不大。当然这也要看你的运作技巧，运作到位了，有时候软件也能当硬件。你漫不经心地和潘婷谈着餐餐啤酒厂，有一搭没一搭，有头无绪，散散乱乱的如一片野草，而你的神经则像一条警犬在这片散乱的野草间嗅来嗅去。如果不是潘婷谈起，你还不知道"餐餐啤酒厂"的前身就是"文化大革命"期间赫赫有名的"向阳春酒厂"。当时，向阳春酒厂是企业界"斗批改"的先进典型，是工业学大庆的模范单位。面向工农兵生产的"向阳春"牌白酒，价廉、度高、劲大、过瘾、覆盖市场，几乎无人不知，无人不饮，尤其是市民和搬运工，开口闭口就是"向阳春"。20世纪70年代末开始走下坡路，进入80年代走上了绝路。随着生活水平的快速提高，人们对这种劣质白酒已经不屑一顾。市民们寻开心取乐，编了几句顺口溜，很是诙谐：

> 向阳春，中龟孙，
> 喝不两口头就晕。
> 晕着头，找厂长，厂长说：
> 你说哩，算个球，
> 是酒喝了都上头，
> 不上这头上那头。

潘婷说，当时厂里贷款已上千万元，工人开不下来工资，上头调谁来都不肯来，都不愿意接手这个烂摊子，没办法只好借改革这股风实行招聘。姚厂长原来是封丘县一个搞建筑的包工头，用自己的五十万元资金作抵押，当上了厂长。姚厂长一上任就改了厂名，废弃向阳春，推出餐餐牌啤酒，不到两年就还清了贷款。

我预料到你的心理又变得很复杂。原来你认为姚麻子只是一个老于阴谋心黑手毒的人，对付这样的人可以不择手段也问心无愧，没想到他还是一个有胆有识的开拓者和企业家，没想到他还有这么一段救厂救民于水火的经历，这无疑影响了你恨之不死的感情，更让你没想到的是姚麻子竟然也是咱们北中原人。咱们北中原人讲义气，重乡情，尤其是出门在外非常抱团儿，一人和外人打架，其他人往往也会出手相帮。

这一次没想到咱们自己和自己打起来了。

十九

老马打来电话，说兄弟编辑部的两位同人前来组稿，你来陪一下吧。我说我这会儿在法院，我待一会儿就过去。

老马一向对工作兢兢业业，业务能力也让人钦佩，就是不喜欢外交，一般拉个广告、接待个客人这一类工作都是由我出面。像今天接待外省前来组稿的同人无非是帮忙安排一下住处，联系一下作家，请吃一顿饭，买一下车票，基本如此。我们到外省组稿，人家基本上也是这样接待的。

和客人互相谈了本编辑部的情况，经费困难，纸张涨价，订户不多，等等，实际上等于互相诉苦。我到一编室把梦月叫出来，让她去安排中午的便宴。梦月问吃什么标准，我说高了咱消费不起，低了咱又怕寒碜，中档吧。近一点儿，免得再要车。梦月说那就去休闲酒家。我说好，你再给刘自知和金小玉说一声，让他们俩中午一起陪客。

出作家协会大院，西行约二百米就到休闲酒家。大红地毯铺到门外迎接客人的脚，礼仪小姐站在两旁迎接客人的脸。玻璃壁缸里养着活蛇活蛙，生猛海鲜；旁边是一个长方形的铁丝笼，笼子里圈着十几只活鸽子。鸽子们有站有卧，神态娴雅、安静，目光温柔祥和地看着进进出出的客人。

我的心灵深处忽然有一种说不清楚的滋味，就像湖底睡醒了一条大鱼，大鱼蠢蠢欲动，迟早要浮出水面溅起浪花。

鸽子在鸟类中可以说品质优秀，出类拔萃。它飞行快，耐力强，坚韧不拔，同时性情忠实、敦厚、娴静、温柔、祥和，因此，人类用它来作为和平的象征，称"和平鸽"。而此刻，老板把它们养在酒店的笼子里当然不是用它来象征和平的。

我就不由得多看了它们几眼。我发现有一只鸽子我似曾相识，那只鸽子两头黑、中间白，脖子上的羽毛微微泛紫。我的心里动了一下，我知道我心湖深处的那条大鱼彻底睡醒了，要拍打着鳍尾浮上水面了。

我让梦月负责点菜，梦月就让每个人先点一个。女招待最后核对菜单时我听到有一样油炸鸽翅，没注意刚才是谁点的。我说："去掉油炸鸽翅，换成生吃全虫，提高一点档次。"他们当然不会知道我为什么要换这道菜。我感觉到客人挺高兴，因为客人连连说："简单点儿，简单点儿。"

那一年的冬天很漫长、很冷，因为吃不饱肚子就感觉更冷。后来被称作"三年困难时期"。快到春节的时候，一场大雪严严实实地覆盖了北中原，禾场的草垛几乎成了鸟儿们觅食的唯一去处了。我和圪针、丢打、眉豆等几个小伙伴躲在生产队的牛屋里，伸出一排脑袋目不转睛地盯着禾场上的干草垛，因为在干草垛边上我们每人都支着一副套鸟的"称子"。

一群"灰脖子"站在草垛顶上叽叽喳喳地叫，它们精得很，蹦来蹦去，谁也不肯带头下来，就轰的一声飞走了，我们很失望。过了一会儿，又飞来一只鸽子斜着身子在禾场上空盘旋，冬日的阳光在它的翅膀上滑来滑去。冬天鸟儿凑群儿，像这样的孤鸽很少见。然而，在我们不指望它落下来的时候那只鸽子却落在了草垛旁边。

我们的目光就都绷直了。忽然，那只鸽子仿佛变成了一条活蹦乱跳的鱼，"波啦啦波啦啦"拍打着翅膀就是飞不走，溅碎的阳光零乱闪烁。它被我们的"称子"套住了。

我们冲出牛屋，向禾场狂奔，都希望那只鸽子被套到了自己支的"称子"里。我感觉到了那只鸽子应该属于我。

我抱着那只鸽子，由于高兴和激动，心口扑扑扑跳得很欢。小伙伴们前前后后地簇拥着我。眉豆伸手摸一下，又伸手摸一下。这是一只非常漂亮的小鸽子，两头黑，中间白，脖子上的羽毛黑透亮紫。小伙伴们七嘴八舌给我出主意，有的建议烧烧吃，有的说应该炒炒吃。还是丢打有经验，因为丢打曾经逮住过一只灰脖子，丢打说："还是煮煮吃好，煮一锅汤，这样你们一家人过年就都能吃上肉菜了。"

大年三十那天，大哥磨快了刀，我从小鸡篓里抱出了那只鸽子。鸽子的羽毛柔暖滑润，感觉很舒服，鸽子的神态安静祥和，鸽子的目光温柔纯净。鸽子仿佛不知道它就要被宰杀，直到我把它递向大哥的时候，它的目光仍然是那样安静祥和、温柔纯净。它的目光融化了我的恶念，我不忍心吃它了。

我说："哥，不杀它了吧。"大哥怔了一下。我说："哥，你看看它的眼睛。"大哥看了看，举刀的手放下来。我知道在我和大哥的心里悲悯已经战胜了屠刀，而且是饥肠辘辘下的屠刀。大哥说："过年你不想吃肉了？"我说："反正是不杀它了。"

梦月碰碰我，说："开始吧？"我看看桌面，凉菜已经上齐了，就示意老马："开始吧。"于是老马就率先举杯，对远道而来的客人表示欢迎；客人也举杯，对主人的热情招待表示感谢。编辑部不富，不敢大吃大喝，就是二吃二喝，这一顿饭恐怕也不低于五百元。这和我清苦的童年相比，也足以形成一个不大不小的反差了。

那只鸽子成了我的亲密朋友。上学它要送我，放学它要接我；我写作业，它会静静地卧在桌角，有时会站在我的肩上用嘴角蹭我的脖子和脸蛋。听说鸽子可以送信，我走亲戚就带着它，每次它都能安全地飞回家中。

春天，我大姐和外甥从克拉玛依回来了。大姐夫在克拉玛依当石油工人，大姐算是随工家属。他们想着老家是产粮区，不管怎么说粮食也会多一些，没想到老家的情况比他们那里还困难，所以没住多久就准备返回去。我外甥想把我的鸽子带走让它往家送信。我知道他们要去的地方很远很远，坐火车七天七夜还到不了，中间还隔着大山大河大沙漠。我说："那么远，它能飞回来吗？"我外甥说："能飞回来。只要是信鸽就能飞回来。"我外甥虽然是我外甥，可他其实年龄只比我小一岁，虽然他的年龄比我小一岁，可因为他有一个工人爸爸，就比我见多识广。尽管我非常害怕他把我的小鸽子弄丢了，可最终抵御不了那种好奇心理、探秘心理和探险心理对我的诱惑，到底还是让他把我的小鸽子带走了。

他差不多等于把我的灵魂带走了。那段时间，我一直像丢了魂，天天盼着我的小鸽子飞回来。十天过去了，二十天过去了，一个月过去了，两个月过去了，我的小鸽子一直没有回来。是中途迷路了，是饿死渴死了，是被老鹰抓走了，还是被我的外甥宰吃了？我后悔死了，千不该万不该，不该让外甥把我的小鸽子带走。就在我要绝望的时候，有一天我放学回家，忽然看到我的小鸽子正站在水缸边的脸盆旁，一仰脖子一仰脖子地喝水，当时我的眼泪就下来了……

梦月又碰碰我提示我向客人敬酒，我就站起来向客人敬酒。菜上得差不多了，转盘上满满当当的，盘子上还架着盘子。我感觉到我的心理很反常，我忽然担心什么时候会不会再来一个"三年困难时期"，万一再来一个"三年困难时期"，我们还能不能安全地度过去。

父亲就是死在了那个"三年困难时期"。父亲病得奄奄一息了，大哥用独轮车把父亲送到了公社卫生院。医生用食指在我父亲肿得熟亮的腿上一按，就按下去酒盅大的一个坑，半天不能复原。医生把大哥叫出来，悲凉地说："让你爹临走前吃一顿饱饭吧，别做鬼了还是个饿死鬼。"大哥哭着求医生，医生叹一口气，说："什么病，其实是极度缺乏营养，让他吃点好的兴许还有救。"吃点什么好的呢？连红薯渣、榆树皮都吃不上，还能有什么好的呢？唯一能够办到的也只有杀掉我的小鸽子了。不管是为了救父亲的命，还是为了让父亲不当饿死鬼，都只能牺牲我心爱的小鸽子了。或许能够侥幸救父亲一命呢！可是父亲说："算了吧孩子，一只鸽子也救不了爹的命，就不要再害性命了……"

这一顿饭吃得很不专注。因为我心头始终有一种难言的滋味，因此吃进去的东西就觉不出一点儿滋味。甚至我都不知道我都吃进去了一些什么。我想我一定把客人怠慢了。

出门的时候我又看到了那只两头黑、中间白的鸽子，它依然安静祥和地看着食欲旺盛或者酒足饭饱的食客，安静祥和地等待着屠刀。我掏出十元钱要买那只鸽子，酒店老板大度地说老关系，奉送了。我捧着那只鸽子走出休闲酒家，张开手，那只鸽子却站在我的掌上不肯飞去。我用劲把它抛向空中，它才迟迟疑疑地飞走了。同事和客人嘴上都说我放生行善，大慈大悲，菩萨心肠，但是我想他们内心可能会说我是一个神经蛋。他们不知道我是在赎罪，不知道我是在为我曾经杀死过一只可爱的小鸽子而赎罪。

以后的一段日子，我的眼前老是出现我童年的那只小鸽子，我的目光仍然不敢与它温和纯净的目光对视，我感觉我的放生赎罪，就像祥林嫂虽然捐了门槛，身子仍然不洁一样。我并非第一次进休闲酒家，也并非第一次看到那些被囚禁在笼子里的鸽子，为什么往日就没有这种感触呢？为什么单单这一次触开了我的记忆之门呢？直到我又一次见到潘婷时，这种"为什么"才由我的潜意识里圆亮如珠地浮上表层。

二十

有一场官司压着，国庆节也没有伸直腰过，节后一上班梦月就告诉我，法院准备十月十五日开庭。我一听就发毛，没有拿到证据，开庭不会有我的好果子吃，而要在几天内拿到证据，我也实在没有把握。好在，我想杜玉洁法官在正式通知之前先通过王天成透给我们是对我们的有意关照，看我们准备好了没有，没准备好还有个变通的余地。我应该打个电话过去首先对她的这番好意表示感谢，套一套近乎，说一说困难，把开庭日期尽可能地往后拖。我把拿起来的话筒又放下去，我得考虑一下怎样才能和杜玉洁拉得感情近一点。首先是怎么称呼。社会交际中，"同志"已经很少有人使用了，太正统，太规范，本身就具有很强的原则性。分析女性心理，一般都希望自己在男性眼中年轻一点儿，漂亮一点儿。那么就称呼"小杜"或者"玉洁"。小杜还是玉洁？称小杜偏重于亲切，称玉洁重于亲近。小杜？不行，她那么胖壮的身材和"小"字放在一起本身就是一种讽刺，她要误会我是在讽刺她就不好说清楚了。看来我只有称呼她玉洁了。我拨通了她的电话。

我说："您是玉洁吗？我是刘雨点。"

"刘雨点？哪个刘雨点？"

杜玉洁的口气干直板硬，我酝酿了半天的感情色彩瞬间凝固了，感觉从头发梢一下凉到了脚趾。如果不是这场官司，如果不是这一百二十万元，不管对方是谁我都会毫不犹豫地挂断电话，并且永远再不联系。可偏偏对方就是由于这场一百二十万元的官司而居高临下的法官，喷一脸唾沫星儿也得当成甘霖，忍辱含垢也不敢出一口大气。

我说："《新荷》杂志社的刘雨点。"

"噢，是刘作家。"对方的口气活软了一点儿，但仍在公事公办范畴，"我正要通知你开庭的日期。"

"谢谢您的关照。"我说，"不过十五号开庭太紧张了，能不能再缓一缓？"

"已经研究定了的，不好更改。再说，我们有规定，没有特殊情况，一般案件不能超过三个月。"

"那就请您……"

我说不下去了，因为对方已挂断了电话。

我在心里狠狠地骂，骂得很村野，有些话不好意思记录在此污人眼目和心灵。我又想到那天晚上这位女法官很随和，很家常，很富有人情味，跳舞跳得热汗津津，气喘吁吁，该说的时候也是说得没遮没拦，该笑的时候笑得趴在我怀里哏儿嘎、哏儿嘎跟驴叫一样，今天怎么说变脸就变脸了呢？

我的情绪坏极了。一是我咽不下这口气。我试图强咽下去，可咽下去后那口气就在肚腹中膨胀发酵，带着难闻的气味冒上来。二是如此这般，这场官司还有个屁的打头，身败名裂的结局就在眼前。

　　我点上一支烟，串到梦月办公室。人在这种时候最需要友情，需要朋友一双友谊的手，需要朋友一颗温暖的心，我发现我自己其实是非常软弱的。

　　梦月说："你的脸色很难看。"

　　梦月问："什么事值得你生这么大的气？"

　　梦月在我夹咒夹骂的叙述中了解了事情的全过程后，笑了。

　　梦月说："我给你讲个从前有座山的故事。我有一个关系非同一般的朋友，中学同桌，下乡同村，大学同班。大学毕业后他分到了市政府，早就是人事局局长了。一次我路过市人事局，想顺便找他聊一聊。有几个人正和他谈一件什么事。他见我进来，也不起身相迎，依然一副官脸，十足官腔。一直等到房间里只剩下我们两个人时，他才摘下面具，换上一张人脸，亲切如初。我说他，你整天装腔作势不觉得累？我要是不了解你，我会扭头就走，而且永远不再见你。他说，梦月呀，你不在官场不知道，有些人还就认你这个架子，否则就说你不像个当官的，就不尊重你，就不拿你当回事。这就像舞台上文臣的帽翅，武将背靠上的四杆旗，既威武又表示一种身份。这也是一种盾牌，让人不能靠近你。我们干人事工作的来找的人太多，要没有一个盾牌，你简直就没法正常工作。我说你这工作我一天也干不了，简直是活受罪。他说要不人家骂我们'人事干部不是人'，我们自己也调侃自己'是人不来干人事'……"

　　人事干部不是人，是人不来干人事。文字安排得有点意思。这要是作为一副对子的上联，要对上下联还真得费点心思。

梦月说："我们老同学多年，交情半辈子，在他的办公室他尚且如此德行，你和杜玉洁多少关系，你还指望她在办公室和你称兄道弟？何况法院比人事局更需要威严。舞厅是舞厅，法庭是法庭。杜玉洁要是在舞厅也摆出一副执法的面孔，那还不把你吓跑了？杜玉洁要是在法庭上也趴在你怀里笑得咴儿嘎、咴儿嘎跟驴叫一样，那还不整个乱了套？"

梦月这一个假设把我逗笑了，尽管是烦恼中的笑。

梦月说："至于她一时没有想起刘雨点是谁，这更没有什么奇怪的。咱们省名不见经传的业余作者哪一个不知道刘雨点，可是你记他们记住几个？送你一条烟、一瓶酒或者请你吃一顿饭的人你能记住他们的名字吗？"

我忽然发现梦月很善于做思想工作，不讲大道理，善用比较学，深入浅出，讲得趣味，对比贴切，如果在过去的年代当个政工干部一定是好样的。其实这一点你已经不止一次地领教过了，每当你遇到烦恼或者心态失衡时，你不总是爱找梦月坐一坐聊一聊，聊着聊着就不知不觉化解了吗？

我说："这件事还是劳驾你出面吧。"梦月说："好吧，这件事由我来办。但是你思想上得有所准备，恐怕推迟也推迟不了多长时间。"

这时编务孔令书送来了新出版的第十期杂志。我拿起一本，翻开目录，又翻开内文，看了看潘婷那篇两千余字的散文。我回想起我发表处女作时的那种喜悦心情，我想潘婷拿到这期杂志也一定会非常高兴的。

我说："你给潘婷打个电话让她来拿样刊吧。"

梦月说："你打不好吗？"

"你打，来了多给她几本。"我说，"我想在家休息两天。这段时间太累，累得简直让人受不了。"

梦月抿嘴一笑。我不知道梦月为什么要抿嘴一笑。

二十一

不出我所料，下午潘婷就把电话打到了你家里。潘婷在电话中没说什么，只说让你在家等着，她马上就来看你。

你想有所准备，想想也没什么可准备，无非还是布置一种氛围。把头发弄乱一点，弄出一副不堪重负、疲累倦乏、身心交瘁的样子。其实，从刚才潘婷有些焦虑的口气里你相信潘婷已经进入这种氛围了。

现在潘婷来了。潘婷手中掂了几斤橘子和一串香蕉，从橘子和香蕉的个头、色泽看，那肯定是市场上最好的。

如果是一出戏，那么今天下午已经演到了最关键的一场，或者叫压轴戏。你既是导演，又是演员，刘雨点，我在看着你怎样推进情节。我清楚，你也清楚，成败如何恐怕就看今天下午的演出效果了。

你拿了几个橘子准备到厨房去洗，潘婷无声地接了过去。就是在这时候，你发现潘婷那安静的神态和纯净的目光极像你童年的那只小鸽子。你忽然明白了，这一段时间你为什么老是想起那只可爱的小鸽子。

潘婷给你剥了一个橘子，然后又给自己剥了一个。

潘婷说："刘老师，你为什么不告诉我？"

你很敏感，你知道潘婷已经了解了一些情况，但你不知道潘婷究竟了解多少。你没有说话，你想听潘婷说下去。

潘婷说："梦月老师都告诉我了。原来我也听说我们厂和一家文化广告公司要打一场官司，谁会想到就是和你们编辑部。梦月老师说这场官司实际上都压在你一个人身上，说你为了这场官司都急病了。刘老师，你早就该告诉我了。"

你从心里感谢梦月援手，佩服梦月精明。你不好开口对潘婷说的话梦月对潘婷说了，你还没来得及铺垫的梦月替你铺垫过了。梦月就像一个优秀的剧务，为你这场戏摆好了布景，施放了烟雾，造好了气氛，拉起了大幕。更让你满意的是，这些工作由梦月来做比你自己来做其效果不知要好多少倍。

你说："潘婷，实际上这件事情我早就想告诉你，不但想告诉你，还想求得你的帮助，尽管你几乎不可能帮助我。可是……"

潘婷等着你说下去，你却长长地叹了一口气，不说了。

潘婷说："刘老师你说吧，也许我能够帮助你。"

你说："潘婷，我真没有勇气说出口。"

潘婷说："刘老师，看来你是不信任我。"

你点上一支烟，抽了几口，仿佛下了很大的决心。

你说："潘婷，你还记得我给你打的第一个电话吗？就是让你修改稿件的那个电话，我想你一定不会忘记。我之所以给你打那个电话就是想认识你，而想认识你就是为了这场官司。你不要吃惊，潘婷，你听我说下去。你那篇散文南柯转给我，我就交给了梦月，梦月提上来，我看写得不错就决定留用，事后也就忘记了。直到要发第十期稿件的时候，我才忽然注意到我们竟然还有一个作者在餐餐啤酒厂。当时尽管你们厂还没有起诉，但是我已经预感到这场官司在所难免。你明白吗？潘婷，其实你的那篇散文不用修改也可以发表的，我之所以让你修改就是想认识你。"

在你诚恳的叙述中，我发现你很精巧地篡改了一个情节。你说潘婷的那篇散文在让她修改之前已经决定采用了，而事实是你为了认识潘婷，更准确地说是你为了这场官司才决定采用那篇散文的。你我都知道这一点至关重要。如果这一点你实话实说，那么不但会大大刺伤潘婷的自尊心，更为重要的是，有可能因为这一块虚假的基石而毁掉潘婷心目中的文学殿堂，潘婷就会把你看成一个真正的卑鄙小人。如果是这样，别说什么官司不官司了，这一臭烘烘、脏兮兮的污点很可能成为你和潘婷关系的句号。

你还不傻，你一般不会犯这样的弱智的却又是原则性的错误。

潘婷的神态有点迷茫和难以置信。潘婷说："不不，刘老师，你提的修改意见让我口服心服，画龙点睛般让我那篇小文焕然生色。"

你问："这场官司的前前后后梦月给你讲了没有？"

潘婷说："讲了，只是，我觉得，姚厂长似乎不是那种人。"

你说："潘婷，是你太善良了，你还不了解世事的复杂和险恶。世界上只有你想象不到的事，没有不可能发生的事。"

你一支烟抽完，又点燃一支，接着往下说。

"潘婷，我知道，你只是餐餐啤酒厂的一名一般干部，姚厂长给我们广告公司打那个'要求更改电话号码'的电话时，你不可能在场。也许，姚厂长根本就是在任何人都不在场的情况下，才打那个电话的。如果这样，别说是你，任何人也没有办法拿到他打过这个电话的证据。因此我费尽了心思，我甚至连求你出什么样的证言都想好了：你有事到厂长办公室，姚厂长正好打那一个'要求更改电话号码'的电话。我甚至也为你想好了退路，事后就想办法把你调到我们编辑部，因为如果你出了那样的证言，就绝对不能再在你们厂待下去了。然而在咱们的交往的过程中，你的善良和纯净仿佛时时在审视我的灵魂，在净化我的灵魂，这种卑鄙的想法我无颜向你启齿。尽管我也想，好人和坏人其实都有卑鄙的一面，不同的是坏人用卑鄙做武器进攻别人，而好人用卑鄙当盾牌保护自己。我无非是在用卑鄙的手段来对付一个卑鄙的阴谋，为什么老是自我谴责呢？其实让我无颜启齿的更主要的原因不在这里，而是我在算计一个纯洁善良的姑娘，我在伤害一个纯洁善良的姑娘，我在亵渎一个纯洁善良的姑娘，我的想法是在给一个洁净如玉的心灵涂上一片污渍。因此我想，官司打赢打输就随它去吧，我宁愿自己身败名裂，也不能去伤害一个美好的心灵，我宁愿自己下地狱，也不愿意失去你的信任和友情。"

潘婷一直没有说话。你感觉到了潘婷内心情感缠结，纷乱如麻。对于纯真善良、涉世不深的潘婷来说，这件事实在是太突然、太复杂、太沉重了，正像一个天真烂漫的儿童一觉醒来，忽然发现自己置身在一个阴森恐怖、虎狼出没的大森林里一样。一时半会儿潘婷不可能理出头绪，更不能作出判断。但是在潘婷纷乱的思绪中有一点已经开始明确了，这一点也是你想要达到的效果，那就是你的真诚也让潘婷感动。这期间你一直握着潘婷的手。这时候潘婷把另一只手也放到了你的手上。你点上一支烟。你让潘婷沉静了一会儿，然后才又缓缓接下去叙述。

你说："潘婷，这段时间你总让我想起我童年时代的一只鸽子……"

你把你那只鸽子的故事极富感情地讲给了潘婷。当讲到你为了生你养你的父亲不得不牺牲你心爱的鸽子的时候，当讲到你牺牲了你心爱的鸽子仍然未能幸免童年丧父的悲剧的时候，你看到了潘婷眼睛中的滢滢泪光。潘婷泪光滢滢地靠着你，脸偎在你的肩上。这情景把你自己也感动了。你觉得心疼。

你说："我一直有一种负罪感，是我杀死了那只可爱的小鸽子。那本来是一只自由自在的小鸽子，是我用套子把它捉到了家中。可它为什么不飞走呢？它要是飞走就好了，它要是飞走就好了。"

潘婷静静地偎依着你，真像你童年的那只小鸽子。

潘婷说："刘老师，你是一个真真实实的人，真真实实的好人。我一定尽我所能地帮助你。"

你说："潘婷，我给你讲了我童年时代那只鸽子的故事，你难道没有领会其中的含义吗？那只小鸽子为什么不离开我飞走呢？它要是飞走就好了！"

"这可能就是平常说的缘分。那只小鸽子和你命定有这一段缘分，它命定要为你作出牺牲。你刚才不是提到你打给我的第一个电话吗？当我接到那个电话的时候，我就感觉到我的平淡的生活可能要发生变化。我们注定要在这种背景下相识，这也是缘分。"潘婷幽幽地说，"那只小鸽子找到了一个真正的好人。如果需要的话，我也会像那只小鸽子一样作出牺牲的。"

你轻轻地抚摸着潘婷的头发和肩背，轻轻地。

你说："那只小鸽子要是飞走就好了，飞进纯净的蓝天，飞进迷人的大自然，自由自在……"

这时候你觉得你的预期目的已经基本达到了，你其实是用一块一块局部的真诚布置了一个整体的弥天骗局。天底下只有我了解你此时的心情，你的心中其实并不好受，甚至极不好受。你的计划即将成功的窃喜基本上被你自惭自责的负罪感完全淹没了。你在算计一个善良的姑娘，你在亵渎一种纯洁的情感，你又杀死了一只可爱的小鸽子，你觉得自己是一个真真切切的卑鄙小人。你在心里赎罪般默念，潘婷，我一定一辈子对你好，一辈子把你当作我的亲妹妹甚至亲女儿，一辈子亲你疼你保护你，不允许任何人伤害你。

二十二

十月二十六日上午九时开庭。

刮了一夜秋风。天亮的时候，秋风才歇息在黄叶零落的树梢上。天气骤然变凉了，我加了一件毛衣还感到肌肤有些发紧。一夜之间，树叶几乎落尽，陡然透亮了大片大片的蓝天。遍地都是树叶，尤其是马路的两边，厚厚的差不多铺有半尺深。"生如夏花之绚烂，死如秋叶之静美。"绚烂的夏花是一种人生境界，静美的秋叶也是一种人生境界。

为了今日的法庭辩论，听着窗外萧萧的秋风我几乎一宿未眠。对于打赢这场官司，可以说我已成竹在胸了。然而毕竟是第一次上法庭，心理上仍然有些紧张。为了松弛一下神经，我更为有意地欣赏遍地的落叶。

我骑着自行车，专拣树叶多的地方轧。我喜欢秋叶沙啦啦啦沙啦啦啦的声音，那是秋叶在轻吟浅唱，那是秋叶唱给秋天的歌。这熟透的声音能复苏我的记忆，诱我回到童年的秋季。大秋收净，北中原天高地阔，我便跟大哥到原野小树林里扫落叶，在沙啦啦啦沙啦啦啦的伴唱声里，一篓子一篓子地往家背，攒上结结实实的一垛，等到冬天大雪封门的日子，或烧锅或喂羊，弄得满头满脸都是干树叶的香味。

秋叶进了城市则受到了冷落，成为城市的垃圾，清洁工把它们当成了负担。清洁工往往把它们堆在墙根墙角，就地点燃，熏得大街小巷烟雾弥漫。

你度过了你有生以来最为沉重难熬的一段日子。这二十天里，潘婷几乎天天给你打电话，让你放心，让你不要着急，说她一定能想办法帮助你。可我知道你不可能不着急，开庭的日子一天天迫近，就像绞索已经套上了你的脖子。直到昨天你就要绝望的时候，潘婷终于送来了她的证言。拿到了潘婷的证言，就等于拿到了打赢这场官司的判决书。这是你从一开始就渴盼得到的救命符。然而，你看着这一张渴盼已久的救命符，却痛苦地流下了泪水，痴呆呆的一言不发。我了解你此时的心境，你挣脱了压在你身上的一座墓碑，却背上了一座更为沉重的十字架。我知道你尽管工于心计，却不是那种心黑手狠的人，你还算是一个有良心有道德的人，可是从现在起，你还敢理直气壮地说你是一个有良心有道德的人吗？你为了打赢这场官司，像你童年套住了那只小鸽子一样，你成功地算计了一个姑娘，在她纯洁的心灵上涂上了一个污点。你又想起在歌厅你为潘婷唱的《小芳》，你骗了"小芳"的感情，然后假惺惺地唱"谢谢你给我的爱，今生今世我不忘怀；谢谢你给我的温柔，伴我度过那个年代"。你我都清楚，此时的潘婷也正在鲜艳的痛苦中浸泡着。对于潘婷来说，一辈子都会有一个难以摆脱的阴影追随着她。无论何时何地，只要她想起这张伪证，她的良心就会簌簌战栗。

潘婷一走，你就拿着这一纸证言找到了老马，直到老马答应一定尽全力把潘婷调进编辑部时，你才良心稍安。

二十三

离东海区人民法院还有几十米远，我就看到我们编辑部和广告公司的二十余人在法院门口站着，老马、梦月、雷一鸣、吕宋，就连平时老巴望我倒霉的刘自知和金小玉也没有缺席。看到他们一个个来得那么早，齐刷刷地站在十月二十六日这个寒冷的秋天等我，我的心里止不住一阵阵发热，甚至感动。这时我的理智就激烈地反对我，你感动什么？如果不是你费尽心机拿到了这一纸证言，他们有几个会来陪你受审？你孤军奋战了几个月，除了梦月，有谁真心帮助过你？如果你官司打输了，有些人恐怕比现在更高兴！我的感情却很大度，别小肚鸡肠，对己，记恶勿记善，对人，记善勿记恶。

昨天下午，编辑部和广告公司都知道我拿到了这一至关重要的证据，真真假假都挺兴奋。大家除了在电影电视上，谁也没有亲临其境地见识过法庭审案，于是一哄而起，都说明天咱们陪刘雨点一块上法庭，为咱刘头儿壮行助威，也感受感受法庭的气氛。

看看手表，八时四十五分。二十余人簇拥着我，果然颇有声威。十月二十六日八时四十五分，我率领着我们编辑部的全体同人庄严地走进了东海区人民法院，这将成为一件大事并载入我们编辑部的史册。我们庄严地上楼，庄严地来到了经济庭。在这个庄严的进程中，我的脑际忽然掠过了一个有点奇特的想法，他们的集体行为使我失去了一个成为单刀赴会型的孤胆英雄的机会，随后又觉得这想法有点儿可笑。

二十余人一站就是半间屋子，惹得办公室的人都好奇地看我们。杜玉洁法官今天还算给了我面子，她把她的目光从一本案卷上举起放平，就看到了我们的群体，先是怔了一下，然后认出了我。她没有笑，但也没有板起面孔。

杜玉洁说："我刚才还在给你打电话，一直没人接。"

我说："可能我们已经出门了。不是今天九点开庭吗？"

杜玉洁说："都是你们的人？"

我说："都是。"

杜玉洁说："又不是打架，来这么多人干什么？"

我说："壮壮声威嘛。再说都没有经历过这种场面，就都想来看看。"

杜玉洁说："今天不开庭。"

法庭不是很郑重很严肃的地方吗？怎么说不开庭就不开庭了？我有点吃惊，同时也有点失望。这场官司已经折磨了我好几个月，已经折磨得我焦头烂额，精疲力竭。原来希望拖下去是万般无奈，现在已证据在手，我当然希望了结得越快越好。何况我还有一个"夜长梦多"的担心。如果潘婷发生动摇，身败名裂的结局仍然要落在我的头上。同来的二十余人都不知又有了什么新情况，便小声猜测议论起来。

杜玉洁说："你让他们先回去，我需要和你单独谈谈。"

我只好让老马他们先回去，我说我一会儿就回去向他们通报情况。他们都为白跑了一趟而扫兴，很不情愿地出去了。

杜玉洁请我在她对面的椅子上坐下来。

杜玉洁说："餐餐啤酒厂要求撤诉。"

这可真是一个出乎我意料的新情况，一个令我真正吃惊的新情况，一个令我真正求之不得的新情况。我的内心喜悦得战栗，喜悦得压抑不住。潘婷的证言我还没有交给法庭，一是来不及，二是开庭时突然出示更能够出奇制胜。现在好了，简直太好了！潘婷的证言既不必交给法庭也不必出示了，官司一了，我就可以悄悄毁了。这样，潘婷就不必为了这一纸伪证而良心不安了，也不会陷身于一个无地自容的难堪处境了。同时，我稍一思索，刚刚迸发的亮丽的喜悦很快又暗淡下来。他们为什么要撤诉？明明可以打赢的官司他们为什么要撤诉？是不是潘婷出证言的事他们已经知道了？只有这一点才具备迫使他们撤诉的威力，只有这一点。除了这一点，别的任何旁证对于他们都构不成实质性的威胁。

我问："他们为什么要求撤诉？"

杜玉洁说："他们可能是了解了你们的情况，觉得他们赢了你们，你们也没有这么大的赔偿能力。他们说他们不指望你们的赔偿，他们说他们自信能够靠自身的能力弥补损失，发展企业。可是，我觉得这似乎不是他们要求撤诉的真实原因。如果是这样，他们何必当初呢？再说，就目前的情况而言，打完这场官司，他们多少还是能够得到一部分赔偿的。"

我想杜玉洁的感觉很对，这绝对不会是他们要求撤诉的真实原因，他们肯定是知道了潘婷为我们出了证言这件事，肯定。但是法庭并不知道。

杜玉洁说："按照规定，只要被告交了答辩状，原告就不能再撤诉了。但是这毕竟是你们两家的事，所以想听听你方的意见。"

我连考虑都不用考虑。

我说："我们没有意见，同意他们撤诉。"

走出经济庭的时候你感到不正常的轻松，轻松得心虚，或者说根本就是心虚，心虚得无所适从。一场折磨你几个月的官司就这样轻淡了结了吗？一场几乎把你压垮的官司就这样轻淡了结了吗？你会不会是在做梦？你在蒙眬状态时，经常做一些似梦又似非梦的梦，你会不会是又在做这种似梦又似非梦的梦？会不会你下楼时绊上一跤或者到大街上谁喊你一声，这场梦就会醒来，醒来后你的心情会因为这场好梦而变得更加暗淡和凄凉？

老马他们都没有走，都在法庭大门口等我，见我出来都围了上来，七嘴八舌问我到底发生了什么事。我虚弱地说，完了。他们都很吃惊，情态、目光和口气中充满了气愤和同情，充满了担心和关心。怎么会完了？咱们不是拿到铁证了吗？到底是怎么回事？他们要判案不公咱们就上诉！对，刘头儿，上诉！你的意识忽然闪跳到了另一件事情上。一次，你的一位朋友讲到了生吃猴脑的情景。首先是选猴。饭店老板领着食客到关押猴子的笼子前让食客自己选猴。猴们惊慌地缩在一起，尽量地隐藏自己，目光惊恐悲凄地向食客作揖、流泪，乞求食客慈悲为怀，放过自己。然而一旦食客向某只选定的猴子一指，其余的猴子就会欢呼雀跃，争先恐后地将被选中的猴子推到食客面前。我暗吃一惊，刘雨点你胡思乱想到哪里去了？你的心理太阴暗了。大家不是都对你很好吗？不是都在担心和关心你吗？尤其是梦月，跑前跑后为你费了多少心思？

我说："我是说整个结束了，人家餐餐啤酒厂撤诉了。"

这情况也出乎他们的意料，静了片刻之后，他们才似乎醒过神来。老马连连说，这就好了，这就好了。雷半诗高声说姚麻子这个王八蛋是害怕他们官司打输了连诉讼费也整个搭进去，这个王八蛋孬种了！我狠狠地瞪了雷半诗一眼，真想扇他一个嘴巴子。雷半诗感觉出了我的情绪，马上改口说，今天中午我请客，去逍遥宫，来他个一醉方休。大家一听说去逍遥宫都挺高兴，说就应该半诗个王八蛋请客，折腾来折腾去还不都是因为你个王八蛋。

大家跨上自行车，颇有声势地行进在十月二十六日上午这个深秋的时空里。

二十四

半道上我悄悄地离开了这个小集体。我的心中也似这深秋一样空空荡荡，却没有这份儿明净。我哪儿也不想去，也无处可去。

我回到家中，点上一支烟，便靠在沙发上。我的心中依然空空荡荡。我什么也不去想，我觉得很累，很累，又累又孤独，累极了，孤独极了。

这时我听到了阳台上蝈蝈儿的叫声。蝈蝈儿的叫声也是又累又孤独，落寞、迟滞、苍老、间断，就像一个老态龙钟的老人上楼梯，上一个台阶喘一口气，上一个台阶喘一口气。这段时间压力太大，我几乎把我的蝈蝈儿忘记了。

我起身走到阳台上。我看到原本如玉雕一样透明翠绿的嫩蝈蝈儿，如今整个变成了铁锈色，目光浑浊似两团灰雾。蝈蝈儿叫了一夏一秋，它满怀着青春的激情，用这如诗如歌如音乐般的叫声呼唤伴侣。它劳而无功地呼唤了一夏一秋。现在，它的叫声已不能表现出如火如荼的热烈和激越，然而执着仍在。岁月可以使之变老，夺其生命，却不能易其执着。

这只变成铁锈颜色的老蝈蝈儿，让我联想到了孤独一生的老单身汉，让我想起了我的大哥。于是一种恻隐之心油然而生。因为我爱听蝈蝈儿的叫声，大哥把这只蝈蝈儿从它出生的绿色田园带到这灰色的城市，因在这监狱似的笼子里，度过了孤独苍凉的一生。现在它已经老了，快要死了，就让它回到它的田园吧，就让它死到生它的田园吧，就像叶落归根，就像人死后灵魂也要回到自己的故乡一样。

我掂着蝈蝈儿笼子走出家门，骑上自行车。我当然无法把它送回我们的北中原，我只能把它送到郊外的田园里。

我在城市的大街上拐来拐去，将近一个小时，终于骑出了市区，摆脱了喧闹的市声，然后拐上了一条土路。庄稼收割净尽，大地格外辽阔。各种树木的叶子都落完了，唯有一棵柳树仍然叶子浓郁，一团老绿。中学生时代常写关于理想的作文，当时有一句话很时髦：要做高山岩石之松，不做河旁湖畔之柳。现在看来是冤枉柳树了，其实柳树也是有很多优点的，它平易、随和、温柔，不经意间就会成为你的朋友。

前边有一条水渠和土路十字相交。我依稀觉得这地方有点儿熟悉，就想起和潘婷到乡下看月光的那个晚上。就是这个地方。路是这条路，渠是这条渠，树是这些树，只是田里的稻子不见了，见到的是板结的土地和纵横整齐的稻茬。往事清晰又模糊，如昨又如隔世。

我在那天晚上我和潘婷放车的地方扎下自行车。渠埂下边长着曾经葱郁葳蕤过的草丛，现在已经干枯焦黄。我选择了一处还残留着绿意的草丛，打开笼子，把老态龙钟的蝈蝈儿放上去，然后在我和潘婷曾经坐过的地方坐下来。我看到蝈蝈儿动作迟滞地缓缓地爬到一根草茎上，面对空空荡荡的田野，竟然又吃力地磨动小翅喘息般地叫起来，声音苍老但依然执着。

我闭上眼睛，幻想夏日原野那无边无际的浩瀚的浓绿……

我看到潘婷向我走来。潘婷上身穿一件火红色毛衣，下身穿一条墨绿色的牛仔裤，亭亭玉立，使我再一次想到了我们北中原上修直的红高粱。我痴痴地看着她走来，不知道这是幻觉还是真实。潘婷在渠埂下边站住，目光很忧郁。

我百感交集："潘婷！"

潘婷说："刘老师！"

我说："你怎么来了？"

潘婷说："我的蝈蝈儿死了。"

我看到了潘婷手中掂着的蝈蝈儿笼子。

潘婷说："我的蝈蝈儿死了。我想把它葬在田园，让它的灵魂安息在田园。"

我走下渠埂，走到那丛还残留着绿意的草丛前。我挖了一个小坑，接过潘婷手中的蝈蝈儿笼子，打开，把蝈蝈儿的尸体放进去埋好，又堆了个小坟。

然后我们走上渠埂，在我们曾经坐过的地方偎依着坐下来。

二十五

我们忘记了空间和时间，就那么一直无声地坐着。太阳缓慢地移向西方，然后在自己酿成的血云间缓缓下沉。

我说："潘婷，我对不起你。"

潘婷没有说话，一动不动地偎依着我。

我说："潘婷，我已经和老马说好了，一定把你调到我们编辑部。"

潘婷说："不用。刘老师，你知道姚厂长是我的什么人吗？姚厂长是我的亲舅舅，我是姚厂长的亲外甥女。再说，我就是想去我也不去，否则，我就是别有用心别有所图了。"

我很吃惊。潘婷为了给我帮忙，不惜得罪自己的亲舅舅。我不知道说什么好，我感到了语言的苍白无力。

"刘老师，你别为我担心，我心里其实很平静。我先是劝我舅舅撤诉，说杂志社穷得很，就是打赢了官司人家也没有钱赔。舅舅不干，我说你不撤诉我就给他们出证言。我出证言还是为了逼舅舅撤诉。"停了一会儿，潘婷又说，"有一点我本来不想告诉你。可是我也得对得起我舅舅，我不能让你们认为我舅舅不好，我舅舅绝对不是你想象的那种心阴手黑的人。其实，在这件事情上，我舅舅根本没有设置过什么陷阱，我舅舅根本就没有打过那个通知更改电话号码的电话。"

我极为震惊。我相信潘婷的人品，潘婷不会说谎，潘婷没有必要说谎。雷半诗这个混蛋到底还是骗了我，他自己出了错误又嫁祸于人。我浑身躁热，脑袋里嗡嗡的如蜂巢，我感到我的声音又混浊又嘶哑。

我说："那你，为什么还要出那一张证言？"

潘婷说："我答应了你的事，我就一定要办到。"

潘婷始终很安静，声音也是静静的。

"刘老师，你看那一片云！"

潘婷的安静也感染了我。我放眼向西方望去，太阳沉下去的地方正升腾起一片淌血似的云，凝紫流红，美得悲凄，美得让人心碎。

十字路口

我们就算是上岗了。

我们是连体三兄弟：红灯、黄灯和绿灯。在 1997 年一个春光明媚的日子，我们被安装在农业路和工业路交叉的十字路口。我们第一次睁开眼睛，看到农业路上的桃花灿烂，浓浓淡淡；看到工业路上的垂柳鲜嫩翠绿，飘飘浮浮。东北方向建筑较少，尚属城郊模式；西南方向则楼群高高低低，或整齐如方阵，或对峙似陡峰。大客车、小轿车、自行车、农用三轮车、手扶拖拉机，南来北往，西去东行，若觅食之蚁群。

可是并没有交通警察值勤上岗，大概因为交警不够，这地方又是城乡接合部的缘故吧。

一

天色尚早，还没有到上班时间，路上的车辆和行人不多。一个年轻人在工业路的电线杆上张贴治疗性病的广告。一行六个盲人由北向南而行，后人依次把右手搭在前人的右肩上，搭成一条牢固的生命链条，最后两个是女的，领队的盲人神情淡定，用一根竹竿探路；他们都背着一个褡裢，有的多一个装着坠胡的长布袋子。他们是进城谋生的，有的算命，有的卖艺，早出晚归。领头的盲人年逾七十，腰杆挺直，老脸干瘦。

东西向红灯亮起，有一辆自行车率先在横线前停下，又有两辆在横线前停下，骑者都是男人，都没有下车，一只脚支着路面，一只脚踩着脚蹬，便于随时起动。接踵而来的是一个姑娘，在他们旁边跳下了自行车。

随后是一个小伙子，把一辆山地车踩得飞快，像自行车比赛时的领头羊。小伙子看到了红灯，但小伙子的目光锋锐无比，小伙子瞄一眼就发现，这个十字路口既没有岗亭，也没有交通警察。小伙子也许是昨天晚上打牌赢了钱，也许是夜间做了个好梦，也许是今天一大早接到一个姑娘的电话，总之，小伙子兴致很高，也很有激情。小伙子快到前四人身边时用了一下闸，放慢了车速，小伙子放慢车速不是为了在横线前停下，而是忽然来了一种强烈的责任感和使命感，想对那四个人下一个警世性的评语，以便使他们在今后漫长的人生道路上变得聪明一点。小伙子就在超越他们而过时，俯下身子友好地对他们四个人朗声说：

"傻逼！"

然后紧踩脚蹬，蛇行而去。起始，那四个人还对小伙子报以微笑，随后又觉得味道不对，其中，率先停车的那个男人冲着远去的背影骂了一句："操！"

二

起初还有一些人听从我们的指挥，尤其是汽车，绿灯则行，红灯则止。可是因为没有交警值班，一些人根本就无视我们兄弟的存在，不管是红灯还是黄灯都照行不误；由于那些无视我们存在的人的存在，而且并没有受到相应的处罚，那些起初听从指挥的人也就不愿再听从指挥了。这可以理解，因为谁也不愿意当"傻逼"。

我们是法律，却没有执法的人，法律就成了聋人的耳朵。

这样，我们经常目睹撞车事件（或事故）就不足为奇了。汽车和汽车相撞，三轮车和三轮车相撞，摩托车和摩托车相撞，自行车和自行车相撞，汽车和三轮车相撞，三轮车和摩托车相撞，摩托车和自行车相撞，自行车和汽车相撞，等等，品种之多你可以用排列组合公式计算一下。吵架、打架自然少不了了。严重的叫来交通大队事故科，小事故便吵，互不相让便打。吵，吵个昏天黑地；打，打个头破血流。

你瞧，说着说着就是一起。

年轻人南柯骑一辆自行车由东向西而来。吸引南柯目光的不是路边娇艳的桃花，而是身着春装的亮丽如桃花的女孩。南柯喜欢看女孩，南柯刚刚就看到一个女孩，长腿细腰，长发飘飘，让南柯心痒。南柯看了一会儿就加速骑到前边，蓦然回首却让人惋惜。南柯评价这一类女孩有一句名言："从后边看风调雨顺，从前边看颗粒无收。"

南柯就是带着替那女孩惋惜的心情骑到了这个十字路口。

一到十字路口南柯的目光又亮起来，他看到了由北向南骑车的一个女孩，女孩黄上衣，黑长裤，黄上衣的衣襟束在裤子里，那身材真是好得不行。这一次看到的是侧面，起码不至于颗粒无收吧。南柯想，能看一眼正面就好了，哪怕就看一眼脸蛋呢。是巧合呢还是心灵感应，或者就是命运的安排，那女孩一甩长发就转过脸来。南柯一下子就傻了，傻了的南柯心很疼，很绝望：这女孩，这女孩，这女孩是怎么生怎么长的呢？我要是得不到她还不如这个世界上根本没有她。此刻，南北向绿灯，东西向红灯。傻了的南柯由东向西行，目光却直直地追着那女孩向南看，根本没有看到亮起的红灯，就这样骑到对面的路灯下连车带人就被撞倒了。

"你看你怎么骑的？"南柯知道责任主要在自己，理不直则气不壮，声音不高，甚至都不能叫质问。

"我怎么骑的？你怎么骑的？有你这样骑车的吗？灯不看，路也不看！"对方声音洪亮，口气很冲。

这个人物在我们的故事里虽然登台不多，可也比较关键，这里就通报一下他的概况：黄大伟，男，五十二岁，身高一米八零，体重八十四公斤；原来是某中学党委书记，现在省直机关工作，处级干部；膝下无子，有一女黄裳，尚待字闺中。

"那你也不能往我身上撞呀！"南柯拍打拍打身上的尘土，扶起自行车。

"我撞了你还算你走大运，要是汽车撞了你，是死是伤你都很难说！"

就有人围上来看热闹。南柯在一家出版社当编辑，还发表过不少诗歌，是文化人，很怕丢脸。趁人少还是快走吧，南柯就骑上了自行车，一边记起阿Q精神胜利法：男不和女斗，鸡不和狗斗，君子不和小人斗，老子不和儿子斗，文人不和文盲斗……

黄大伟如果不在众人面前送他一句临别赠言，这件事也就了了。可是黄大伟竟然得理不让人，当着众人的面送了他一句临别赠言："这个人好像有病吧？"

南柯骑上自行车，又觉得太委屈，这故事不能就这样画上句号。我真菜呀！我阳痿了吗？我的脸已经丢了呀！人在这世上活，不就是活一张脸吗？围观的人，路过的人，如果有人认识我，我可就没脸见人了呀！不行，我得把我的脸找回来。

三

南柯扭头看看，撞他的人刚刚过路口。那人身高马大的，一眼就能认出来。南柯就调转车把追过去。

南柯追上黄大伟，不前不后和他并排骑，面带微笑看着他。黄大伟起初并没有留意身边的年轻人。南柯就稍稍向前骑一点，也就是超出他那么半个车轱轮，仍然笑笑地看着他。如此，黄大伟就感觉到了尾随在他身边的年轻人，也感觉到了年轻人的目光。他把目光迎上去，正要报以微笑，就认出是刚刚被他撞倒的那小子。这小子不是向西走了吗，怎么又掉转头与我同行了？黄大伟心头顿生疑惑，再看年轻人的微笑，那微笑也就透出点别有用心的意味了。

黄大伟突然加速，想摆脱身边的年轻人，南柯随之加速，总让自己的自行车超出对方半个车轮，微笑的目光直逼黄大伟面门；黄大伟放慢车速，想让身边的年轻人先行，南柯也放慢车速，仍保持自己的自行车超出对方半个车轮，微笑的目光依然直逼黄大伟面门。黄大伟心头的疑惑凝成了一团不祥的阴云。这是一个危险人物，这是一个居心叵测的人物，那微笑的背后隐藏着阴谋、暗算和险恶的报复。黄大伟想到了报纸上登载的一个恶性案件：一个青年（名字记不起来了）在大街上被自行车撞了一下，吵架吵不赢反受了一顿羞辱，就跟踪撞他的人，暗中摸清了其家中的底细，夜间潜入其家中杀了其一家四口……想到这里，黄大伟不由得吓出一身冷汗。

黄大伟停下来，在路边的小摊上买了一盒烟；南柯停下来，在路边的同一个小摊上买了一盒烟。黄大伟跨上了自行车，南柯也跨上了自行车。黄大伟更加心惊肉跳。

又到了一个十字路口。这是一个有岗楼也有警察的十字路口。红灯，横线后自行车停成一簇，汽车停成一队。绿灯，黄大伟前行，南柯也前行。然而刚过十字路口黄大伟又下了车，南柯也下了车。黄大伟推着车子走向岗楼。南柯用微笑的目光送他，看着他在岗楼旁边扎住自行车，点上一支烟。

南柯知道，这个人在心理上已经被自己击败了。南柯想，这场游戏应该到此为止了。别看他人高马大的，其实心理很脆弱。其实每个人的心理都很脆弱，我的心理也很脆弱。就是因为我知道每个人的心理都很脆弱，我才敢玩儿今天这个游戏的。

南柯拐进一条热闹的街巷。南柯心里很舒展，刚才受辱感的皱褶全部熨平了。这场游戏实际上是一场心理战，南柯大获全胜，因此南柯心里很舒展。我南柯能把你怎么样？我不能把你怎么样，我一点也不能把你怎么样，我怎么样不了你，我一点也怎么样不了你！南柯想，别看他很魁梧很高大，起码他得半个小时不敢走，起码他得半个月心神不安宁。

四

早晨七点至八点、傍晚六点至七点是车流量最大的时段。不是车水马龙，是车水车龙，自行车如水，汽车如龙。这个十字路口在城的东北角，因此，早晨的主要流向是从北向南，从东向西，傍晚的主要流向是从南向北，从西向东。

傍晚之后是小黄昏，路灯"嚓"一下全亮了，车流的大潮已经过去。南柯站在十字路口东北角的人行道上的一盏路灯下，有点失意地抽着烟，仍然全身心地注视着南来北往的自行车，抱着今天最后的希望想看到那个让他心疼、让他绝望的女孩。他没有看到那个穿着黄上衣、黑长裤的女孩，倒是看到了黄大伟。黄大伟也看到了他，黄大伟以为这小子还在锲而不舍地跟踪他，吓得他埋下头仓仓皇皇逃走了。

那队连为一体的盲人像一条蜈蚣从南向北走。习以为常吧，他们行进的速度一点也不亚于正常人；后边的三男二女一路走一路开玩笑，看来他们对人生很乐观；唯有手拿竹竿的领头人无思无语，其神态淡定若止水。

南柯把小半截烟丢到地上，踩上去，用力拧。

拐角处有两个很清爽的女孩在拦出租车，两个女孩从化妆到着装都完全一样，留着一样的男孩发式，穿着一样的"斑点狗"T恤，艳红的长裤，雪白的皮鞋，背着一样的月牙形绿色坤包，像一对孪生姐妹，看上去格外抢眼。她们其实不是姐妹，更不是孪生，她们只是"姐们儿"罢了。她们这样打扮，也许，就是为了更抢人眼球吧；也许，她们就是因为太抢人眼球才会招来后来的那场灾难吧。

路过的男人的目光都被她们抢去了。南柯的目光当然也被她们抢去了，南柯用他敏锐的目光给她们打分：如果说自己渴望看到的黄衣女孩最后得分九十五分的话，那么这个高一点的女孩可以得八十分，这个矮一点的女孩可以得七十五分。南柯觉得自己给选美比赛当评委一定非常称职。

从东边走来一个民工模样的人，在南柯旁边的电线杆上贴广告，贴完后继续向西穿越工人路。想走却没走的南柯就仰脸看广告，内容是高薪招聘俊男美女。

南柯笑了笑，觉得这世界上真是无奇不有。

五

读者，还记得开篇称那些遵守交通规则的人为"傻逼"的那个小伙子吗？那个小伙子的绰号叫"鸟儿"。鸟儿的本名叫武进一。鸟儿职高毕业后一直没有找到自己满意的工作，不是嫌工作不好，就是嫌工资太少。给家里要钱炒股，又缺少运气，总是赚得少，赔得多。便在社会上闲混。

这会儿，鸟儿正在看电线杆子上那张高薪招聘俊男美女的广告。鸟儿觉得自己很符合应聘条件。十字路口的西南角有一家报刊零售亭，鸟儿斜穿十字路口，用零售亭的公用电话给联系人"张先生"打了寻呼。

电话很快回来了。

"是张先生？我想咨询一下你们招聘特殊服务人才的情况。"

"请问您贵姓？"

"我叫鸟儿，不是，别人都叫我鸟儿，我叫武进一。"

"请问您的年龄和身高？"

"年龄二十五岁，身高一米七八。"

"您的年龄和身高都符合要求，我可以简要介绍一下我们公司的情况。由于我们国家的国情，我们还不能在电视和报纸上公开招聘，我们是受国际宾馆、东方宾馆等几家涉外宾馆的委托，为他们招聘特殊服务人才的，主要服务对象是外商和港台商人，并且主要是异性服务，因此月薪很高。请您慎重考虑。如果有意，我给您一个电话号码，请您下午三点到三点半到国际宾馆大厅给我们打电话，那里有我们的电视监测系统，我们还要看一看您的相貌和气质。我们的工作安排很紧，请原谅过时不再接待。"

鸟儿意识到，自己即将进入一个新奇刺激又来钱快的世界，由于紧张和兴奋，鸟儿能听到自己怦怦的心跳。不就是男妓吗！这有什么好考虑的，这没有什么好考虑的，去就是了；去歌厅发廊找"小姐"还得个三块两块的，这不光不用花钱，还挣高薪；这一点儿也用不着考虑，要考虑的就是不让别人知道就是了。

下午三点，打扮得齐齐整整的鸟儿准时来到国际宾馆，除了心理上有一点像做贼一样的感觉，其他一切感觉良好。鸟儿要通了张先生的电话，小声报上自己的名字。

"您一走进大厅我就猜出您就是武先生，您的身材、相貌和气质真是没说的。您已经被录用了。您的月薪一万两千元，公司提取两千元，您得一万元；您如果服务质量高，还可以拿到大量小费——小费当然全归您自己。请您明天中午之前在工商银行金河支行建立一个个人账户，把账号告诉我们，我们好把您的薪水按月存入您的账户；再在我们的账户上存两千元押金，账号是——"

"还要押金吗？"

"当然，这是规矩，招聘上岗都要交押金的。办完之后，请于明晚八点到大厅旁边的休息厅，我们给您安排客户。您最好快一点，现在有一个巨富外商正需要您这样条件的服务人员。"

当天下午，鸟儿就借了两千元办好了该办的手续。第二天晚上八点，鸟儿一秒不差地坐在国际宾馆的休息厅，等着张先生给他安排工作。休息厅人来人往，总保持有几个人，聊几句，抽支烟，有中国人，也有外国人，没有人注意他。从电梯口走来一个女老外，相貌还说得过去，女老外瞟了他几眼，瞟得鸟儿不由得心脏狂跳。

可是不一会儿又从电梯口走来一个男老外，两人吊着膀子走了。九点，鸟儿心里开始着急。十点，鸟儿给张先生叫了一个寻呼，之后每隔二十分钟给张先生叫一个寻呼，一直没有回话。鸟儿又按昨天的联系号码叫了一个电话，电话倒是通了，可对方说是公用电话，根本没有什么张先生。神龙见首不见尾，张先生从这个世界上消失了。鸟儿忽然想，可能是上当了。

鸟儿最担心的是他的两千元押金。第二天那家银行一开门鸟儿就进去问，果然那两千元押金昨天下午已经被取走了。鸟儿很沮丧，胸间涨满了仇恨：我鸟儿要是找到你，我鸟儿要是不把你的心掏出来我鸟儿就不是人生的。

第二年秋季的一天清晨，警车鸣着警笛从南向北顺工业路呼啸而过。在北郊的一条污水渠里发现一具无名男尸，腹部被捅了十九刀，心脏被掏了出来。公安人员分析一定是仇杀，并且恨之入心。

那活儿就是鸟儿做的。

六

南柯经常站在这十字路口东北角的路灯下，看着这个黄衣女孩悠然而过（后来，这盏路灯成了他和黄裳约会的标志），看得他心痒难耐，女孩美丽得像月亮，也像美丽的月亮一样让南柯难以接近。南柯想不出结识女孩的办法，却想到了他的两个文友，当然是刘雨点和雷半诗。他心说这两个家伙点子多，说不定能帮我拿出一个高招来。

南柯便请刘雨点和雷半诗喝啤酒。三杯酒下肚，南柯便前前后后道出了他的单相思之苦。

刘雨点怪怪一笑说："小事一桩。交给我吧，十天之内我把她拿下。"

雷半诗说："雨点兄你有家有口，不能多吃多占，还是让给我半诗吧。"

"我都要得相思病了，你们还拿我寻开心。"南柯做沉痛状。

刘雨点和雷半诗大笑。

"开个玩笑嘛，我们怎敢掠南柯兄之爱。"雷半诗说。

"好了好了，让老兄帮你想想办法。"刘雨点燃上一支烟，像构思小说情节一样替南柯想阴谋，"用自行车故意去撞她，把她撞伤，再到医院去看她，——不行不行，这办法太俗，没有创意。要么，我和半诗扮演流氓对她非礼，南柯见义勇为，——似乎也没有把握……"

一支烟抽完的时候，刘雨点突然想起他在妇女杂志社工作时的一件事，把杯中酒一饮而尽，说："有了！十年前我到某大学采访一个案件，其中牵扯到一个女生怎样巧妙地去结识不相识的异性，南柯你不妨拿来一用。"

南柯和雷半诗翘首等待刘雨点往下说。

"咱们就直奔主题吧。"刘雨点说，"南柯你准备一个包，要高档一点的包。当你看到那女孩——最好是她一个人的时候，你骑车超过她，佯装无意地把包掉在她前边，她要是捡起来喊你，这事就成了一分了……"

"她要是不捡呢？她要是捡起来不喊呢？"雷半诗说。

"她要是不捡，说明是真的无缘，事情就到此为止；她要是捡了不还，说明这女孩的品质不好，不值得南柯去爱，事情也就到此为止。"

雷半诗说："那包里可不能装贵重物品呀，不然南柯兄就偷鸡不着蚀把米了。"

"总得装上个二三百块钱吧。关键是要装上一组诗的手稿——要好诗，写上你的姓名、通信地址和联系电话，还要装上你的一本诗集、一支笔。"刘雨点接着说，"她要是捡起来还你，你就连声道谢；她要是说'看看少什么东西没有'，你就说'包里的东西对别人一点用处也没有，对我却很关键，因为里边装着我的手稿'。——这样一搭上话，事情也就成了三分了。"

雷半诗说："人家要是不说话呢？"

南柯说："半诗你老插什么嘴，听雨点兄往下说。"

"然后呢，你就说：'怎样谢你呢，正好包里有我写的一本小书，就送给你作个纪念吧。'一般情况下，她都会很高兴地接收下来。——如此，就有五分把握了。"

南柯激动地摩拳擦掌，跃跃欲试。

刘雨点最后叮嘱："记住，送书一定不要忘了签名并留下联系方式。如果人家高兴，临别的时候别忘了适当恭维一句，比如'姑娘长得真美，希望能够再见到你'之类。——好了好了，今天就到此为止。"

南柯双手抱拳，说："事成之后，我请二位进国宴厅。"

农业路上的桃花盛极而衰的时候，南柯终于和他等待已久的女孩走到一起了。女孩仍然穿着黄上衣、黑长裤，亮丽得让人心酸心颤，发痴犯傻。两人推着自行车在人行道上缓缓而行，不时停下来对着绿肥红瘦的桃树发表感叹。南柯说："刚刚这一路的桃花还美丽得像女孩的嫩脸和红唇，才几何时，就已经香消花谢了，人生苦短哪。"女孩说："是呀，我也会老的，我也会香消花谢的。"南柯说："所以古人说'春宵一刻值千金'。"

<h1 style="text-align:center">七</h1>

自从南柯上次被撞倒之后，路过这个十字路口时他再不硬闯红灯了。不硬闯，就是说只有交叉道上确实无人无车时才闯，这样的情况当然很少。所以南柯基本上做到了"绿灯行，红灯停"，基本上做到了"自觉遵守交通规则"。

现在东西向是绿灯，南柯自然理直气壮地往前骑。因为自己基本上做到自觉遵守交通规则了，对那些基本上不自觉遵守交通规则的人就看不惯，就觉得他们没文化没修养，就觉得他们一点不自觉，一点不讲公共道德。

从北向南驶来一辆摩托车，驾车的是一个女人，还带着一个六七岁的男孩。南柯想，南北是红灯，摩托车起码会减一减速，就大胆向前骑。没想到那摩托车根本没有减速，就在上一次被撞的同一位置，南柯又差一点被撞倒，好在那女人来了个急刹车。南柯并不想和那女人计较，可又觉得挺亏，就很想听到一声"对不起"，仅仅想听到一声"对不起"。要说这愿望已经低得不能再低了，可那女人偏偏连一点想道歉的意思也没有。南柯就觉得心理不平衡。

心理失衡的南柯就说："你怎么也不看看灯？"

那女人不说话。那女人不说话南柯的心理也就基本上平衡了，准备上车走人。可就在南柯准备上车走人的时候那女人又说话了。

女人说："我怎么不看灯？你抬头看看是什么灯？"

南柯就抬头看，果然南北向已变成绿灯。这女人真是个无赖，南柯基本平衡的心理又被破坏了。

"我是说刚才，刚才你撞我的时候！"

"刚才就是绿灯，你不遵守交通规则还赖别人。"

南柯的肚皮都被气破了，立时想我犯得上和这个女人生气吗？我犯不上和这个女人生气，就笑了。你大人不诚实小孩不会不诚实，小孩是不会说谎的。

就笑着问女人身后的小孩："小同学，你说刚才是红灯呢还是绿灯？"

小孩脸红了，小孩红着脸说："我……"

女人说："你想找事儿冲我来，孩子他懂什么？孩子他坐在后边根本就看不见！"

小孩红着脸说："我，我没看见。"

"有卑鄙的母亲，就有卑鄙的孩子。"南柯依然笑着，说完跨上车就走，任凭那女人在后边污言秽语高声叫骂。

孩子叫孔令聪，刚上小学一年级，还不懂得"卑鄙"的意思，只是意识到这肯定是个不好的词。直到 2001 年，已是四年级的孩子才真正懂得了这个词的含义。于是这件小事就铭心刻骨般记在他的脑子里，一生一世难以忘怀，直到 2073 年寿终正寝。他当时确实没有看见是红灯还是绿灯，但感觉告诉他责任不在那位叔叔，一到学校他就问母亲："妈妈，刚才是不是咱们闯了红灯？"妈妈不回答，他又问了一遍，妈妈才说："这种事不厉害点不行，要是承认咱们错了，说不定他会讹上咱，让咱们赔钱。"此前他最爱戴最崇拜的就是母亲，此后母亲在他心目中的崇高形象一下子萎缩了。他也恨那位不知名的叔叔。我一生一世恨你，不能原谅你。即便当时撞车你没有责任，可你也不应该那样恶毒地伤害一个孩子，何况那个孩子当时确实没有看见是红灯还是绿灯。

正是这一件刻骨铭心的小事，影响了他一生做人的道德准则，使他这一生待人接物特别注重文明礼貌；正是这一件刻骨铭心的小事，让他特别能够体谅孩子，理解孩子，当了一辈子小学教师，从来没有伤害过一个孩子的自尊心。

八

炎夏到来的时候，南柯和黄裳的爱情也发展到了如火如荼的地步。上午八点，两人在东北角那盏路灯下相会，然后并排骑着自行车顺农业路向西而去。他们是到西子湖游泳的，黄裳不会游泳，南柯保证这个夏天要教会黄裳游泳。

这是他们在那盏路灯下的第四次约会，我们都有记录。

他们一路说说笑笑，轻松自在，南柯时不时把手放到黄裳的后背上。天长着呢，他们有的是时间。

西子湖在郊区，天气又热，因此游人不多。湖面并不辽阔，弯弯绕绕如一条游龙，彼岸的山包苍苍翠翠，层层叠叠，烟烟水水，蕴含着几分神秘。南柯租了一条带遮阳伞的小船，小船冲开碎银般闪烁的水波划向彼岸。

南柯把小船划进了"鲫鱼钓"。这是南柯给这一片水面起的名字，水面的形状像鲫鱼，要进来必须绕半圈鱼钩形的水路，竖起来就恰似被钓出水面的一条鲫鱼。"鲫鱼钓"被小山丛林环抱，又像一个巨大的澡盆。南柯很熟悉这个地方，南柯前年就在这里教一个姑娘学会了游泳，那姑娘后来嫁给了一个大款，让南柯伤心了好长一段时间。

小船一划上弯弯的水路，黄裳的心就开始怦怦地跳，害怕、紧张，又兴奋，她知道她就要落进南柯的陷阱里了，从昨天他们相约的那一刻起她就预感到了这一点。奇怪的是她对这样的陷阱竟有几分向往。此陷阱非彼陷阱，在惊险和恐惧中隐藏着甜美和幸福。

情节的发展竟然和黄裳的预感一模一样。

当他们换好泳装准备下水的时候，南柯把她紧紧地抱住了。黄裳的身子战栗着，象征性地挣扎了一下就微微闭上了眼睛。吻，长长的吻。互相吮吸对方，溶解对方。南柯一边接吻一边抚摸黄裳，头发、耳朵、颈项、肩背，当触摸到黄裳的乳房的时候黄裳又轻轻挣扎了一下，稍稍平静的身子战栗得更厉害了。南柯开始剥黄裳的泳装，黄裳一边抵抗一边呼叫："我不！我不！"此时黄裳的抗拒是那样的不堪一击，与其说是抗拒不如说是渴望，"我不！我不！"战栗着欢快的呼叫声其实也可以理解为"我要！我要！"。

被剥去泳装的黄裳成了一条美人鱼，美妙的胴体在青山绿水的怀抱里透着珠玉般的光泽。小船在水波中荡漾，他们就在荡漾的水波上做爱。黄裳自始至终叫着"我不！我不！"。自此以后，在他们频繁的爱事中，"我不！我不！"成为黄裳习惯性的呻吟词。

九

太阳早已落山，大地的热气却迟迟不散。

从农业路西段走来一个精神失常者，光着脊梁，戴着一双白手套，拎着一个编织袋，走到十字路口正中间，放下编织袋，模仿警察的姿态指挥车辆，挥手抬臂颇见中华武术的功底，指挥了一个半小时才满身臭汗地向东走去。精神病患者非常年轻，个头不高，但眉目英俊，如果梳洗打扮一下还是蛮漂亮的，可惜了。

夜已深，车辆和行人渐渐稀少，差不多只有黄色的"面的"和红色的"轿的"在这个十字路口纵横穿行。尤其是在夜间，它们从来不理睬我们信号灯是红还是绿，它们来去匆匆，都急着拉钱。

那个撒钉子的人又来了。这个人不高，但极壮实，左眉上有一横伤疤，右颊上有一竖刀痕。有一个星期了，他每天后半夜出现，把图钉撒在十字路口四角的自行车道上，第二天中午向农业路和工业路上的几个修自行车的人收钱，谁不给他就敢踢谁的摊子，甚至打人。

挣钱的门道真是让人类想绝了。

世间，只有你意想不到的事，没有不可能发生的事。

通往黄河游览区的大客车从南向北开来，过了十字路口在写有"瓜匠王"的站牌前停住。从前门下来四个男性青年，其中最漂亮的一个绰号叫"鸟儿"，就是曾经上了"色情广告"一当的鸟儿；从后门下来两个装扮衣着一模一样的女孩，两个女孩依然穿着斑点狗图样的T恤，只是下边换成了白色高跟皮凉鞋，肉色长筒袜，紫色超短裙。四个男青年向南走，两个女孩向北走，错身走过去。

一个身材不高但极壮实的青年说："这俩妞儿挺性感。"

鸟儿回头看了看，说："我给你拿下吧，大哥？"

"大哥"说："真是只好鸟儿。"

鸟儿往回走，三两步就拦在了两个女孩前边，说："两位小妹，咱们交个朋友吧！"

高个儿女孩抬眼看了看鸟儿，脸蛋儿有点泛红；低个儿女孩抬眼看了看鸟儿，又回头看了看那三个男青年，说："我们都有朋友，我的男朋友是公安局的。"

鸟儿笑起来："那就更是一家人了，我们都是公安局的。走吧走吧，哥们儿领小妹儿找个高级娱乐场所玩一玩。"

两个女孩心里害怕起来，不敢再对话，躲躲闪闪要走。

鸟儿拦着不放行："走吧走吧，哥们儿出钱，哥们儿有的是钱。"又两个男青年走上来，拉着两个女孩就要向东北方向走。不远处有几个小土丘，土丘上长满了柳树丛和刺槐。两个女孩挣扎着，低个儿女孩瞅机会抱住了一根水泥电线杆。

快到下午的上班时间了，路上的人多起来。不少人看到了这一幕，但因为人所共知的种种原因都匆匆而过了。终于有两个人停住了自行车，又有两个人停住了自行车。这时候"大哥"才走上前，对两个女孩说："有天大的事咱回家说，别在这大路上丢人现眼！"原来是家事，停下的四个人又跨上了自行车。低个儿女孩一看没有指望了，就大叫起来："快救救我们，他们是流氓黑社会！"她不叫也许还好点，一听说是"流氓黑社会"，人们更是因害怕一个比一个跑得快。"大哥"说："不会有人相信你，更不会有人来救你，你花了我好几万块钱，现在说离婚就离婚，天底下哪有这么便宜的事？"他一使劲掰开了低个儿女孩的手，两个人拉一个向小树林方向走。

两个女孩开始不顾一切大叫："流氓——放开我们——流氓！"

此刻，十字路口自行车如流，无一人过问；此刻，正有一名名叫朱小义的男青年从农业路东段赶来。朱小义老远就看到了这一幕，先是在自行车车流中如游龙一样疯狂超车，接着又骑上快车道，到十字路口北拐，把自行车往路边一扔就追上去。

"咋回事咋回事？"朱小义气喘吁吁问。

"大哥"说："没事没事，我管管我老婆。"

低个儿女孩喊："我们根本不认识他们，他们是流氓！"

"大哥"抬手就是一耳光："敢骂你老公是流氓？"

朱小义说："先放开她们！"

鸟儿放开手中女孩，迎向朱小义："你是哪个粪坑里的蛆，活腻了不是？"说着对准朱小义的下巴就是一拳。

朱小义向后一跳闪开。鸟儿一拳接一拳猛攻，反被朱小义瞅准机会一拳打倒在地。"这小子真是活腻了。""大哥"逼上来。鸟儿爬起来时手中握了一把匕首。另外两个人一左一右。四个人四四方方把朱小义围在正中。朱小义顾左右时，被"大哥"一拳打得踉踉跄跄后退，鸟儿从身后把匕首捅进了朱小义的腰部。朱小义倒在地上，四个人扑上去不分头脸地一阵狠踢猛踹，最后鸟儿又在已经昏死过去的朱小义的臀部、腿部连扎数刀。

四个人向着小树林的方向扬长而去。

就在朱小义与四个歹徒打斗的时候，两个女孩已趁机逃之夭夭。

一个民工模样的男青年趁机把朱小义的自行车骑走了。

只剩下昏死过去的朱小义安静地躺在人行道旁边的大地上，鲜血正无声地渗进他身下的泥土。

十一

太阳偏西的时候，从瓜匠王走出来一个名叫青萍的女孩。

瓜匠王就在农业路西，是城市北郊的一个小村，村民多王姓，自古种瓜，故名。现在瓜匠王已经被迅速膨胀的城市衔在嘴上了，被称作典型的城乡接合部。村民很富，家家一栋楼，家家有住房出租，住着来城市谋生的各色人等，从研究生到文盲，从高级职员到犯罪分子，最多的当属在宾馆、酒店、舞厅、发廊谋生的被称作"小姐"的一个群体，现在走来的女孩青萍就是其中之一。

青萍属于那种健美类型的女孩，男人看她一眼，首先被吸引的肯定不是她的面容，而是她那一对硕大饱满的乳房。看她现在走来，学了很久的模特步并不精彩，一步一颤的胸脯却让你心旌摇荡。青萍刚刚接到高老板一个寻呼。高老板是她的一个相好，不仅出手大方，而且颇讲情义，因此青萍每呼必至。

青萍来到农业路口，站在路边拦"的"，抬眼看到马路对面的人行道边躺着一个人。她没想什么就躲闪着来往的车辆越过了马路，走到那个人身边。朱小义的惨状吓得她差一点昏厥过去。她不敢再细看，慌慌地返回路边拦了一辆"面的"，让司机师傅帮她把昏死状态的朱小义抬上车。

车起步，师傅问："到哪个医院？"

青萍说："到哪个医院？哪个医院近、哪个医院好就到哪个医院。"

车调头，开向人民医院。路上，师傅问："你的亲人？"

"不，我不认识。"

师傅不再说话，车开得又快又稳。现在伤员就躺在青萍面前，青萍不敢看又忍不住要看。只见他脸部、胸部青一块紫一块，腰部以下十来处刀口还在淌血。青萍忽然觉得这个人有点面熟，但自己接触的人太多了，不可能回忆起在哪里见过，然而，他那副带有农民痕迹的实诚的面孔倏忽间倒真的让青萍产生一种亲人的感觉。

车在人民医院门口停住，司机师傅帮她把伤员抬进急救室。青萍要付车费，师傅说："我再收钱我就不是人了。"

十二

青萍再一次收到高老板的寻呼时，医院正在让青萍交押金。

现在青萍已经知道了伤员的名字叫朱小义，因为在他身上找到了工作证和身份证，并且已经和他工作的单位联系上了。单位倒是答应派人来，只是押金的问题不好马上解决：单位有规定，无论谁看病住院，医疗费一律自己先垫付，年底根据工龄按比例报销，特殊情况要党组研究，何况还不知道朱小义为什么受的伤，能否享受公费医疗；朱小义的家在几百里外的农村，一时半会儿又联系不上。

在朱小义的亲属未到之前，青萍承担了亲属的责任。青萍说："我现在就去拿钱，我先把手机放这里。"

医生微笑着摇摇头。

青萍说："还有我的身份证，求您了大夫！"

"好吧，今天我就自作主张一次，希望姑娘你守信用。"

青萍走两步又回头说："我马上就回来，求求您抓紧抢救他。"

医生说："这不用你交代，你没见血和氧气都输上了。"

青萍在医院门口叫了一辆"面的"，直接赶到了星汉大酒店，高老板在这里长期包有一个豪华套间。进大厅，乘电梯，十八楼，十八号，轻车熟路。

"哎，我的小青，你怎么现在才来？"高老板抱怨说，也并没有责怪的意思。

青萍说："小青我失过约吗？我让高哥等过吗？人家今天情况特殊嘛。"

高老板说："好了好了，我也没有权利过问你的特殊情况。想不想先洗个澡？"

"今天不行高哥，原谅小青。"

高老板发现今天的青萍有点反常，或者说与往日不同，似乎眼睛中有一种清亮的火苗，而这种火苗显然不是因为自己而起的。他抽出两支烟，一支衔在自己嘴上，一支递向青萍的嘴唇。青萍先用嘴衔住，又拿在手中。

青萍说："求高哥帮我一个忙。"

高老板喷出一口浓烟："你说。"

"借给我七千块钱。"

"你要那么多钱做什么？"

"你借不借嘛？"

"你小青开口的事我啥时候拒绝过？好了好了，你既然不愿意说必定有不说的原因。我给你就是，别说'借'字，你我之间，没有'借'字。"

"我弟弟被人打伤住院了，很严重，医院要一万元押金，我那里只有三千。"

高老板就有点不高兴："你弟弟不是翅膀硬了吗？不是不认你

这个姐姐了吗？"

提到弟弟，青萍也有点伤感："弟弟可以不认我这个姐姐，可做姐姐的不能不管弟弟呀。"

"唉，可惜我高某这辈子没有福气娶你这么个有情义的女子做老婆。"高老板颇动感情，从柜子里取出密码箱，打开，"拿个整数吧，宽余一点。"

十三

十字路口东北角发生的事情，十字路口西南角报刊零售亭售出的《大河晚报》上连续报道，因此这几天卖得特火，到零售亭的人有半数以上都是买《大河晚报》的。

追踪采访——《陪舞女见义勇为，被救男昏迷不醒》。

追踪采访——《被救男终于醒来，陪舞女不允采访》。

追踪采访——《原来是英雄救美女，两美女脱险无踪迹》。

追踪采访——《两个美女已有下落，恩人面前拒不认账》。

追踪采访——《不是英雄不落泪，只是未到伤心处》。

十四

生活，就像这个我们有红绿灯而没有警察的十字路口，说无序也无序，说有序也有序，看似无序也有序，看似有序也无序，无序中之有序，有序中之无序。

那队盲人谋生团依然是早晨七点左右从北向南，走路西边，晚上七点左右从南向北，走路东边。

那个戴着白手套的精神病患者每隔三五天就要出现一次，站在十字路口正中，模仿警察的姿态指挥车辆，然后一身臭汗地向东走去。

那个脸上有伤疤的人现在是隔一天的后半夜出现，在十字路口撒钉子，第二天中午向附近修自行车的人收钱。

南柯和黄裳出双人对的次数就多了，也无序也有序，如果是晚上七点左右出现，就会在东北角那根电线杆下面长长地拥抱长长地吻，然后黄裳向北，南柯向东；如果晚上十点以后出现，两个人就一路向北骑，一刻钟之后南柯又返回来；如果休息日上午在电线杆下约会，两个人一般去郊游。

青萍原来是白天很少出现的，现在一般星期二、四、六下午三点左右从瓜匠王出来拦"面的"，到人民医院看望朱小义……

十五

青萍来到人民医院的时候，朱小义正在供病人散步的花园里练习走路，他拄着双拐但尽量不依靠双拐，两条腿艰难地一点一点地往前挪。

"朱小义，你怎么自己出来了？"青萍加快脚步走过去。

"青萍！"朱小义急急慌慌往前迎，一下摔了个嘴啃泥，双拐也呈倒"八"字甩出去。

"你看看你，你看看你，还没学会走呢就想跑。"青萍扶他在一张石桌旁坐下来，自己也在对面坐下来，把一个塑料袋推到他面前，"给你带了一套金庸的武侠小说。"

"青萍！"朱小义感觉自己眼眶里汪满了泪。

自从朱小义清醒后，自从朱小义知道了自己住院的经过后，自从那两个被救的女孩因害怕承担医疗费而不愿为自己做证后，他一看到青萍就止不住泪光滢滢的。因为那两个女孩不做证，省、市"见义勇为办公室"无法认可他的见义勇为行为，单位也无法报销医疗费，自己家更出不起这笔钱，多亏了青萍呀！更多亏青萍的是，医生说，如果再晚来半小时，他就会因失血过多而死亡。是青萍给了他一条命，是青萍给了他一条命！

　　朱小义强忍着不让眼泪流下来。

　　"青萍，我总觉得我在啥地方见过你。"

　　"我们是见过面。"青萍说，神情有点忧郁，"在送你到医院的路上，我忽然觉得你面熟，当时还以为是虚幻和错觉。到医院之后，和医生一起翻出了你口袋里的工作证和身份证，看了上面的照片，我就一下子全想起来了，连当时的细节也浮现在我眼前。"

　　"青萍你快说我们在哪里见过面？"朱小义拍打着自己的头，"你瞧瞧我这个破脑瓜！"

　　"我说了你不会看不起我吧？"

　　"青萍，你瞧你！"

　　"你去过红杜鹃恋歌房吧？今年五月份。"

　　朱小义也一下子全都想起来了，就连当时的细节也都清清楚楚地浮现在眼前。

　　一个颇有权势的单位的小头目有求于他们，请他和分管他们的一个副局长吃饭，饭后说到恋歌房唱唱歌。先是要了一个包间，叫了三个小姐。后来说是不方便，又要了两个包间，那个小头目和他的领导一人领着一个小姐转移了。他知道这主要是为了方便领导。他是第一次进这种恋歌房，本来就拘谨，现在把他一个人和一个小姐关在一个包房里，他更是感到浑身不自在，汗直往外渗。

他不知道该干什么，就说："灯光太暗了。"小姐就又开了一组灯。灯光亮了更尴尬，他就嗑瓜子，总也嗑不开。后来他就问小姐的身世，为什么到这种地方工作。小姐说她的父亲去世了，母亲有病勉强能自理，弟弟考上了大学。她必须供弟弟上大学，可是到哪儿挣钱呢？她的一个表妹在城里打工，很挣钱，她就让表妹把她领出来了。他问她的表妹在哪儿工作，她说也在这个恋歌房。一个晚上，朱小义也不敢碰那小姐一下。小姐知道他是第一次来，主动靠一靠，朱小义就往旁边躲一躲。

回想起这段往事，朱小义的心情更加沉重，沉重得像一坨铅。青萍的负担太重了，重得他都替她承受不了了，可她还拿出一万块钱为他来治伤。

"青萍，你弟弟该毕业了吧？"

青萍点点头，点头的时候眼泪也流了下来。见青萍流泪，他的眼泪更止不住了。"青萍，你别难受，我不该问。"他说着就哭出了声。

青萍双手捂着脸，无声抽泣，后来强制自己平静下来，说："我弟弟已经毕业了，可我到现在也不知道他在哪里工作。就在你去恋歌房后不久，市公安局大检查，把我遣送回老家。我弟弟知道了，扇了我一个耳光，说他没有我这个不要脸的姐姐。我在村里是没有办法待了，一人一口唾沫也会把我淹死。好在母亲也病故了，我就一个人又跑了出来。"

朱小义仍在哭泣。

"朱小义，我拿钱给你治伤，我是感激你。在恋歌房陪舞，别的男人都把我当婊子、当玩物，连我的亲弟弟都骂我不要脸，不再认我这个姐姐，只有你把我当姐妹看。"

朱小义已泣不成声。青萍，你是这个世界上最纯洁、最高尚、最有情义的好姑娘。

十六

今天青萍从瓜匠王出来，神情非常忧郁，她低着头，走得很慢，感觉自己像在梦游。

去人民医院吗？

朱小义已经完全可以自理了，说好今天出院。昨天分别的时候，朱小义的目光和口气里全是渴求，渴求青萍来接他。青萍说当然要来。当时青萍的心中一片阳光，一片灿烂的暖洋洋的春日阳光，眼前是一条小径，一条花丛柳荫中的小径。然而一回到瓜匠王她租居的房间，她的心头立即布满了一片乌云，一片无边无际没有缝隙的黑沉沉的乌云，眼前花丛柳荫中的小径也变成了烂污污的泥沼。

你不要想得太多了，你不就是有恩于人家吗？你以为你是什么人？一个农村妞，一个陪舞女，一个婊子。人家是什么人？人家是大学生，是国家干部。你自己已经抬不起头来做人了，你难道还想让人家陪你一道抬不起头来做人吗？你救人家就是为的这个吗？你真自私呀！我不渴望那么多不行吗？我可以做他的妹妹呀。咦咦，你别自己骗自己了，你难道只满足于做他的妹妹吗？

去星汉大酒店吗？

自从她从高老板那里拿了钱之后，她再没有去过星汉大酒店。高老板呼过她三次，她都借口弟弟身边离不开人而没有去。刚刚又收到了高老板一个寻呼，她还没有回。自从认识了朱小义之后，她就开始有意地回避高老板了。

青萍走到了农业路边，对一辆"面的"习惯性地招了招手，"面的"在她面前停下。车起步后司机问她到哪里，她顺口就说到人民医院。当"面的"在人民医院门口停住时，她又说到星汉大酒店。司机师傅看看她，担心自己拉了一个精神病患者，但还是调过头重新上路了。

车到星汉大酒店，尚未停稳，她就忙着下车，经师傅提醒她才又回身站在车门口付车费。她像被追着一样急急地往高老板的房间赶，她怕自己再一次反悔，她一进门便扑到高老板怀里："高哥，抱紧我，快抱紧我！"

她疯狂地和高老板做爱，一边做爱一边伤心地哭。

就在青萍和高老板疯狂做爱的时候，朱小义正望眼欲穿地站在人民医院住院部的大门口。

十七

那个身材不高的精神病青年患者还真有两手绝活。

今天是国庆节，工业路北段新建的"黄河游乐园"第一天对游人开放，因此这个十字路口的车辆行人格外多。

将近中午时分，精神病患者沿工业路东边的人行道走来，仍然戴着一双白手套。他似乎神不守舍，目光非常遥远，神情非常遥远，仿佛整个身心都沉浸在遥远的地方，沉浸在遥远的事情之中。来到人行道拐角，开始像喝醉酒一样，前仰后合，左右摇摆。内行人一看就知道这叫醉拳中的"风摆荷叶步"，看似飘摇不定，实则根嵌泥土，看似不击自倒，实则纵横自如。

行人的目光开始被吸引，有的已驻足观看。

青年患者在走风摆荷叶步的时候，似被什么东西绊了一下，踉踉跄跄差点摔倒。他回转身来，弯腰捡起那块绊他的砖头，在手上抛了两抛，又翻来覆去方方面面角角棱棱仔细端详，其神态似乎要从一块美玉上挑出瑕疵。出人意料的是他看来看去看准砖头的一角咬了一口。咯吱一声，砖头完好无损，青年却龇牙咧嘴，其状痛苦不堪，弃砖于地，弓腰缩颈，双手直搓屁股："我的妈呀，假冒伪劣食品！"

围观的人一阵哄笑。

青年似被哄笑所激，去掉手套掷到地上，开始运功。

他两腿分开，下颌微收，贯通颈椎腰椎，慢慢下蹲成马步，十指蜷曲若掐物状，由胸至腹，至膝，突然后倒，腰背实实在在摔在水泥方砖地面上，又一个鲤鱼打挺站起，云手倒步，弯腰捡起那砖头，咯吱咯吱咯吱，砖头在他手中像一块酥脆的糕点，眨眼间被他咬去了四分之一，紧接着把咬剩的砖头向上一抛，双掌猛力一拍，砖头崩裂成碎渣，纷纷坠地。

围观的人群中爆发出由衷的掌声和喝彩声。

似乎掌声和喝彩声召回了青年散失的灵魂，其意识从遥远的地方回到了他的体内。青年的目光变得清澈黝黑，与正常人无二，只是清澈得忧郁，黝黑得伤感，忧郁和伤感的湖泊中又泛出一丝小孩子受到夸奖后那样的兴奋神采。

青年的目光在围观的人群中寻找，看到一个散发广告的小姐，讨了两张印成报纸的广告。青年又运功如前，之后扎一个漂亮的弓箭步，回头望定如静海一样的蓝天，右臂伸展，食指直指天空那轮灿烂辉煌的太阳。收式后青年左手平举那两张卷起的报纸，右臂弯曲如张弓射箭状，右手食指对准那两张报纸。

片刻，那两张卷起的报纸先是冒起一股青烟，接着便跳荡起一朵橘红色的火苗。

人群中爆发出一阵更热烈的掌声和喝彩声。

青年更为兴奋，面露喜色。然而风云突变，青年的目光突然阴郁，越来越重，若秋水入冬，寒气相逼，渐渐冻结；若胸腹中气滞气阻，结成了块垒。青年双手按着胸口，说："俺得唱支歌，俺得把心里的痛苦唱出来！"说着从编织袋中拿出一副竹板，击之为节，歌便喷薄而出，若胸腹块垒，一吐为快。曲为中原民谣调，凄凉悲怆中也铺展着大平原的辽阔与豪放。这个矮矮的青年，这个精神病患者怎么会有这么混浊苍凉的歌喉？其歌若疾风中的劲草，虽弓腰俯身，仍颤抖着一股不屈服的力道；若汹涌的黄河，虽古老混浊，却不可遏止，一路闪烁着泥色的光彩：

正月里来开红梅

娶不来媳妇你怪谁

怪俺自己没本事

俺没钱呀，我的大哥哎

三月里来刮春风

未婚妻跟个大款下广东

回来时已经怀了孕

俺可怜呀，我的大哥哎

五月里来麦梢儿黄

在村头告别俺老娘

老娘哭得泪涟涟

俺心酸呀，我的大哥哎

七月里来七月七

天上牛郎会织女

想起俺的未婚妻

俺后悔呀，我的大哥哎

九月里来秋风凉

娘想儿来儿想娘

如今有家不能回

俺不孝呀，我的大哥哎

十一月里飘雪花

老娘盼儿快回家

流浪儿子要回家

回家回家要回家

俺没法回呀，我的大哥哎……

青年的歌声被情感的旋涡噎住，泪水扑簌簌而下。

人群寂静无语，有人流下了眼泪。一个中年人掏出一张十元的钞票放到青年面前，又一个中年人掏出一张十元的钞票放到青年面前。人们纷纷解囊，有五元的，有两元的，有一元的，有五角的，一时间人群有点混乱。一个抱着膀子的胖子说："唉，人们真容易上当。不过这小伙子确实高明，别的江湖艺人只会像乞丐一样讨钱，这小伙子却懂得以情动人。"他身边的同伴说："不会吧，不会是装的吧，如果没有亲身经历能这样动感情？"胖子说："现如今，除了娘是真的，其他都不敢保证；就天气预报想说真话，还老说不准确。"

青年看到面前的钞票越来越多，面有喜色。然而这喜色却把他面部的神态染得呆痴痴的，目光中失去了刚才的清澈与神采，又恢复了原来的空洞和恍惚，若梦若幻，意识似乎又飘到了遥远的地方，飘到了遥远的事情之中。

青年再次运功，然后盘膝席地而坐，把面前的纸币收拢一堆，向前平伸右臂，手腕和食指垂直向下对准那堆纸币。围观者的目光无不吃惊地盯着其食指所指，人群一片静寂。只见那堆纸币升起一缕灰烟，灰烟渐浓，随之冒出蓝乌乌的火苗。青年口中念念有词："小芸，我能挣钱，我也能挣钱。小芸，拿去吧，我挣的钱都给你，全都给你……"

此刻，工业路对面的报刊零售亭前，一个民工模样的青年正在翻看一本《公安月刊》杂志，最后一页刊登着几则通缉令，其中有一张照片和这个精神病患者一模一样，照片下面的文字是：罗春成，男，24岁，通丘县人，因婚姻纠葛犯杀人罪，于1995年6月外逃至今。该犯身高1.60米，肤色较黑，方脸，浓眉大眼，突喉结。

十八

又是一个休息日，上午九点，十字路口东北拐角的电线杆下。黄裳先到，南柯后到，两人约定去西郊柿树林看红叶。

由于古人有了"停车坐爱枫林晚，霜叶红于二月花"的名句，"晚秋枫林"也一举成名，成为今人一睹为快的风景，而忽视了其他红叶的魅力。

其实，深秋柿树的红叶，其味道更为浓重，起码不应该屈居于枫叶之下。枫叶之红是为橘红、杏红、火红；柿叶之红是为深红、殷红、暗红。枫叶红得艳丽，红得热烈；柿叶红得凝重，红得诚实。枫叶红得像火，像生命在燃烧；柿叶红得像血，像生命在陈述。枫叶像一个事业正盛的壮年；柿叶像一个饱经沧桑的老人。

南柯来到的时候，黄裳看了看表，说："你迟到了。"

南柯也看了看表，说："我没有迟到。"

黄裳说："你迟到了，迟到了三秒钟。"

南柯说："我没有迟到，你的表快了三秒钟。"

"尽跟我狡辩。"黄裳主动张开双臂，两个人便紧紧地抱在一起，黄裳咬着南柯的耳朵，说，"今天咱们不去看红叶了。"

又矫情地说："今天咱们不去看红叶了好不好？咱们明天再去看红叶好不好？"

"为什么？"

"到我家去，让我爸我妈见见你，我爸我妈非要见见你不可。"

"你怎么对我搞突然袭击？"南柯轻轻推开黄裳，双手仍然抚着黄裳的肩。

"我跟你说了几次了，你总是这呀那呀拖着不想去。"

"可今天咱们野餐的食品我都准备好了。"

"准备好了明天用，今天我就叫你去我家。"黄裳小孩撒娇般摇着南柯的手，"我爸我妈都在家恭候大驾呢，我妈一大早就把菜买好了。"

南柯很无奈，很无奈的南柯也只好很不情愿地跟着黄裳走。南柯喜欢郊游野餐，钓鱼打猎，喜欢会朋友，就是不喜欢串亲戚，他觉得串亲戚是自己找罪受，尽管黄裳家只能算是他的准亲戚，然而串这种准亲戚更让人浑身不自在。

黄裳家其实离这个十字路口很近的，就在工业路北段新建的一个生活区，骑车不超过十分钟。黄裳家住二楼，三室一厅，房子还算不错。

黄裳家当真事前有准备，客厅里整整齐齐，窗明几净，茶几上干干净净的盘子里盛着水果、瓜子、糖，黄裳的父母也穿戴得整整齐齐的，对南柯极热情。黄裳的母亲文文静静像教师，黄裳的父亲高高大大很魁梧。当黄裳互相介绍南柯和她的爸爸黄大伟时，南柯和黄大伟同时愣了愣，交换的笑容也就各自皆有保留。

落座后，南柯和黄大伟同时争分夺秒地努力回忆着，目光不时很隐蔽地扫描对方：这个人在哪儿见过呢？一定见过，而且不只见过，恐怕还打过交道吧，恐怕还是不愉快的交道吧，要不第一眼怎么就感到不顺眼、不自在甚至很反感呢？

很快，南柯和黄大伟同时回忆起半年前在工业路和农业路十字路口撞车的那一幕，以及接下来发生的事。黄大伟脸色变得很阴沉，不打招呼就起身进里屋去了。南柯心里毛刺刺的，只恨自己不会遁身术。我得走，我得找个理由快走，一分钟也不能再待。

南柯站起身，说："我得回去一趟，我出门时好像忘了锁门。"

黄裳说："怎么会呢？你每次出门总是很小心，甚至下楼了还要再上去推一推。"

南柯说："就是因为我老忘记锁门嘛！"

黄裳说："那我跟你一起去。"

"不不不不，我一个人骑车走得快。"南柯急急地出门，下楼时一路小跑。

黄裳和母亲从窗口探出身，对着已跨上自行车的南柯喊："快一点回来，啊！"

十九

南柯走后，黄裳开始计算时间：从这里到南柯的住宅，这条道是黄裳最熟不过的，骑车不快不慢一般要二十二分钟，慢一点也不会超过二十五分钟，那么来回绝不会超过五十分钟；南柯是九点半出发的，也就是说最迟十点二十就能赶回来，南柯骑车骑得快，也许十点十分就能回来了。黄裳一边帮母亲择菜一边不停地看时间，一到十点黄裳就开始趴在窗口往下看，一边看下边的路面一边看手表。

黄裳度秒如时，直到十点半仍然看不到南柯的身影。黄裳往南柯的住宅打电话，无人接。母亲问她南柯怎么还没回来，她只好说路远，可能这会儿他正在路上。黄裳又心急火燎地在窗口趴了五分钟，忽然想南柯会不会在路上出事了？会不会自行车在途中爆胎了？会不会因赶路太急被汽车撞着了？

这一想，黄裳眼前就浮现出一幅血淋淋的画面：马路上停着一辆大卡车，车前面围了许多人，南柯不省人事地躺在血泊中，自行车还被衔在车轮下。她没有和父母打招呼就跑下楼，骑上车子去迎南柯。

一上工业路，黄裳的心情稍稍松弛了些。天空蓝蓝的，太阳暖暖的，车辆行人不少也不多，不快也不慢，这样祥和的气氛南柯是不会出事的。她一面往前骑一面注意路对面迎面而来的骑车人，尤其注意路边路口修自行车的小摊点，当然也没有忘记观察路面上是否有血迹。到农业路向东拐，不多时黄裳已到了南柯的住宅楼。楼下没有南柯的自行车。上六楼，敲门，南柯的门锁得很结实。

黄裳的心里很空虚，很沮丧。她下楼时腿肚子直发软。也许是路上一不留神错过了，也许这会儿南柯正坐在家里焦急地等她呢。黄裳这样想着，又抱着一线希望往回赶。

回到家里的时候母亲已经把饭菜都做好了，花红柳绿地摆了一桌，还斟好了干红葡萄酒。"小裳你们去哪儿了？我饭菜都已经做好了。"母亲一见她就抱怨说，"哎，南柯呢？"

黄裳感觉自己再也支撑不住了，感觉自己就要瘫倒了，哭的欲望太强烈，她是绝对不可能忍住了，她急不可耐地冲进自己的房间，扑到床上失声哭起来。

母亲知道一定是出事了，但不知道出了什么事。她跟进女儿的房间，关切地问女儿："怎么回事呀，小裳？你们到底是怎么了？"黄裳不说话，黄裳只是哭，肩膀剧烈地耸动着，黄裳这会儿不可能说话，她心里的痛苦如一泻千里的江河正滔滔奔涌着。女儿是娘的心头肉，见女儿伤心成这样，母亲的心里也揪揪地疼。

她不知道如何是好，就到书房找丈夫。黄大伟正在抽烟，脸色很难看。

"小裳都要伤心死了，你缩在这里半天也不露面。"她揾了揾眼角的泪，说，"来的时候还好好的，咱做错什么了？什么地方失礼了？他怎么一走就不回来了？你说话呀你！"

黄大伟又狠吸了两口，把剩下的小半截烟拧灭在烟灰缸里，才说："不是咱们的错，是他自己心里有鬼。"

"你说什么？"

"有一件事，刚才我一直在考虑给不给小裳说，现在看来是非说不可了。"于是黄大伟把他和南柯在工业路和农业路的十字路口如何撞车、南柯如何跟踪他的事讲了一遍，"我对这个年轻人的印象极坏，我看咱们还是劝一劝小裳，他们两个的事情就到此为止吧。"

二十

一家人都没有吃饭，一桌饭菜就这样满满当当摆在客厅里。

黄裳不哭了，当父亲给她讲了那件事情后，她的心情反而渐渐变好了。她了解了南柯一去不回的原委，很快就原谅了他，进而也理解了他今天的行为。他有什么办法呢？解释吧，一句话两句话又说不清楚，留下来吧，面对的场面一定非常难堪，非常尴尬，他除了一走了之还有什么办法呢？

爸爸让她和南柯断绝来往，她认为这是小题大做。当时南柯并不认识她，更不会知道和他撞车的人就是她的爸爸。何况也并没有造成什么后果，说到底无非是一场恶作剧罢了。

晚上八点，黄裳又出现在这个十字路口，从北边而来，向东边而去；晚上十点半，黄裳再次出现在这个十字路口，从东边而来，向北边而去。她没有找到南柯。接连两天她都没有找到南柯。

南柯当然不会从这个城市消失。

黄裳当然还会找到南柯，而且并不需要费太多的工夫，不像朱小义寻找青萍。

朱小义出院那天，眼巴巴地一直等到下午六点也没有等到青萍，当天晚上就到红杜鹃恋歌房找青萍，然而从那天起青萍再没有去红杜鹃恋歌房。朱小义一个歌厅一个歌厅地找，已经两个月了仍然没有找到青萍的下落。

然而，黄裳再次见到南柯的时候，南柯竟好像变了一个人，完全没有了原来的体贴和热情，当黄裳扑到他怀里的时候他甚至下意识躲闪了一下。他抱着黄裳，抚摸黄裳，似乎只是出于良心和义务，他像抱着商场摆设的一个服装女模特儿，原来那种让人心跳心颤，让人激动勃起，让人热血奔涌的感觉完全找不到了。

"你让我想死了，你这个坏蛋！"黄裳埋在南柯怀中啜泣，"我爸把你们撞车的事情给我说了，可我觉得不怪你，你又不知道他是我爸爸。"

"你爸对我的印象肯定很不好。"

"是很不好。不过好不好关系都不大，未来生活是咱俩的事。"

"可你爸毕竟是你爸，你爸的态度怎么能不考虑？"

南柯原来爱黄裳，但并不是非要娶黄裳为妻不可。

南柯属于那类感情不专一的男人，他喜欢所有漂亮的女孩，他对女孩的爱是性爱远远超出情爱。

初识黄裳，他觉得如果能得到她就是死也值得了，然而一旦到手他就不怎么珍惜了。从春到夏，从夏到秋，尤其是他认识了另一个女孩小水之后。他和黄裳肉体接触时的激动、亢奋和快感本来就在逐渐减弱，黄裳父亲的出现正好给了他一个下楼逃走的台阶。现在，他便开始怀着挑剔的心理来看待黄裳了。他觉得黄裳苗条有余而丰满不足，尤其是胸脯不够丰满；在做爱时，不管是室内还是野外，黄裳都不够主动，声音和动作都很单调（他是拿黄裳和小水来比较的）。不像小水，火辣辣的、水漉漉的、活生生的、甜蜜蜜的。和小水在一起，让你感到欲望无穷；和小水做爱，让你淋漓尽致地体会到个中滋味，让你感到你是个身体健壮的男人。当然，小水是一个开放型的女孩，小水的性伙伴不少，小水当不了一个好妻子，但是和小水在一起确实让你销魂。

说穿了，南柯是一个永远喜新厌旧的人。南柯有一套理论：喜新厌旧是一种永远的动力，是一种推动人类社会前进的动力，人类社会就是在喜新厌旧中发展前进的。体制的改革不是喜新厌旧吗？文学的创新不是喜新厌旧吗？科技的发展不是喜新厌旧吗？产品的更新换代不是喜新厌旧吗？谁不喜欢新事物？谁不想体验新感受？谁不想得到新东西？你想创造出新作品或新产品吗？你想穿上名牌新衣服，住上宽敞的新房子吗？你想扔掉破摩托换一辆私人小轿车吗？那么，你就要勤奋，你就要刻苦，你就要动脑子，你就要去奋斗，这不正是推动人类社会发展前进的一种动力吗？不然的话，怎么会有"推陈出新"这个成语呢？

黄裳久久地偎依着南柯说："今天晚上我不走了，今天晚上你别让我走了。"

南柯依然抚摸着黄裳："小裳，让我们都冷静下来，冷静一段时间好不好？我们最终还是要征得你爸同意的，如果你爸坚决反对，我们将来的生活也不会幸福。"

黄裳哭了，黄裳伤心地哭着离开了南柯。

这一天晚上，从西伯利亚袭来了 1997 年冬天的第一次寒潮，黄裳路过这个十字路口的时候，寒冷强劲的西北风把落叶卷起来抛到她的脸上，刮得她摇摇欲坠。

二十一

那个戴着白手套患有精神病的青年，自从在这个十字路口露了两手后，再没有出现。

南柯和黄裳还没有出双入对，上班、下班，东西、南北交错而过。

那个脸上有伤疤、每天后半夜来十字路口撒钉子的人被派出所拘留了，因为附近被迫向他交钱的修自行车的人终于忍无可忍，联合起来到派出所举报了。

那队盲人谋生团依然早出晚归，非常准时，那条用手臂和肩膀搭成的生命链条牢固而有韧性。

"大哥"和鸟儿几个经常夜间出来作案。他们的团伙中又多了两个女孩，由她们白天踩点。

近来有一男一女两个卖胡辣汤的青年很有意思：他们的运载工具非常特别，不是用车子，而是用一个架子车底盘，中间垂直固定一根两头翘的木杠，一头挂一个装胡辣汤的保温缸，就这样推着在大马路上走；他们天不亮就推着两缸热胡辣汤由东向西，上午九点多钟推着空缸由西向东，一路快乐地高腔大嗓地唱着流行歌曲。他们觉得，一个早晨能卖完两缸胡辣汤，真是幸福无比啊！

二十二

冬天日短，又阴得天衣无缝。刚刚下午六点半钟，天就黑透了。

黄裳站在十字路口东北角的那根电线杆下，上方有一盏昏黄的路灯。她在等南柯。

南柯这段时间一直回避黄裳，不愿意见她，借口是黄裳的父亲还没有认可。而黄大伟对南柯是发自内心深处的反感和厌恶，让他在短期内认可他们的关系是不可能的。南柯想，我总不能这样一直回避下去，事情都得有个了局，任何事情都得有个了局。了就是好，好就是了，早了早好，晚了晚好，与其晚了，不如早了。于是就和黄裳约定下班后在这个老地点见面，不见不散，想说服黄裳"算了吧，就这样忘了吧，该放就放，再想也没有用"，成了是夫妻，不成做朋友。

然而南柯不知道，黄裳可不是那种开放型的女孩，而是感情非常专一的女孩，她之所以和南柯发生性关系是因为她真心实意地爱他，她相信自己一定能够成为他的妻子。

下雪了。开始是一朵两朵的小雪花，在黄裳的眼前飘飘浮浮，好像在和黄裳嬉戏，好像不情愿落到肮脏的地面。渐渐地，雪花密起来，一朵一朵的像梨花，在黄裳的前后左右纷纷落地，不一会儿大地便白了。

七点了。路上车辆匆匆，行人匆匆。

八点了。路上的车辆和行人渐渐稀少。

九点了。时不时有汽车飞驰而过，有自行车飞穿而过。

雪越来越大，地面的积雪差不多可以埋住脚面了，黄裳依然站在那根电线杆下，顶着一盏昏黄的路灯，像"心太软"的女人一样傻傻地等待。十点半时，有一辆自行车从西边而来，看骑车人的身姿很像南柯，然而骑车人到十字路口并没有减速，而是飞快地穿了过去。

"南柯！"黄裳喊叫着，横穿农业路去追那辆自行车。

其实那并不是南柯。黄裳不知道，快要下班的时候，小水不期而至地来到南柯的办公室，一见小水，南柯就把和黄裳约定的事情置之脑后了。

黄裳只顾去追赶南柯，没注意从东边开过来一辆"子弹头"汽车。也许她看到了，她就是要从汽车前面冲过去，怕错过那辆自行车。然而那汽车离得太近了，速度太快了，快得来不及眨眼已经把黄裳抛了起来。黄裳在空中画了一道彩虹一样美丽的弧线，正好又坠落在那根电线杆旁，那盏昏黄的路灯下。

汽车没有减速，一眨眼就消失在农业路西段的雪幕中。

汽车呀汽车，你开那么快干什么？每一辆汽车都是来去匆匆，你们开那么快干什么？你们自以为可以满载而归吗？其实到达终点后哪一辆车不是空空荡荡！

黄裳安静地躺在那根电线杆旁，昏黄的路灯映出她美丽的睡姿。雪花轻轻地落到她身上，像给她蒙上了一条洁白的毯子，显示出黄裳人体的曲线。那人体曲线柔和极了，美丽极了。

二十三

这场雪一融化，春天就来了。工业路上的垂柳摇摆着，摇摆着，就摇摆出鲜翠嫩绿的小叶；农业路桃树枝头的花蕾眼看着一天天长大，绽出女孩的红唇。

夕阳西下，她驾一辆红色"林肯"从农业路西段徐徐东来。她很喜欢农业路，尤其在这桃花欲开未开的时节。看桃花就要看含苞欲放的桃花，桃花盛开就不好了，盛极必衰，给人一种江郎才尽或老之将至之感，只有含苞欲放的桃花最叫人心动。

她是为了看桃花，所以车开得很慢，路过这个十字路口时，无意间看到了那队如大雁北归的盲人从南面走来。她觉得打头的那位瞎眼老人有点面熟，也就缓缓开过去了。然而瞎眼老人的形神像一个强劲的磁场把她吸向过去。她开始回忆。明净辽远的坠胡声响起来，那是八年前录在她记忆中的坠胡声。

她犹豫了一下，还是调转了车头拐上了工人路，超过了那队盲人之后靠路边停住，钻出汽车，迎着那队盲人站在车旁。领头的盲人虽已很老，腰板却很直，满脸皱纹中有一种大喜大悲之后的淡定，有一种饱经沧桑之后的淡定。

她认定这一个瞎眼老人就是那一个瞎眼老人。她拦住老人。

"老人家，您是在裕元里自由市场——"她顿了一下，斟酌该怎样表达，"拉琴的吗？"

瞎眼老人站定，无语。

"您可记得，八年前您让一个姑娘多拿几块钱的事情吗？"

"姑娘，你认错人了。"

老人声音冷漠，面无表情，手中的竹竿又向前探出，以盲人特有的轻稳领着那队盲人起步。她有点惘然，一动不动地看着老人的身影渐渐远去，那淡远空灵的坠胡曲调却渐渐清晰起来。

二十四

她重新上车，又拐上农业路，车依然开得很慢。路边的桃花虚虚幻幻，那坠胡的曲调时远时近，不绝如缕，八年前的情景如在眼前。

那时候她刚到这个大城市谋生，住不起旅社，就夜宿火车站，被派出所当作"鸡"抓了起来。从派出所出来，她已经身无分文了。她甚至真想当"鸡"了，可就连当"鸡"她也不知道该如何营业。她在裕元里自由市场流逛，油条的气味，卤面的气味，粉浆面条的气味，残忍无情地折磨着她的肠胃。向大妈讨一碗粉浆面条喝喝吗？她鼓了几次勇气也没有张开口。

这时候她听到了瞎眼老人淡远空灵的坠胡声，接着就看到了坐在一条小巷巷口操琴的瞎眼老人。

老人不是那种睁眼瞎，该长眼睛的部位陷进去两个深坑。老人面如荒漠，坐在闹市就像坐在渺无人迹的荒原上。老人面前放着一个铁盒子，圆形的破旧的铁皮盒子，盒子里有不少零票子，一角的，两角的，五角的，一元的，她看得清清楚楚还有两张五元的，一张十元的。

她的眼睛一亮，心也随之慌慌地跳起来。我只拿一张五元的，只拿一张五元的。可是怎么拿呢？人群熙来攘往，如果看到我拿一个瞎眼老人的钱，会出现什么后果呢？

她犹豫着，从瞎眼老人面前走过去，又从瞎眼老人面前走过来，这样走了几趟，她终于想出了一个遮人眼目的办法。当她再一次从老人面前走过的时候，她装作一不小心把老人盛钱的铁皮盒子踩翻了。她说声"对不起",连忙蹲下去给老人捡钱,借机把一张五元的票子握在了手心。正在她准备起身走开的时候,老人开口说话了。

老人的声音空洞淡定,无哀无怨,无伤无怒,无喜无悲。

老人说:"闺女,多拿几块吧。"

她把汽车锁进车库,回到自己的家。所谓家,其实就是一套豪华住宅和一个保姆而已,她还没有成家。

经历了那一段穷苦磨难之后,她脚下的路忽然柳暗花明了。她先是在离休干部林老家中当保姆,又在林老家中结识了银行的管行长。第二年,林老就帮助她贷款成立了一家公司,她也摇身一变成了一名女经理。半是因为她有坚强的后盾,半是因为她经商的天赋,她很快就发酵般地暴发起来。现在,她已经成为省"十大杰出青年"之一了。

她靠在沙发上,点上一支烟,那宁静辽远的坠胡声依然在她耳边悠悠回荡。如果说她在路上拦住那位瞎眼老人只是出于一个偶发的念头,那么,这时候她要报答瞎眼老人的愿望竟是如此的强烈和急切。

第二天她到公司安排了一下事务,就直接去了裕元里自由市场。可是她没有找到那位瞎眼老人。

一连四天她都没有找到那位瞎眼老人。她问旁边卖粉浆面条的一位大娘,大娘说她也似乎好几天没有听到瞎眼老人的胡琴声了,对瞎眼老人的其他情况也是一无所知。

她决定每天傍晚到农业路和工业路的十字路口等待,她如愿以偿地等到了那队生命链条般的盲人谋生团。她上前拦住那位瞎眼老人。

她说："老人家，以后您不要再去街头卖艺了。"

瞎眼老人漠然无语。

她说："这是一万块钱，您先用着。请您告诉我您的住址，我会定期给您送去生活费的。"

"这是从何说起？"在傍晚的夕阳下，老人的面部冷漠如初，领着那队盲人径直向前走去。

她跟上瞎眼老人，语气竟全是恳求："老人家，八年前您对我有恩，虽然只是几块钱。滴水之恩当涌泉相报，希望您能成全我。"

"闺女，你一定是记错人了。"

瞎眼老人说话的时候并没有回头，也没有停步。

二十五

如果老人是一台电脑的话，从瞎眼老人脑海深处可以调出一份尘封已久的文件，记载了改变老人一生命运的那桩旧事：

大哥把一盏烛灯吊下墓穴，蜡烛没有熄灭，停了一会儿，仍然没有熄灭。他拿起麻绳揽在腰间。

"兄弟，我下，我身子轻巧。"大哥说着抢过他手中的麻绳。大哥长得矮小敏捷，是盗墓的老手，绰号"土行孙"。

他没有再争。他刚入道不久，他们是新结拜的金兰兄弟。

他守候在穴口。秋风萧瑟，四野的鬼火行走无声，远了，近了，忽忽悠悠，时有时无；猫头鹰的叫声像哭像笑又像嚎，挟一股阴冷之气。

终于，他手中的麻绳摇动了。他拽动麻绳。

大哥很利落地从穴口爬上来，他先解去腰间的麻绳，再解下背上的宝袋:"兄弟,咱们发大财了!"

他看到了半袋子金元宝、银元宝、珠宝首饰,还有一对金童玉女,金童用纯金铸就,玉女用汉白玉雕成,价不可估。他的目光被直直地焊死了,大喜若梦,脑袋中一时空空洞洞,只有一片虚幻的金光和银光。

大哥说:"兄弟你力气大,你背着。"

他背起宝袋就走。

大哥说:"且慢。兄弟你走后边,我走前边。记住,背货的人走后边,空手的人走前边,这是干咱们这一行的规矩。"

大哥在前,他在后,他们上路了。其实根本没有路,有的只是黑夜中的荒原、坟地、树林、藤葛、草莽、鬼火和猫头鹰。这时他的大脑才开始了正常有序的思维,进入了对未来小日子的设计和构想:翠儿,我的心肝儿,有了这笔钱,咱们再也不用街头卖艺了,咱们再也不用去给那些官僚财主唱堂会了,再也不用受那些坏人恶人的调戏欺辱了;翠儿,咱们可以过上安定富足的小日子了,你的父母也会原谅你跟我私奔的过错,重新认下你这个女儿了,翠儿……

星星稀下来的时候他们走进了一片密林,在一棵奇形怪状的老树旁边停住。大哥说:"歇歇吧,兄弟。"

他们捡了一堆树枝,点着了火。火势很旺,火光映出一层层阴森森跳动的黑影。他们烤了一些干粮吃下去。大哥拿出一个银质小酒壶,自己先喝了几口,然后递给他,说:"兄弟,来几口解解乏。"他就接过来喝了几口。

之后,他们面向火堆,背靠那棵大树,闭上了眼睛。

他醒来的时候感到两眼疼痛,确切地说他是在疼痛中醒过来的。疼痛，剧烈的疼痛，他试图睁开眼睛的时候那疼痛更是钻心透骨，立刻涌出一身冷汗。他触摸眼睛，眼睛上紧紧地缠裹着绷带。他不知道发生了什么事，向旁边摸索着喊："大哥！"

大哥从火堆旁站起来，回身看着他，说："兄弟，你到底醒过来了。"

"大哥，我的眼睛，我的眼睛！"

"兄弟，我已经给你上了创伤药。"

"我的眼睛怎么了？"

"对不起，兄弟，我也是迫不得已，不得不抠了你的招子，要是让它们亮着，你迟早会认出我来的。"

他想了一下才明白过来刚才发生了什么事，大哥在酒里下了蒙汗药。他发疯似的扑向大哥，然而他扑空了，扑进了火堆里。大哥伸手把他拽出来。

"你这个人面畜生，你为什么要这样？你想独吞金银财宝全给你，可你为什么要弄瞎我的双眼？"

"现在说什么都晚了。"大哥说，"兄弟你跟着我走吧，我把你领到大路上，再给你一笔钱，以后怎样就看兄弟你的造化了。"

他费尽千辛万苦才回到自己穷困的家，他回到家里的时候翠儿已经不知去向了。

他一动不动地坐在床上，像白痴，像坐禅，无所不思又一无所思，无所不想又一无所想。第三天，他的心中渐渐地变得平静和明净。他有一种想拉琴的欲望，他到墙壁上摸索，自己的坠胡还在。他端坐床边，调了调琴，运起琴弓。琴声中，过去的那种缠绵悱恻，那种激越澎湃，那种铿锵，那种怨怒之气，那种烦躁之气，无声无息地离弦而去了，他的琴技达到了一种淡远空明的大境界……

二十六

朱小义出院后，已经骑自行车路过这个十字路口五次了，他是到瓜匠王寻找青萍的，然而青萍原来的房东说青萍搬走后再没有回来过。

今天，朱小义是打"面的"路过这里的。他坐在司机旁边，他的妹妹坐在后边。妹妹从乡下来看他，也想来城市打个工。合适的工作一时也难找，休息日，便领妹妹逛一逛黄河游乐园，也就破例打了一次"面的"。

游乐园很大，这"转盘"那"滑车"的，名目繁多，然而不管什么名堂，不管是"游"一次还是"乐"一次，最低价格也要五元钱，所以妹妹总是借口"头晕""害怕"，舍不得花去哥哥五元钱。妹妹已经很满足了，因为除了门票没花一分钱就看了很多"稀罕儿"，饱了眼福。

中午，兄妹俩决定在游乐园门口解决吃饭问题，转来转去最后进了一家"家家野菜饺子馆"。饺子馆不大，但很干净。当收银小姐说了句"二位请坐"时，朱小义不由得万分激动，他看到收银小姐正是他已经找了半年多的青萍。青萍也看到了朱小义。

"青萍！"

"小义！"

两个人的眼泪都扑簌簌地流下来，止也止不住，好一会儿没有言语，他们已经抽噎得说不成话了。青萍拿一条湿巾递给朱小义。

"青萍，我一直在找你，我找得好苦！"

"我知道。"

"你怎么知道？"

"我心里知道。可我……"青萍说，"先吃饭吧，你们一定很饿了。"

饺子馆的生意挺好，青萍直到下午三点才清闲下来。

朱小义觉得有满肚子的话要对青萍说，碍于妹妹在跟前有些话又说不出口。他问青萍，分别后生活得还好吗？青萍说，她原本就是迫不得已才待在恋歌房，又怕朱小义再在这种场合找到她，老家她是不能也不想再回了，就大着胆子借了点钱，开了这个"家家野菜饺子馆"，结果呢，生意还很不错，现在，她已经有四个雇员了。

"这真好，青萍已经是小老板了，真好，真好。"朱小义说。

妹妹说："青萍姐，让我在这里打工吧，让我干什么都行。我不要钱，我要报答青萍姐对我哥哥的大恩大德。"

"那可不行。咱们一块干可以，不要钱可不行。"

青萍忽然很悲伤，和朱小义分别后她无时不在想念他，又害怕再见他，可上帝还是安排他们两个再次相遇了。万能的上帝！

二十七

每逢清明节、鬼节，有很多人到这个十字路口来烧纸钱，有的甚至从市中心赶来，骑自行车的，骑摩托车的，打"面的"的，自己开车的。他们大多是从农村进城的，或者父辈祖辈就从农村进城的，到这个十字路口给葬在乡下的亲人送钱，用这种古老的方式表达对亲人的怀念。其实他们并不相信有阴间，但也不相信没有阴间，因为有没有阴间谁也没有真正的实践经历。如果有呢？如果有的话，不送钱自己的亲人不是要在阴间受穷了吗？

今天是鬼节。

天刚落黑，就有人来这里焚化纸钱了。第一个人刚刚烧完离去，又来了一对夫妇。之后就接二连三来去不断了。他们大都在十字路口的四个拐角，有的在人行道上，有的在人行道下，用树枝或粉笔画一个有缺口的圆，让缺口对着故乡的方向，然后在圆圈中间点燃纸钱。最多的时候，四个拐角燃有十几堆火焰，一时间火焰跳荡，纸灰飞扬，鬼气森森。

九点半钟，青萍和朱小义从工业路北段向这里走来，朱小义手中拎着一个装着冥钞的塑料袋。他们选择了十字路口西北的拐角处。朱小义掏出袋中的冥钞放在地上，可以清晰地看到冥钞上"银行行长阎罗王"的头像和"亿万元"的面值，还有一个用黄表纸糊成的大信封。青萍用一根树枝围绕冥钞画了一个有缺口的圆，让缺口对着自己老家的方向。青萍一边画一边和朱小义说话。

"写上收款人的地址了吗？"

"写了。"

"写上俺爹俺妈的名字了吗？"

"写了。"

"写上邮政编码了吗？"

"按你的交代都写了。"

"现在邮局要求严了，不写邮政编码害怕收不到。"

朱小义用打火机点燃冥钞，青萍用树枝把冥钞挑松，火焰便一节一节地跳起来。青萍一边挑一边说："爹，妈，拾钱吧，女儿来给你们送钱了。爹，妈，你们为儿女受了一辈子穷，到老也没享儿女的一点福。爹，妈，钱你们只管花，该吃啥就吃，该穿啥就穿，花完了女儿再给你们送，别像过去那样这也舍不得吃，那也舍不得吃……"

烧纸钱来得最晚的是南柯。已近半夜子时，南柯骑着自行车从农业路东段出现了，车筐的塑料袋里装着冥钞。

南柯本来已经睡下了，电话铃又把他从睡梦中叫醒了。他万万没有想到会是黄裳打来的电话。尽管黄裳在电话里的声音有点发颤，有点拖长，就像变了调的录音带，他还是一下子就听出来是黄裳的声音。黄裳说："南柯，今天是鬼节你不知道吗？人家都给阴间的亲人送钱了，你为什么不给我送钱呀？你的良心真坏呀！"

南柯惊出一身冷汗。他不敢再睡，起床穿衣，到街上买冥钞。他不知道什么地方有卖的，骑车转了近一个小时，才在人民医院旁边的一条背街里买到了。

南柯选择了十字路口东北拐角人行道上的电线杆下，那是他和黄裳曾经经常约会的地方，是黄裳站在大雪中最后一次等他的地方，也是黄裳出事后被雪花掩埋的地方。南柯知道黄裳的鬼魂就在他的身边，觉得周身冷气嗖嗖，毛发悚然。

他手指颤抖着点燃了冥钞，火苗像刚刚苏醒的蛇一样缓慢地扭动着，伸展着。就是在这个时候，他的灵感忽然像冥钞的火苗一样点亮了，于是这灵感也充满了鬼气，他的代表作长诗《鬼节》片刻间在他的头脑中已具雏形。

南柯激动得浑身打战，是这部长诗令他浑身打战。然而直到2035年南柯已过花甲之年，其长诗《鬼节》才正式发表，并且一举成名。

二十八

鉴于这个十字路口不断发生交通事故，鉴于这个十字路口周围的建设速度，这个十字路口的岗亭即将动工。未来的岗亭位于十字路口的正中心，设计超前，非常漂亮。

沙岸

春天，黄河极瘦、极缓，像一个长途跋涉的老人，那一处处冒出水面的沙滩是他身上的老人斑。老人已经走过了漫长漫长的路，还要无止无休地走下去。河岸是一片望不到边的沙地。没有丘陵，没有起伏，单调乏味。所有的绿意仿佛都集聚在坟场的杨柳树上。有一处坟场颇为壮观，几十棵杨柳泅泅如云，烟笼雾罩。一位阴阳先生路经此地，驻足感叹，说想不到这百里沙地竟藏有如此氤氲风水，此家将来必出高官无疑……

之一

日近正午。无边的沙岸阳气蒸腾，白晃晃刺眼。坟地的杨柳新翠欲滴，如烟如梦。布谷鸟的叫声像布谷鸟一样从头顶飞过，四个音节又如它下的卵一般浑圆饱满。

金老大在种瓜。背着阳光像背着一盆暖烘烘的炭火，浑身已小汗津津。年轻人已换夹衣，孩子们光腚的都有，金老大却还捂着他那油囊囊的黑土布棉袄。金老大有金老大的道理，春捂秋冻。病了还得自己受，谁也替不了你。金老大种得极认真。腰背发木，两腿酸麻。真想躺在沙窝里舒坦舒坦，可金老大信奉一个真理：种瓜得瓜。一定要赶在午饭前把瓜垄种完。

隔地身晃晃荡荡走来金老二。金老二四十多岁，又高又瘦，骨架像几根劈柴棒组接而成。螺丝松动，所以走路总晃荡。他站在金老大对面，饶有兴味看金老大种瓜。有顷，说："大哥，不歇会儿？"

金老大没抬头。他早看到了金老二那双趿拉着的破鞋和破鞋后筋脉暴突的大脚。

金老二在他面前磨磨蹭蹭隔瓜垄蹲下，拔去垄背上两棵刚冒头的刺刺芽，说："大哥，歇会儿歇会儿，赶死哩！"

这老二来干啥？苍蝇趴花蕊，采蜜不采蜜，繁蛆不繁蛆。金老大心里很烦。没事给狗挠蛋去！

"种完了你？"金老大挪一个窝。

"没哩大哥。"金老二也挪一个窝，保持和金老大面对面位置，又拔去两棵刺刺芽。

"那还不趁这墒快种？"

"是得快种。可是——"金老二把一片刺刺芽叶子放嘴里嚼，乜一眼金老大粗瓷碗中用湿布蒙住的瓜种，"大哥抽根烟大哥。"

"得趁这墒。"

"那也不错这根烟。"金老二掏出香烟抽一支递过去，"给，大哥，好烟。"

金老大忽然警觉起来。一个劲地大哥大哥大哥，还给烟，老二这是想干啥？

"吸吧吸吧。"金老二的手并不缩回，心里暗笑，还捏住半边装紧哩不是？我操。

金老大仍不接。为人处事，小心设防；我不坑人，人也别坑我。这是金老大的立身之本。

金老二把烟扔过去，金老大把烟抛过来。又扔过去，又抛过来。

"那玩意儿没劲。"金老大掏出自己的旱烟，很过瘾地吸两袋。抬起身活动活动麻木的腿，别着胳膊捶捶酸疼的腰。鼻孔痒得难受，连忙仰脸对着太阳，银箭一样的光芒晃得他闭上眼，很响亮地打了个喷嚏。顿时眼前流星追月，大地像喝醉酒一样摇摆。渐渐星月隐去，眼前仍是烈烈的阳光。布谷鸟的叫声由远处跳荡着传来。他把目光扯远。沙粒像金子一样闪烁。黄河凝滞了一样沉稳。地平线氤氲缥缈。又把目光慢慢拉回，最后落在他们金家的老坟上。老坟地杨柳泅泅，笼罩着紫气。阴阳先生说金家将来要出大官，不知出在哪支哪门，但愿应在我老大后辈身上。这辉煌的希望使他暂时忘却了腰酸腿麻。

金老二没有把烟让出去，也无所谓。自己点燃一支，叼在嘴上。双手抱膝前后晃悠，眯起眼睛研究着金老大。

金老大仍在痴痴地凝望老坟。先父有眼，我是老大，我遵照您老人家的临终嘱咐为咱这一门出过大力。

他们弟兄四个。老五是姐，称小妹。爹死时小妹三岁，老四七岁。他二十多岁，刚成家不久。他记得清清楚楚，那年钢铁元帅要升帐，他正在牲口屋前边禾场的土高炉大炼钢铁。娘来喊他，说爹要不行了。他慌慌忙忙跑回家。爹是肺结核，已经躺了半年。爹流着眼泪叮嘱他，一定要把弟妹照护大，尽到他做大哥的责任。

其实爹不说他也要管。他是老大，他不管谁管？长兄比父，责无旁贷。尽管他知道那担子是多么沉重，以后的日子有多么艰难。

那时候都自顾不暇，谁顾得了他。没人帮他，也没人能够帮他。他靠自己，也只有靠自己。野菜树叶凡是能填肚子的他都拼命往家搂。他硬是咬牙撑起了这个家。不但把他们一个一个养大了，还供老三、老四读了几年书，给他们娶了媳妇。尽管老四是拿小妹换的亲，那也是没有办法的事。

金老二仍然双手抱膝晃悠，眯着眼颇有耐心地研究金老大。

金老大的腰腿已不那么酸麻。他擤擤鼻涕，又开始种瓜。见金老二还原封不动蹲在那里，冷冷看他一眼。

没想到弟兄四个正式分家时，老二、老三却合伙坑了他。家里一共八间房子，六间是三个弟弟成家陆续盖的，两间是爹留下的老屋。老屋缺檐少角，砖被硝蚀，残破不堪，东山墙还裂了缝。都不想要老屋。他想要下又感到实在太亏，犹豫不决。老二、老三提出抓阄。抓阄就抓阄，听天由命。老四不参加，因娘提出要跟老四，都同意老四住两间新房。老二、老三对他非常亲热，异口同声让他先抓，说他是大哥，操劳半世。他这时真希望自己抓到老屋。他随手捏一纸团，打开一看写的正是老屋。他心平气和住下，一点不觉得吃亏。事隔一年才有人透给他，原来老二、老三欺他老实疙瘩不识字，三张纸上全是写的老屋。他竟一点没有伤心。他觉得自己忽然大彻大悟，一下子看透了人生，看透了世界。过去的几十年算是白活了。他发誓要凭自己的本事超过他们。

金老二又引燃一支烟，把烟头摁进沙地。好像金老大是件稀奇古玩，他研究不透又玩味不够。当然，真要是件古玩他根本就无兴趣欣赏也无能力欣赏了。他在耐心地有步骤地达到自己的目的。他刚才和金老四打过赌，赌注是一盒彩蝶烟，带嘴儿。

"我说，大哥，年前让你上县开会，你干吗不去？"金老二慢悠悠说。

"我不能蛤蟆垫桌腿——硬撑。"

"咳！"金老二作声作色，"我说你傻吧，你非说你精细，别人争都争不到手。"

金老大不说话也不抬头，认认真真种瓜。正午的太阳把影子清晰地拓印在他眼前。一只布谷鸟又从头顶飞过，饱满的声音由近而远。金老二仍不走。始终和老大保持脸对脸位置，就像两只抵架的羊。

"大哥，我算服你。我走南闯北吃的西瓜成车皮，全没大哥种的瓜甜。难怪县长说你是西瓜大王。"

金老大胡子撅撅，似笑又似非笑。

金老二继续说："不服不行。地挨地一样土性，一样挑垄，一样上粪，就大哥种的最大最甜。不服不行。"

金老大胡子又撅撅，嘴角轻轻在动，眼角隐约有了笑纹。对种瓜这行，金老大非常自信也非常自豪。这无边沙岸没人能和他比。县长也确实亲自吃过他种的西瓜。

总算挠到了你的痒处。老四，我得赢你一盒彩蝶烟。金老二想。抓住时机，得抓住时机。啥事都不能错过时机。金老二脸上笑着，伸手揭开老大碗中蒙着瓜种的湿布，说："嘿嘿大哥，我看大哥这瓜种……"

金老大连忙把瓜种盖好，警惕地把碗挪到金老二够不着的地方。

金老大挪一个窝，金老二连忙也挪一个窝。笑脸看着不笑脸。

"这么回事，大哥，我去年瓜种留少了，就差两趟。不种吧，垄沟都挑了怪可惜。我看大哥这瓜种用不完，想匀点。就两趟，用了了①的。"

金老大脸上的纹路死去刹那，又活泛起来。嘿儿嘿儿嘿儿地笑

---

① 了了：方言，意为用不了多少。

出声："老二，这没啥。不就是点瓜种吗？"

金老二脸上笑容暗淡刹那，又鲜亮起来："嘿嘿，大哥，我就知道你会给我，你不会不给我，老四偏说你不会给我。你看这老四。"

"就怕这瓜种剩不下。"金老大笑眯眯地看着金老二，"要剩下我一定给你。你先回，老二，别老陪我蹲着受罪。剩下来我送到你家里。不就是点瓜种？这没啥，真没啥。"

金老大的笑容拉得很远。金老二脸色顿时灰了。半天才喊出声"大哥"，腔调少盐缺醋。老大太绝。他没想到。他原想女人给狗吞介绍过对象，虽说没成，老大也该给点面子。所以才和老四赌上一盒彩蝶烟。金老大种瓜的动作格外慢下来，慢得让人抽筋。金老二忽然感到两腿酸麻。

"老二，你先回，别老蹲这赔罪。剩下我一定给你送去。"金老大说。

"那中，大哥。"金老二也觉尴尬，双手按膝站起身。晃几步，想想，又晃回来，想想，复晃晃地拖着疲惫的影子慢慢走远。

"喀"一声，金老大吐出一口浓痰。浓痰骨碌碌滚动团成一个小小的沙球。冲金老二的背影笑笑，不觉加快了动作节奏。

种完最后一趟瓜，金老大揭开碗中湿布看看，瓜种确实剩下不少。金老大慢慢站起。四周渺无人迹，原野一望无际，日已过午，沙粒耀眼，布谷鸟的叫声如在梦中。

金老大站了一会儿，忽然用瓜铲在背垄间敏捷地挖好一个一尺多深的坑，将剩余瓜种一粒不留倒入，用土填平。拍打拍打手上的沙土，满意地无声地笑笑，又望望自己家杨柳葱郁的老坟，捡起粗瓷碗拐拉拐拉向村里走。

这就是金老大。土褐色，瘦筋脸，头发稀疏灰黄，尖下颏上粘一撮小麦根须样胡子，眼帘上有沙粒状的密密的小瘤。整体看瘪瘪缩缩，像只风干的鸡。

金家老坟里杨柳丝丝，嫩草破土，几朵小野花蓝得透紫。金老二头枕他那双烂去后跟的破鞋，靠着不知他哪一个爷奶的坟包躺着。大腿压住二腿，悠哉闲哉地听着时远时近的布谷鸟叫，透过扶疏鲜绿的柳枝欣赏两片洁净的白云。白云悠远，绫罗一样慢慢擦拭蓝天。蓝天越发蓝得纯净。有时微风拂开柳枝，日光洒他一脸，他就很舒服地闭上眼睛。

他很有耐心地等待着。轻轻吹口哨，翘起的大脚丫一点一点打拍子。不时仄起上身瞄瞄，终于看到金老大开始往回走。于是很有礼貌地目送金老大瘦小的身影融进远外朦胧一团的村子。

金老二坐起来，金老二站起来，金老二拿起两只破鞋"噗噗"拍几下然后趿拉上，金老二拍拍屁股上的沙土，金老二解开裤子想尿一泡，忽然想起阴阳先生说的话，害怕熏了祖宗破了风水，于是重新系好裤子憋住，金老二弯腰拿起他的瓜铲和瓷碗，金老二晃荡晃荡走出老坟走向金老大的瓜地。

他很容易地找到金老大深埋瓜种的地方，骂一声"老绝户头"，就动手很小心地挖开沙土。

之二

金老四出生那天夜里暴雨倾盆，雷鸣电闪。他娘看到中堂挂的老虎从画中跃出，蹲在当门对着门外长啸不止。醒来后肚子开始阵痛。金老四落地虎头虎脑，哭声洪亮。出满月他娘给他算了一卦，算命先生说老四必是一员虎将，小则团长旅长，大则军长司令。所以他娘最疼老四，寄希望于老四。老四果然争气，长得脸方颏圆，肩宽脖短，肉滚滚颇有将军风貌。可惜连续三年没参上军，生生埋没一员将才。

发生那件事时金老四刚吃过晚饭，正考虑过剩的精力今晚用到啥地方。暮色灰蒙，少数星星已在岗位上露面。西天边尚有一抹暗淡的残红，柴草燃烧的香味在慢慢消散。如风起青蘋之末，从金老三大门外传出一声长长女腔："哎——"直直如光束先细后粗也如光束将街筒照亮。尾处猛一滑抖出抑扬顿挫："谁薅了俺家瓜苗，龟孙、兔孙、王八孙，叫他断子绝孙……"

没啥稀罕的。老三女人开始骂街。大凡骂街，都是选择在晚饭将尽未尽时。此时男女老少都在家中，人们不像早饭午饭后急于下地干活儿。这就保证了两点：第一收听率最高，就像电视台的《新闻联播》；第二可以不慌不忙地骂，从容不迫尽抒情怀。从第一声叫板金老四就听到了，但并没引起他的兴趣。老四女人在厨房洗碗，问"是不是三嫂"，他"嗯"一声。

"谁薅俺的瓜苗，叫他正头顶长疮，脚底板流脓，从上到下一点一点烂……"声音站立一会儿，然后走向十字街。

平常骂街一般无人接腔。只有拾钱的，没有拾骂的。骂者一骂常常三四个钟头直至声嘶力竭。瘾大的明日再骂。可今天刚骂到食堂门口。食堂女人就走到街心两手叉腰威风凛凛拦住老三女人。

"骂你自己哩，都骂你自己哩！叫你烂叫你烂，稀巴巴地烂……"食堂女人也高腔大嗓。

老三女人有了对手，马上精神抖擞："骂你哩，就是骂你哩，你烂，你烂，稀巴巴巴巴巴烂……"

村里顿时沸反盈天，把黄昏的寂静全轰到了野外。两个声音初时如两把小号二重奏对吹，一来一往，顷刻密不透风，你缠我裹互相扭结一团，向四面八方滚动。污言秽语，不堪记录。不少人从家里拥出，孩子挤在前边生怕漏掉一个细节，女人们有的劝解有的挑拨，有的看似劝解实为挑拨。男人们远远地站在暗处抽烟，偷偷欣赏，乡村无娱乐，权当看戏了。

金老三身在大门里，心在大门外，耳朵像天线一样竖着，听到食堂女人和自己女人开吵心里暗喊一声："糟！"有点后悔刚才没有把自己女人拦下。女人说："老实人好欺，老实马好骑。不骂，不骂他今天薅你一趟瓜明天薅你十趟，今天尿你脚上明天尿你头上。"他心里其实三分虚，老实人好欺不老实人照样有人欺，老实马好骑不老实马照样有人骑。俗话的道理其实没有多少道理。可他嘴上却说："就是。去，去骂他个龟孙。"不让女人站出来骂一圈似乎也不好收场。下午在瓜地盘瓜的大老爷儿们那么多，都知道他家的瓜苗被人薅去一趟。不让女人骂一圈会丢掉脸面，脸面比什么都重要，脸面是不能不要的。人家会说他草鸡肉头没蛋子儿。心里有些怕把事情闹大，可看来偏偏要闹大。

叫骂声高一声低一声地敲着他的耳鼓。他不知该怎么办。这时声音变得复杂，细听更慌。他的大姐和食堂的妹妹也已接上头。这是农村吵架的规律。女人开场，孩子帮腔。如果实在难分难解的话，男人最后才站出来亮相。也算兵对兵将对将吧。他很慌乱，就像没有经验的演员登台前那种慌乱。他想起了金老四。

金老四就到了。金老四本来想去狗蛋家打牌或找大孬喝酒。他成天觉得无聊。他站起身使劲扭动几下腰肋，出门看见女人在门外站着。女人说："三嫂和食堂家的吵起来了。"他说："娘儿们吵架，爷儿们也插不上嘴。"女人说："还是去看看好，我也去。"他就朝金老三家走，并没想去干啥。他们弟兄四个他身体最壮，肉浑浑一骨碌子力气。上学时成绩极差，不爱用脑。回来跟大孬学倒卖东西，赔多于赚，只好罢手。夏天捞鱼，冬天打兔。打到了就找大孬喝酒。三个哥哥中他和老三处得最好。他没结婚时三嫂爱给他补补连连。他头个对象和他蹬了后，三嫂又在她娘家那村给他找到一个。尽管是换亲，他还是感激三嫂。

看到金老四，金老三心里踏实许多。双方的叫骂混杂胶着。两兄弟蹲在门口抽烟。老四女人在劝。对方说她拉偏架。她也就帮嫂子吵。

"吵球？"老四问。

"谁薅我一趟瓜，你三嫂骂，就吵起来。"老三说。

他们抽烟。抽得狠，烟头一替一下亮。那边乱成一锅粥。女人们好像开打了。

"我去看看。"金老三站起来走过去，心里嘭嘭跳。人群里，自己女人正和食堂女人扭在一起，互相抓着头发。自己女人没有食堂女人力大，头被食堂女人摁下去。老四女人拉不开。他心疼自己女人，头脑一热抢上去把食堂女人一把推开，对自己女人喊："回去，都给我回去！"食堂女人踉跄一下，拼命号叫："你个大男人打人家女人，你还算狗球男人……"

金老三想说句"谁打你啦"但没说出口，食堂已站到他面前。"好你个金老三，到我门上打我女人！"说着就是一拳。他来不及想啥就和食堂对打。也不管啥部位，也不管打着没打着，四只拳头瞎捣一气。打着打着扭到一起，金老三被食堂夹住脑袋压在身下。他觉得屁股像鼓面一样被擂着，想挣扎已无力气。忽然身上一轻，他觉得食堂像大鸟一样飞出去。他又想到老四。

金老四分开人群进来，一声没吭，抓住食堂后脖领就扔出去。食堂的脑袋"嗵"一声撞到旁边的砖墙上。他跟过去照食堂的脸上身上又是几拳。食堂的身子软软地瘫下去。

一场风波基本结束。尾声是食堂女人嘶哑的脏骂和号哭……

回去时谁也不说话，似乎都忌讳再提刚才的事。到金老三家大门口时，老三女人说："进来坐坐。"金老四说："回去睡。"

金老三躺在床上睡不着。屁股肉暄，早不疼了。却睡不着，心头压着一块乌云。想想此事后果，刚才对老四的感激之情减去大半。食堂不会善罢甘休。食堂的二叔是村主任。关键是食堂薅他家的瓜苗不是没有一点道理。金老四不知把他打得咋样？这个老四打人也不会打，该像他打我那样打他的屁股。

他蹬蹬女人："哎，老四要把他打伤咋办？"

女人也没睡着，说："他不也打你了？"

"可我没有伤。"

"打伤活该他受。"

"他受？说不定得出钱。"

"出钱？一分钱也不出。"

他不再说话，心里越发埋怨老四。

第二日中午，支书和村主任一块来到金老三家。金老三知道大事不妙了。支书对他说食堂住院了，又说要调查事情起因。

"谁薅了俺地里的瓜苗，我一骂，她就不依我……"老三女人抢着说。

"你滚！"金老三把女人吼出去，连忙给支书、村主任搬凳子，递烟。自己靠门扇蹲下。

支书说："食堂承认薅你一趟瓜苗。他说你种地种得太下三儿。"

"我也没种到他地里。"金老三愁眉苦脸地说。

"是没种到食堂地里。"支书抽口烟，不紧不慢地说，"上午我们去丈量了。你那趟瓜种在地界上，这样地界就要往北挪，也等于占了食堂的地。"

"他不会和我说？那也不能薅呀！"

"这话没错。"支书看看村主任，村主任示意还是他说，"我们认为，你种地太靠外，首先是你不对；食堂不该薅瓜苗，这是他的错；你发现后没找村干部却让女人到他门前骂，这又是你不对；至于打起来就很难分清责任了。这话你同意不？"

"是他打了我。"金老三说。

"食堂被打掉两颗牙，鼻子出血，眼睛青肿。还一直头疼，可能是脑震荡。"支书说。

"是他打了我。"金老三有点慌，"我没打他。"

支书笑笑："食堂说是你家老四。今天也和你商量一下，费用怎么出？要是有后遗症怎么办？"

金老三更慌："我没打他，一下也没打他。"

支书又笑笑："你的意思是让金老四承担？"

金老三低着头，不说话。支书和村主任走后，他仍低头靠门扇蹲着。他实在作难。费用让老四出他觉得老四冤枉，老四完全是为了他打了人。老四出等于替他出。让他自己出他更觉得冤枉，他一下也没打。他出等于替老四出。到底是谁替谁出？他翻来覆去地想。这可是钱！数目肯定还不会小。他不想出钱。他又不想得罪老四。他觉得老四人不错，对他够意思。不像老二，别说帮他打架，边也不傍，面也不照。唉，咋办？我该咋办……金老三想得发傻发呆。

金老三样子猥琐，表面看像个爱贪小便宜没啥头脑的人，其实最爱动心思。虽不像金老二狡黠聪敏，诡计多端，有时却能思虑出大的智谋。

十天后，支书和村主任把几张单据送到金老四家中。有整有零，二百八十八元四角。还不算以后安牙。支书说鉴于在起因上食堂也有一定责任，将来安牙费让他自理。

金老四无话可说。他虽粗莽却不是蛮不讲理的人。他知道他理屈。那天晚上回家后，女人就埋怨他："你把他拉开算了，干吗下手？"她也预感到后果可能不妙。"还不是你让我去的？"他说。"我也没叫你打人。"她说。"要不是看三哥吃亏我能下手？"他说。

他蹲着，他女人站着。支书、村主任早走了。他蹲着，他女人站着。谁也不说话。

金老四觉得心里烦躁。他主要不是怕出钱。他不太在乎钱。他觉得老三不够意思。金老四认死理。去跟大孬从山东弄来大葱在集上卖，税务所收三毛临时税，他说交过了。人家要票据，他翻翻口袋说丢了（真丢了）。人家不信，要他重交。他宁愿这天不做生意也不再交。大孬替他交他还把大孬骂一顿。要是老三为他打伤人，他决不让老三出一分钱。老三不够意思。是我瞎了眼，替这样的人打架不值，窝囊。

他女人终于憋不住，说："都你逞强，这下可好……"

"嚷啥？不就二百多块钱！"

"你多有钱不是？"她说，"你是为三哥打了人，按说这钱得他出……"

他腾一下站起来，往外走。

"去哪?"她问。

"你少管。"

他直奔大孬家。大孬讲义气，他最看重大孬，高兴不高兴都爱找大孬喝酒。他和大孬一杯接一杯，直喝到傍晚才晕头鹅一样回家。进茅厕撒泡尿，出来时抬头看见了金老三。

他不理金老三。

"四弟，"金老三笑一下，笑得很可怜，"我听说支书把食堂的医药费单据拿这来了?"

他在院中小凳子上坐下。金老三跟着："四弟，把单据给我吧，都给我。"

他睁着醉眼大惑不解地看着金老三。

"四弟，你是为你三哥才打伤人，你三哥咋能让你出钱? 把单据都给我吧四弟，你三哥一分钱也不能让你出。"金老三说。

老四胸中豁然一畅，一天来郁结的懊恼烦躁之气霎时消尽，脸上肌肉也松开了："三哥，你坐你坐。"

金老三靠槐树蹲下。

"三哥，有你这句话就够了。老四架打得值，钱出得值。嘿嘿……"他竟舒心地笑起来，"三哥，这钱我出。我打人我出钱。无论如何我出钱。"

"四弟……"金老三嗓子哽咽，忽然抱着头呜呜哭了，"你三哥活得窝囊呀，四弟。争，争不过人家，打，打不过人家，老受人强食①。你三哥没本事呀，四弟! 这回你替我出了气我就感激不尽

––––––––––––––

① 强食: 方言，意为欺负。

了，咋能再让你出钱？把单据给我，一分钱也不能让你出……"

金老三一哭，金老四也一下动了感情："三哥，别说了。亲兄弟哩，说这干啥。以后谁强食你还找你老四。"

"那你把单据给我！"

"三哥，你知道老四的脾气。这次就成全了你老四。"

走出金老四家门时，金老三悔恨交加。老四是好人。我一开始就应该实心实意出钱。我的心黑了，我真不是东西。他后悔死了。他刚才抱头痛哭也确实动了真情。后悔之余忽而又有些后怕，要是老四真把二百八十多块的单据给他，他可咋办？

亲不亲，财帛分。金老四是好人。

之三

天大旱。望断双眼寻不到一片云。太阳像腾腾大火，每天把这片沙地从东向西细细烧烤，不放过一寸。远处的黄河滩像死鱼的肚皮泛着白光。天蓝得丑恶。能听到沙粒的噼啪爆裂声。正是西瓜坐胎时。瓜叶荡满沙尘，因缺乏水分可怜地蜷缩着，任火蜘蛛在上面结网。遍地拳头大小的西瓜弃婴一样渴盼死亡早点降临。旋风卷起插天的巨大沙柱从黄河滩幽幽而来，在庄稼汉的瓜田里来回扫荡，把坐有瓜胎的瓜藤垂直拔起又抛落。

完了，这季西瓜完了。庄稼汉们愁眉苦脸又无可奈何，又要让国家倒贴了。

这是旱魃来了。黄脸旱魃。五十年来一次。老人们睁着迟滞灰蒙的眼睛摇头。

沙岸不成小麦，主要指望大秋特别是花生和西瓜。受灾国家可以救济，可他们不想再吃国家救济，没脸再吃国家救济，他们已经吃救济十几年了，土地责任制后才翻过身。他们盼望下雨，张开焦渴的心盼望下雨。

老天就是不下雨。

金老三从县里买回一台水泵。人们拥到金老三院子里，试探着将来能否用用，每个人眼睛里都闪烁着一点微弱的希望。金家兄弟除去老大都来了。特别是金老二，像主人一样跑前跑后张罗安装。金老二年轻时在外边混过十几年，学过木工，开过汽车，懂点机器，绣主席像成风的年代他自做过绣花针卖。平时谁家缝纫机、自行车、老鼠夹子之类坏了找他，搭上几支好烟、几句好话，他还真能捣鼓好，也算村上的能人之一。

水泵安在地头那眼机井上。过去井口上水泵柴油机都有，生产队管理不善，常坏常修，常修常坏，根本没有发挥作用。责任制时被肢解分到各户。水泵安装主要靠金老二、金老四。金老二有技术，金老四有力气。安好一发动，随着柴油机咚咚的欢叫，泵嘴便呼呼喷出水柱。一群孩子争抢着把手脚伸过去。沾到水的小草不一会儿就舒展开了绿叶。

许多人都想用水泵。金老三放出话：让用，都让用，祖祖辈辈一个村住着能不让用？咱也不能多要钱，收个高价油钱和使用费，一亩地算六十块。人多的事，咱只好一碗水端平，不分远近亲疏都一样对待。

金老三考虑有四户需要特殊照顾。首先是支书和村主任。和食堂打架后他们没给他穿小鞋，买水泵之前他去找他们，他们很顺利答应让他用公家机井。当然就是没那场事也不能向他们要钱。再就是老大。分家时和老二合伙坑了老大，他一直后悔，一直觉得欠着老大。他不比老二。爹死后老二就在外边混，不欠谁啥，连女人也是从外边带的。他老三却得到过老大不少照顾和庇护。这几年他想与老大和解，可老大一直不原谅他。这次是个机会。再就是老四。和食堂打架多亏了老四，还让老四赔进去二百多块钱。人，心不能太黑了。

却独独排除了老二。老二太奸猾。合伙坑老大的事就是他说出去的，明明他出的主意却安到我头上。和食堂打架他隔墙住着来看看都不来。这会儿跑前跑后对我亲热，还不是看我买台水泵，还不是想沾光浇浇他的瓜地？这次得好好拿捏拿捏他。金老三想。

晚饭时金老二端着碗来到金老三家。安装水泵他确实出了不少力。他想金老三一定会主动提出把他的两亩西瓜浇浇。

"坐吧，二哥。"金老三也在吃饭，"这有豆豉。"

金老二凑过去就豆豉吃，说："今夜开始浇？"

"浇。"金老三说。

"两夜能浇完？"

"能。"金老三说。

金老二有些失望。金老三总不提他浇瓜的事，是装傻还是没想到？又蹲了一会儿，到底忍不住，试探着自己提出来。

"三弟，我那二亩瓜……"

"你咋不早说？"金老三似呆似傻中猛然醒悟，"你看你看，我也把这事忽视了。前面已排下二十多户，二哥你看这咋办？"

金老二一下恼得心头冒火星，想把手中饭碗砸到金老三那猥琐的柿饼脸上。他仿佛看到饭碗在金老三前额裂成碎片，金老三正血头血脸往后倒。忽视了，把我忽视了，我跑前跑后慌得小辫朝前，忙得脚打屁股，把我忽视了，你金老三故意臊我脸皮，把钱看得比爹亲！

他二话没说，站起身走出金老三家。不用你的水泵还能把人饿死?! 冷静下来想想，六十块钱浇一亩要说也值。今年天旱，西瓜肯定卖好价，一亩瓜能弄千把块。算球，反正没指望了。前边已排下二十几户，到那时再不下雨，瓜秧早能当引火柴了。

回到家里，女人说刚才食堂来了。食堂说不光是支书、村主任浇地老三不收钱，老大、老四也不收钱，还都排前边浇。一听这，金老二更气得咬牙切齿。支书、村主任咱比不了，一家兄弟也两样对待，我和你们不一个爹还是不一个娘，独独拿捏我？

金老二已没食欲，扔下饭碗蹲在当院狠狠吸烟。慢慢不那么气了。人不能生气，要认真生气生不完的气。哪一天大大小小没几件事让你生气？都生气还不把人气死？怒伤肝、气伤肺，不值。周瑜不是让诸葛亮气死了？王朗不是让诸葛亮气死了？司马懿要生气也得气死。可人家司马懿不生气，人家聪明，司马懿不出战，诸葛亮送人家一套女人衣裳，人家不但不气还穿起来试试合不合身，人家太聪明了。动心计不能动肝火。我金老二一直是靠动心计生存的。想到这里，金老二一切释然，悄悄笑了。

是夜，金老二又来到他们家的老坟地，靠一坟包躺下，挪挪身子躺舒坦些。金老二仰面朝天，头枕破鞋，大腿压二腿。杨柳树上结满星星，闪闪烁烁。夜在他身边流动，沙土散热快，凉飒飒挺美，偶尔从黄河滩过来的风还带着燥热和泥腥味。有只蝉在树上叫，声音干燥沙哑。想找块土坷垃砸一下，半天没摸到，全是细沙，也就随它。

醒来，已是下半夜。觉得很清爽。原野静极，嘣嘣嘣的柴油机声和汩汩的流水声越加清晰聒耳。这声音使金老二心神局促不安，他爬起来，把鞋掖在腰间，走出老坟地便弓下腰，侦察兵一样偷偷向那撩拨人的声音处摸去。

蹲下来仔细听听，机井旁没人。柴油机的嘣嘣声摄人心魄。老三一定在瓜地看水。为防万一，金老二从口袋里掏出备好的两粒石子择其一向水泵投去。"当"一声脆响。确实没有人。金老二的心一下提到嗓子眼儿并且挂到了弹簧上。他敏捷地窜上去，在柴油机上摸索一阵，柴油机恼怒地喘息几声，安静下来。四周突然一片死寂。金老二顿觉毛骨悚然。"怦怦"的心跳声比柴油机声音更大。腿肚子不禁一下一下地软。恍惚间，金老三正叫骂着举锨向他冲……他出了一身冷汗，急忙弯腰兔子般顺地沟猛跑……

第二日，金老二听到人们很亢奋地传着一条新闻，金老三买的水泵还没用上一夜就坏了。金老三一大早骑车上县里请人修，没有请来。

金老二只眯着眼笑，扛起一把锄头下地。辽阔的沙岸上，老远就看见机井那儿或蹲或站围着不少人，像一窝求雨的蚂蚁。他们一定在陪金老三叹气或说些同情话，他能揣摩到他们此刻幸灾乐祸的心理。

金老二趿拉着鞋晃晃荡荡走过去。金老三面向黄河滩蹲着，猥琐的柿饼脸像死了秧的瓜蛋子。

金老二笑嘻嘻地问："三弟，日头还没晒热地皮哩咋就停机了？"

金老三不说话，一口一口吸着烟。他心疼，他是经过反复慎重思虑才横下心买这台水泵的，他原来算准了肯定能赚一笔。

金老二又问："都苦楚着脸，咋啦这是？"

"坏球了。"有人说一句。

"坏了？夜儿不还挺好使吗？"金老二很吃惊，转而愤愤，"现在这些产品，动不动实行三包，全国首创，创他爹那球！"骂完又问："咋不找人修？"

"人家顾不上。"又有人说。

"顾不上？那是出钱少，现在人对钱比对他爹都亲。"金老二也蹲下吸烟。

金老三面向黄河滩蹲着。一声不吭，阴着脸吸烟，闷闷的。

走了两个人，又走了两个人。

抽完一支烟，金老二站起身绕着死牛一样的机器拖沓拖沓走一圈，又拖沓拖沓走一圈，踢踢机座："这熊玩意儿，不知和东风车的发动机是不是一道劲？"

金老三仍一动不动蹲着，脸色阴沉。

金老二又拖沓拖沓转一圈，又踢机座："嗯，差不多，大概差不多。"

"能不能修？"人堆中有人问。

"我可不敢。万一捣鼓坏了，三弟讹上我，我可赔不起。"说完，金老二离开机座，抱着膀子抽烟。

金老三苦笑了，天不助我，本想拿捏拿捏老二，谁想拿捏住自己。他呆呆起身走向金老二，掏出上县时买的那盒好烟，抽出一支："二哥，你就帮帮忙吧。"

金老二大度一笑："三弟说哪儿去了。能修我还能不修？老二不是那种认钱不认人的货！"

金老三知道这话中滋味。觉得脸面挂不住，真想掉头走开，却忍了，不能因小失大。装痴装傻吧，脸面才值几个钱。

"抽烟，二哥。是好烟。"金老三笑笑说。

金老二用手一挡："不忙，我再看看，没把握可不敢硬下手。"

"先抽支烟嘛。"金老三把烟硬塞到他手上。

金老二勉强接住，却不点。拖沓拖沓一圈一圈绕机器走。这儿看看，那儿摸摸。

金老三小心陪着："你一定得帮这忙，二哥。"

"兄弟哩，还能不帮忙，三弟你说是不是？"金老二拍拍手上的灰，伸手要金老三手中的烟头引火，"不过，三弟，这活儿丢日子长了，真有点不敢下手。"又把烟头还给金老三。

金老三说："二哥，你只管修，修不好拉倒，要修好你那二亩瓜让你浇透，再别说钱。"

金老二一手夹烟抱膀，淡淡一笑："老二再穷也不会在乎那点钱。这样吧三弟，钱我照拿，能让你二哥提前使唤就中。"

"二哥，你这不是打我脸吗？别再提钱，说不要就不要。"金老三说，又把金老二拉开几步，放低声音，"顺序也好说，支书、村主任浇完就挨你。咱水泵架在人家井口上，不敢得罪哩。"

"算了算了，这都是小事，还是看看机器。"金老二摆摆手，不慌不忙走向柴油机，"能修好是你老三的福气，修不好也别说你二哥没能耐。"

金老二拿着螺丝刀和扳手，松松这里，紧紧那里，捣鼓一阵，让金老三发动。金老三用力猛摇却发动不起。"还挺麻烦！"老二嘟哝一句，又捣鼓。拔下几根管子，再安好，又让老三发动。老三一摇，柴油机咚咚咚欢叫起来。

金老三很感动，把整盒烟慷慨塞给金老二。

修好机器的第六天晚上轮到金老二浇瓜田。他早早吃过晚饭，用毛巾兜了两个卷子馍，扛把铁锹去瓜地。没有一丝风，天气十分闷热，汗像油一样腻在身上。金老二发动了机器。天黑实了，老坟的柳树上蝉在叫。没有月亮，星空低低地盖在头顶。反正四周无人，有人也看不见，老二索性脱得赤条条一丝不挂，扛把铁锨在瓜地跑来跑去地看水。

估摸有半夜时分。突然一阵凉风让金老二舒服得想叫。风势迅速变猛。抬头看，浓黑的乌云马群一样正从东北方齐刷刷压来，顷刻间淹没大半天星星。还没等金老二愣怔过来，眼前扯开几道火龙似的闪电，照得四周幽蓝幽蓝（一瞬间他看到老坟里弯腰弓背的杨柳树），紧跟着"喀嚓嚓"一声炸雷，铜钱大的雨点噼里啪啦砸下来。

金老二光着腚抱起衣服就跑，没忘到井口慌慌张张关掉柴油机。大雨隆隆作响铺天盖地浇下，顺着金老二的腚沟和腿间那一嘟噜往下淌。他张着嘴像鱼一样呼吸，反正是个淋，老二索性不跑了。他用衣服抹拉一下脸上的雨水，龇牙咧嘴仰天大骂："操！早不下，晚不下，偏……"下半截话被大雨噎回肚里。

之四

金老三大病一场，一躺就是两个月，病好能下地时西瓜已要罢园了。

谋事在人，成事在天。一场大雨浇碎了他赚钱的美梦。那时他心里就很不舒展。钱花了有物在，今年不赚明年赚。他想。反正每年冬春十有九旱。再说他的瓜地毕竟早得几天水、长势比谁家的都好。可是，没过几天他还是躺倒了。

病得厉害时他做了一场梦（似梦非梦）。他躺着并没睡着，忽然就动弹不得。眼前昏昏冥冥，非昼非夜，两个似人非人的白衣人要带他走。他知道是勾命的无常鬼。我就要死了吗？他害怕得要哭。无常鬼领他在灰蒙蒙的雾中走。他看见了他们家的老坟，他还隐隐约约想起风水先生说的话。老坟变成黑黢黢一片。迎面又碰上他女人，女人好像不认识他。迷迷糊糊来到阎王殿，两边立着牛头马面（忽而又像是本村人装的）。阎王爷说你做过的亏心事太多，来世托生头驴吧。他一迷糊就成了一头驴，拉着架子车，他女人牵着。他又看见了他们家雾蒙蒙的老坟，迎面过来金老大和金老二。金老大说这驴咋恁像老三？金老二扳扳他的驴脸说可不就是，像。他斜眼找女人，女人不见了，老大、老二也不见了。又见金老四走过来。他怕金老四再认出他，低着头拼命跑。他喘不上气，像要憋死。老四在后面喊，三哥，你咋啦三哥……他醒来那一刻还能听见自己"嗯嗯哦哦"的挣扎声。睁开眼看见金老四正坐在他床前。

女人说要去瓜地薅瓜秧，薅了再种一茬红萝卜。他说他也去。女人牵来驴，套上架子车让他坐，回来拉瓜秧和草。他就想起这场梦，他不坐。他说他想走走路，遛遛。

他慢慢走出村，树上的蝉在叫，像喘气，像呻吟。一只蝉从树上栽下来，在路边拼命扑棱翅膀，想飞飞不起。他站下来痴痴地看了半天。该死了，这"知了"该死了。谁也逃不脱一死，只不过早一天晚一天。他忽然想到死，于是满脑袋尽是死。

路两旁长着大豆、玉米、红薯，最多的是花生。蚰子在豆地"吱吱哇哇"比赛似的叫。谁家一片高粱，秆儿瘦瘦的，穗子很散，是做笤帚、炊帚的那种。立秋了，立秋三天遍地红。他才四十出头，腰已有些驼。啥都得死，他想。大豆得死，玉米得死，花生得死。蚰子别看你叫得欢，也得死。高粱怪红火，不几天就得杀你。

越红火离死越近，越红火越活不了几天。

他看到了他们家的老坟。老坟里的树绿得发黑，还不见秋意。这比梦中清楚得多，梦中老是雾蒙蒙、黑黢黢一团。那是我的归宿。阴阳先生说我们家要出高官。我小儿子今年十岁，老师说他挺聪明。哪个位置是我的？如果按"携子抱孙"埋法，我应该在爹的右边。中间空出老大、老二的位置。他隐约看到一个新坟，坟头灵幡飘飘。那下面埋的就是我。

过去老坟就看到了瓜地，也看到了黄河。河水正盛，呜呜地吼。盛极必衰，到冬天你就吼不动了。全村的瓜田都在这大沙岸上，连成漫无边际的一片。瓜正"喷"时，遍地都是绿莹莹的西瓜，瓜棚一架连一架，很是威武。这才几天，已是瓜谢藤枯，一片萧条。不少地块已薅去瓜秧种上萝卜。瓜棚也一架一架拆去，剩下的几架也像没娘孩子般凄凉。

他走到时女人正撅着屁股薅瓜秧。瓜秧扔在一起，小瓜蛋子扔一起。驴在架子车边啃草。这头驴是他前年买的，又犟又能干，都说他买得值。女人也又犟又能干。他喜欢女人，也喜欢驴。自从那场梦后，他总觉得他和驴有一种说不清的模模糊糊的类似兄弟间的情感。

隔过食堂和金老四家的瓜地，是金老大家的瓜地。金老大家的瓜棚没有拆，瓜秧薅去一半留一半。论种瓜，全村人都服气金老大。金老大种瓜，一半早一半晚。早要很早，晚要很晚，都能卖高价。你瞟着他和他同时种也赶不上他，你没他那技术。他让瓜啥时坐胎就啥时坐胎，说坐啥位置就坐啥位置，不服不行。现在金老大那半块地的西瓜还星罗棋布的。

他看到了金老大。金老大也看到了他。

"下地了，老三？"金老大说，"过来坐坐。"

"好吧，大哥，我一会儿过去。"他说。

他绝没想到金老大会和他打招呼，他简直不敢相信。他激动得眼睛潮潮的，要掉泪。这几年，他一直想得到老大的原谅。为得到老大的原谅，他甚至到了巴结讨好的地步。可老大对他一直冷若冰霜，不理不睬。初夏大旱时，他主动到老大家让老大用他的水泵浇瓜，老大却说不用。不用你的水泵，我还不起你的人情。那时他想，大概老大这辈子也不会原谅他了。

不原谅算球，谁离开谁都能活，我何必老低三下四去讨好你。他这样想。可是那种想和老大和解的念头却愈来愈强烈。他自己也闹不清是怎么回事，人这东西有时是说不清楚的。

其实也能说清楚。和老四正相反，老三生下像耗子。他娘生他时难产，折腾了一天一夜，谁知他就耗子那么大点。爹娘也没想到他还可以长成人。只有大哥对他好，领着他玩，给他东西吃。许多事情都模模糊糊恍若隔世了，有一件事情却让他终生难忘。他十四岁那年，大食堂还没散，天天饿肚子。他偷掰了队里七穗玉米。被看青的二麻看到，一直撵到家里。大哥说不是我弟偷的，是我偷的。二麻说那好。叫来民兵营长和几个民兵，押着大哥游街。七穗玉米挂在大哥脖子上。一边四穗，一边三穗。他很想去替大哥却没勇气。只会哭……唉，分家时真不该和老二合伙坑大哥，也怨女人当时一直嚷嚷千万不能要老屋。

他久病无力，薅不动，就先用镰刀把瓜秧根斩断。女人从另一头很有气势地迎来来。有两棵瓜秧上还结有人头大的西瓜。瓜还未熟，一个麻纹，一个条纹，翠绿可爱。他舍不得薅，想把这两棵单独留下。他觉得瓜未熟薅秧和人未老杀头一样。女人薅过来，说：

"留着咋犁地？薅了算了。"他说："能犁，薅了可惜。""薅了算了。"女人说着就把那两棵瓜秧薅出来，快得他都来不及拦阻。他大怒，过后他也非常吃惊怎么会来那么大火。他骂一句脏话，抱着其中一个西瓜就向女人砸去。

没有砸住他女人。女人也愣了，她根本没想到他会发火，更不会想到他会发那么大的火。女人愣怔片刻就抽抽噎噎哭了，说："这两年你老找事儿，我哪儿对不住你了，你老找事儿？妞儿、小儿都给你生了，都给你养大了。你躺两个月，家里活儿、地里活儿都撂到我一个人身上。我跟驴一样干活儿，你还老找事儿，我还不如一头驴……"

他的气一下就泄了（不是消了），像烂皮球一样泄了。他不应该发火，他也不知道怎么忽然就发了火。他看看那头驴，驴还在那儿吃草。他又看看女人，人活着时不见得如一头驴。驴头脑简单，不会有忧愁和烦恼，不会为许多事操心。吃草干活儿，高兴了就高腔大嗓叫几声。

看看太阳，太阳正接近老坟地的树梢，光线已近橘红，他把镰刀扔到架子车上，叹口气走向地头，从地头慢慢向金老大家的瓜棚走。金老大的瓜棚非常正规。一棚一庵，棚为遮阴，庵为挡雨。一张小床上卷一条土布被子，床头地下放着一个麻皮西瓜。

"老三，坐，坐。"金老大说。

"大哥，坐，坐。"金老三说。

金老三靠棚桩蹲下，金老大靠床腿蹲下。老三穿着布衫，老大光着被晒得黑明的脊梁，活像只涂了油的烧鸡。

兄弟俩都觉得很生分，很难堪，找不到话说。金老大瞅瞅床头地下那个西瓜。他昨天就看见老三下地了，老三猥猥琐琐的，腰也弯了，脸色蜡黄蜡黄，老三垮了。他忽然觉得老三非常可怜，这一瞬间消除了对老三的所有怨恨。刚才，他毅然摘了个西瓜，如果老三来就杀开让老三吃。这会儿老三来了他又犹豫了。西瓜不大，约九斤，一斤两毛五，两块两毛五。

金老三脸色很暗淡，夕阳照着也泛不起光彩。他很想和金老大说些亲近的或表示悔过的话，却根本说不出口。

"大哥，看来我是活不长了。"金老三说。

金老大忙说："老三，别胡思乱想，人吃五谷杂粮，谁能没个杂病？"他又瞅一眼那个麻皮西瓜，犹豫着。

夕阳通红通红的，大地在红色中变暗。金老三看着即将沉没的太阳，说："我不会活多长了。我好像感觉到我快该走了。真的，大哥。"

金老大看着金老三，好像不认识。老三病一场咋就成这样子了？他是被病压倒了。

"老三，我看你脸色比昨天好。你在一天天见好。想开点老三，别胡思乱想。"金老大说。

"大哥，我不怕死，早晚也得死。怕也没有用，谁都得死。"金老三说。

"是都得死，那活着也得好好活呀。"金老大说。九斤，两块两毛五，给不给老三吃？

"人得死，驴也得死，知了也得死，高粱也得死……"

"你今儿咋啦，老三？老是死死死的。"他觉得金老三在说胡话。

金老三痴痴地面向西方。通红的夕阳抖了一下沉没在他们家老坟背后。金老三的脸上陡然暗下来。老坟的背后像着了火，树木的轮廓镶上了金边。

金老三仍痴痴的，说："谁都得死，除了死。"

"你说啥，老三？"金老大说。

"除了死不会死，死是永远不死的。"金老三觉得自己想通了一个很深奥的道理。金老大莫名其妙地看着他，悠远而模糊。他怀疑老三是不是在撒吆挣。

金老三突然像从梦中清醒过来，觉得自己很可笑，就暗淡地笑了："瞧我都说些啥？"站起身朝自己的瓜地看看，女人和驴不知啥时候都走了，只剩下一块空荡荡的白地。

"我也回了，大哥。"他说。

金老大终于果断抱出那个九斤重、价值两块两毛五的麻皮西瓜，说："老三，吃块瓜再走。"

"大哥，我胃寒，不敢吃。"说完就弯着腰慢慢走了。

金老大心里猛一轻松，老三不能吃，不是我不让他吃，立秋前西瓜性暖，立秋后西瓜性寒。这没错，老三胃寒是不能吃。他抱着两块两毛五、看着老三一点点变小的背影，觉得老三今天反常，古怪，不可思议。他可没工夫想啥死不死的。种瓜，卖钱，争心劲，这里边其乐无穷。他看着这片渐渐模糊的沙地，觉得自己就要和沙地融为一体了。

之五

晚上，明月当空，一架架瓜棚朦胧可辨，一行行西瓜闪着微弱的绿莹莹的光。原野上弥漫着绿叶的清幽和西瓜的甜香。夜雾起来了，从瓜秧里，从庄稼地，从坟地杨柳间，丝丝缕缕向外弥漫，瓜棚成了一叶叶小帆。

金老四沿地界肉滚滚走来。赤脚光膀，中段一条大裤衩子。肩扛一杆渔舀，手掂一只塑料桶。到金老三瓜棚边停下，说："三嫂，替我照看一下瓜田。"

"又去舀鱼？"老三女人说。老三有病，晚上都是她和小儿子看瓜。

"玩呗。"金老四说。

金老四走到黄河边，在一陡岸处站住。下游不足百步处已有一人在舀鱼，看那劈柴似的瘦高身架像金老二。果然传来金老二的声音。

"四弟刚来？"

"刚来。"金老四懒懒地说。金老四没解裤腰，从下面裤腿里掏出家伙，毫不客气对着河水撒一泡尿。点支烟衔在嘴上，开始舀鱼。

东方，河的尽头，大半轮月亮升到空中，像刚在浑黄的河水里浸过，湿漉漉的，下部还在向河面滴水，滴成一轮不圆月。河面豁然变亮，粼粼水波明灭。月影被水波摇碎，从虚无缥缈的远方拉过来，拉成一条光路。

金老四两臂分得很开，紧紧握定舀杆，拧动腰身，一下一下舀着，胳膊和肩胛的肌肉来回滚动。每一次都把沉甸甸的希望注入舀网，每一次起舀时那希望又从网孔漏去，再把希望贯注到下一舀入水时。这样反复一百余下，舀舀落空。

"四弟，捞住没有？"金老二在下游问。

他烦金老二，可总得说话："没有，你呢？"

"捞住一条，不大，就两斤来重。"

金老四觉得心里很不是滋味，点上一支烟，抖擞精神，舀得更加卖力。月亮渐渐升高，辽阔无际的水面更加明亮。洪水咬岸，噗唧有声。金老四又舀百余下，仍然一无所获，渐渐有些乏累。

"四弟，捞住没有？"金老二又问。

"没有。"他很不想回答地回答。

"我又捞住一条。不大，还是两斤来重。"

捞两条鱼有啥了不起？值得怂兴！金老四忽然升起一股无名怒火，过去对金老二的不满也一瞬间都在胸中集聚。

老娘病故，弟兄四个对足一千六百块钱为娘办丧事。老二自愿管账。丧事办下来，棺材，送老衣，孝布，棺罩纸活，菜烟酒，电影、客棚，经班、响器。各种用项合计要一千三百多块钱。还剩余二百多元，老二想独吞。其他项用钱都是死的，只能在菜烟酒上做手脚，谁知大意失荆州。他让一个摆摊卖烟酒的给开张二百元的单据，答应给那人一些好处。不巧那人是舅舅村的，认出了他，不但没开还传了出去。办完丧事，弟兄四个到舅家受累①。老舅当着众人面骂他一顿……

黄河鲤鱼可不是那么好捞的，要不会那么名贵？名贵主要就是稀少，难捞，物以稀为贵嘛。生意经第一句就是"你无我有"嘛。遍地都是还名贵个球！

黄河鲤鱼确实难捞。水浑鱼少，河底变化无常，无法张网捕捞。此地一直沿袭着两种古老方式：浅滩水缓处用"罩子"罩，陡岸急流处用"舀子"舀。那收效当然极低也偶然，多靠碰运气。

金老二也点上一支烟，在桶旁蹲下，伸手逗弄，让两条鲤鱼在

---

① 受累：一种民俗，即母亲过世，殡后第三天兄弟们到舅家让挑剔孝与不孝。

桶里溜圈儿。月亮越升越高，悬在浩渺雄浑的河面上。

金老二又绰起笆子。

笆子在水中匀速移动，突然手感有一重物入网，扯得他向前一栽差点落水。他的心也猛地往上一提，悬在嗓门，他竟一时不知咋办才好，慌慌张张往岸上拉笆子，觉得腿脚软软要离地面，浑身使不上半点力气。

网中物拧动一下，他觉出那实实在在肉滚滚的分量。毕竟不是新手。他尽量稳定情绪，凝聚力量，身子稍向后倾斜马步下蹲。后臂下压，前臂上抬，笆子徐徐上升。一条圆浑浑硕大的鲤鱼猛一翻身，扇子似的尾巴一甩，又潜入水中。他看清了鱼的金子般黄灿灿的身子，看清了鱼的火焰般红通通的尾巴。这一刹那，惊心动魄的一幕他永生不忘：浊流徐徐分开，跃出一条硕大的鲤鱼，红尾金身，照亮河面，鲤鱼翻身入水，浊流又徐徐合拢。

此刻，像第一次看到女子的裸体，极度的兴奋和恐惧使金老二激动得目瞪口呆，几乎窒息。旋即心跳如鼓，血浆奔涌，周身打战。他要占有她，他怕失去她，他要把她拥在怀中亲她，吻她，抚摸她。

鲤鱼逆流而上，他拽不住，被拖着在岸上跑。

天哪，他还从没见过这么大的鲤鱼。镇静，关键是镇静。他抓紧笆柄，用尽全身力气死命拖住。他稳住脚跟，一步一步慢慢往岸边拉，拉到岸边时再不敢用力。他害怕鲤鱼再次反抗而挣向河心。人和鱼僵持着，展开一场拔河赛。

因为鱼的拖拽，他离金老四又近了些。他在考虑叫不叫老四帮忙。如果能独自把鱼弄上岸最好不叫老四帮忙，他知道他们的兄弟关系并不融洽。问题是他独自恐怕弄不上岸，他没有一点把握，弄不好就猫咬尿泡一场空。还非得叫老四。他压低嗓音喊，好像怕惊动那鱼。

"四弟，快过来帮一下忙！"由于激动紧张，他的声音已变了调。

金老四恼火又丧气。丧气是因舀舀落空，连鱼毛也没捞住，恼火是因老二故意炫耀他捞住两条鱼。正恨恨想老二的奸猾处，又听到老二变腔走调的颤颤的叫声。他猜老二是捞住一条大鱼，他越发气恼。

金老四过去谈过一个对象，那姐比他现在的女人好看。他那时真不该得罪老二。其实也就是在公开场合和老二开个玩笑，说二嫂难看，说二嫂冬瓜不是冬瓜、葫芦不是葫芦，说二嫂一提一扑蹋趴到身上都不带硬的。后来，他的对象不再是他的对象，成了别人的对象。再后来才知道是他二嫂又偷偷给那姐介绍了一个比他强的。乡下三里五村没有不透的消息，之后他再没谈成对象。害得他拿小妹去和别人换女人。尽管小妹也挺满意那小伙儿，他还是觉得自己比别人矮一头……

这边，金老二死死拖住舀柄，能感觉到鱼在舀里挣动。只要鱼在挣动就行，鱼窝在网中用不上力气。月亮高悬，浑浊的河水在面前汹涌。他的两脚深深陷进沙地，人和鱼在拼力拔河。

他越来越感到心虚力怯，害怕网中鱼万一跑掉。老四怎么还没来？没听到？

"四弟，快来一下，四弟，我捞住一条大鱼！"他又喊，声音稍大了些，他觉得鱼的力量在增大，"快来帮我一把，四弟！"

他看到金老四跑过来，肉滚滚像条狗鱼。

"大鱼？"金老四问。

"大鱼。快帮我拉，四弟。"金老二说。

金老四站到金老二对面，和他错开身子，抓住舀柄。

两人一起往外拉，眼见着舀网一寸一寸地出水。忽然，那条大鱼在网中腾身向上一蹿，硕大的金灿灿的身子再次在水面上一闪，然后又没入浊流，用全部的最后的垂死的力量向河心挣。

金老四看得眼都直了。

他们又往外拉，舀网一寸一寸地出水。移动脚步时，金老二不慎踩住金老四的脚面。金老四"哎哟"一声，脚下就势一歪将金老二别倒，自己也丢掉舀柄倒在地上。

金老二还死握着舀杆，他感到一股巨大的力将他拖走。"快抓住……"他一句话未喊完，"扑通"一声连舀子带人已被拖进汹汹的浊流。

惊慌失措中他喝进几口泥水，呛得头晕眼花。这时候啥也顾不得了，只想急急游向岸边，沙岸松软，攀附不住。金老四抢上去，伸出胳膊，一下子把他提上岸来。

金老二双手抹一把脸上的泥水。忽然两腿微屈，哈腰站实做相扑状，紧握拳头，恶狠狠瞪住老四，恨不得一口把他吞下："你!"

金老四也马上如法相效，紧握双拳，狠狠瞪住金老二："你!"

"你他妈老四!"

"你他妈老二!"

"我操!"

"我操!"

两人谁也不动。四目相对，相持不下。

明月皎皎，万古常照；黄河滂滂，万古长流。在这恢宏古老、无始无终的黄河沙岸上，金老二、金老四像两只争食的短命的小螳螂，恶狠狠对峙着。

相持有五分钟，金老二忽然松开拳头，"嘿儿嘿儿"笑了，说："老四，咱们过去的目红眼绿恩恩怨怨这次就算了了。"

金老四也松开拳头："老二，了不了在你。"

"了了，了了。"金老二说。

"了了就了。"金老四说。

金老四走了。金老二心中一片空空茫茫，他怔怔地看着粼光闪烁的河面：浊流徐徐分开，跃出一条硕大的鲤鱼，火尾金身，照亮河面，鲤鱼翻身入水，浊流又徐徐合拢……

定神看，只有明月照着渺无边际的河面。

他忽然觉得很没意思，人生在世很没意思。你争我斗，你算计我，我算计你很没意思。大千世界很没意思，一切的一切都很没意思。他觉得很累。歇了一会儿，掂起自己的塑料桶走到河边，要把那两条鲤鱼放回河中，想想又觉得没啥必要，掂着水桶晃晃荡荡向自己的瓜地走。从一种境界进入另一境界，从古老大河回到现实人生……

之六

金老大果然有心劲。秋罢盖起一所二层小楼，玻璃窗，水泥地，非常漂亮。不但压倒他的三个兄弟，在全村也是数一数二。他凭的什么？他全凭两只手和一股心劲。儿子狗吞的媳妇也说定了，春节就娶过门。

然而，事到临头却出了点麻烦。女方是农村的"解放型"姑娘，不知怎么听说未来的公爹是村里出名的老抠。别说和外人，就是自家兄弟间也处不好。姑娘害怕过门后被人小瞧了，提出彩礼多少都行，但事情必须办得大大方方、排排场场、热热闹闹。第一，婚宴不能小气，本家本族的都要请到；第二，唱三天大戏，让全村人都一块高高兴兴。颇有点按自己性格改造未来公爹的意思。

金老大处世，既不愿拔一毛而利天下，也不会拔天下一毛而利自己。我不沾你，你也别沾我。你饿死别想吃我一口饭，我渴死决不喝你一口水。儿媳说的第一条虽说也和金老大处世原则相悖，毕竟好办些，估计不会赔，谁来赴宴总不至于俩肩膀头拾个嘴，多少能不送点礼？关键是第二条。大把钞票花在全村人身上，这无疑是炒了老大的心肝肺让全村人下酒。

"这不是笆斗扣住脑袋自充大头吗？"金老大央求媒人，"你去说说，她要啥咱买啥还不中？就是别花这冤枉钱。"

媒人去了，媒人回了，媒人说："人家啥也不要就要这两条。不答应人家不过门。"

金老大没了路数。狗吞个鳖子也倒戈相向，和未过门的媳妇结成同一战壕里的战友，对他施加压力。金老大无奈，只好咬牙挨这一刀。

婚礼这天晚上，金老大家中热闹非常。猜拳行令的吵嚷声高高低低，小楼被抬到空中像轿子一样起伏。除去孩子、女人不上桌，本族的男人来了近百口。摆了十桌。专门请了厨官儿做菜。果如金老大所料，来的都送了礼。金老三、金老四礼最厚，一人封五十元。老二封二十元。狗吞掌壶，新媳妇捧杯，先挨桌敬上一圈酒。金老大无论如何不入席，喝了两盅就回他的老屋。金老三不喝酒。金老二、金老四都是海量，狗吞就让金老二、金老四照看席面，让大家喝好。

农村喝酒狠，每次不灌倒人不算喝酒。你缠搅我，我缠搅你。一个说你辈儿高该敬你一杯，一个说你年轻该偏上一杯。一个说你能喝你是海量，一个说海量不海量比你强点儿，于是不服，便一杯一杯对饮或猜它九九八十一枚。已经有人喝得东倒西歪胡言乱语。金老三提前离席回家了。大孬又来找金老四要酒。金老四到里屋取酒，酒箱已空。又去老屋找金老大。不一会儿气呼呼空手而归。金老二见金老四没拿来酒还乌嘟着脸，就猜到了原因。凑过来小声对金老四说："四弟，你让狗吞两口再给大家倒一轮酒吧。"金老四说："没酒了还倒个球！""啥？没酒了？"老二很吃惊，"这老大真是，让咱俩关照席面，这不是办咱俩的难看？"金老四脸拉得更长。金老二说："四弟，你还是叫狗吞侄子来给大家倒酒，看他咋说。"金老四虽没头脑还是懂得金老二的用意，起身去叫狗吞。

狗吞老实却并不窝囊，大大方方领着新媳妇进来。发现没酒了，问金老四："四叔，咋不去拿酒？"

"你自己到老屋拿去。"金老四还阴着脸。

狗吞去老屋拿酒。新媳妇站着挺没趣，也在后面跟着。狗吞进屋就问："爹，酒呢？"

金老大在里间床上靠着，说："不是都搬到新楼了？"

狗吞不敢看身后的新媳妇，自己又窘又气变了脸色："新楼就一件。不是说好买两件吗？"

"二十多瓶还不够？"金老大说。

"你……"狗吞感到胸口憋得难受，又不好发作，"我说我买，你非要你去买，你……你叫我咋办？"

新媳妇也变了脸色，转身回新房了。

金老大这才有点慌。他原想一件酒根本用不完，就是不够又有啥？酒嘛，多了多喝，少了少喝。他一辈子没搭过酒摊，想不到酒多酒少还会出啥问题。他不明白。

"爹，你，你丢我的人你！"狗吞推着自行车就走，头也不回，"怪不得人家叫你老抠！"

他更想不到儿子对他发这么大火，说出这么扎心的话。儿子过去也顶撞过他，但从来没伤过他的心，以致他不敢相信这是事实。他愣愣怔怔半天反应不过来，就像突然受伤，一时并没感到疼痛。等他感觉到阵阵心疼时，儿子已推车走了。

他无声地哭了，老泪汹涌地流，止也止不住。他也不想止。老伴和闺女都在厨房帮厨，老屋就他一个人，就痛痛快快流一流。我没明没夜累死累活地干，我为的啥？我吃舍不得吃，穿舍不得穿，我是为了谁？还不是为了这个家兴兴旺旺红红火火？还不是为了给你个鳖子成个家留下点家业？我死了又带不到老坟地，你个鳖子因为几瓶酒就这样伤我的心，还能指望你养老送终？你个鳖子吃吧喝吧董①吧，把这几个钱董完你就好受了。他竟哭出了声。老子也不干了，从明天起不干了，老子也吃也喝也董，把这个家董败去球！

金老大第二天就睡了个懒觉，尽管没睡着也没体味到懒觉的舒服，直到老伴喊他吃饭才起床，想起夜儿晚儿子的话心里还隐隐难受。吃过饭，他一句话没说就去南场里看戏了。哼，老子花钱请的戏，老子不看谁看。

南场里人山人海，三里五村的都来了，和本村有亲戚的远道客昨夜就住亲戚家。戏台上正紧锣密鼓地准备着。那些生意人狗鼻子真灵，卖衣帽、鞋袜、布匹之类的已支起一架架布篷，卖烧饼、油

---

① 董：方言，意为胡乱花钱，浪费。

条、水饺的也砌起了一排排简易锅灶。这些人挣钱都挣疯了，大年下也不歇几天。

金老大抄着手站在人群后面，站着站着就站不住了，不是腿疼而是心疼，不是又想起夜儿晚上狗吞的话而是因为眼前的场面。这都是他的血汗钱哪！有的人在他的钱中享受，有的人在他的钱中赚钱。他看不下去，他忍着心疼往回走，一边走一边考虑怎样才能把这些钱捞回来。捞回一点是一点。

家里一个人没有，大概都去看戏了。他吸了两锅子烟。屋里屋外找出几领旧箔和几条破席。用麻绳捆好，然后站在大门口向街上望。他看到金老四从北边走来。迟疑一下，还是打了招呼。

"老四，去看戏？"

"看戏。"金老四说，"你不去？"

"我不爱看，不爱看。"金老大说，"老四，耽误你一会儿，帮我写俩字，就俩。"

金老四马上想起夜儿晚上的酒席，心里还有些不快。他觉得这老大抠也抠得不是路，再抠也不能在这事上抠。多亏狗吞去把小卖部的人喊醒又推回来一件，才没大丢人。他还是跟在金老大后面走进老屋。

金老大递给金老四一根烟，到里屋大床席子下面拿出两张包过点心的粗黄纸。

"就俩字。一张写个'男'字，一张写个'女'字。"老大说。

金老四莫名其妙："写这弄球？"

"你写，你写。你只管写。"

"没有笔墨我写球？"

"笔墨？你等等，你等等。"金老大出去一会儿又进来，手里拿着从厨房灶灰里扒出的一小块木炭，"就用这吧，将就将就。"

金老四接过木炭写好字拍拍手上的灰走了。

金老大把这两张粗黄纸很仔细地卷起，用一截纸绳扎好。把刚才捆的破席旧箔用把铁锨背起，又拐拉拐拉出了门。

金老大重又来到南场里时，戏早已开演。人们只顾看戏谁也没注意到他。小商小贩在扯开嗓门叫喊，好像在和台上的演员比赛。金老大在人群后边放下旧箔和破席。四下打量一阵，选定空场的两个角，很认真但并不很费事地竖起旧箔和破席，搭成两个简易茅厕，然后各贴上一张粗黄纸。由于不认字，把"男"字贴倒了。又从家里担来两只空粪桶放在男厕门口。

看着几男几女争先拥进他刚落成的茅厕，金老大掏出烟袋，面朝南蹲下。冬天的原野还原了本来面目，一马平川的白沙，空旷、苍凉、乏味。一眼能望到辽远起伏的黄河滩。坟场里的树木光秃秃的，寂寞、孤独。金老大却爱这白沙，爱这坟场，爱这黄河滩。他觉得他就属于这白沙，这坟场，这黄河滩。他只属于它们，它们也只属于他。他吸了两锅子烟，站起身，腋窝下夹上铁锨，慢吞吞走向黄河滩。"瓜，无饼粪不沙，无大粪不甜。"他这样想着，又细一点预算："三天大戏下来，这人粪尿估摸也值一二百块……"心里觉得舒展多了，熨帖多了。

此时戏正演得热闹。

金老四站在人群里看戏，想尿尿又舍不得出来，直憋到转场间才挤出人群。正考虑到哪儿去解手，一眼看到场角新竖的茅厕。连忙跑过去，对粪桶撒出一泡长尿，顿觉身心无比轻松、无比舒畅、无比幸福。心说风格还挺高，可惜把个"男"字弄了个头朝下。忽又觉粗黄纸和字迹都挺熟，想想就想起刚才老大让他写字的事。可不就是那两张粗黄纸，就是自己的大手笔。原来不是做好事，是想占点屎尿便宜。金老四不由得想到老大平日为人以及夜儿晚差点没让他喝好酒，心里顿时一阵厌恶，只两脚把那两只粪桶蹬倒，尿水横溢正好堵在茅厕门口，这下谁也进不去了。

金老四觉得挺过瘾，撇嘴笑笑，又挤回人群里看戏去了。

之七

清明节。天气晴暖，细风飔飔。布谷鸟又在时远时近地叫。金家四兄弟说好一块到老坟地上坟。金老大走在前边，金老三、金老四居中，最后出村的是金老二。一人扛一把锨，拿一子黄表纸。

金家四兄弟很注重孝敬祖宗。每年元宵夜送灯，清明节添坟和十月一（阴历）送棉衣，他们都很认真，很重视。对阴阳先生说过的话，他们信与不信的程度不同，心中却存着一线虚无缥缈的希望。这希望因宏大更显遥远陌生，几乎没有鲜明灿烂过，却也不愿斩断和放弃。

金老大将到老坟地时看到食堂正从老坟地里走出，心里马上觉得极不舒服。他平日最讨厌人家到他老坟地大小便。却也杜绝不了，这一片沙地一到冬春就很少有避人处，恼也没办法。他看着脚下，小心地走进老坟。走到他父母坟边时，一眼看到父母的坟前有一大摊屎，像盘起来的一条蛇。那位置不偏不倚，正好如摆放供果一般。粪便和脚印都很新鲜，肯定是食堂无疑。金老大平日最不爱惹事，这时也压不住怒火，气得瘦脸变形，身上直抖。一边大骂食堂的祖宗先人，一边跑出老坟喊金老三、金老四和金老二。

"你们还不快来，不得了了，可是不得了了！"金老大举着两只拳头，抖抖地吼叫。

金老三、金老四加快脚步跑过来。

金老大呼天抢地地骂："我日食堂他老先人，他不该干这缺德事……"

"大哥，咋回事大哥？"

"他，他个驴日的……"金老大说不出话，把金老三、金老四拉到父母坟前。

金老三、金老四也火冒三丈。他们觉得这是食堂加在他们头上的奇耻大辱。

"敢肯定是食堂干的？"金老四问。

"我刚见他从这儿出去，不是他是谁？"

"我毁了他龟孙！"金老四要找食堂算账。

还是金老三有些头脑，拉住金老四："别踩掉这些脚印，咱们顺脚印找，真是他，他想赖也赖不掉。"

他们不能不气，食堂欺人太甚，食堂用心太狠，不但侮辱他们的父母，还要破掉老坟风水。沙地上的脚印非常清晰，来回两趟，像两根链条直通食堂瓜地。

金老三比较胆小。他非常恼恨，又担心把事情弄过。他想起去年和食堂打架让金老四赔进去二百多块医药费。他问金老大："大哥，咱咋收拾他？"又拉拉金老四："四弟，要下手拣拣地方，虽说他二叔已经不是村主任了。"

"是不是村主任我也不怕，这次是他龟孙找事儿。"金老四对父母感情最深，食堂糟践死者也是糟践生者，球食堂竟欺侮到他头上了。

食堂这时已经发现他们气势汹汹扑来，知道事情不妙。他刚才正蹲着种瓜，小腹鼓胀下坠。四处看看没有看到金家兄弟，就走进金家老坟。去金家老坟本来只是解手，并无解手之外的用心。正要蹲下，一眼看到他们四兄弟父母的坟，马上就想到去年金老四加在他头上的屈辱。你金老四让我受辱，我让你爹娘吃屎。这念头在他脑际只一闪，再没想啥就走过去拉下那摊大便。他也明知死人是不会吃屎的，可他就那样拉了。他也并不是为了报复，他非常清楚这不可能达到报复的目的，最多只能算报复心理驱使下的开玩笑和恶作剧。

金家兄弟越来越近。食堂心头一阵阵发毛，他有些懊悔。有一刻他真想站起来逃跑。当然他绝不会逃跑，问题也不在于跑过初一跑不过十五。他食堂也是个有头有脸、自尊心极强的男子汉。他蹲着仔仔细细地种瓜，权当没看见，心里仍然发慌。男子汉遇到危险并不是不害怕，而是能不能硬撑和能不能硬撑下来……

金老四已抓住食堂的后脖领把他提溜起来："你龟孙干的好事！"

食堂猛一甩挣脱开，和他们站成面对面，手中握着瓜铲："你们干啥？你们别仗人多强食人！"

金老大舞着拳头往前蹦："强食人？是俺强食你还是你驴日的强食俺？"对阴阳先生风水之说金老大信得最忠实。他家正日日红火，他相信那遥远的希望正在临近。

金老三在一边指手画脚："把他拉过去再说！"

金老四又上去抓住食堂前胸。金老大在后边推。金老三把他手中的瓜铲夺下丢到地上。食堂一路挣扎着，被他们推推搡搡拖着走。周围种瓜的人都立起身看他们。食堂挣扎到他们老坟地已筋疲力尽，被金老四搡倒在坟前。

"这是不是你屙的？"金老四问。

食堂站起身，他没办法否认，有些理屈，说："我不是有意的。"

金老二也来到了。他平日和食堂关系不错，这时也翻了脸："你……你……你这不是糟践人吗你！"

一群半大孩子围上来看热闹。成年人知道这事难管，不好往近前凑。沙地一望无际，布谷鸟的叫声由远而近又由近而远，白日高悬，黄河悠悠东去。大自然对金家老坟的奇耻大辱不屑一顾。

食堂说："我又不是有意的，我铲走不就中了。"

"铲走？没那么容易！"金老四说着挥拳打去。

食堂躲闪着。

金老三总怕老四打坏他。忽然想出一个最能雪耻又不用担心再付医药费的好办法，对金老大说："真该让他吃了。"

金老大也觉得这办法再好不过，大声说："老四，别打他，让他吃了，让他驴日的吃了！"

金老四停住手，说："那好，食堂，老子今天一下不动你，你吃了咱算两清。"

"你们这不是强食人？咱到乡里去说理。"食堂脸色陡变，转身就走。

金老四抓住食堂往他父母坟前拖，食堂拼力想挣开。金老大、金老三抓住食堂的另一只胳膊。金老二虽恼恨，心想有他们也就够了，但又不好袖手旁观，也在后边有一把没一把地推。

"你们打吧，你们打死我都中，你们不能这样糟践人！"食堂挣不脱，被架到坟前，便破口大骂。一句话没骂完，连鼻子带嘴便被摁到那摊大便上。

食堂被呛得几乎昏过去，半天喘不上气，哕出一片秽物。哕完后，抓起一把铁锨要和他们拼命，铁锨没砍到他们身上便被夺去，金老四又一拳把他打倒。

食堂不依不饶，闹腾到晌午错，直到有人找来村干部。村干部不想来又躲不过。他们唯一的办法是先把食堂拉回家。

谁也没有想到，食堂当天夜里竟上了吊。

食堂的女人和爹娘哭得死去活来。找村干部，找乡干部。乡司法助理把事情经过原原本本向县里汇报。第二天，一辆吉普车开进村里。县公安局来人调查情况，也分别找金家四兄弟谈了话。

他们要带走金老四。

全村男男女女、老老少少几乎都拥到金老四家门前，站了黑压压一片，场面颇有些壮观。老四女人抱着不足半岁的孩子哭哭啼啼相送。金老大、金老二、金老三站成一排。金老四大义凛然，不怯不颤，回头一笑，颇有虎将风度，说："他们吓不了我，咱有理。食堂他龟孙找事儿。再说又不是咱勒死了他，是他自己要死，他们能吓住我？"金老大说："四弟，你只管去。他们要是断案不公平，我就上省里告他们，上中央告他们。"金老二、金老三说："四弟，家里的事你放心，有我们来照应。"

吉普车开走了，钻进它自己荡起的一团团沙尘里。街口黑压压的人群久久不散。最前面站着金老大、金老二、金老三和金老四的女人。金老四的女人怀中抱着孩子。孩子没哭，虎头虎脑很像金老四，不知道有没有希望出息成金家将来要出的大官……

短篇小说

品茶

　　县委宣传部部长上官楼到杭州出差，带回来一袋"龙井"名茶。此人重交情，弄到什么名贵东西从来不独自享用，便在星期六晚上约了几位好友到家中品茶。

　　上官楼刚把兼做书房的会客室收拾干净，文化馆馆长田学礼便进了门。这是一个谨慎得近于胆怯的中年人，中等个儿，窄窄的脸上架了副黑边眼镜。自从 1965 年大学毕业分到县文化馆，和上官楼的私人关系一直不错。接着进来的是招待所所长赵磊。他的相貌用三个字可以概括：白、胖、圆。他是上官楼中学时代的同学，后来上官楼考上大学，赵磊当了炊事员，粮食紧张时期，赵磊常拿饭菜接济上官楼家，从此两人成了至交。第三个进门的是文化馆的创作员牛放。小青年刚从农村调到县文化馆不久，还带着乡下的土味，纯朴、拘谨中透着几分精明。他本不属于这个圈子里的人，但因为在省报上发表了一篇小说，部长很看重的。

　　"诸位稍候，水马上就开。"上官楼虽是部长，却极平易近人，没有一点架子。他笑着招呼客人坐下，自己向厨房走去。

　　"部长，我来吧。"牛放觉得坐着没局，不如找点活儿干干。

　　"不忙，不忙，老何还没到呢。"田学礼说。

　　"谁说我没到？"

　　随着洪钟般浑厚饱满的声音，昂首阔步走进一个人来。单听声音你也许以为这是一个彪形大汉，其实是一个精瘦矮小的老头儿。说是老头儿，其实也就四十多岁，皮肤黝黑，满脸皱纹，虽长得老相，然而看上去却又是神采奕奕，精力过人。他姓何名畔，县文化局局长，要论品茶，这才是今天晚上真正的主角。

几个人同时欠身相迎。

上官楼看看手表，说："迟到五分钟。"

"扣他奖金！"赵磊一拍肚子。

"要么，来段老何最得意的《收姜维》。"田学礼说完一笑，连忙去扶向下滑的眼镜。

"免了，免了，下不为例，下不为例。"何畔哈哈一笑，算是表示歉意，然后在茶几左边的沙发上落座。他是上官部长家的常客，常客半个主，所以是很随便的。

何畔坐舒服了，一伸手从茶几上拿起一盒高级香烟，慢慢地启封，慢慢地抽出一支，在茶几上搓了两下，蹾了两下，放在鼻子上闻了闻，含在嘴上又捻了捻，这才伸手拿过火柴，"嚓"，燃上。这一系列动作是那样熟练、认真而又缓慢。然后深深吸上一口，让烟味在口腹中回荡一会儿，身子向后一靠，把烟雾从鼻孔中慢慢地喷出。

上官楼拿出了那袋包装精致的茶叶。何畔接过来，很内行地看了看成色，只见袋子上印有"狮峰雨前，驰名中外"字样，下面落款是"中国出产"，止不住"啧啧"连声："明前是上品，雨前是珍品，难得难得！"田学礼两手按在膝盖上，向前探出身子，伸长脖子。赵磊则扭动着肥胖的身体把脸凑上去。

"部长，水开了。"牛放从厨房走出来。

"好，好，我来泡茶。"部长亲自在五只洗得干干净净的玻璃杯中放上茶叶，接过牛放手中的水壶准备冲茶。

靠在沙发上的何畔在眯着眼抽烟。烟和茶，是这位文化局局长的两大嗜好，如果二者不可兼得，茶又胜于烟。眼看上官楼已把壶嘴对准了茶杯，何畔把手猛地一抬："且慢！"

上官楼机械地停住了，水壶还高高地悬在茶杯上方。田学礼和赵磊也同时把脸扭过来，诧异地注视着这位煞有介事的小老头儿。

"看来上官部长不懂泡茶呀。"何畔接过部长手中的水壶，放到沙发旁边，又深深吸了一口烟，缓缓地往外吐，夹着烟的手慢慢地伸向烟灰缸，"茶叶种类不同，泡法也不一样。要泡红茶、青茶，特别是紧压茶，非用滚沸的开水不出香味。然而要泡绿茶，就不能这样了。'狮峰雨前'是龙井的上品，属于芽幼叶嫩的高级绿茶，这就必须把开水凉到七十摄氏度左右再泡，而且不必加盖。否则，不但叶子会闷黄，其味也就香而不清、馥而不醇了。"

"嗬，还有这许多讲究？"上官楼笑着说，搓了搓手，"老何真不愧是品茶权威啊！"

"哈哈，新鲜。看来就像我们招待所做鱼，一个品种一样做法。"赵磊十指交叉抱着肚子。

"听君一席话，胜读十年书啊。"田学礼又去扶向下滑的眼镜。

牛放插不上嘴，眼睛一眨不眨，贪婪地听着，像听老师讲写作辅导课一样全神贯注。他是第一次听说，觉得新奇的同时也感到自己的知识贫乏。

何畔呢，微微一笑，在烟灰缸中拧灭烟蒂，又把身子坐正："不光是水的温度，水的出处也很关键。《茶经》中有'其水用山水上，江水中，井水下'。常言说'龙井茶叶虎跑水'，就是这个意思。诸位都读过《红楼梦》吧，妙玉招待黛玉和宝玉时，泡茶用五年前收下的梅花上积雪之水，以致宝玉'果觉清醇无比，赏赞不绝'。这并非曹雪芹故弄玄虚，只是我们没有这口福，只好用铁管中的自来水罢了。得，得，瞧我这嘴，老太太纺花，扯起来就没完。"

赵磊和田学礼正听得津津有味，见他忽然停住话头，一个劲儿催他往下讲。

何畔连连摆手："好了好了，泡茶泡茶。"

上官楼去搯水壶，何畔却已搯在手中，起身把放好茶叶的五只玻璃杯斟上。水壶三起三落，叫作"凤凰三点头"；七分杯，"茶七饭八酒满盅"——这是规矩。

"要说品茶，还是宜兴泥壶泡出来的味道醇厚。"何畔放下水壶，不自觉又接上了前面的话题，"不过，现代派品茶，不光是注意香、味，还讲究色、形，这就非玻璃杯不可了。特别是具有'色翠、香郁、味醇、形美'四大特点的龙井，一杯在手，观赏翠叶嫩芽上下浮动，品评着琼浆玉液清醇香味，那才叫别有一番情趣。"

说话间，何畔用拇指和食指端起一杯茶，举到眼前一看，不由得轻轻"啊"了一声，像惊呼又像叹息。

"好茶好茶，真正的一旗一枪。瞧这叶子！瞧这颜色！"

像揿动机器的开关，其余四人（包括部长在内）霎时把目光集中在何畔手中的茶杯上。果然，只见杯中水色清冽，浅黄透绿，在灯光的映照下更显得晶莹透亮；茶叶青翠嫩绿，不少一芽一叶，立如春苗破土，有沉有浮，沉浮交错，横生妙趣。

"果然是好茶，果然是好茶！"赵磊使劲儿扭动着身子。

"原来这就叫一旗一枪！"田学礼睁大眼睛，张着嘴巴，脸显得更窄了，像鱼脊。

"诸位请。"上官部长心里高兴，殷切让茶。

"请，请。"田学礼和赵磊各端着一杯。坐在角落里的牛放也拘谨地端起一杯。

口中说着"请，请"，他们却又不把茶杯往嘴边送，而是一齐把目光投向了何畔。那意思是很明白的——请何畔先尝。这也难怪，别说在座的就数何畔内行，整个县直机关谁不知道何畔是个茶博士？摆起茶谱，念起茶经，何畔能不住嘴讲上三天三夜。他不但能说出"龙井"有一千二百多年的历史，"红茶"始自明末清初，而且知道熏制"花茶"的主要原料有茉莉、玉兰、玳玳、珠兰、柚子等等。您想嘛，有何畔在座，连部长都谦让三分，田、赵怎么敢先呷上一口？至于牛放，自然更不敢轻举妄动了。

"诸位请。"何畔举杯相邀后，也不再客气。

他把茶杯慢慢地送到唇边，微微闭上了眼睛，鼻子轻轻地吸气，叫作先闻其香，然后噜噜有声地徐徐地吸上小半口，让茶水在嘴中停留片刻，轻轻下咽，啧啧细品，仍然闭着眼睛呈半睡眠状态。这期间，四个人都聚精会神地看着他，像看魔术师表演，仿佛从他嘴中马上会吐出一串彩绸或者飞出一只和平鸽什么的。

"果然名不虚传，我老何还从未喝过这么清醇的茶！"何畔身子猛地向前一倾，霍地睁开眼睛。此时，他目光炯炯，精神倍增，与刚才判若两人，好像恋人第一次约会归来、青年作者第一次发表作品、牌桌上的赌徒连和三把满贯一样。"名不虚传，名不虚传啊！"

田学礼和赵磊这才连忙把茶杯送到唇边。啜茶声，咂嘴声，颂扬声。"好茶好茶！"

"绿茶和其他茶叶不同，没有经过发酵和熏制，主要靠茶叶自身天然的香味，也就是一个'清'字。"何畔又慢慢呷上一口，细细咽下，"高级绿茶，杯子未到唇边，清香先浸肺腑，及至啜入口中，清香早下肠胃，咽入喉下，顷刻间回肠荡气，满腹皆香，然后香味慢慢回升，即所谓余香满口，隔日犹存。"

几句话说得满座皆惊，真是妙语连珠，精湛之极。不饮三江春茶水，难得如此品茶经。这时赵磊忙又呷上一口，嘴中发出"滋儿滋儿"的响声，然后学着权威的样子，眯起双眼。少顷，放下茶杯，把双手放在肚子上慢慢向下滑，大叫一声："真他妈好茶！"田学礼也再喝一小口，仔细品尝其中的滋味，果觉清醇无比，一扫腹中的混浊之气，颇有"心旷神怡，宠辱皆忘"之感。于是长长地舒一口气，整个身子都觉得舒服、熨帖。

听着别人发自内心的赞赏，上官楼心中也很舒服，连忙掂起水壶挨个续水。续到牛放跟前，看他面露笑容，只顾愣愣地听别人品评赞赏，杯中的茶水却一口未下，笑着说："小牛，喝啊。"

牛放见上官部长亲自掂着水壶等着给自己添水，又激动又兴奋，忙不迭"咕咚咕咚"喝了几口。

"如何？"部长一边添水一边问。牛放由于喝得太快，并未品出什么味来。见部长问自己，便又放慢速度喝了一口。然而，他并没有何局长所说的"回肠荡气，余香满口"之感，反而觉得有点儿苦涩，而且这种苦涩的味道立即让他想起他们老家用柳叶泡的水来。在他们乡下有种风俗，每年端午节清晨都要采些嫩柳树叶儿，晾干后伏天泡水喝，说是可以去火生津，消炎解暑。对，正是这种味道。然而他又不敢断定。他于是又举杯细看，见那上下翻动的嫩芽嫩叶有不少果系柳叶，心中不禁生疑。

"味道还可以吧？"上官部长见他在细品，遂又问一句。

牛放本来想随便夸奖几句以敷衍，可是诚实的本性使他无论如何难以启齿，何况一种内在的隐隐冲动又让他不甘心把自己的新发现埋没了。要知道，这可是行家也没有觉察的啊！于是话出口时变成了这样："上官部长，恐怕您是上当了吧？"

"什么？"上官楼不明白他的意思。

"上官部长，这茶水味道苦涩，不少嫩叶形状细长，我看这里面掺有柳叶。"牛放说着又举起茶杯。

像是爆了一颗冷弹，室内温度骤然下降，四双眼睛八道目光同时射向了这个小青年。一个个吃惊的样子，好像坐在他们对面的青年是个怪物，是个外星人。这只是片刻。马上，人们便不屑地笑起来，好像一个不懂事的小孩儿说了一句傻话逗乐了父母那样地笑起来，笑得既开心又潇洒。

然而只有上官部长没有笑，反而显得更加认真了。他目不转睛地盯着牛放："你……说什么？柳叶？"

"部长，您没看前几天的《新民晚报》吗？说是西湖附近有的妇女为了捞钱，把劣茶掺上柳叶，用印有'龙井'字样的塑料袋包装，冒充名茶欺骗游客。晚报特意提醒游客不要上当。"

上官部长呆住了，像被牛放的冷弹冻在了原地，动弹不得。他心里很不是滋味，难道当真像冤大头一样受骗了吗？

"小牛，你胡说些什么？你懂茶吗？"文化馆馆长田学礼坐不住了。这一通胡言乱语不但要得罪部长，岂不也刮了何局长的面皮？

"老田，让小伙子说嘛！"何畔倒不计较，这时他已经放下了茶杯，又燃上了一支烟，动作还是那样慢悠悠的，"听这口气，小伙子一定对'龙井'很有研究啰？"

"不，不，我不懂……"牛放的脸红了，很尴尬。

"不必客气。"何畔顺手掭起装茶叶的塑料袋，慢条斯理地说，"那么，小伙子一定能说说这'狮峰'所指和'雨前'的含义啦！"

"我是不懂……"牛放越发难堪了。他是不懂。他刚刚从农村来到县城，哪里懂什么"狮峰""虎跑""明前""雨前"啊！他最多只能分辨出茶叶和柳叶的不同来。

"什么叫绿茶？什么叫红茶？什么叫青茶、黑茶、窨花茶？"何畔追问，慢悠悠地喷着烟。

"我……我真不懂……"牛放无地自容了，两只手合在一起使劲儿地搓着。

"老朽还要请教。"何畔眯着眼睛，节奏渐渐变快，"'铁观音'产自何地？太湖的'碧螺春'属于什么品种？武夷岩茶为何被称为'绿叶红镶边'？黑龙潭的毛尖为什么又叫'女儿红'？"

"我……我……"牛放面红耳赤，手足无措，连话也说不成了。他恨自己阅历短浅，知识贫乏，人家谈的内容他连听也没有听说过。他懂什么？他最多只能分辨出茶叶和柳叶的不同来。

"老何，你就别再难为他了，小孩子嘛。"田学礼替牛放解围，因为小青年毕竟是他的下属。

这时候，上官部长的心情才慢慢缓和过来。看来小伙子是太嫩了，人家何畔品了半辈子茶，难道连茶叶和柳叶都分辨不出来吗？看来自己也并没有上当受骗，尽管这袋茶叶正是从一个妇女摆的小摊上买的。那妇女不是说"家住狮峰，货真价廉"吗？当时游人争购，他可是挤得一身大汗才抢到一包呀！

"哈哈！"坐在沙发上的何畔仰仰身子，宽宏大度地一笑，"快斟茶。这么难得的珍品不多喝上两杯可要失之交臂了。"他见上官部长还掂着水壶站在那里，便起身上前接过，亲自给每个人斟起茶来。

"好茶，好茶！"又是一阵啜茶声、咂嘴声和赞扬声。然而那气氛的热烈毕竟不如刚才了。

牛放坐着没趣，欲走不恭，只好陪着品下去。他又呷了一口杯中已经变凉的茶水，觉得越发苦涩难咽了。

从部长家里出来，赵磊和牛放前头走了。田学礼等到只剩下他和何畔两个人的时候，悄悄地问："老何，我心里也有点疑惑，这茶叶，到底是真还是假？"

"哈哈！"何畔很神秘很自豪地说，"从一开始我就知道是冒牌货！'狮峰雨前'是难得的珍品，哪有这样包装的？况且产量极少，市面上也根本买不来。"

田学礼大吃一惊："那你……"

"我说穿了，让部长的面子往哪儿搁？"

红狐

　　小城镇打扫得干干净净，仿佛今日照耀小城镇的阳光格外明亮了；街口值班的警察也衣着整洁，神态庄重，来来往往的人们就比往日文明了许多。

　　镇委书记谷秀全吃了午饭就来到招待所，亲自察看给首长和市委领导安排的住房，窗子明不明，茶几净不净，电视是否清晰，床铺是否柔软，就连卫生间的牙具、香皂是不是齐全，马桶冲水是否流畅都无微不至察看到了。

　　昨天，市委陈书记挂来电话，说首长要来野弧峪打猎，让他安排一下。安排领导打猎，对他来说是件驾轻就熟的事，他谷秀全就是因为善于安排领导打猎，才由一名通信员一步步升为镇委书记的。当然，过去他安排的多是县委、市委领导，安排首长这还是第一次，心里就难免为这一次难得的机会激动和兴奋。

　　谷秀全站在窗前，眼睛紧盯着大门口，耳朵则像雷达天线一样伸得很长。街上不时传来小轿车的笛鸣，每次他都想会不会是首长到了，每次都不见小轿车驶进大门。这就弄得他神经很紧张，想解手都不敢去厕所，害怕万一如厕之时首长正好来到而误了大事。

　　下午五点半，两辆小轿车衔接驶进了招待所。谷秀全出楼门、下台阶，一路小跑，恭恭敬敬给刚刚停稳的轿车开车门。首长、陈书记、秘书、警卫先后下车。陈书记一一介绍，谷秀全上前握手。首长笑眯眯的，谷秀全却感到了一种无法抗拒的威严。

　　稍事休息，然后引领首长、陈书记一行到餐厅用餐。席面很有特色，全是山珍野味，大至野猪野鹿，小至斑鸠山雀，应有尽有，让你未进猎场先感受到猎场的氛围和气味，引诱得你心驰神往，蠢蠢欲动。饭后，谷秀全送首长和陈书记回房间，顺便汇报了一下本镇的大好形势；接着又谈到打猎，说野狐峪的狐狸毛皮如何名贵，尤其是红狐，一张狐皮出口便能换回一千美元外汇；最后说首长和陈书记乃大福大贵之人，明天一定能够猎到红狐。首长始终笑眯眯的，然而谷秀全却始终感到一种针砭肌肤的威严。

次日晨，首长和陈书记等弃车骑马，由谷秀全陪同向野狐峪进发。时令已是秋尾冬头，寒气颇重。太阳从迎面的岬口升起，把流淌着雾气的山间渲染成色彩的河流。两边山坡上层林尽染，鲜艳的黄叶、红叶如着了火一般。首长被这大自然的景观感动得心情愉悦，精神抖擞，兴致盎然。

一行人进了野狐峪。

随着太阳的冉冉上升，身上的寒气渐渐散尽。谷秀全紧随首长身边，同时眼观六路，耳听八方，以猎人的警觉和敏锐搜索猎物。忽然，他用压抑不住的兴奋轻声说："首长，红狐！"首长心头一颤，顺着谷秀全的手指望去，果然看到一只红狐从矮树丛中钻出，毛色红彤彤、亮闪闪，如一朵火焰。首长的眼睛被照亮了，心情竟如当年第一次上战场一样激动和紧张。

首长敏捷地举起猎枪——

这时奇迹出现了：首长枪还未响，那只红狐竟然一头栽在了首长的枪口之下。首长很是惊奇，难道意念也能猎狐不成？便不开枪。红狐便也不动。首长缓缓收枪，向红狐走过去。陈书记和谷秀全紧随其后。直到首长走到跟前，红狐依然一动不动。首长用脚踢踢，红狐软绵绵像睡熟一样。首长惊奇和询问参半的目光转向了陈书记和谷秀全。

陈书记忙解释："首长，是这么回事。这野狐峪，野狐不说绝迹，实际上已经极少了，就是职业猎人其实也很难猎到它们。秀全同志为了让首长狩猎有获，尽兴而归，亲自到养狐厂挑选了几只上等毛色的狐狸，今日放到猎场。"

首长的脸色慢慢变得阴沉，仍然看着陈书记和谷秀全，寻根究底的目光也渐渐锋利。

陈书记继续解释："秀全同志害怕它们跑进密林草丛，无法搜寻，所以让人在放它们之前给它们注射麻醉剂，这只红狐大概是用药过了量。"

首长的情趣一落千丈，脸色更加阴沉，把手中的猎枪递给秘书，转身向回走。陈书记和谷秀全心里发慌，暗暗叫苦，连忙追上去，诚惶诚恐地解释："首长，据说外国的元首打猎，下边人为了让元首高兴，也都这样做啊……"

首长的步子越迈越快，而且沉重有力……

首长来了，又去了。首长乘兴而来，败兴而去，这和过去来打猎的领导正好相反。谷秀全六神无主，惶惧不安，是夜辗转反侧，通宵不能成眠。黎明时好不容易才入睡，又发现自己周身长出了红毛，变成了一只红狐，在极度恐惧中东躲西藏，然而怎么也避不开首长那筒阴沉沉黑洞洞的枪口。

开车门

之一

开车门大有学问，很神秘很深奥。深奥神秘且被称为一门学问，你不肯信这不奇怪，朋友给我讲我也不信，可讲完我就信了。

当然是给领导同志开车门。

路达做了几次梦也不敢梦自己分到市政府，所以分到市政府后他就一直像在梦中。

路达的父亲和母亲都是贫下中农，家谱上寻根十代找不出半点瑕疵。上大学前路达是公社中学民办教师，一直不能转正。妻子是小学教师，端的却是公家饭碗。为了改变自己的生存环境，1978 年他报考大学，以全县总分第二名的成绩被录取。

上大学时他每路过市政府门口，心里除了羡慕就是下意识地发怵，不敢左顾右盼，害怕那荷枪的警卫战士盘问他为什么左顾右盼，尽管他心里默诵着没有贫农便没有革命，若打击他们便是打击革命。那里是全市的大脑和小脑。直至报到时他来到市政府大门还是怯生生的，老远又拿出分配信卡认真细看。他已经不止一百次认真细看了，却仍担心看错。那梦似还未醒。

他被分到经济处。过去望而生畏的所在如今也有他一张办公桌。农家孩子，老实、忠厚、谦卑，干事不惜力气。早来晚走，打水拖地、抹桌子、洗痰盂，他全包。不久就入了党。

因笔头也上得去，他被选为市长的秘书。来市政府近一年，他懂得这个位置。干好了说不定将来能步步高升当上副市长、市长。他的事业心迅速膨胀，希望既已从海平线冒出帆尖，大船的到来也就为期不远了。

　　路达马上就意识到了这个位置的不凡。首先人事处处长关怀到他头上了。"小路，你的两地分居问题该考虑解决了吧？"处长温和的语气既有组织的关心又有长辈的爱护。他很感动："处长，谢谢您。我已经联系好了，就等下调令了。""哪个单位呀？""新建路小学。""还当小学教员？算了吧。到市政府来吧，管个材料档案什么的都需要人。""不麻烦组织了吧。""不能这么说，都是为了工作。"下班时碰到行政处处长，和他边走边聊："小路，爱人调来了吗？"语气同样饱含着组织的关心和长辈的爱护。"快了。"他说。"小路呀，写个住房申请吧。小树林的两栋楼马上就交工，三室一厅凑合了吧。""处长，谢谢您。"这全是他过去不敢入梦的，得意时免不了仍有刘姥姥的惶恐，"处长，我就一个小孩，用……不了吧？"处长温和地一笑："工作需要嘛。"

　　他腹中热腾腾的，喜悦和劲头从肚脐眼往外冒。他第一次坐进豪华型皇冠小轿车。看着从两边退去的骑车和步行的芸芸众生，陡然感到自身的价值，感到居高临下的优越，甚至已经有了对芸芸众生的悲悯，仿佛他不是市长的秘书而是市长本人。他暗下决心要用百分之二百的心思把工作干得让市长百分之二百满意。前途是光明的，道路是曲折的。我们的目的一定要达到，我们的目的一定能够达到。

　　一切都得心应手——唯有开车门例外。据说大脑指挥思维，小脑指挥行动。由此看来，路达的小脑一定不健全，起码质量不高。

他开关车门时间不准确，用力不适度，动作不协调。有时市长已到车门尚未打开，有时市长尚离老远他已开了车门好像在催市长加油，有时轻了车门关不牢，市长只好打开重关，有时重了能重得让市长吓一大跳。多亏市长肚量大、胸怀阔，又是刚从下面上来的，便一笑了之。有时还用"你怕碰痛它啊"或"你在抵制日货啊"之类的小幽默放松他的神经。

开关车门有各种情况。如果领导没有急事，秘书便可从容：开后门，关照领导上车；关后门；开前门；秘书上车；关前门；车启动。如果领导有急事，秘书动作要敏捷而精确：左手关后门的同时右手开启前门，秘书上车，车启动。这天，市长十点要赶到国际宾馆参加一个外事活动，九点五十才下楼。市长工作忙，时间都是按分秒计算的。下楼上车一分半钟，路途行车七分钟，留一分半钟进会场。一秒不能错后。这种情况下最能看出秘书开关车门的功夫。

果然路达手忙脚乱了。他急急打开后车门，又伸右手去开前车门，肢体成"大"字形，正好挡死市长的路。他意识到错了之后心更慌。越慌越乱。市长刚钻进小车，他连忙关门，怕关不牢，结果用力过重——最关键还不在用力过重，而是车门毫不客气地重重地拍在市长的臀部。这一次市长没有再幽默，面孔很沉。他的笑定格一样僵在脸上，紧张和惶恐凉凉地顺脊梁沟和腹股沟下行汇于小便处，颤颤的，想尿。

因为他的笨拙耽误了半分钟，小车开得飞快。他夹紧双腿坐着，意识里准备着下车开车门，下意识注意路边有无公厕。忽然发现汽车已驶进宾馆大院，忙伸手抠住车门的机关。为赶回那半分钟，未等车停住他就打开车门跨出去。惯性和紧张合谋捉弄他，让他立脚不稳，摔在地上。他狼狈不堪，连忙爬起来去开后车门，就忘记伸出手遮挡门楣。也许是他的狼狈也使市长情绪受挫了，下车时车门偏偏碰了脑袋。市长也自觉难堪。路达想弥补一下，忙伸手在市长的头上揉揉，诚惶诚恐地问："撞得……不重吧？"

市长没有理睬，径自踏上台阶。路达呆了一下，忙惶惶随上。

第二天，办公厅秘书长和人事处处长找他谈话，肯定了他的工作成绩，并说他是位非常不错的同志，又说法制处人手不够，让他到法制处工作。他迷迷糊糊弄不清这是为了什么，想问没敢问，只是感到如坠入深渊一样的冰冷和失落，似梦醒又似入梦。

路达的爱人调来了，半个月还没有安排工作。他找到人事处处长。处长和蔼地说各个科室都超编，实在不好安排，等等吧。半个月后他又去找人事处处长。处长说还是不好安排。要么这样吧，她原来不是想去新建小学吗？你再联系一下。真不行咱们再想办法。

他很知趣，没有再找行政处处长谈他的房子问题。他觉得自己对社会、对人生的理解深刻了许多。他的心变沉了。他把迁客骚人般的失意埋入心底，工作依然非常卖力。他要从另一条路再上去。他已经闻到了一点权力的甜头。没有权力老被人拿捏，难受。

之二

金焕前年五十岁。五十岁那年是金焕一生中最辉煌的顶点。金焕档案中工作履历一栏最简单。1953 年入伍。1960 年转业到市政府保卫处工作至今。

金焕可以说全身尽是优点，也可以说全身无一处优点。不吸烟，不喝酒，不打牌，不下棋，不养花，不玩鸟，不开玩笑，不发脾气……金焕唯一的业余爱好就是给市长开车门。之所以称"业余"是因为市长一般自有秘书随身,他开车门都是趁市长上班下班秘书不在的时候。

金焕第一次给市长开车门要追溯到二十五年前。做保卫工作,很重要的一项任务就是防止坏人破坏,保卫领导安全。那天上班时他走到办公楼前,正好看到市长的小车驶进大门,在楼前停下。见旁边无人,他就上前两步替市长打开车门。市长向他笑着点点头,表示感谢。他很受感动。市长身居高位还那么礼貌待人,那么和蔼可亲。他觉得温暖和荣幸。后来他又凑巧给市长开了几次车门,市长每次都笑着向他点头。那种温暖和荣幸感越加强烈,并有种想回味想重复的欲望,于是每天上班时间他就有意识地等候市长的小车。他觉得这样好的市长很值得为之服务。

这样过了一段时间,他风风影影听到一些说他"巴结市长"之类的议论。他心里有些波动。他也曾想过不再给市长开车门。可他实在舍不得放弃这种荣幸,再说,突然停止,市长会不会觉得我对他有了什么意见?走自己的路,让他们说去吧!这么好的市长我不该为他效劳吗?我没有什么别的企图,我的心很纯净。他觉得。于是市长上下班时他照常为市长开车门。不过他不用再候了,他已经摸准了市长上下班的规律,差不多总是他刚刚到办公楼门口市长的小车就到。

事情就是这样,你越怕别人说别人越说,不怕别人说别人也就不说了。时间一长,别人似乎都觉得给市长开车门成了金焕工作中的一项内容。

后来换了新市长,他又给新市长开车门。后来市长变成了市革委主任,他又给市革委主任开车门,后来市革委主任又变回市长,他又给市长开车门。他就这样开下去,总共给七任市长(含市革委主任）开过车门。一直开到去年。毛主席教导说，一个人做一件好事并不难，难的是一辈子做好事。

虽说是业余的，金焕开车门的功夫却极精湛，已经达到任何专职秘书也达不到的最高境界，按文学艺术的说法叫化境。

前年金焕五十岁。那天大暴雨，市长下车后，他把一把伞全罩在市长头上，自己淋得透湿。市长很受感动。得知他半百之年还是个科级干事，就跟人事处打招呼，给他安排了保卫处副处长。也未见他怎样高兴，仍一如既往地给市长开车门。

春节前，保卫、法制等处人员会餐，都喝得晕晕乎乎的。金焕也破戒喝了几杯，脸红红的。最后大家出节目。谁都得出。唱歌、唱戏、讲笑话什么都行，哪怕钻桌子、顶椅子、学狗叫、学驴叫也算过关。轮到金焕了，金焕说："我……我实在什么都不会，就算了吧。"大家也都知道他什么都不会。这时，保卫处一个原来最有希望当副处长的葛大志认为金焕挤了他的位置，悄声对新来的高峰说："让他表演开车门。"高峰不知深浅，说："金副处长表演个开车门！"有人向高峰使眼色，可高峰没破解其中内涵，反而声音更大了："欢迎金副处长表演开车门！"

本来非常热闹的场面顿时静下来，静得异样，静得玄乎，静得大气都不敢出。打人不打脸，骂人不揭短。人们不敢看又偷偷地看着金焕，等待着类似雷鸣电闪的爆炸性发作。

可是并没有什么爆炸性迹象。突然的静场让金焕觉得奇怪和不可理解。也许是大家对我的尊重。他想。"好，我给大家表演。水平有限，可能表演得不好。"说着有些拘谨有些不好意思地走出来。然而一进入角色，金焕身上的拘谨马上消失了，变得红光满面，神采奕奕。

"车门谁都会开，开好却大有讲究。"金焕边解说边表演，大方、文雅、洒脱不俗，"动作有敏捷和舒缓之分。该快时则快，快而不乱，该缓时则缓，缓而不拖。该快该缓，可以从领导的脚步声或者小车的车速上判断。如果领导脚步急促或小车车速很快，你的动作就该机敏而准确，拖拖沓沓要耽误领导的工作；如果领导脚步平和或小车车速较慢，你的动作就该大方而舒缓，急急忙忙会破坏领导的心情。再说神态，该庄重则庄重且不可轻佻，该微笑则微笑然而不可有半点媚态……"

人们先是奇怪，再是窃笑，后是惊愕。想不到平时连句囫囵话也不说的金焕此时竟有这样好的口才。

"领导性格有庄有谐，心粗心细不一。所以，你千万不要忘了伸手遮挡门楣，以免领导不小心碰了头。"金焕继续解说和表演，"万一领导碰了头，对领导最好的心理照料或者说最好的弥补办法就是佯装没看见，切忌伸手抚摸……"

人们哄堂大笑了。只有一个人没笑，就是坐在角落里的路达。他一直很专注，他万万没想到开车门竟有这么多规矩，这么多讲究，这么多技术含量。他想起了自己轻而易举失去的那么好的位置和机遇，追悔莫及，伤心不已。

这时金焕越发光彩照人，继续表演风雨中开车门。"为使领导身上不淋上半星雨水，你应该站在领导的上风头。"说着做一手擎伞一手搀扶领导状。人们哄笑声不绝，笑着笑着都不笑了，不知怎么都忽然觉得很心酸。

去年金焕死了，得的脑出血，在医院躺了七天。他的妻子和女儿日夜守护着，全处的同事都到医院看望他。第七天夜间，神志不清的金焕忽然抬手做出向后拉又向前推的动作，同时脸上漾出微笑。他就这样微笑着离开了人世。

　　追悼会上保卫处处长致的悼词，罗列了金焕许许多多优点，就是没提他开车门。

小驴车载着的故事

没有一丝风，可宇宙间竟是一片迷迷蒙蒙的昏黄，仿佛黄土也能蒸发，空气中掺和着一股沙尘的土腥味；树叶全落光了，绿意全无的村庄像悬浮在沙尘中的灰色的小岛，很是苍凉。黄河大堤像条疲惫得没有一丝力气的巨蟒一动不动地卧着，巨蟒背上，一辆小毛驴拉着的架子车由西向东驰来，随着小毛驴颠儿颠儿的脚步，脖子上的铃铛有节奏地响着；偶尔，车夫扬手甩一响鞭，其声脆脆的，如匕首的一刺或电光的一闪，立即便渗入这混沌的宇宙中了。

此时，我正作为一名回故乡探亲的乘客坐在车夫的后边。

掉头南望是雄浑的黄河。紧靠大堤有一个坟园，一个女人正在坟前烧纸，火苗一跳一跳地带有几分鬼气和仙气。再扭头向堤北望去，远远近近的坟园里，差不多都有人在烧纸。

"今天是阴历十月初一吧？"我不知道是问别人还是问自己。和我并排的那位肉乎乎的中年男人看了我一眼，没有说话，车后边坐着的三位女同胞则仿佛根本没听到一样。

"十月一啦，鬼穿衣啦！"赶车汉子说。他此时袖着手，抱着鞭子，随着铃铛声的节奏整个身子晃动着，很是悠然自得。

这是我们家乡的风俗。阴历十月初一，刚进入冬季，人们担心死去的亲人在阴间受冻，便到亲人坟前烧纸钱，谓之"送棉衣"。虽属迷信，却也寄托着对冥冥中亲人的怀念之情，充满了对另一神秘世界的美好的想象。

再没有人说话。只有铃铛的"叮叮"声、毛驴蹄子的"得得"

声和车轮浅浅的"隆隆"声。大概耐不住这有点凄凉似的寂寞，赶车汉子咿咿呀呀地唱起来。一会儿粗腔，一会儿细腔，一会儿男腔，一会儿女腔。先是低低的，渐渐大起来。仔细听听，竟是《沙家浜·智斗》一场中的对唱——

> 男腔：你与他们常来往，
>
> 　　　想必是安排照应更周详。
>
> 女腔：垒起七星灶，
>
> 　　　铜壶煮三江。
>
> 　　　摆开八仙桌，
>
> 　　　招待十六方。
>
> 　　…………

别说，这老兄唱得还蛮有滋味。豫剧曲调。显然是当年"移植"的"革命样板戏"。虽称不上字正腔圆，却也是有板有眼，非那些"高粱棵里的戏"能比。

粉碎"四人帮"以来十多年不听了，乍一听倒觉得有几分新鲜。

"唱得不错嘛你！"我说。

"那当然。"赶车汉子大大咧咧冲我一笑，"不是吹，想当年我在县剧团演刁德一，正儿八经是个角呢！"

"那你如今怎么？"

"退休啦。为了安排小儿子接班，提前退休啦！"

顺大堤东行可达清河集，清河集是豫剧祥符调的发源地，听说县剧团就是清河集"窝班"的班底。我耐不住寂寞，掏出香烟，自己叼一支，递一支过去："听说咱县剧团水平挺高的?"

"不行啦。自从沈小媛调走就不行啦!"

他把烟点上，然后甩了个响鞭。小毛驴蹄子"得得"和脖铃"叮叮"的节奏顿时加快了。

"沈小媛? 是不是当年挺红的沈小媛?"

"是她，是她，那时在全省都唱红啦! 可是出了那件事情以后她就调到开封啦。"赶车汉子摇摇头，一副异常惋惜的样子。

"出了什么事情?"我问。

"怎么? 您连这都不知道? 本县人没有不知道的。"他表示很吃惊。

我连忙再递上一支烟，好让他讲下去，一是可以消解路途的寂寞，二嘛，道听途说的东西往往可以开阔人的想象力。他接过烟顺手夹在耳朵上，沉默了一会儿，也许是整理一下思路，果然讲出了一段不同寻常的故事——

"不知道您见没见过沈小媛? 不知道您看没看过她演的戏? 没有? 那太可惜啦! 要是能看看她演的戏，您才会真正懂得什么叫'色艺双绝'。她演阿庆嫂赛得过洪雪飞，演李铁梅赛得过刘长瑜。您别笑，我不瞎吹，事实就是这样。那嗓音啊，只要她登台一开口，准是满堂好! 每次完场谢幕，观众都是长时间鼓掌不肯散去，非让她单独来一段清唱才罢休。至于长相，那更是没说的。怎么说呢? 我活了五十多岁，以后遇到遇不到我不敢说，反正到目前为止还从来没有看见过一个像她那么动人、那么有魅力的女子。她那个美呀!"他说着突然扭头看了看后边坐着的那几个人。只见那个肉乎乎的中年男人正盯着那个女子的侧影愣神儿;那女子一会儿看着堤南的黄河，一会儿目光又盯在某一处正有人烧纸的坟茔上；那两个中年女人则完全背向着我们。赶车汉子又把头扭过来，声音放低了："她那个美呀！要是能抱着她睡上一觉，也就不虚此生啦！"

我在心里笑这汉子直率的粗野。他拿下耳朵上那支烟，燃上。我又递一支过去，他接过照样夹在耳朵上。

"大概是沈小媛结过婚一年半的时候吧！一次到下面公社演出，吃饭时沈小媛突然呕吐起来。我们还以为她不舒服，内行人说她是'有'了。这一下子引起了全团人员的疑惑、猜测和议论。人们三五成群，指指戳戳，交头接耳。您是觉得奇怪是吧？您是觉得她结婚都一年半了难道还不能怀孕是吧？嘿嘿，您不知道，"他又扭头看了看后边的几位乘客，又放低了声音，"这里边就有弯弯儿啦！"

"因为沈小媛长得美丽，又是剧团的台柱子，团里没有结婚的小伙子哪一个不像哈巴狗一样围着她转？哪一个不像小奴仆一样争着向她献殷勤？咱剧团长得标致的小青年有的是，您看我长得就不错吧，可演座山雕和演杨子荣的小青年比我帅得多。可对剧团里这帮小伙子，沈小媛就是一个也看不上。后来人们才发现，她原来是爱上了县革委政工组那个通信干事。那小子也真不是玩意儿，他明明有那种阳痿病，却瞒着她不说。听人家说，越是有那种病的男人，心理上对女性的渴求越强烈，也不知是真是假，我是没有这方面的体会，不知道您有没有？"

我连忙摇头说："没有，没有。"

"他们刚结婚半年，沈小媛就提出要离婚。当时我们剧团的党支部书记兼革命委员会主任是军代表贺刚，因为他开口必称'突出政治'或'政治是灵魂'的话，所以我们背后都喊他贺政治。剧团原来没有军代表，因为男女关系方面比较乱，专门派了贺政治来整治的。贺政治还真有办法，一来便狠劲突出政治，狠抓阶级斗争。原来的女主角因为作风问题被赶下舞台，不准再演'革命样板戏'，这样一来，演员们果然就'正派'多了。然后便把演好演不好'革命样板戏'提高到对领袖忠不忠、对无产阶级司令部拥不拥护的高度去认识。因为原来的主演被处分了，贺政治重新挑选红色苗子，这就选中了沈小媛。别说，这货还真有眼力。贺政治把沈小媛送到省豫剧团培训了三个月，回来后一场《沙家浜》便轰动了全县城。所以说，沈小媛出名还多亏了贺政治，沈小媛也便成了贺政治的掌上明珠和金字招牌。

"提出离婚首先得本单位开出证明信。那一天沈小媛找到贺政治的办公室。贺政治办公室的门原来是虚掩着的，所以她进去后又下意识地回身虚掩上门。可是贺政治马上走过去把门敞开了，一边说：'天太热了，闷！'可沈小媛马上不好意思起来，因为天气并不闷热，而她记起贺政治在大会上不止一次宣布：'一男一女在房间里单独谈话，冬天应该把门最少开至四十五度，夏天应该把帘子也卷起来。'

"沈小媛红着脸，吭吭哧哧好不容易说明了自己的意思。贺政治感到非常吃惊，高大魁梧的身躯不由得从椅子上站起来：'离婚？为什么要离婚？'

"沈小媛低着头，手指在贺政治的办公桌上下意识地反复写着一个'离'字，半天，说：'感情不和。'她怎么好意思开口说出真情呢？何况她心肠好，说出来传出去，她丈夫还怎样见人呢？实际上，除了领导，剧团的人也都已知道了，这类事情是瞒不了多久的。

"贺政治的脸色变得非常难看，但还是勉强笑着说：'你们是自

由谈的，又不是包办，怎么会感情不和呢？是自己的思想出毛病了吧？'

"沈小媛依然默默地站着，没有分辩。

"'要突出政治嘛，要注意影响嘛！电台和报纸刚宣传了你的事迹你就骄傲啦？就不想继续革命啦？你又是积极分子，又是团支部书记，怎么会有这种不健康的想法呢？好啦，到此为止，以后不许再提此事。我说过多少次啦，要突出政治，要唱革命戏，先做革命人！'贺政治说。

"沈小媛不说行也不说不行，仍然低着头站着。

"'不过，你也不必背思想包袱，我不会对别人说，只要你以后不再提此事就是了。'贺政治的态度又变得亲切起来，'去吧。政治是统帅，政治是灵魂，再学一学《纪念白求恩》，使自己真正变成一个纯粹的人，一个脱离低级趣味的人。'"

"你明白了吧，为什么沈小媛婚后一年多怀了孕，人们竟那么吃惊，那么'关注'。"赶车汉子对我说，接着他又讲下去。

"'贫下中农！'孙大明叫住我。

"一次我正急着去解手，孙大明正好从厕所出来，一把拉住了我。因为我是从农村到剧团的，老婆孩子都在农村，就是'一头沉'，所以他们老喊我'贫下中农'。

"'哎，我说贫下中农，你发现没有，沈小媛——'他用双手比一比自己的小肚子，如抱瓜状。

"'去去，我得先放松一下我自己的小肚子。'

"我急不可耐地摆脱他钻进厕所。谁知我从厕所出来的时候，他还在半道上等着我。

"'贫下中农，你说会是谁干的好事？'孙大明说。

"'什么谁干的好事？'我明知故问，我有点讨厌这个孙大明。

"'你没看出？沈小媛已经怀孕啦！'

"'你这个捉奸专家要是不知道的话，怕连鬼都不知道了。'我说。

"说起'捉奸专家'，我再拐个弯儿多说几句，原来的主角何霞犯作风错误就是孙大明抓的。孙大明对于刺探别人的隐私有着本能的爱好，尤其是男女关系方面的。他已经有过两次捉奸成功的光荣历史。所以贺政治一来就找他谈话，说只要他能在短期内抓住一对，就让他上台演个'刁小三'或者'小炉匠'什么的。孙大明长得丑，在样板戏里演个反面人物挺合适，可因为原来的领导看不起他，长时间没让他登台。当时的何霞正处在热恋中。一次卸完妆已经十点多钟了，他发现何霞又和她的男朋友一块向郊外走，便悄悄地从后面跟踪上去。那一夜月亮极好，水晶球一样悬在中天。田野里油菜花开得正盛，清香和月光一起在流动。孙大明一直偷偷地紧紧地盯着他们，当他看到他们躺在油菜花地里有所动作的时候，他连忙拔腿跑回去叫人，他怕一个人证明无力。当他喊了一个人又跑回来的时候，那一对恋人已经不在了，只剩下一片压倒了的油菜花。当然他们还是找到了证据。于是贺政治说何霞'沾染了资产阶级的臭思想'，为杀一儆百，她被赶下了无产阶级的红色舞台。

"孙大明听我说他是'捉奸专家'，嘿嘿笑了，颇有几分自豪的样子：'这方面的事谁也别想逃过我孙大明的火眼金睛！'

"'那你干脆叫孙大圣得啦！'我说。

"'孙大圣怎么啦？孙大圣阶级斗争觉悟高得很，连毛主席他老人家还说，金猴奋起千钧棒，玉宇澄清万里埃呢。'孙大明说，'有烟吗？给一支……'"

我连忙又递上一支烟。

"不不，我这儿还有一支。"他说，指指自己的耳朵。

"我是说孙大明当时向我要烟。我虽然烦他老是向我要烟抽，可还是给了他一支。

"'嘿嘿，我看哪——'他很快地点上，眯起眼睛深深吸了一口，'肯定是石小林那小子。'

"石小林就是我们团演座山雕的。

"别看石小林在舞台上那么丑陋，那是因为导演让他故意弓着背曲着腿走路，其实卸了妆帅着呢！特别是那身条，直溜溜像那船上的桅杆。"他扬手一指，黄河里正有一艘模型似的帆船，桅杆直直地竖着。"本来该他演杨子荣的，只是因为他是座山雕的嗓子。谁都知道他和沈小媛的关系非同一般。沈小媛原来是机械厂宣传队的。一次全县会演，是石小林发现了她的演唱才能，推荐给领导的。机械厂不放，又是石小林上下活动才把她调到了县剧团。石小林从各方面对她关心照料，她对石小林也感恩戴德，格外亲近。人们都以为他们会成为夫妻，谁知让那个政工组的通信员占了上风。

"'贫下中农，晚上陪我辛苦一趟，如何？'孙大明说。

"'干什么？'我问。

"'石小林和沈小媛到孙庄公社辅导业余宣传队，深夜才回，路上肯定有好戏看。'孙大明说。

"这货，又想去捉奸，我可没兴趣管这类淡闲事，就说：'晚上我有事。'

"是夜，孙大明一直到十二点多才回来。我问怎么样，他一边铺床一边垂头丧气地说：'白跑一趟。没想到贺书记亲自去接他们了，是他们三个一路骑自行车回来的。'孙大明说。

"就这样，孙大明暗地侦察盯梢了半个月，竟然连半点蛛丝马迹也没抓到。

"不久，剧团到曹岗公社演出。条件差，晚上，男女演员都睡在一个大房间里，统统是麦秸草地铺。男的睡东头，女的睡西头，中间用一道布帘子隔开。天冷，外面在下雪，厕所离得又远，于是脸盆便临时充当尿盆。半夜我被尿憋醒。听听布帘子那边没有动静，便起来撒尿。孙大明突然趴到我耳朵上说：'你说，会不会是杜寅生？'

"杜寅生家和沈小媛家是老邻居，两个人从小就在一起玩，可谓'青梅竹马'了。在剧团里，两个人关系也非同一般。有什么事情，沈小媛总是让他干，他也以能为她干点什么为愉悦为荣幸。'寅生，给我打瓶开水来。'她一开口，杜寅生'嗨'一声掂起水瓶就走。'寅生，去给我买一块香皂。''嗨！'杜寅生拔腿就往街上跑。这是有目共睹的。然而，杜寅生在剧团里档次最低也是有目共睹的。他扮相差，嗓子劈，演'泰山顶上十八棵青松'之一都不够格，只能演被郭建光一枪打死或者被李勇奇抓起来又摔在地上的小喽啰。

"'绝对不会。'我说。

"'那可说不定。世上事，只有人想不到的，没有不可能发生的。你忘啦，今年秋天过七里河，沈小媛脚扎破了，不能下水，她谁也不让背，偏偏让他背。'孙大明找根据。

"'是有这回事。可我觉得，她之所以单单和他那么随便，正说明她和他之间最清白，最光明磊落。'

"'这又不一定。沈小媛精得很，也许她正好利用了人们这种习惯心理和看法。'孙大明说。

"'算啦，睡觉吧！'我不想和他再瞎扯下去了，我很困。

"雪不知道是夜里什么时候住的，反正第二天是一个非常好的晴天。天空又纯又蓝，好像刚刚用水洗过又用丝绸擦得干干净净的玻璃。太阳出来了，先是光线很弱，慢慢变得强烈起来，雪的银针似的反光刺得人睁不开眼睛。天很冷，我的清鼻涕怎么也擤不净，倒霉的过敏性鼻炎又发作了。

"我想到公社卫生院开点鼻炎康或者土霉素什么的。远远的却看到贺政治和沈小媛并排从卫生院大门走出来。他们都穿着绿军装，当时我们剧团差不多人人都穿绿军装，一个长得魁梧英俊，一个长得标致秀丽。我突然觉得如果这两个人结为夫妻，那才是天生的一对。于是脑袋中又突然闪出一个念头：会不会就是他？然而马上又觉得这简直是对军代表的亵渎。贺政治过去一再强调不是夫妻关系不是朋友关系，一男一女不能单独行动，他自己怎么就不遵守呢？

"我正想着，只见杜寅生又从卫生院大门钻出来赶上了他们，手中还拿着几包药。我说呢！

"'看病哪？'贺政治老远就笑着和我打招呼。

"'这鼻子……'我说着又擤了一把鼻涕，'您也看病哪？'

"'小沈不舒服，我怕她晚上登不了台，陪她来看看。'贺政治说。

"我冲沈小媛笑笑，沈小媛也冲我笑笑。

"他们走过去了，贺政治和沈小媛并排，杜寅生在后面颠儿颠儿地跟着。杜寅生还没有沈小媛高，胳膊和腿摆动的频率都较快，一个十足的小跟班，小奴仆，小跑腿的。我更加肯定孙大明关于杜寅生的猜测是胡扯淡。

"果然，孙大明侦察了一段后，自己又把自己的猜测否定了。

"一次在街上碰面，孙大明又找我要了一支烟，很快地燃上，吸一口，看着那暗红的火头，颇有点忧国忧民的样子，说：'那么，到底会是谁呢？'

"'你管是谁呢，碍你啥事啦！'我刺他。

"'你还是贫下中农呢，真没有政治头脑。贺书记不是要咱们时时刻刻提防资产阶级思想的侵蚀吗？不是要咱们互相监督、互相检举吗？'孙大明说。

"这种话我不好反驳。

"他又吸一口烟，哼一声，说：'瞧吧，我要不把这个人找出来，我就不是孙大明！'

"这件事开始只是在少数人中间悄悄咬耳朵，因为一部分人尚不知道，一部分人虽听传说还不敢信以为真。后来不行了，尽管穿着棉衣，可沈小媛已经显了怀。全剧团除了领导，除了沈小媛本人，男男女女几乎都在议论猜测这件事情了。人们最关注最感兴趣最津津乐道的恐怕莫过于男女之事了，尽管谈论者或道貌岸然，或嗤之以鼻，而实际上他们多是借谈论桃色事件而达到自己心理上的满足。

"事情干得也真秘密，竟没有露出一点蛛丝马迹。这个人到底是谁呢？

"一天早饭后，我们组的人正在我的屋子里进行雷打不动的天天读，沈小媛从门口过去了。尽管她竭力走得轻盈，可那变粗变僵的腰毕竟扭摆得不自如了。

"孙大明站起来学了几步，还蛮像。

"坐在我床上的黄闯一仰身子，酸不叽叽地说：'阿庆出门

'跑单帮'了，阿庆嫂在家肚子大了，你们说这是怎么回事？'

"大家都'嘿嘿''嘁嘁'地笑。

"'有人发扬风格呗！'孙大明接了一句。

"大家又笑。

"'无聊！'杜寅生突然很气愤地冒出一句。

"于是都不笑了。

"黄闯又从床上坐起来，看着杜寅生说：'我们说阿庆嫂，和你有什么关系？'又看着大伙儿，'你们说，我说阿庆嫂和这小子有什么关系？'

"'是啊，有什么关系呢？'孙大明附和。

"'行啦！现在是天天读时间。'政治学习小组组长石小林制止。

"杜寅生不善言语，脸憋得通红，不知怎么憋出了这么一句：'你们诬蔑革命样板戏！'

"这下倒是真把他们俩镇住了。当时'攻击革命样板戏'的帽子可是极有分量的，多少人因此被打成现行反革命被判刑被劳教啊。然而黄闯只是稍愣了一下，突然地发火了。这小子有点背景，要不平常怎么敢那么吊儿郎当呢。他又着腰，瞪着眼，一步一步走向杜寅生：'你小子吓唬谁！你他妈别拉大旗，做虎皮，你他妈明知道我指的是谁，她是你姐、是你妹还是你老婆？她的肚子是你搞大的？'

"'算啦算啦，不值得。'有人劝黄闯。杜寅生的脸色由红变紫。这小子今天也不知是怎么啦，他平时非常随和，从来不与人红脸的。他也从小凳子上站了起来，乌龟一样向前伸长脖子，又憋出了一句叫人震惊的话。

"'你姐的肚子是我搞大的！'杜寅生说。

"'算啦算啦，不值得。'有人劝杜寅生。

"'老子我剥了你！'这一下黄闯真正动了肝火，两手用力一甩摆脱劝解的人，右手握拳，左手就去抓杜寅生的领口。

"黄闯高大健壮，矮小的杜寅生显然不是对手。可他不怯不颤，也竭力想甩开劝解他的人，可因力小怎么也甩不开。又有人上来拉黄闯，又被黄闯甩开了。

"杜寅生吃亏就在眼前。

"这时，一直在墙角冷冷观看的石小林走了出来，用他那异常低沉的声音说：'黄闯，你欺负人家小杜算什么本事？来吧，冲我来！'

"石小林说着，两臂向后一振，披着的短大衣飞到了身后的凳子上。

"得，今天的天天读也真读到黄河滩里啦！

"不过，到底没有打起来。正当两个汉子准备动手的时候，贺政治来了，不知道他是听到了吵骂声特意赶来的还是无意碰上了。他一进门，吵骂的不吵了，动手的不动了，劝架的不劝了，大家全像'收租院'的泥塑一样定格了。

"'怎么回事？'贺政治的站姿、表情和声音都极其威严。

"谁也不动，谁也不吭。

"'石小林，怎么回事？'贺政治那威严的目光扫了众人一圈，最后贴到石小林脸上。

"石小林沉着脸不吭声。

"'你们是怎么突出政治的？你们对天天读持什么态度？'

"更没有人敢吱一声。

"'每个人写一份情况汇报，写一份思想检查。思想检查要触及灵魂。下午六点之前交给我。'贺政治说完一转身走了。

"我们仍像泥塑那样一动不动，一声不吭。天天读时间已经到了，石小林回身拾起他的短大衣，抖抖，披上，说：'还愣看干球，都滚！'

"我们都看着石小林，都不滚。

"'情况汇报和检查我自己写，责任我自己负。'石小林一挥手。

"仍然没人动。我说了一句：'怎么写？就那么如实写？'

"石小林思索了一会儿，又用恶狠狠的目光在我们的脸上扫了一遍：'就说政治学习联系实际联系到了我头上，大家给我提意见，我恼了。'

"谁也没表示同意，谁也没表示不同意。

"一天无事。晚上没有演出任务，九点钟，贺政治把我叫了去，让我当我们学习小组的组长。石小林的组长给撤了，而且必须连夜写出深刻的思想检查。

"原来，上午我们小组刚一解散，孙大明便找到贺政治，把吵架经过详详细细汇报了。并检举沈小媛有作风问题，说她丈夫有那种病，说她怀孕肯定是和别的男人搞的，并说这个别的男人很可能就是石小林，否则，石小林干吗为掩护她而担风险。

"这一下可就热闹了。贺政治问孙大明：'你怎么知道沈小媛的丈夫有那种病？'孙大明说：'听黄闯说的。'贺政治又找来黄闯对质，可黄闯一口否认自己说过，并咬定是孙大明造谣。其实，这件事情是沈小媛的丈夫想解除痛苦，醉酒后透给了自己一个最好的朋友，那个最好的朋友又透给了自己一个最好的朋友，连锁扩散，最后经黄闯的嘴在剧团传开的。

"黄闯一斧头把链条斩断了，孙大明当真变成了舞台上《林海雪原》中的'小炉匠'，冤死说不出口。贺政治又把他一顿好批。这小子偷鸡不着抓把屎，混臭了。后来黄闯又找了个借口，把他结结实实揍了一顿。

"虽然没有确凿证据证明沈小媛作风不好，但从那一天起贺政治就不让她登台演戏了。当然也不见得就一定是因为怀疑她作风有问题，是不是因为她怀孕演出不便而有意照顾她也未可知。

"对沈小媛的议论猜测，剧团里暂时平静了一段，就又随着她与日俱增的肚子而重新开始了。因为大家都清楚那确实不是谣言，沈小媛的丈夫确实没有让她怀孕的能力。

"到底谁是这个'业余丈夫'，连孙大明也无法弄清楚，慢慢地，人们便不再费心去猜测了，不再挖空心思找根据去证明了。都在看，都在等。正如孙大明所说，'雪窝里埋小孩，终究要有露尸首的时候'。等到瓜熟蒂落，沈小媛生下孩子，看孩子像谁吧！

"这并不难等到。沈小媛生孩子不到两天，上至贺政治，下至孙大明，剧团所有的人都到医院探望了。这是前所未有的。不用说，各人都有各人心思，而大多数人则是抱着一个澄清事实的目的。或两仨一伙儿，或四五一群儿，在走廊里还互相使眼色一定要看仔细。然而一群一伙儿的都失望了。沈小媛生下个女孩儿，这女孩儿谁也不像，就像沈小媛，活脱脱就是沈小媛第二。"

前面，一条大路越堤而过。在大路和大堤相交的十字路口，一个很老很老的老太太正在焚化一堆黄表纸。阴历十月初一在十字路口烧纸有两种情况：一是为死在远方遗体无法运回故乡的亲人送棉衣；二是那些好心肠的人为那些在黄河淹死的孤魂野鬼送棉衣，或者给那些在阳世没有后代的无依无靠的鬼们送棉衣，即所谓"积阴功"。老太太口中念念有词，用一根小棍子搅动着余烬，于是那一片片的纸灰便像黑色的幽灵打着旋儿飞向混混沌沌的空中。小驴车已过去很远，赶车汉子还一直回头凝望着老太太和她搅动的那堆纸灰。他良久没有再说话。我给他递烟，他仿佛没有看到一样。我碰碰他，他摆摆手，没有接。

他像是沉浸在回忆之中，过了好大一会儿才说：

"我记得清清楚楚，那一天也是阴历十月初一，也是这么昏昏黄黄的天，也是这么茫茫苍苍的地，也是这么干冷干冷的。虽然那年头正破除'四旧'，可不少坟前仍有女人在烧纸。她们没有什么顾忌，天冷了，她们不忍心让阴间的亲人受冻。

"那几天我们正在李庄公社演出，突然接到了县委政工组的电话，让剧团立即返回县城，准备元旦期间的地区会演。贺政治马上督促我们迅速收拾捆扎。县里来了两辆大卡车，下面装箱柜布景道具，上面装人。两辆卡车一前一后，顺着这黄河大堤向县城方向飞驰。

"那时候沈小媛的女孩儿已经两岁了，她本人的身条又变得像姑娘时那么美妙，那么姣好。她仍然演阿庆嫂，演李铁梅，仍然是剧团的台柱子，《智斗》中一个拖腔仍然能博得满堂好。剧团里再没有人去猜测她的女孩儿的亲生父亲了。人们几乎把这件事情给遗忘了。

"两辆汽车沿黄河大堤一前一后飞驰着。前面一辆因装着布景坐人不多，差不多都坐在第二辆车上。人们都缩着头，有的在闭目养神；有的在偷着讲'低级趣味'的笑话，只有笑声才让全车的人都听到；有的指点着在坟前烧纸的女人在讥笑她们的愚昧。

"第一辆车开得快，事情发生在第一辆车上。

"车厢前部装着箱子，箱子上边放着座山雕的那把交椅，演座山雕的石小林披着他那件已经很旧的短大衣在椅子上坐着。他爱逞英雄，看着缩在棉衣里的演杨子荣的演员说：'你小子应该演座山雕，让我演杨子荣。'不知怎么来了兴致，便站直身，有姿有势放开嗓子唱起来———

"'穿林海——跨雪原——安安——'

"'安'音拖腔未完，只听坐在后面的杜寅生大惊失色地叫了一声：'小林！'同时，坐在杜寅生旁边的黄闯便站起身去拉石小林。可还未等黄闯伸过手去，贺政治已迅疾跃身而起，把黄闯推倒，紧接着一把把石小林拉下了座椅，又疾速下蹲。然而因车速太快已经来不及了，一条不合规格的横越大堤的电线挂住贺政治的下巴，像撂布袋一样把他甩下车来，身体在空中画了一道弧线，便'噗'的一声摔在堤面的大道上了。

"事情发生得那么突然，那么迅速，那么出人意料，以至于人们大声叫喊着让汽车停下的时候，汽车已开出有百十米远了。

"人们全都跳下车，用百米冲刺的速度扑向贺政治。石小林和黄闯跑在最前面。人们赶到的时候，贺政治一动不动地趴在路面上，从鼻子和嘴中向外冒着血，半个脸浸在血泊中。

"'贺书记，贺书记！'石小林和黄闯把他翻过身，托起他的后背呼喊着，人们密密地围了一个圈。

"这时，后面的一辆车赶到了，人们也从卡车上跳下来。沈小媛从人缝里钻进来，看清了人事不省的贺政治，看清了那摊血，看清了血还在不停地从他的嘴中和鼻子里向外冒，突然撕心裂肺地尖叫一声，扑在贺政治身上，悲痛欲绝地大哭起来，整个身子急剧抽搐着，不时被揪心的哭声噎得喘不过气来。

"人们似乎一下子明白了什么。明白了什么？明白了几年来他们一直议论猜测一直想弄明白又一直没有弄明白的事。说也奇怪，过去不明白的时候，不少人背后骂沈小媛是'破鞋'，是'婊子'，可这会儿人们的感情仿佛一下发生了质变，都隐隐觉得她有几分可敬了。

"气氛很是悲壮，很是肃穆。人们都默默地站着，一动不动。不少人泪流满面。

"孙大明捅捅我，小声说：'原来是他呀，真没想到。满嘴的突出政治，满肚的男盗女娼。'这狗日的，我狠狠地踢了他一脚。

"第一辆卡车也掉过头开来了。石小林、黄闯把贺政治抱进驾驶室，赶紧就近送进了曹岗卫生院。其实当时在大堤上贺政治已经停止了呼吸。"

赶车汉子停了一会儿，才又接着讲下去。

"关于对贺政治后事的处理，县革委和他所在部队都委决不下。他是因为舍己救人而死的，按说应该享受烈士待遇，可他生前又有犯过不正当男女关系错误的嫌疑。到底按什么处理，最后也没有定论。当时县城没有火葬场，贺政治又不是本省人，便在这黄河滩里把他就近安葬了。安葬时全团的人都来为他送行。

"马上，我们过了这曹岗集，"赶车汉子一指前面紧临大堤的一个村子，"就可以看到贺政治的那座孤坟了。"

赶车汉子的故事讲完了，可我总觉得还没有完，就问："后来呢？"

"后来嘛，"赶车汉子取下耳朵上那支烟，燃上，"后来沈小媛就调到了开封，不觉已十多年了。现在仍然刻苦唱戏，她唱的《秦雪梅吊孝》又在省电视台播出了。"停了一会儿，又说："后来我就走走门道，托托关系，提前退休了，安排了我的小儿子。"

这时，坐在后边的一个中年女人要下车。赶车汉子停住车。那女人围着围巾，只露两只眼睛，交了钱，便转身下堤。赶车汉子接钱的时候愣了一下，捏着钱，看着那女人的背影出神。

"像，像。"半天，赶车汉子莫名其妙地喃喃着。那女人已走下了黄河大堤。

小驴车又前进了，依然沿着黄河大堤。赶车汉子一边抽烟，一边对我说："不过，在埋藏了贺政治之后又有了另一种说法。说贺政治是冤枉的，沈小媛与贺政治之间是清白的，根本没有那回事。沈小媛当时之所以哭得那么惨痛只是她为了他的知遇之恩，为了他的包庇之恩。说沈小媛的那个女孩儿其实是石小林的，贺政治知道得清清楚楚，但因为爱怜沈小媛这个人才，同情她的处境，就装作不知道或者是故意掩盖。当时县革委会和部队处理贺政治的后事时，沈小媛故意不说明真相是为了不暴露石小林，实际上是为了生者而冤屈了死者，沈小媛恩将仇报了。"

"那么，到底是怎么回事呢？"我想问问清楚。

赶车汉子笑笑："说不了。"

四周很静，只有"叮叮"的铃声、"得得"的蹄声和车轱辘浅浅的"隆隆"声。

"你看，那就是贺政治的孤坟。"赶车汉子放眼鸟瞰黄河滩，用手一指，目光突然停在那里不动了。他"吁"住小毛驴，跳下车，叉开腿站着，久久望着那个方向，轻声说："我说我看着那么像……"

我顺着赶车汉子的目光望去，空旷的黄河滩那么苍凉，那么浑黄。在大堤与黄河之间有一座孤坟，坟前孑然立着一个女人。在那孤坟和女人之间，跃动着一点幽魂似的橘黄色火苗。

"沈小媛?"我问。

赶车汉子默默点了点头。

我胸间生出一种既惆怅又欣然的感情。我忽发奇想，等到我百年之后寿终入土，每年阴历十月初一，我的坟前如果也能站上一位这样的女人，为我烧上几张黄表纸，那么，我在阴间的灵魂一定会感到无限的慰藉和温暖……

老城区

这地方也许您并不生疏，因为不少表现历史题材的电影都是在这里拍摄的外景——如此残破的古老街市在其他城镇已经很难找到了。不少民房还是古老的模式——面街而居，这是为了做生意方便；多半是两层的阁楼，阁楼下的廊柱雕栏油漆斑驳，随时都准备做生炉子的引火柴；街道当然极窄，晚上街那边小铺的门前亮灯，街这边可以借光下棋，街这边的男孩子尿尿，使点儿劲儿可以尿到那边去；因为没有下水道，每家的脏水都是随便往大门前一泼，所以那街面也是烂脏烂脏的……

她，就住在这样一所临街的房子里。

童年是美好的，她却没有美好的童年。她三岁时母亲就病故了，爸爸接着又续了弦。后妈本来就讨厌她，在生了自己的三个孩子后，就更把她看得不如鸡狗了。她成了这个家庭的女奴，扫地拖地、刷锅做饭，所有家务活儿一股脑儿撂到了她头上。后妈非打即骂，她几乎没有太太平平地度过一天。有后妈就有后爸，父亲揍她也越来越恨了。她十三岁便被迫停了学，先是帮助父亲拉板车，后来又让她到车站卖烧鸡。后妈会做烧鸡，但那时管得很死，卖个烧鸡像做贼一样，偷偷地扯扯那些旅客的衣裳角，问人家买不买。可千万不能让戴红袖箍的人看见。

那年初冬，她刚满十六岁。虽然瘦弱单薄，可她已经出落成一个亭亭玉立的大姑娘了。一次，和她同样命苦的一个小女孩不小心，两只烧鸡让市管会没收了。小女孩不敢回家，躲在一个墙旮旯儿里哭，她可怜她，把自己的烧鸡给了她两只。傍晚回到家里，后妈盘问她为啥钱数不对，她实说了。后妈立即拍屁股打胯骂起来，接着又把她搡到大街上让父亲揍她。

她的父亲——一位身高力大的搬运工也当真气红了眼，左一巴掌右一巴掌扇她，又把她按倒在地，用拳打，用脚踢。她左眼下青了一块，鲜血从嘴角和鼻子往外流。一街人都围上来劝解，然而谁也劝不开，谁也不敢认真劝，都知道她的父亲不好惹。

这时，一个青年分开众人走了进来。他看上去有三十岁，中等个，长着一张粗线条但很有力度的脸，晒得很黑，头发很长，穿一身又脏又破的军衣，那样子活像个越狱的犯人。

他慢慢走上来，低声问这个像狮子一样凶的搬运工："她是你什么人，你下这么狠的手？"

搬运工抬眼看了看这位不速之客，理直气壮地说："我打我妞儿，你管得了吗？"

"那也不能这样打！"

"管得了吗？你算哪坑的鸭子哪架的鸡？"

"你再打一下！"那声音仍是低低的。

"你看着我打！"搬运工说着，又往她身上踢了一脚。

那青年右手迅疾一挥，搬运工的下巴上挨了重重的一拳。他熊一样踉踉跄跄后退了几步，才稳住了身子。这个一向没人敢碰的搬运工脸涨得紫红，凶狠地瞪着眼，伸着牛一样粗壮的脖子，一步一步逼向那青年。

"你也不打听打听我是谁！"

那青年站着未动，不屑地瞥了他一眼，鼻子里轻轻哼了一声，仍是那种沉沉的男低音："她肯定不是你的亲生女儿。"

搬运工狂吼着："你……你怎么知道她不是……不是……"他突然说不下去了，刹那间，脸色由紫红变成灰白，紧握着的拳头慢慢松开了，又突然蹲下去，双手抱着脑袋，口中喃喃着："我……我……"

她趁乱钻出人群，几乎没有思索，便顺着一条胡同向东，又沿着老城墙下那条小路向北跑去。老城墙拐角处，挟着不大的夷山湖，湖西边耸立着举国闻名的宋代文物——铁塔。这里是恋人幽会的场所，然而，也有那不幸女子在湖水中了却一生。

她，向着夷山湖狂奔。此时太阳已经西沉，天已有点昏昏的了，凉凉的北风把湖边的枯草吹得簌簌响；湖水幽深幽深，映出铁塔那黑黝黝的倒影；就连背后城墙上的每一块老砖都是阴沉沉的。突然，她的眼前浮现出一幕惨状：两年前，她曾看到过一个淹死的女人，那女人仰脸躺着，脸色发青，腮边流了一摊土黄色的泡沫……她想起来就恶心，就毛骨悚然，就起鸡皮疙瘩，难道明天早上自己也就那样躺在湖边吗？

她不敢再往下想，害怕地闭上了眼睛。当她睁开眼睛的时候，面前站着一个青年，还是揍了她父亲一拳的那位青年。

"跳啊！跳下去我好见义勇为，当救人英雄，报上一登，说不定就时来运转了。"

他说得很认真，低低的音调里听不出半点嘲讽。他两脚分开站在她面前，勾着头，手中拿根指头粗细的柳树棍儿，下意识地把弯曲的地方一点点矫直。

她直视他，眼睛里流露出一丝感激之光。

他转过身，晃悠悠地顺着老城向北走，用手中的棍子敲打着城墙脚下枯死的蒿草，一边说："死很容易，可死后再想活过来就不容易了，傻妞儿！"

"您等等。"她突然说。

他站住了，但并未回过身来。

"叔叔，您……把我带走吧。"连她自己也不知道怎么一下子就这样信任他。

她叫他"叔叔"，他无声地笑了。他今年实际上才二十二岁。

"我自己还养不活自己呢。"他说着又晃悠悠地前进了，"我是——老插（插队知青）。"

她一直目送着他，直到他从一个缺口处翻过了老城墙。

说来真是奇迹。从那天以后，她父亲对她的态度截然变了，不但再没有打过她，过年的时候还自作主张给她买了一身新衣服。后妈也曾闹了几次，然而这个搬运工再也不怕她了。

老城区居委会主任很同情她的处境，在她十八岁的时候，推荐她到大光明理发店当了一名理发员。她很满足了。

那是1974年春的一天，她打发走一个顾客，又向门口连椅上排着队的人们喊："下一个。"

"下一个"是位穿着崭新工作服的青年。她并没有看清来人，也没必要看清。然而当她往他脖子上围布单的时候，她才发现那穿着崭新工作服的青年原来是他——她很想见到而几年未遇的那个插队知青。

她的心情很激动，血液循环的速度骤然加快了。她要给他理好点儿，拿出自己最好的水平。可是她的手有点颤颤的，一推子下去便把鬓角理小了。她的心更慌，竟然把推剪的电线缠到了他的脖子上。

"你在给我上绞刑啊。"他说，音调低低的，口气很随和，并没有责备的意思。

"对……对不起。"她说。

也怪，经过这一句对话，她的心情倒平静了下来。在给他吹风的时候，她问："你，还认识我吗？"

他和她的形象都映在面前的大镜子里，他就是在这大镜子里看了她一眼。她身着白大褂，身材修长苗条。但他无法看清她的面容，因为她戴着大口罩，只露出了一对细细的眉毛和两只长长的眼睛。他歉疚地摇摇头。

"忘了吗？"她也突然发现了自己的荒唐，便摘下了大口罩。

于是，透过镜子的反射，他看到了一张很有魅力的长圆脸。肤色稍有点深，但细腻且微微泛红；鼻子不高，有点圆；嘴唇偏薄，很红润。

"面熟。"他有点不好意思地移开目光，"记不起在哪儿见过。"

"我可是——"她差一点说出了"我可是一直在找你"这句话，于是脸先红了，顿了顿，她说，"我可是还记得你。"

她提起了四年前的那件事……

"哦哦，是你呀。可那时你还是个瘦巴的小妞儿！"他的目光又落到她身上，"那时，你还叫我'叔叔'，还让我带你……"

他突然停住了。

她的脸越发红了。停了一会儿，她问："我当时，很傻吗？"

"你很纯真。"

"回城啦？"

"顶爸爸的班。"

"哪个单位？"

"化纤厂，烧锅炉。"

"那可是个国营大厂啊。"她已经给他理完了，仍磨磨蹭蹭不放他走。这一次该问的一定得问清楚。

"你，留个名字吧。"她的心很慌，声音很小。

"肖彬。"

"我叫罗小叶。"稍顿，"你，在哪儿住？"

"老城区豆芽胡同。"

"我也住老城区。"

他们很快成了好朋友。

她几乎天天晚上和他在老城下的夷山湖旁约会，一天不见就心神不宁。他知道的真多，文学、哲学、音乐、美术，没有他不懂的。她真佩服他，羡慕他。

铁塔的尖尖儿上挑着一片薄薄的云，像一面巨大的彩色的旗，他们俩半躺半坐在草地上欣赏这瑰丽的晚景。

"小叶，你喜欢读什么书？"他问她。

她的脸红红的，不好意思开口。她小学刚上完便被迫停了学。烧鸡卖完的时候，她经常在街头翻看一分钱一本的小人书。

尽管有霞光掩护，他还是看出了她脸上的红晕。他于是双手托着后脑勺往草地一躺，说："其实，读书有读书的好处，不读书有不读书的好处。不识字反倒更显得纯真可爱，女子无才便是德嘛！"

她对"女子无才便是德"还似懂非懂，但她知道他这番话是在给她开脱。

他真好。她想。于是她又往他身边靠了靠，把自己的手放到了他宽阔的胸脯上。

他翻了一下身，面向铁塔，把她的手握在自己的大手里，又放到唇边："知道这铁塔是什么时候建的吗？"

"宋朝，对吗？"这，她很小就知道。

"北宋皇祐年间，原名祐国寺塔。我给你讲一首关于铁塔的掌故吧。"他想逗逗她，让她高兴，"很久以前，有一年举行州试，试题就是《咏铁塔》。一个官宦家的少爷交了头卷。考官拿起一看，见是一首七绝："远看铁塔黑乎乎，上边细来下边粗。若把铁塔倒过来，下边细来上边粗。"

"哈哈，这是啥破诗？肯定考不上。"她开心地笑了。

"那可不一定。你没见报纸上宣扬的白卷英雄吗？"他说，情绪忽然低落下来。

晚霞在消失，暗紫色的天幕上，几颗宝石一样的星星在眨眼睛。起风了，夷山湖面荡起了粼粼水波。

他猛地坐起身，郑重其事地说："从明天起告别过去的我，开始新的奋斗。"

"想上大学？"

"对学习我已厌倦了。我要改变我的工作环境、生活环境。我不能像我爸爸那样烧一辈子锅炉，我得混出个样子来！"

不久，他们结婚。肖彬的父亲退休后跟大女儿一起生活了，给他在老城区留下了两间破屋，便成了他们的新房。婚事办得很简朴，备了两桌酒席，一桌同学同事，一桌亲戚朋友。小叶的父亲也来了，这个高大的搬运工酒喝多了，一个劲地哭："小叶呀，爹对不起你，爹这几年心里也一直难受。现在好了，肖彬这小子人也不错，好好跟他过日子……"

小叶有了一个美满的小家庭。婚后生活使她感到很新鲜，很幸福。她是个勤劳的姑娘，又从小苦惯了，所以家务活儿根本不让丈夫沾手，有时还撒娇似的要给丈夫洗脚、剪脚指甲。每遇这种情况，肖彬就把她紧紧地抱在怀里，直到箍得她"哎哟哎哟"地讨饶。肖彬为自己有这样一个纯洁、善良、勤劳、贤惠的妻子而非常满足。

小叶最喜欢过星期六晚上。每到这天晚上，肖彬的老同学便到他们家聚会。他们都是"老三届"高中生。在小叶心目中，他们既有学问，又有思想，古今中外，无所不知，海阔天空，无所不谈。

每当这种时候，小叶给他们泡上茶水之后便坐在一旁全神贯注地听，眼睛一眨不眨，身子一动不动，像孩童听老人讲故事，生怕漏掉一个字。她羡慕极了，要是自己能加入他们的谈话行列，该多好啊！有时她甚至觉得自己配不上和他们坐在一起，进一步又想到自己也配不上丈夫肖彬。

在送走了肖彬的同学后，她突然对丈夫说："我想学习。"

肖彬先是一愣，然而马上理解了她。他自己不是也曾因为她文化水平太低而稍感遗憾吗？她长得漂亮，又贤淑勤劳，再提高点文化修养不更是锦上添花吗？那样他们之间会有更多的共同语言，生活将更富有乐趣。

"我支持你。"他说，"趁现在还没有孩子。"

"那，聘请你当我的家庭教师。"

从此，这个二十四岁的少妇把自己赶上了一条陡峭的路，开始了艰辛的跋涉。她马上找了中学教材，一头钻进去，真叫如饥似渴。

她一边做饭一边读书。肖彬下班回来，看到她那忙碌的样子，心里很是疼爱，总是悄悄地在她的脸上亲一口。

"你是个坏老师！"

"为什么？"

"哪有老师亲学生的？"

连罗小叶自己也没有想到她竟有那么好的天资，她的记忆力几乎达到了过目不忘的程度。不到一年，她便学完了初中全部课程。

不久，他们有了一个女孩。因为正好生在庆祝粉碎"四人帮"的日子里，就起名叫"庆庆"。

肖彬是那种有心眼、有办法的人。不到两年，他果然调到了厂工会当了干部（以工代干）。他能写会画，又科学地利用了工会主席夫人喜欢他这一事实。小叶很高兴，谁不希望自己的男人有点出息呀。接着，肖彬又把他们的两间破屋翻盖成三间新房。他不知从哪儿弄到的砖瓦和木材，老城区的居民又很义气，三间房的工费只用了几桌酒席。

小家庭本来甜得像舒伯特的《小夜曲》，然而说不清从哪一天开始，这曲子却出现了不和谐的、滞涩的音符。

报纸上登出大学要恢复过去的招生制度，小叶迫不及待把这一消息告诉丈夫，并特别强调"老三届"的也允许报名。

"我已经知道了。"他淡淡地说。

"那你报不报名？"

"我？"肖彬一笑，"算啦。"

她没想到他的态度会这样，其他"老三届"的学生都兴奋得欢呼"万岁"呢。

"我知道你工龄不满五年，不能带工资。"她想说服他，"你不用担心，我就是下班后去卖烧鸡也要供你上学，庆庆我自己也能带……"

"好啦，好啦。"肖彬没有让她说下去，捧起她的脸亲她，"现在不是生活得挺好吗，何必这山望着那山高呢？过两年我再想法给你调调工作……"

肖彬的老同学很少来了，他们都在紧张地复习，准备高考。肖彬在厂里和社会上又有了一帮新朋友，大部分都是用得着肖彬和肖彬用得着的人。这些人一来，或品茶，或打牌，或喝酒，都要小叶招待。小叶自学的困难更多了，何况，随着她知识的增长和家务事的增多，丈夫对她的自学也不再支持了。

一天中午，一个青年来给肖彬送鱼，兼要电影票。两个人坐在沙发上闲喷儿。小叶坐在一旁翻一本外国诗集。

当那青年谈到想让肖彬给办一件什么事情的时候，肖彬说："这件事情很辣手。"

这句话无意间被小叶听到了。

"不是'辣手'，应该是'棘手'。"小叶纠正说。

肖彬哈哈大笑起来："明明是'辣手'嘛。这个词你应该知道。"

"我知道。'辣手'是错误的。"

"你随便问问，谁不是说'辣手'！"

"都成公开的错别字啦，有的书刊上也这样写。还有'戛然而止'总写成'嘎然而止'。"

"哈哈，你又错啦！"肖彬又笑起来。

等那青年走后，小叶说丈夫："你总是不相信我，只相信你自己。《小树颤抖着》这首诗我说是裴多菲写的，你非说是普希金，你看——"

这还是早上他们争论的问题。

"我记得是普希金。"

"裴多菲。"她把手中的诗集递给她。

"普希金、裴多菲，谁能记得那么清楚，无聊！"肖彬突然变了脸，他接过那本诗集看也不看就往桌子上一丢，淡淡地说，"你的自学该结束了。我看，够用了。"

她没有再说什么，但觉得心里非常委屈。干吗变脸，就因为指出了你的错误吗？

过去，他简直处于她的保护神地位。她也确实崇拜他，迷信他。在她眼里，他像在彩云缭绕之中，他身上的一切都闪着光。随着她知识的增长，她发现他其实并不完美，他身上也有缺点了；她发现他过去讲的许多东西都不准确。他在家庭中的"帝王"位置日渐崩溃了。再说，尽管小叶贤淑勤劳，但她那样自学不影响家务是不可能的。这就使肖彬的不满情绪越来越强烈。本来他一开始支持她自学只是想让她接近自己，而根本不想让她超过自己。

小叶决定要报考电大。当她把自己的想法告诉丈夫的时候，当他弄清楚她确实不是开玩笑的时候，他便激烈地反对了。

"都快三十了，上又怎么样？不上又怎么样？无非想改变一下环境。我已经快给你联系好了，到我们厂绘图室去。"

"不，我还是想考一考。"她忽然变得执拗起来。

"想当科学家还是文学家？居里夫人还是斯陀夫人？"肖彬口气冰凉。

她考中了电大文科班。她心里很激动。她明知道丈夫不支持她，可她还是把这一消息兴冲冲地告诉了他。

"向我祝贺吧！"她把两手搭在他的肩膀上。

肖彬正靠在沙发上抽烟。他拨开她的手，冷冷地说："肚子饿瘪了，我的贤妻！"

她的身子从云端落下来，落到了现实中。

"你就不能做一顿？"

"我？"肖彬往沙发背上一靠，"我还不想沦为家庭妇男。"

她快快地进了厨房，菜没择，米没淘，炉子没捅开，一切都等着她。

一切都等着她。从此，肖彬能干的家务活儿不干了，过去常干的家务活儿不干了。他借口厂里工作忙，总是很晚很晚才回家。

小叶知道丈夫在故意难为她。不过，再苦也不过三年，咬咬牙就过去了。她想。

小叶从胡老师那儿回来，已经是晚上八点多了。她哄睡庆庆，在里间修改自己的一篇习作。她开始写作了，让实验中学的胡一苇老师辅导。胡老师尽管年轻，却小有名气，已发过不少小说、散文。他说她基础不够扎实，但很有点文学素质。

"小叶，泡茶。"肖彬在外间喊。

她不太情愿，但还是马上出来了。来了五个年龄和丈夫差不多的年轻人。有三个她认识，有一个两米高的大块头还是第一次来，但她认识他是厂球队主力，刚从省队下来的。

"小叶，炒几个菜。"过了一会儿，肖彬又喊。

"马上就去。"她答应着，心里很不耐烦。她的文章刚刚想起了一个含蓄的结尾。

"小叶！"

"马上就去。"

她草草收了尾便到厨房去了。她生性贤惠，不愿意为这些家庭琐事生气，特别是在客人面前。她拌了两个凉菜让他们先吃着，然后打开炉子，坐锅、剥葱、洗菜。

她炒好菜又回到屋里，随手拿起一本书读起来。可她怎么也读不进去。最近一段时间她的注意力老是集中不起来。她觉得丈夫慢慢变了，变得陌生了……

"四季——来财！""八抬——你坐！"

外间，肖彬他们在划拳，可着嗓门吆喝，嘶哑的声音保险一条街都能听见。没办法，老城区，谁家喝酒都这样。

小叶在里间的床上歪着。已经快十二点了，可丈夫他们还没有要散的意思。小叶准备给丈夫打个招呼自己先睡。她出去的时候，看到旁边已放了四个空酒瓶。桌子上杯盘狼藉。一个个喝得红脖子涨脸的。肖彬正和大个子对饮。

"我就不信喝……喝不过你，今儿个，谁……装熊，谁……蹲着尿！"大个子直着眼睛，梗着脖子。

"既然大张瞧得起我，是敌敌畏，老哥也得喝下去……舍命陪君子嘛。"肖彬举杯让酒，"来，门前清！"

大个子依次端起面前的三杯酒，一口一杯，"滋儿滋儿"的。就在大个子仰脸喝酒时，肖彬也端起了酒杯。然而，小叶清清楚楚地看到那杯酒从他的唇前全部倾倒在地上。再看丈夫的脚下，已经流了好大一片。

"滴酒三杯。"肖彬杯口向下，举得好高。然后又端起酒壶先给大个子添酒，"满上满上。"

且不说一两酒就是近三毛钱，这不是糊弄人吗？怎么能这样干呢？小叶实在看不下去，她本就烦他们一喝就是半夜的。

"不能喝就别再喝了。"她说。

肖彬没理她，又向大个子举起酒杯："干！"

"哪有你这样喝酒的？都灌了土地爷！"

肖彬觉得自己的尊严受到严重的伤害，而且还当着这么多人的面。他盯着小叶，那凶狠的目光让小叶脊梁发凉；他那本来涨红的脸突然变得煞白，像怒不可遏的狮子那样对着小叶低声吼道："滚！"

小叶像听到了一声霹雷，而且毫无准备；她的头被震得嗡嗡响，一时呆在那里竟不知如何是好。

那大个子本来还想惩罚肖彬的，见这局面，改口说："天……不早了，也都……喝好了，该……睡觉了。"

其他人也都觉得无趣，于是嘻嘻哈哈附和着告辞，摇摇摆、摆摇摇地向外走。

肖彬送走客人，回来时小叶还愣愣地站在那里。肖彬黑丧着脸，怒冲冲往沙发上一坐："多嘴多舌！不说能把你当瞎子？当哑巴？"

"那样喝下去，不又要把人灌醉了。"小叶说，"忘了吗？春节你们把小徐灌醉了，骑自行车栽到惠济河里，差一点没淹死。"

"哼！"肖彬气咻咻走进里屋，可马上又走了出来，"今儿晚上，又到胡一苇那里去啦？"

小叶点点头。

"文人无行，没几个好东西。以后少往他那儿跑！"

又是一声毫无准备的霹雷。小叶先是一愣，接着，泪水便扑簌簌地流下来。

"我这人的脾气你知道。"肖彬重新坐在沙发上，乘着酒劲，说，"我喜欢以诚相见。你要是喜欢他就直说，我这人绝不会妒忌，也绝不会影响你跟着他成名成家。"

"你——卑鄙！"小叶终于忍不住伤心地痛哭起来。

"我卑鄙，你再找一个高尚的嘛。"肖彬气冲冲往外走，"咣"一声摔上屋门。

肖彬一连两天没有回家，小叶心里惴惴不安。第三天中午，肖彬回来了。小叶给他盛饭，他不吃，只是一个劲地抽烟。抽完三支以后，他说："咱们，分道扬镳吧，把庆庆给我留下。"

"什么？"小叶不明白他是什么意思。

"离婚吧，咱们好聚好散。"肖彬声音低沉而微微发颤，说出这话他心里也很痛苦。

"你说什么？"小叶吃惊得呆住了。

"明说吧，我不希望女人比男人更有本事，我需要的是贤妻良母。"

"你……你……在说气话吧？"她心神慌乱。

"我已经考虑两天了。你，应该找一个比我更有学问的；我，应该找一个比你文化水平低的。尽管……算了。就这些。"

离婚提得太突然，简直叫她猝不及防。她瘫坐在沙发上，眼睛直直的，面部毫无表情，心中也说不清是什么滋味。她脑袋里太乱，似腾云驾雾又似沉入海底。她得冷静下来，只有冷静下来才能弄清到底发生了什么事。

小叶从幼儿园接出庆庆，她紧紧地搂着女儿，眼泪浸湿了女儿的头发。由于学习紧张，她觉得女儿没有得到更多的母爱。她觉得自己很对不住女儿。她领着庆庆进了百货大楼。她过去很少带她出来玩。在卖玩具的柜台前，她让庆庆自己选，庆庆挑了一架小钢琴和一只会走的小白兔。

当小叶领着庆庆回到家的时候，没想到父亲正在门口等着她。这个高大的搬运工变老了，背驼了，头发灰白，脸上皱褶很深，像汗水冲的沟。小叶未近身先闻到了一股酒味。小叶知道，后妈对父亲根本没什么真正的感情，因此父亲整日泡在酒里。

小叶给父亲泡上一杯茶，知道父亲有话要和她说，便把庆庆送到了隔壁高奶奶家里。

"小叶，你……可千万不能离婚!"父亲没头没脑说了这么一句。

小叶低着头，良久，小声说："爸，您……听说啦?"

"肖彬这孩子……不错。"父亲喝了两口茶水，"他说要调你去绘啥图，你上上电大能分恁好的工作?"

小叶明白了，是肖彬告诉父亲的。可他为什么要告诉父亲呢?说明肖彬也并不想离婚。

"小叶，听爹的没错，半路夫妻难过啊。再说……"父亲忽然变得眼泪汪汪的了，"庆庆咋办? 可不能再让她像你小时候一样……受罪……"

父亲说的都是真心话，也是他的切身感受。小叶一阵心酸，眼泪也流了出来。是啊，单是为了孩子也不能……

"爸，您别难过。我一定……慎重。"

送走父亲，小叶没有去高奶奶家接庆庆。她锁上门，独自走出豆芽胡同，顺着老城墙下那条青草掩隐的小路向夷山湖走去。她需要安静，需要思考，需要认真回顾一下自己走过的路……

好几年没来这个地方了。老城墙、古铁塔、夷山湖都显得很庄重。一朵一朵的云涌上来，被残阳涂上了各种颜色，像杜鹃，像桃花，像紫云英……生活啊，多像这五彩缤纷的云，扑朔迷离又变幻莫测。

她在草地上慢慢地徘徊。到处是一对对的恋人，偎依着，拥抱着。她看着他们，仿佛看着自己的昨天，但愿自己的今天不是他们的明天……

天完全黑下来了，高耸的铁塔像剪纸一样贴在深蓝色的天幕上。她起身向回走，忽然看到了一高一低两个熟悉的身影，高的扯着低的，那不是丈夫和她的庆庆嘛！他带庆庆到这里干什么？也是怀念那往日的旧情吗？她心头一酸，跟跟跄跄地向他们奔过去……

如今，庆庆已经七岁了。在一个星期天，小叶和丈夫肖彬领着庆庆来到了夷山湖边。尽管离家很近，他们却带着野餐用的香槟酒、"马豫兴"烧鸡和"五老美"糕点。小两口像初恋和新婚时那样，偎依着坐在湖边，看着女儿庆庆在老城墙下的草地上蹦蹦跳跳地采摘金黄色的蒲公英和淡紫色的矢车菊，脸上同时漾起甜蜜的、幸福的、满足的笑。

小叶当时没有和丈夫离婚，而是违心地停学了。开始她很难受，很痛苦，若有所失。可是过了没多久，她便有一种如释重负之感了。过去她像是爬山，吃力而紧张，时时如牛负重；现在她觉得像在草地散步，轻松自如了。回忆起来，甚至觉得自己过去的行为有点可笑，有点傻气。于是她更精心地经营起自己的小家庭来。见她这样，丈夫也更爱她了。肖彬现在已经是厂工会宣传科的科长，小叶也被调到了他们厂的绘图室。他们的小家庭更美满、更甜蜜了。

你看，庆庆举着一大把野花向爸爸妈妈奔来，小两口同时伸出双臂迎着自己的女儿——定格！——这是他们被老城区妇联会评为模范家庭时的一张照片，背景是残缺的老城墙和嫩绿的芳草地。

彩色，二十四英寸

浅绿色的丝绸窗帘低垂着，没有亮灯；二十四英寸的彩色电视机开着，扑朔迷离的柔弱光线朦胧映出一套摆放合理的嫩黄色家具。房间里清新、淡雅、柔和、恬静。电视机对面的三人沙发里并排坐着刚结婚不久的小两口，腮儿相依，手儿相搭，身儿相偎，腿儿相压，那个小滋味呀，咦咦……

男的叫肖康，是省总工会的会计。他长就一副会计的相貌，瘦瘦的，白白的，戴一副黑边眼镜，三分斯文，七分精干。女的嘛，在一个研究所当收发员，叫赵月儿。她圆脸儿，削肩儿，细腰儿，漂亮得就像她的名字。

电视上正演着生活味很浓的地方戏，肖康禁不住摇头晃脑地跟着哼了起来。

"小乖乖，看美得你！"赵月儿说，她爱叫他"小乖乖"。她用肘弯碰碰丈夫，因为口中含着块话梅糖，说话有点含混不清，"我开始让你搬，你还不好意思呢！"

"娘子高见——"肖康学了一句戏文。

"贱！"赵月儿在丈夫的大腿上拍了一巴掌，吃吃地笑起来。小两口紧紧地偎依着。

眼下，在我们中国的一般人家，有彩色电视机的户还不多，更不要说是二十四英寸的大彩电了。难怪小两口美滋滋乐如神仙。

"小乖乖。"赵月儿胸中好像盛不下那么多甜蜜，总想说点什么，"记不记得小曹家刚买上'凯歌'的时候，那个兴劲儿哟，宝贝似的！哼，比起这一部——"

"当孙子也不够格。"肖康接上去。

"小乖乖。"停了一会儿，赵月儿又说，"将来，咱们自己也买一部带彩的。"

"把你卖了？"

"贱！"赵月儿在丈夫的大腿上又拍一巴掌，吃吃地笑。小两口偎依得更紧了。

肖康是省总工会最年轻的一个，他和赵月儿是今年春节才结的婚。因为没有房子，这对新婚夫妇就在四楼的几间临时客人招待所占了一间。因为招待所不对外，房间大部分时间都闲着。这四楼东头是机关会议室，里面放着一部二十四英寸的彩色电视机。刚买来的几天倒有不少人来看，可是因为工会家属院离得远，而且几乎家家都有黑白电视机，所以到后来，谁也不往这办公楼跑了，天天晚上看电视的只有肖康和赵月儿，大彩电成了小两口的专用品。

慢慢地，小两口还是觉得不够味。赵月儿提议把电视机搬到自己的房间里。肖康也想这样做，只是他胆子小，害怕人家说闲话。赵月儿说反正谁也不来看，放到哪里不是放？肖康经不住这种诱惑，两个人就悄悄地把电视机抬进了自己的房间。

一次在会议室开会，谁也没有留心彩色电视这回事。可是散了会，办公室主任却突然问肖康："咱们的电视机哪儿去啦？"

"我……我……"肖康红着脸，吭吭哧哧地说不出话来，"我……搬到我房间了。我是怕……丢了……"

肖康心想主任一定会结结实实地批评他一顿，谁知主任听了反而一笑，说："反正晚上没人看，搬到你房间里也好，保险。"

肖康事后想想，也确实是这样。他突然觉得自己是做了一桩好事，而不是沾了公家的光。不是吗？要是被小偷偷走，国家财产不是要受损失了吗？于是，小两口从此看电视就非常心安理得了。

一到晚上，小两口便早早地吃了饭，赵月儿很麻利地收拾好碗筷，打开电视机。这比在会议室看舒服多了，两个人并排坐在沙发里，面前摆上一个小几，泡上茉莉香茶，放上糖果、瓜子，一边看一边吃，这真是一种高级的享受。人家花上好几百块才能看上黑白的，而他们一分钱不掏却能看上二十四英寸的大彩电。小两口平时就不喜欢串门，也不欢迎别人到他们家做客；如今，更是轻易不出门，连上街看电影也免了，吃完晚饭就把自己关到自己制造的小天地里享受小家庭的乐趣。那部二十四英寸的彩色电视机成了他们生活的一部分，幸福的一部分，欢乐的一部分……

然而，好景不长。这年夏天发生了一件很正常的事情，却搅乱了这个小家庭的恬静，给这首甜美的《小夜曲》加进了一个滞涩的、不协调的音符。也许是他们自己惊扰了自己，与这件事情根本无关，因为这件事情很正常，正常得就像月球绕着地球、地球绕着太阳运转一样。

分来了三名大学生，男的。因为依然没有房子，只好让他们在这四楼招待所也占一间，就在肖康他们的斜对门。三个大学生各有特点。一名个子瘦高，眉眼很重，鼻梁很直，厚嘴唇总是紧闭着，眼睛容易走神儿，好像时刻都在思考着什么问题。另一名中等身材，很胖，双下巴颏，笑眯眯傻呵呵的，很像一个和气的炊事员。第三名长得很英俊，衣着和发式也很讲究，称得上一个风度翩翩的美男子。

肖康和赵月儿对他们三个咋看咋不顺眼，说不上出于什么心理，小两口内心很自然地筑起了一道防范的藩篱。在他俩眼中，瘦高个儿是个傻二愣，胖子是个笑面虎，那美男子肯定不正派。

三个人在他们的斜对门安置下来了。当天晚上，那个很英俊的大学生精心地梳头，擦皮鞋。一会儿来了一个很漂亮的姑娘，于是两个人厮跟着出去了。瘦高个儿到外面散了会儿步，回到屋里便光着脊梁铺开稿纸埋头写起来。他写字的姿势很怪，斜着膀子，梗着脖子，皱着眉头，好像在和他面前放着的那头陶瓷斗牛抵架。胖子呢，从箱子里拿出一盘围棋却找不到人下，自己便把棋盘铺在床上，对着棋谱摆起来。

"三个不正常的人。"肖康对赵月儿说。

"三个不正常的人。"赵月儿对肖康说。

两口子说完便又习惯地从里面锁上了门，打开了电视机。

"你把音量旋小一点儿。"肖康说，自己的音量也很低。

"为什么？"赵月儿问。

肖康向斜对门努了努嘴。

"这有啥嘛，咱们又不是偷的，又不是抢的。"

"他们如果知道了，要来看，多不好。"

"胆小鬼。"赵月儿说，可还是把音量旋小了。

这又是出于什么心理？还是这部二十四英寸的彩色电视机，小两口还是并排坐在沙发上，肖康还是原来的肖康，赵月儿还是原来的赵月儿，可是今天晚上看得远远没有过去自由自在。

这四楼招待所的几间房平时很少住人，有时住上几个客人也是一两晚上就走，除了算账之外，肖康向来不和他们打任何交道。也就是说，肖康夫妻原来没有一个邻居，不需要任何外事活动。这正合他们的性格。他们喜欢独处，不爱交往，各自都没有什么知心朋友，喜欢像蚕蛹一样把自己裹在茧子里。而现在住进来三个大学生，这叫小两口心里很不舒服。上下班在走廊里碰面，肖康和赵月儿从来不先和他们打招呼，也不愿意他们和自己打招呼。开始，瘦高个儿和美男子遇上他们还点点头，后来看他们很冷淡，也就行同路人了。只有胖子见了他们依然呵呵一笑，说声"吃了吗？""到我们屋玩儿吧！"之类的话。肖康两口勉强应付一下，便马上走进自己的屋子，回身锁上门。他们的房门从来不开，即使在这夏天最热的时候。

小两口每天晚上照常看电视，然而心情和过去是截然两样了。从前那种甜美的滋味在减弱，在消失；相反，却有一种做贼心虚之感在萌生。开始这种感觉还是隐隐的，时间越长这种感觉越强烈，甚至一听到门外有脚步声心里就很紧张。这三个人知不知道这屋里有一部二十四英寸的彩色电视机？知不知道这部电视机是公家的？知不知道他们天天晚上都在看电视？

"都是这三个人！"肖康在心里骂。

"都是这三个人！"赵月儿在心里骂。

有一天晚上，肖康正准备开电视，突然听到"笃笃"的敲门声。他一阵心跳，连忙把电视机盖好，开了一道门缝。只见那个胖子笑呵呵地挡在门口。

"什么事？"肖康提心吊胆地问，生怕他是来看电视的。

"请问，您会不会下围棋？"

噢——与电视无关！肖康忙说："不会，不会。"

小两口觉得很扫兴。看完电视，肖康和妻子商量说："要不，咱们把电视机搬回去吧？"

赵月儿没有吱声，肖康也没有再说。他们没有把电视机搬回去，以后肖康再也没有提这句话。他们舍不得搬回去，彩色，二十四英寸呀！

然而，这毕竟是公家的电视机。就是说，也有那三个大学生一份；就是说，那三个大学生如果要他们把电视机搬回会议室是合理的，闯进他们屋子里看电视也是无可指责的。

电视机没有搬回去，小两口更加小心了。第二天晚上，肖康让妻子在屋子里打开电视，自己走出来又把门关上。他要试一试调多大的音量走廊里才听不见。斜对面的门大开着，只有那个瘦高个儿光着脊梁、斜着膀子、梗着脖子在写，汗流浃背也顾不上擦。

肖康试完了音量，准备回屋。

"肖会计，天气这么热，也不打开门通通风？"胖子不知从哪儿冒了出来，站在他身后。

肖康吃了一惊。这话是什么意思？难道……他心中的藩篱加高加固了。

"到我们屋坐坐吧！"胖子又说，笑呵呵的。

"不啦，不啦。"肖康的心安定了一点，等胖子走进斜对门，肖康这才开了道门缝闪进自己的屋，又赶紧回身锁好门。

节目预报要放映《喜临门》。小两口早就听别人说这部片子不错，可是刚打开电视机不大会儿，走廊里就响起一阵杂沓的脚步声。两个人头脑里同时闪出一个念头，心肌一紧一紧地收缩，是不是他们要来看电视？脚步声从门口过去了，接着斜对门传来了谈笑声。噢，是来找那三个大学生的！他们的神经放松了。肖康站起来又把音量旋小了一点儿。

斜对门的说话声、笑声越来越高，男的女的都有，简直吵成了一锅粥。肖康两口子几乎听不到电视机的声音了，只有见画面上人的嘴在动。赵月儿又把音量开大了一点儿。

然而，小两口正看到热闹处，斜对门的吵嚷声渐渐小下去，却响起了一个人的脚步声，好像正在朝自己的门口走来。小两口的心又同时悬了起来。糟，一定是他们听到了声音，要来看电视了！肖康连忙站起身去拧小音量。可是晚了——

　　"嘭嘭嘭！"有节奏的敲门声。这无疑敲在了小两口的心上。肖康和赵月儿那种惊慌的心情、尴尬的神态，不亚于两个搞不正当男女关系的人被发现了一样。愣怔了片刻，还是肖康先反应过来。他"叭"地关掉了电视机，然后忙不迭去找电视机的布罩。

　　这，他就大错特错了。刚才开着二十四英寸的大彩电，屋子里尽管光线微弱，可什么东西还能看得清楚？现在电视一关，屋子里一片漆黑，还到哪儿摸去？

　　"嘭嘭嘭！"又是几下敲门声。这敲门者也真笨！屋子里已忽然没了亮光你还敲，难道你就没想到人家小两口会不会正在……

　　肖康终于摸到了那块该死的电视机布罩，因为他到底记起把它放到高低柜上了。他顺手一拉，可不知把什么东西带到了地上，只听到"咣啷"一声……

　　"小乖乖！啥东西摔啦？"赵月儿被压抑着的嗓子变了调。她也伸开两手摸过去，谁知正好摸到丈夫的鼻梁上，把丈夫的眼镜扒了下来，"啪"又一声……

　　"咦咦！还不快开灯！"肖康捏着嗓子埋怨。

　　灯亮了，照出了摔在地上的一束塑料花和几块青花瓷花瓶的碎片。小两口的心都凉了，那可是他们千里迢迢托人从景德镇买来的哪！

　　赵月儿捡起地上的眼镜给丈夫戴上，肖康用布罩盖好了那部二十四英寸的电视机。

"谁?"赵月儿走过去开门。

门口站着的又是那个胖子大学生。他笑呵呵地一颔首:"打搅了。"

"什么事?"赵月儿用身子把他堵在门外,口气冷得冰人。

"借把菜刀。"胖子满不在乎。

"要菜刀干什么?"

"约了几个同学,买了个大西瓜,没法下嘴。"胖子依然笑着。

赵月儿仍然堵在门口,回身对丈夫说:"把菜刀给他。"

"谢谢。"胖子掂上菜刀走了。

"丧门星!"赵月儿咕哝了一句。

肖康没有吱声,还在心疼他的景德镇青花瓶。

这件事发生以后,肖康和赵月儿好多天没有开电视,好像约定好的一样,小两口谁也没有提看电视的事情,也没有说把电视机搬回会议室。

过了一段时间,赵月儿的妹妹赵星儿从外地来了。于是这部二十四英寸的彩色电视机又开始工作了。不过,肖康和赵月儿仍然坚持锁上门,仍然把音量开得很小。

一天晚上,赵月儿不在家,赵星儿大开着门便打开了电视机,而且音量开得很大。电视里正好播送一个外国歌舞团访华演出的实况。于是赵星儿又加大了音量,自己随着音乐的节奏,模仿着荧光屏上的舞蹈动作,自得其乐地扭了起来。肖康从洗脸间回来,大吃一惊,连忙把音量拧小了。可赵星儿觉得不够味,又把音量开大了;肖康走过去把门锁上了,可赵星儿嫌闷,又过去把门打开了。

这可把肖康急坏了。说吧,没法说;硬关上电视吧,有点不近人情;坚持把门锁上吧,又只有他和小姨子在屋,咦咦……

多亏这时赵月儿回来了。她一进屋便慌忙锁上门，拧小了音量。

正跳到兴头上的赵星儿停住了，不满地问姐姐："做贼一样，你们这算是什么毛病？"

"没给你说嘛，这是公家的电视机，怕人家……"

"自己折自己的阳寿！"赵星儿嘟囔一句，悻悻地走出去，进了斜对门。

赵星儿比姐姐高一点儿，丰满漂亮，卷发披肩，衣着入时，比姐姐更有魅力。她和姐姐的性格也大不相同，开朗、大方、爱交际。她来了没几天便和斜对门的三个大学生混熟了。那个天天趴在桌子上磨笔尖的瘦高个儿已经写了一大摞稿纸，可从来不许任何人看。赵星儿竟然问都不问抓过来就读。奇怪的是，瘦高个儿不但没有发火，反而站在一边不好意思地傻笑。原来他是在写小说，已经写了几十篇了。

"发表过吗？青年作家。"赵星儿眉梢一挑，问。

"没……有。"瘦高个儿自我解嘲，"寄出去连意见也不给提———一张铅印的退稿条。"

"啪！"稿纸摔到桌面上，"废纸一堆！"

瘦高个儿"突"地一下满脸通红，他原想她会说几句同情或者鼓励的话的。

"请你提……提……"

"人云亦云，毫无新意。"赵星儿说。

瘦高个儿觉得委屈，不平……

"哎，我给你提供一个素材，准行！"赵星儿诡谲地说。

"什么素材？"

"等有了光明尾巴再告诉你，要不呀，我姐姐、姐夫该骂我了。"

九月二十六日，星期天。赵星儿和姐姐、姐夫上街逛了一圈，因为要看中国女排和秘鲁女排争夺冠军的电视转播，所以不到十点便赶了回来。肖康见斜对门又来了一帮子同学，又要锁门。

"叫他们一块来看吧！"赵星儿说。

肖康和妻子互相看一眼，又几乎同时看了看拖得一尘不染的地板和刚刚洗过的沙发罩。

赵星儿知道姐姐、姐夫平时最讨厌别人到自己屋里来，于是又说："要不，把电视机搬回会议室吧，光咱们看，多没意思！"

肖康和赵月儿又互相看了一眼。

"好吧。"赵月儿说。

"好吧。"肖康说。

肖康找出钥匙，去开会议室的门。

赵星儿一边帮姐姐抬电视机，一边兴冲冲地朝斜对门喊："小郭、小鲁、小宋，快来看电视！中国女排对秘鲁……"

三个大学生都跑了出来："有电视机？"

"彩色，二十四英寸，棒极了！"赵星儿说。

三个大学生和他们的一帮子同学呼呼啦啦跑出来，拥进会议室，一个人一把折叠椅，把赵星儿围在中间。

好像是自己的心爱之物被人攫去了一样，肖康和赵月儿觉得心里很不是滋味，但还是拉了两把椅子在后边坐了下来。

因为比赛是在秘鲁的首都举行，所以运动员一进场，大厅里立即响起了秘鲁啦啦队的号声、鼓声、呐喊声。气氛马上紧张起来，就连口若悬河的解说员也激动得说错了话：秘鲁女排的平均身高为二十一点三岁……

比赛开始。赵星儿和大学生们屏住了呼吸，眼睛一眨不眨地盯着荧光屏上那个小白点，心都悬了起来。后边，赵月儿的两手也紧紧地攥住了丈夫的胳膊。"嘟——"裁判员鸣哨，中国队首得一分！赵星儿和大学生们欢呼起来……

中国女排以三比零取胜，再次夺得世界冠军。赵星儿和大学生们疯狂地跳起舞来。肖康和赵月儿也激动得热泪盈眶……

肖康和赵月儿回到自己的房间，刚才那种若有所失之感一扫而空，反而好像终于卸下了一个沉重的、压得他们喘不过气来的包袱，觉得格外轻松，格外愉快，真有点进入了"羽化而登仙"的境界。赵月儿哼起了《赤足走在田埂上》，肖康一边笑着，身子也合着节拍一摆一摆的。——原来，真正的快乐，真正的享受并不在于占有，而在于和你的同类一起分享……

狂跳了一阵的赵星儿跑回来，看到姐姐和姐夫那样高兴，一折身又跑回会议室，把小郭（瘦高个儿）拉到一边，扳过他的脑袋小声说："现在可以告诉你那个素材了。"

"快说，快说。"

"彩色，二十四英寸……"

街规

北宋时，这地方是个驿站，供朝廷差役、官员歇脚换马。于是，为了安全那些瓷器布帛商人和牲口贩子也借光在旁边过夜；于是另一行生意人又开起茶馆饭庄和骡马大店。时代更迭，人迁物聚，慢慢成为一个大镇。新中国成立后地区行署设在此镇。于是楼房和烟囱交替竖起，机关和工厂牌子不断挂出。近年，香香造纸厂成了省改革开放的先进典型，所产香香牌卫生纸远销国外。这样，去年又由镇改为市。

作为镇，那的确属第一流的，而作为市，却依然很寒酸，寒酸到全市竟然连一辆公共汽车都没有。

火车站在老镇驿站街尽头，站前的茶座饭庄还保留着不少古典风味。出站几十米十字街口处有一个亭子，地地道道的北宋建筑。旁边停着二十多辆带篷子的三轮车，负起了该市客运任务。还好，已经不是人力的了，都装上了发动机，跑起来"嘟嘟嘟嘟"放一路烟屁，驾驶者挺胸昂首，目光庄重，看上去挺气势，挺威风。

三轮车工人从十几到几十，年龄不等，服装更是五花八门，从20世纪50年代的栽绒帽蓝大氅到80年代的牛仔裤鸭绒服，无所不有。没活儿的时候，他们便抽烟、修车或闭目养神。有人在弈棋，观者坐二三个，蹲二三个，拄膝撅腚者二三个，"回马""撤炮"的大声吵嚷夹杂着下流粗野的叫骂。这边，一辆车子的车把上靠着一个虎背熊腰、眼睛很野、脑袋很小的壮汉，正抄着膀子给面前站着的三五个玄吹——

"……那女人，那个胖呀！"壮汉说着膀子挄挚开拽了拽，"我老铁还是第一次看到。上东闸口慢坡，我的车子差点儿就熄了火。这才真叫胖子坐三轮——难死拉夫……"

"哈，要有个这样的老婆真不错，省得再买席梦思。"一个高个子、驼腰，绰号"大马猴"的汉子插了一句。

旁人大笑。

"老色鬼！"自称老铁的壮汉在"大马猴"背上猛拍一掌，拍得"大马猴"拘挛一下。都笑起来。

这时，一个四十多岁、干部模样的旅客来到他们面前，问："师傅，到香香造纸厂多少钱？"

"几个人？"老铁问。来了生意，他们的目光都转向那名旅客。

"就我一个。"

老铁上下打量一眼，见他就挎着一个黑皮包，又是到香香造纸厂去，准是外地来定货的采购员。

"五块。"老铁伸出一把手，五指夈开。

"五块？太贵了吧？"那人不由得皱皱眉头，"我上次来，才三块钱啊。"

"三块？没这个价。不信你问问。"老铁语气如铁，毋庸置疑。

"到造纸厂最多只有四公里！"顾客提出自己的理由。

老铁摸火点烟："四公里？"

"四公里？"大马猴接着说，"你'步量步量'去！四公里！"

"你们公家人，报销，在乎那一两块钱？"另一穿皮夹克、名叫小四儿的青年说。

"添五毛，三块半。这样行了吧？"那旅客让一步。

"三块半？不去。我是不去，不知道别人去不去。"老铁说着问身边的皮夹克，"小四儿，你去不去？"

"我？不出五块不去。"小四儿说。

"'二锅头'，你去不去？三块半。香香造纸厂。"老铁又拧身问一个撅着腚看棋的汉子。

"二锅头"头也没回："三块半不去，算下来还不够我一壶酒钱呢。"

"没人去，扣除提成还不够汽油费呢。""大马猴"也补上一句。

可那旅客再不肯让步，又不肯马上就走。他很没趣地站了一会儿，点上一支烟。突然挑战似的对着他们大声问："三块半，有人去没有？"

没有。

"三块半，有人去没有？"

没有。

这街口有一条不成文的规矩，一个人价钱出口，绝对没有人降价去揽这笔生意。约定俗成。这行伙的人都讲义气。这规矩很古老，也许北宋年间就形成了，最后一辈一辈地传下来，再传下去。

"三块半。没有愿拉的我就走了啊！"饯到这份儿上，那旅客当然不好意思再加，吆喝最后一声，只好转身开路。

"请等一等。"一个很微弱的声音。

那旅客听到了，转回身，只见一个正用抹布揩手的工人面朝着他。他是最外边那辆车的主人，刚才一直在埋头鼓捣他的车子。

这工人三十多岁，穿一件和尚领劳动布棉袄；很瘦弱，寸把长的头发上落满了尘土；颇丑陋，两腮瘪进去且嘴巴向前突出来；面色灰黄、干燥，目光呆滞，忧郁。搭眼一看就知道他是那种同类中的次品，是那种经常遭人奚落受人欺辱的窝窝囊囊的货色。所以平时总是独居一隅，不大合群。人们也就毫不客气地赐给他一个灰眉乌嘴的绰号——"米老鼠"。

"我去。""米老鼠"小声说。

二十来个工人都突然回头惊异地盯住他，好像是盯着一个怪物，一个外星人。没有一个人说话，静得像是一群没有灵性的泥塑。这气氛极不寻常，就连那旅客也感觉到了，再没吱声就爬上了他的三轮车。

"米老鼠"悄没声儿地骑上车子，发动起来，又紧蹬几圈，便"嘟嘟嘟嘟"地开走了。

直到"米老鼠"的三轮车在马路尽头消失，街口的这一群人还在怔怔地发呆。因为事情来得太突然、太出人意料，所以他们也只能感到太突然、太出人意料，一时竟没有弄明白事情的原委。这时候才忽然清醒过来。这小子，真不是东西！不是玩意儿！不是东西兼不是玩意儿！这小子破坏了这街口的规矩，破坏了他们祖祖辈辈传下来的规矩，破坏了这古老的也许是从北宋年间就形成了的规矩。这种古老的规矩是不允许改变的，即使在这样一个各行业都在进行改革的年代。从他们的列祖列宗到他们，还从来没有人这样干过，直到几分钟之前还从来没人干过。而就在几分钟之前竟有人干了，且干出这事情的竟是众人不齿的"米老鼠"！

他们猛一下都愤怒了，纷纷骂起来了，骂"米老鼠"不是东西，不是玩意儿，不是东西兼不是玩意儿。

"爷们儿的脸让他丢尽了！""二锅头"摸着腰间的小瓶子，那里面装着四两二锅头。

"老铁，他小子这是把你往沙滩上晾啦。""大马猴"说了一句，便走向自己的三轮车。其实刚才他也想去，只是不敢去。从厂方拉回头车，三块钱他也干过。然而在这街口就得老老实实遵守这古老的规矩，改变这规矩要付出代价。

"铁哥，得给他点颜色瞧瞧！"皮夹克小四儿凑上来。

直到这时老铁也没有说一句话，直直地盯着"米老鼠"三轮车消失的方向。

在这行伙里，老铁也算是一个角色。他也就三十出头，为人慷慨、正直、义气，然而粗野。平常出车，他从不无故欺负人但也绝不无故受人欺负。今天，他比别人更多了一重愤怒。别人愤怒只是因为"米老鼠"破坏了街规，而对于他，"米老鼠"简直是用冷屁崩他的热脸蛋儿，而且还是在光天化日之下，大庭广众之间。

小四儿递给他一支烟，又给他点上火。老铁吸一口，然后长长地吐出了一口气。

大约过了半个小时的光景，"米老鼠"开着三轮车回来了。他把车子停到原来的位置，熄了火，又拿出螺丝刀、扳手之类鼓捣起来，也不知是车的毛病还是他的毛病。

这时，小四儿拉着一个旅客刚刚发动机器，正要开走，老铁上前拦住他。

"小四儿，熄了。"

小四儿估计老铁一定有什么用意，于是就熄了火。老铁狡黠地看了小四儿一眼，然后对车上的旅客说："同志，你不是嫌贵吗？那位老兄，两块钱就可以拉你。"老铁用手一指"米老鼠"。

"是吗？"那旅客半信半疑，但并未下车。

"半点儿不假。那老兄不值钱，减价处理啦！"老铁大声说。

人们于是都大笑，笑声中夹杂着怪声怪气的言语："还是一次性处理！不要白不要……"

那旅客虽不知道怎么回事，但感到其中必有蹊跷，所以并不催着开车，想等着看一场街口火爆剧。

"怎么样？'米老鼠'，这生意让给你啦！"小四儿已跳下三轮车。

"米老鼠"抬头看了看他们，没说话，又低头捣鼓他的车子。

老铁觉得远没有尽兴，远没有解气。他大咧咧走过去，两手抱着肩膀，歪着小脑袋，问："去还是不去？说话呀，'米老鼠'！"

"米老鼠"不抬头，也不吭声。

"我在问你，怎么不说话呀？耳朵塞驴毛啦？嘴里嗛驴尿啦？"

"米老鼠"不抬头，也不吭声。

"米老鼠"竟然不理不睬，这样，老铁感到自己的尊严和人格再一次受了侮辱。他是强者，强者的人格和尊严是不允许被伤害的。他的话不能落地没声儿，何况还是在"米老鼠"面前。他拍了拍"米老鼠"的后背，继续说："真是缺钱花，其实用不着你这样三块两块地去苦挣，你家里不是闲着一个挺漂亮的老婆吗？"

"哈哈……"又是一阵大笑。

"不错不错，是挺漂亮。""大马猴"说。

"是呀是呀，那女人我见过……""二锅头"又去摸腰间的小瓶子。

"米老鼠"的婚姻非常招人注目，同行伙更是无人不知。三轮车工本来社会地位就不高，再加上"米老鼠"长相丑，所以直到三十岁也没有一个姑娘愿意跟他。后来，邻居张婶给他介绍了一个刚从劳教队出来的失足女青年，并说那女青年本质并不坏，是因为幼稚、无知而被人引诱和胁迫才失身犯罪的。他也觉得那女青年本质不坏。她的眼神是迷惘的、怯弱的，而不是放荡的、轻狂的。当她说出"愿意"两个字时，他竟感动得抽抽搭搭地哭了，还没有一个姑娘看得起他呀！他们结了婚，生活得很幸福。去年他们有了一个女孩儿，如今刚满周岁。他爱妻子，爱得刻骨铭心。她成了他的寄托，他的归宿，他唯一的生活目的。不幸昨天妻子住进了医院，大夫怀疑是白血病……

"米老鼠"抬起头看了老铁一眼，那目光已经充满愤恨和敌意。

老铁仍不肯罢休，接着说："咋样？我说的对不对？真缺钱花，让你老婆还去卖呀！"

人们更欢快地大笑，小四儿笑得使劲捂着肚子，"二锅头"一边笑一边往嘴里抿酒："是呀是呀，那玩意儿，来钱着哪！""大马猴"顿觉裤裆里有蠢蠢欲动之感："其实，闲着不是闲着嘛！"

"你……你们……不许侮辱我女人！""米老鼠"恶狠狠地扫了人们一眼，又把野兽一样的目光盯在老铁脸上，"你，你们，伤害我可以，然而绝对不许伤害我的妻子。"

可是老铁又说："我没有侮辱她，她本来就是那种货。晚上我去，二十分钟一个整数，够了吧？哈哈……"

还未等老铁笑完，"米老鼠"牙齿龇着，突然像豹子一样迅速凶猛地扑向老铁，把手中的螺丝刀狠命地捅向老铁的心窝。

老铁一惊，急忙往后一闪。只听"嚓"一声，螺丝刀划破了他的棉袄，多亏他穿得厚才未伤着皮肉。

"怎么？你也想动武？"老铁越发愤怒了，瞪起眼嘀嘀地冷笑，"老子不把你蛋子给挤了！"

"二锅头"浪声大笑。

小四儿怂恿着："铁哥，改造改造他！"

"大马猴"敲边鼓："可不敢把他蛋子挤了，小心他老婆找你赔！"

说话间他们已慢慢围拢来。街上的一些行人也围上来。中间很自然地留出一片空场。

"米老鼠"并不搭话，火爆爆地瞪着眼，又攥着螺丝刀狠命地向老铁心口捅。可是这一次老铁已有准备，他向后一纵身跳开，飞起一脚正好踢到"米老鼠"手腕上。他手中的螺丝刀被踢飞了，滴溜溜落到人场外面。

人群越围越多。没有人上前劝解，却不乏人起哄助威。

"米老鼠"像一头失去理智的野兽，又凶猛地扑过来。他的右手腕被踢伤，就用左拳去击老铁的右胸。他脑袋里想到的只有一点，妻子是神圣的，任何人不许侮辱伤害他的妻子。

老铁稳稳地站在原地等待着，嘴角依然挂着轻蔑和嘲讽的冷笑。他侧身让过"米老鼠"的左拳，跟进一拳结结实实地砸在"米老鼠"的锁骨上。"米老鼠"趔趄一下，屁股实实在在地砸到地上。

"这一拳有招数，叫玉蟒缠身。"小四儿得意地解说。人群闹哄哄嗷嗷地胡喊乱叫。

"米老鼠"爬起来，咬着牙，眼中射出凶狠的光，又疯狂地扑向老铁。可是拳头还未接触老铁的身体，早被老铁挥拳击在下巴上。他又像树桩一样摔倒了。

血，顺着他的嘴角淌出来。他的下巴发木发麻，喉咙发腥发咸。他根本不管这些，一翻身从地上爬起，脸上肌肉扭曲，扭曲得变形，不顾一切又一次向老铁发动进攻。

这明显是一场力量悬殊的交手。

老铁又一拳打在他左边鼻凹处，他的鼻子里也涌出殷红的血。爬起再扑的时候，右边眉棱骨上又挨了一拳。他觉得整个脸胀疼麻木，然而他却依然勇猛地一次又一次地冲锋。他的大脑空空的，只剩一根钢箭一样的意志：粉身碎骨也要争这口气，粉身碎骨也要捍卫妻子的尊严。

"米老鼠"扑上来又被打倒，被打倒又更凶恶地扑上来……

围观人群的助兴喝彩声越来越少，越来越小，终于消失。人心，一下子转了，转到同情"米老鼠"这一边来。

"这未免有些残忍了。"

"那人也真是，明明打不过人家，还偏要逞强。"

"应该去报告警察。"

"米老鼠"仍在一次一次地反扑，一次一次地被打倒……

这时，飞快地驶过来一辆三轮车，驾车者是位五十来岁满脸络腮胡的工人。车熄火后，他站在车上向人场内看了一眼，急忙跳下车，三两下扒开人墙冲进去，对着老铁的腮帮子就是一拳。

"铁子，你疯啦!"

老铁被打愣了，看着这位满脸怒容的老工人，愤愤地说："程师傅，你不知道这小子怎样丢了咱们的脸!"

程师傅没理老铁，赶紧去扶倒在地上的"米老鼠"。米老鼠满身泥土，鼻子和嘴角依然淌着血，脸上青一块紫一块不成样子，却仍然挣扎着要扑向老铁。

"你个畜生，看你把他打的!"程师傅扶住"米老鼠"，眼睛都湿润了，回头狠狠盯住老铁。

围观者都愤愤指责老铁。三轮车工人们也忽然都觉得惭愧，忽然觉得自己全犯了罪。有几个悄悄上来替"米老鼠"拍身上的土，揩脸上的血。小四儿有点胆怯，溜出人群，骑上三轮车送刚才那位旅客了。"二锅头"走上前看看老铁，说："你的手，也太狠了点儿。"又看看"米老鼠"，掏出腰间的小瓶子，问："抿不抿一口？""大马猴"也晃晃悠悠往上凑，含含混混说："我思谋着老铁不会……咳咳，要早知道……"

"米老鼠"还要冲向老铁，被程师傅拉住。老铁没想到会是这种结局，脑袋里嗡嗡的，不知该说什么。忽然狠狠盯了同行们一眼，跨上自己的车子，一阵风似的开走了。"米老鼠"也挣脱出来，一句话不说，骑上了三轮车。

"米老鼠"在市区转了一周，没有寻上老铁。"米老鼠"再一次回到驿站亭子的时候，驿站街已亮起了一盏盏路灯。

次日，驿站街依旧，驿站亭依旧，旁边也依然停着那二十几辆三轮车。仔细观察，就会发现气氛有一点儿不同往日。三轮车工人们仿佛都变得拘谨了，不再大声地开玩笑，不再扯着嗓子说话和叫骂，似乎害怕一不小心撞响了炸药一样，一个个坐在自己车中等待顾客。

一个四十多岁干部模样的旅客走向老铁，问："师傅，到香香造纸厂多少钱？"

老铁打量那人一眼，伸开一只手，说："五块。"

"同志，三块半我去。"正在鼓捣自己车子的"米老鼠"直起腰，说。

老铁脸色陡变，猛然转身，恶毒地盯住"米老鼠"，拳头不自主地在收紧、收紧。"米老鼠"仰脸把目光挑衅地迎上去，冷冷的，没有丝毫惧怕和怯弱。三轮车工人们的目光也唰一下聚拢来，屏气等待，思谋着一旦事发自己是劝解还是傍观。四目对持一分钟之久，老铁终于不齿地冷"哼"一声，转过脸。

"米老鼠"招呼客人上车，然后自己骑上去猛踩几下，"嘟嘟嘟嘟"威威武武去了。

中国在改革，在前进。这小市也在改革，在前进。大楼一栋栋竖起，市场一天天活跃。驿站街在拓宽，可靠消息说马上就要通公共汽车了。然而毕竟还没通。所以客运任务依然还要依靠驿站亭旁那二十多辆三轮车。没活儿的时候三轮车工人们依旧抽烟、吹牛或闭目养神。

一个四十多岁干部模样的旅客走向老铁，问："师傅，到香香造纸厂多少钱？"

老铁稍一瞥那人，说："上车吧。"

"到底多少钱？"

"上车吧。不会亏你。"

"到底多少钱？"那人不问清不上车。

"三块半。"老铁低声说。

高手

孔老四十岁当上处长，六十岁还是处长，自觉政绩不错。孔老不吸烟、不喝酒、不钓鱼、不养花，唯一的癖好是饭后茶余到街心花园观棋。观而不弈，无胜无败，无喜无怒，修养成鹤发童颜，仙风道骨。时间久了，棋盘上的各种高招绝技、阴谋杀手、圈套陷阱，尽皆谙熟。有时看双方棋艺悬殊，便给失利者指点几步，失利者无不茅塞顿开，反败为胜。于是会聚在这里的棋迷们都尊他为高手。

一天晚饭后，日光斜照，余热未散，晚霞未成。孔老摇一把雁翎扇，悠悠然来到街心花园。一群人重重叠叠围成浑厚的一圈，伸长脖子如长颈鹿一般。孔老凑上，目光如锥竟插不进去。他拍拍一小伙子的肩膀，问："谁和谁?"小伙子扭头一看，大喜，松出一口气，说："这下好了，孔老来了。"众人一听，都如释重负一般，忙两边让开。孔老趋前，见是本土棋王老钟正和一面生的中年汉子对弈。老钟执红子，中年汉子执绿子。红帅已被兵困皇城，虽不一招即死，却也命在旦夕。故老钟眉头锁紧，目光凝结棋盘，中年汉子坦然自若，左手心玩健身球一样玩着两枚棋子，极熟练。孔老手摇羽扇，观透棋局，说："舍炮杀士。"老钟看了一会儿，犹犹豫豫照办了。中年汉子落士杀炮干脆利索。孔老说："进马。"老钟不再犹豫，因为他已看出对方如果不撤车逼马，就有一步高调马死棋。中年汉子果然撤车看马。红帅遂解围。之后过程中孔老又点拨两步，老钟竟然赢了中年汉子。

中年汉子手中依然玩着两枚棋子，面色却不大好看，对孔老挑战地一笑，说："我想向这位老同志请教一局。""是我多嘴了。"孔老歉意一笑，又谦虚说，"对不起，我向来不下棋。"中年汉子说："您刚才几步够绝的，怎么说向来不下棋呢？"孔老说："我向来不下棋。"中年汉子咄咄逼人："那就请老同志破例赐教了。"孔老执意谦让，众人早已不平，纷纷怂恿："孔老，您就和他下一局。"孔老说："不下，不下。"然而众人早已替他摆好棋子，不由分说簇拥他坐在中年汉子对面。"晚辈就先走了。"中年汉子说着已架起当头炮。孔老迫不得已，只好上马为应。才走几步，已觉局促如辕中之驹，继之破绽屡出，先丢一炮，再折一车，不到十分钟，红帅已受靖康之辱。众人还以为孔老欲擒故纵，先礼后兵，就有人说："好汉不赢前三局。"可是孔老此时却已面如死灰，汗进如豆，艰难一笑如哭，起身踉跄就走。

回到家中，孔老很是沮丧。心想：我观那人棋艺并不算高明，老钟当时已黑云压城，我略加指点老钟，老钟便赢了他，可我亲自下场怎么会惨败如此呢？夜不成眠，静卧繁思，忽然大彻大悟，心明如镜。转天毅然写了退休报告。然后离开闹市，搬到西郊上街区居住。

孔老依然爱观棋，不论在什么场合见到有人下棋必驻足观之。不觉十年。孔老越加出神入化，目光一扫便宏览全局，细察秋毫，棋观十步之外。偶尔给人点拨几步，对方不论是怎样高手，必败无疑。但绝不与人对弈。上街区的象棋爱好者都把他奉为棋仙。这日，省青年象棋冠军到区俱乐部辅导象棋，孔老自然前去观看。冠军名叫寇克，年轻有为又虚心好学。寇克和一青年表演赛时，孔老拈须站在青年身后。当青年处于困境时，孔老只说了一步棋就令寇克惊羡佩服之至，忙恭聆尊姓大名。孔老含笑不答，飘然而去。寇克问那名青年，青年说大家都称老人棋仙，并不知老人名字。寇克怎肯放过这样好的机遇，打听到孔老住处，备下厚礼，登门请求赐教一局。孔老笑容可掬地一口回绝。寇克不肯罢休，学技心切，长跪不起。孔老无奈，叹一口气说："你若心诚，三日后再来。"

好不容易熬过三日，寇克急急登门。大门紧锁，久叩不开。问邻居，说孔老已经搬家。问搬到了何处，邻居摇头一笑，关上房门。寇克怅然痛惜，连说："异人，异人！"

孔老隔窗看寇克走远，拈须而笑。

散文随笔

我们老刘家的事

触动我写这篇散文的，其实是一件非常小的事。

岁在辛丑，清明已过，春之将老，嫩夏未至。因为疫情憋在家里一年多了，若再不出去走走，当真辜负了这良辰美景大好光阴。我和妻子选一个间隙，奔江苏徐州而去。

一

徐州，古之谓彭城。这里是大汉开国皇帝刘邦的故里，也是西楚霸王的都城，所谓"两汉文化看徐州"，这恐怕是最主要的因素，否则我们河南商丘也可以说"两汉文化看商丘"了。

徐州市东郊有一座风光秀丽的小山，叫作狮子山，山体内有西汉第三代楚王刘戊的陵墓。公元前 201 年，汉高祖刘邦封其弟刘交为楚元王，都彭城，共传十三代楚王。西汉王室凿山为陵是很常见的。比如商丘永城的芒砀山就埋葬着西汉梁国八代九个梁王以及王后王妃。陵墓按照墓主人男女有别，长幼有序排列，遍布各个山头。他们凿山为陵是为防止盗墓，然而，第一代梁王即梁孝王刘武的陵墓，即被曹操盗掘。《艺文类聚》载："操别入砀，发梁孝王冢，破棺，收金宝数万斤。天子闻之哀泣。"陈琳在讨伐曹操檄文中也有类同文字："又梁孝王，先帝母昆，坟陵尊显，桑梓松柏，犹宜肃恭。而操帅将吏士，亲临发掘，破棺裸尸，掠取金宝，至令圣朝流涕，士民伤怀！"

狮子山楚王陵自然也难逃被盗的下场。盗墓贼直接把盗洞打到墓道，拖出上层每块六七吨重的塞石，由墓道进入墓室，盗走大量金银财宝。单是钱币就有十七万六千多枚，因多是过时的西汉早期的"半两"而被遗弃在墓道口，就连极为罕见的金缕玉衣也只是拆走了金丝，珍贵的玉片散落一地。沿着一百多米的墓道，经门厅、耳室、墓门、甬道、侧室、前堂到达后堂，其中包括庖厨、洗浴室、御府库、御敌库、礼乐室、嫔妃陪葬室等，几乎掏空了整个山体。陵墓的早期工程修造得壁平室方，非常工整精细，然而越到后期越粗糙马虎，给人一种虎头蛇尾的感觉，尤其是后室的寝宫，更是潦草应付，别说四壁凸凹粗粝，就连地面一块棱角凸出的大石块都没有凿平，这和珍贵的玉棺及墓主人的金缕玉衣根本不能匹配。

妻子也看出了蹊跷，问我怎么会这样。我说小孩没娘，说来话长，出去再给你慢慢说吧。

据说，参观陵墓，无论王陵还是帝陵，出来的时候都要喊一嗓子，否则肉体出来了，灵魂有可能被留下来做客。信不信由你，反正我每次走出墓门都会高喊一声：我出来了！

二

狮子山西山麓有墓主人的兵马俑陪葬坑。原本，人们并不知道狮子山山体内还藏有这么一座规模宏大的王陵，而是先发现了这西山麓的兵马俑陪葬坑。1984 年，砖瓦厂的工人在西山麓施工，几个放学的孩子路过工地玩耍，偶然发现了几个陶人，便拿陶人的头当球踢。村干部把这件事情报告给了当地文物部门，于是便有了随之而来的抢救性发掘，便有了为保护现场而建的这座西汉兵马俑博物馆。

狮子山兵马俑数量不少，兵种齐全，个头却不大，也就五十厘米左右的样子，又用玻璃罩子罩着，所以展览大厅就显得大而无当。1号、2号、3号坑为东西向，各长约二十八米，宽两米。1号坑前部为站式俑，五百一十六个，后部有马四匹，木制车一辆（已朽），官吏俑一件，随之是站式及跪式俑群；2号坑前部有各式俑八百三十二件，后部残存四百七十四件，以跪式俑为主；3号坑尚未发掘。4号坑在此三坑东边，残长二十六米，南北向，应为后卫部队，损毁严重。

5号坑和6号坑在此馆北面的狮子潭水下，另行建馆，称水下兵马俑博物馆，也称骑兵俑博物馆。

和妻子走出兵马俑博物馆大门，左拐，再左拐，呈现在我们面前的有两条路。一条向北，需要上一个慢坡；一条向西，一段平道的尽头可以看到上坡的台阶。走哪一条路呢？

说来也巧，几个景区的园林工人正在两条路的分道处吃盒饭，两男三女，有蹲有坐，吃得津津有味。两个男的并排蹲着，一胖一瘦，都在六十岁左右，我恭恭敬敬上前："请问师傅，到水下兵马俑博物馆怎么走啊？"

瘦些的师傅向北指了指，说："上了坡向左拐，走不远右拐上桥，顺桥走不远就到了。"

胖些的师傅则向西指了指，说："向西走。看到那边的台阶了吧，上了台阶向北拐，上了桥不远就到了。"

我和妻子正商议走哪条路，就听瘦些的师傅指责胖些的师傅："你怎么让人家那样走？瞎胡指！"

胖些的师傅不服："你才瞎胡指！走这边路近，还少拐一个弯儿。"

瘦些的师傅把盒饭往地上一蹾，高声说："人家那么大年纪了，你让人家爬台阶，嫌人家不累咋的!"

"你才嫌人家不累! 你指的路绕一个弯儿，远!"胖些的师傅也把盒饭往地上一蹾，提高了嗓门。

"你安的什么心?!"

"你安的什么心?!"

"居心不良!"

"你才居心不良!"

眼看着两位师傅红了脸，瞪了眼，梗着脖子，就像两只好斗的老公鸡一样非要争个你输我赢。我们问个路却问出一场是非，感觉很不好意思。我们老刘家无意挑起争端，二人的争端却因我们老刘家而起。我和妻子心中不安，又哭笑不得。我抱拳一揖，说："二位师傅都是好心，都是好人，我和老伴儿谢谢二位了。"

两位师傅这才平复下来，可走哪条道却让我们为难了。向北走，觉得有负胖些的师傅，向西走，又觉得对不起瘦些的师傅。何况，两位师傅明显都是又倔又轴的脾性，弄不好别再争执起来。于是我说："二位师傅，我和老伴儿剪包锤，我赢了我们就向北慢上坡，她赢了我们就向西上台阶。"

二位师傅又被我们的举动逗乐了。

等我们到了通向水下骑兵俑博物馆的桥头，两条路合到一处，我们发现，无论是远近还是坡度，两条路其实没有多大差别。

狮子山骑兵俑博物馆是全国首座水下博物馆，由水上、水下两部分组成。水上部分有西东两个覆斗形灰色建筑，分别罩着水下的两个展厅。

顺着斗折的楼梯下行，不久就到了水下博物馆的西展厅。西展厅是当年发掘的现场，也就是狮子山兵马俑的 5 号坑，坑中散落着一些陶马的零部件。继续前行就到了水下博物馆的东展厅。东展厅展出的是西汉的骑兵部队。这支骑兵部队威武雄健，军容整肃，气势恢宏，依稀一声令下就会以席卷之势呼啸着冲向敌军阵营。

当然，这支骑兵部队绝对不是发掘时的原貌，也许大都是出土实物的复制品。其实，当年骑兵俑坑发掘时发现，不但坑中的器物损毁非常严重，而且摆放得杂乱无章，比如马头和马头堆在一起，马耳和马耳堆在一起，马腿和马腿堆在一起，马尾和马尾堆在一起，好像原本就没有进行过组装。刚才我们参观 1 号坑、2 号坑时也发现，坑中的步兵俑的摆放很不规整，疏的疏，密的密，有的甚至面向后站。现在参观了水下的 5 号骑兵俑坑，才发现比起 1 号坑、2 号坑步兵俑摆放的草草了事，5 号坑的草率更是有过之而无不及，再联想陵墓中的种种蹊跷之处，整体看来，这好像不是一个诸侯王隆重的下葬，而像是急于掩埋一批事关重大的赃物。

妻子又一次问我：怎么会这样？

怎么会这样？是啊，从 1984 年狮子山西山麓汉兵马俑的发现，到 1995 年 4 月山体内的陵墓完成发掘，十多年间，这种种蹊跷，重重迷雾，一直笼罩在文物考古工作者的心头，也笼罩着这座狮子山，直到文物工作者依据出土器物及发掘状况，经过认真研究，反复考证，最终确定了墓主人的身份之后，这才柳暗花明，云开雾散。

从水下兵马俑博物馆出来，经狮子潭畔画像石长廊展馆，欣赏过精美珍贵的石刻汉画，然后向后山的刘氏宗祠走去。作为高祖刘邦的后人，既然来了，自然是要去瞻仰朝拜一下的。

此时已过正午，我和妻子都感到肚子饿了。我们不能饿着肚子进刘氏宗祠。前方路旁的树荫里有一把连椅，空着，好像专为我们准备的。走上前坐定，打开双肩包，取出自备的干粮。像这种市郊景点一日游，为了充分利用时间，我们总是备好一顿的干粮和开水。从容、简单、实在地填饱了肚子，一边慢慢地喝着开水，一边充当妻子的义务导游，解释此前在陵墓及兵马俑博物馆见到的种种蹊跷及大惑之处。

<h1 style="text-align:center">三</h1>

　　我：知道西汉的"文景之治"吗？

　　妻：知道一点儿。

　　我：知道汉景帝初年的"七国之乱"吗？

　　妻：这个不大清楚。

　　我：刘邦称帝后，先是封了韩信、彭越、英布等七个异姓诸侯王，后来，这七个异姓诸侯王除长沙王吴芮之外，皆因谋反等罪名被刘邦一一剿灭。之后，为了巩固刘氏江山，刘邦分析借鉴了西周分封制和秦中央集权制的得失利弊，各取其所长，在中央集权的基础上大封刘姓诸侯王。封其二哥刘喜为代王（后匈奴进犯代国，刘喜因怯战逃回洛阳而被贬为侯），四弟刘交为楚王，儿子刘肥为齐王，刘如意为赵王，刘恒为代王，刘恢为梁王，侄子刘濞为吴王，等等，前后共封了十多个同姓诸侯王，并在晚年的一次家庭聚会上杀白马盟誓"非刘姓不得称王"，这便是历史上有名的"白马之盟"。

　　刘邦费尽心机的这一举措可以说依然有利有弊。

刘邦死后，吕后专权，残害刘姓后人，公然背弃"非刘氏而王者，天下共击之"的"白马之盟"，分别封吕台、吕禄、吕产、吕通为吕王、赵王、梁王、燕王，掌握了朝中文武大权，酿成公元前180年的"诸吕之乱"。以刘邦的长孙即齐王刘襄为首的刘姓诸侯王，与朝中追随刘邦的开国重臣周勃、陈平、灌婴等里应外合，在平定"诸吕之乱"中起到了非常重要的作用。然而，也正是这些刘姓诸侯王的地方势力越来越大，拥兵自重，自征赋税，铸造钱币，专制一方，中央渐渐无法驾驭，终于酿成了汉景帝初年的"七王之乱"。

公元前155年，景帝二年，御史大夫晁错上疏《削藩策》，言"今削之亦反，不削之亦反。削之其反亟，祸小；不削，反迟，祸大"。景帝采纳了晁错的谏言，先是以楚王刘戊在薄太后服丧期间淫乱为由削去其东海郡，以胶西王刘卬卖爵舞弊为由削其六县，又准备削吴王刘濞的封地郭郡和会稽郡。于是吴王刘濞联络楚王刘戊、赵王刘遂、济南王刘辟光、淄川王刘贤、胶西王刘卬、胶东王刘雄渠，以"请诛晁错，以清君侧"为名，起兵反朝。也是啊，同为高祖之后，你刘启当皇帝坐江山也就罢了，还变着法儿打压我们，让我们活得很压抑，很不自由，很不痛快。那好吧，我们不但要你活得不痛快，还要你当不成这个皇帝。

吴王刘濞并不是第一个"挨削"的诸侯王，可他为什么要当这个反叛朝廷的"带头大哥"呢？其一，在当时的刘姓诸侯王中间，刘濞应该是资格最老、功劳最大的一个。他少年英武，二十岁随叔父高祖刘邦平定"英布之乱"，立下了汗马功劳。刘邦考虑吴乃偏远蛮野之地，便封刘濞为吴王；可又不放心这个侄子，当着群臣的面，抚着刘濞的后背说："汉后五十年东南有乱者，岂若邪（难道是你吗)？然而天下同姓为一家也，慎无反！"刘邦真是一语成谶。最关键的是其二，文帝时，吴王太子刘贤入朝，陪伴皇太子刘启玩博戏，吴太子争胜，狂傲不恭，皇太子刘启愤而拿棋盘重击刘贤头部（引博局提吴太子），刘贤当场毙命。如今，这个刘启继位当了皇帝，对吴王刘濞来说，杀子之仇，岂能因为刘邦的一句"同姓为一家"而消弭！

因此，当景帝降诏削减吴国的郫郡、会稽郡时，吴王刘濞立即杀掉朝廷所置的官员，于公元前154年正月，起兵广陵（今扬州），置粮仓于淮南东阳，西渡淮河，与楚王刘戊的军队会合，三十多万大军，浩浩荡荡，杀奔长安。

晁错建议景帝御驾亲征；而袁盎则献策景帝诛杀晁错，答应七国"请诛晁错，以清君侧"的要求。丞相陶青、中尉陈嘉等也上疏弹劾晁错，请求将其满门抄斩。景帝为了国家大局，为了自己的皇位，将自己言听计从的老师晁错腰斩于东市。谁知七国不但没有罢兵，反认为此举是朝廷恐惧，景帝软弱可欺。刘濞拒见朝廷派来的使臣袁盎，自称"东帝"，与景帝分庭抗礼。景帝这才下决心平叛，派开国功臣周勃之子太尉周亚夫率军将抵御吴楚联军，郦寄攻赵，栾布攻齐地诸叛军，并命大将军窦婴屯驻荥阳，以备不测。

七国叛军以吴楚联军为主。吴楚联军要挥师西进，首先要经过梁国。起始吴楚联军势如破竹，迅速拿下梁国南面的棘壁。梁王刘武向周亚夫求援，周亚夫不救。梁国也是一个强大的诸侯国，且梁王刘武乃是景帝刘启的亲弟弟，岂有不顽强抵抗之理。

妻：你说的这个梁国，是在我们河南的商丘吧？

我：是，也不是。西汉梁国要比今天的商丘大得多，包括河南商丘和开封的部分地区及山东、安徽的部分地区，都睢阳。"梁园虽好，终非久留之地"中说的梁园，就建在商丘。

梁国顽强抵抗，吴楚军队轮番急攻。梁王一再向周亚夫和朝廷求援，因梁王是景帝的亲弟弟，景帝也多次命周亚夫援梁。周亚夫就是不救，反屯兵梁国以北的昌邑，坚守不出。梁国便任命韩安国、张羽为将军，拼死与吴楚联军对峙。

吴楚联军强攻梁军不下，转而奔袭周亚夫军队。周亚夫仍然坚守不战，却寻机派轻兵悄悄南下，断了吴楚军粮道。吴楚联军粮尽饭绝，士兵饥饿，又多次挑战无果，便趁黑夜偷袭汉军营寨，佯攻东南，实攻西北，被周亚夫识破。吴楚联军大败，士兵大多或战死，或投降，或逃散，或饿死。周亚夫乘胜追击，大破吴楚联军。

吴王刘濞连夜逃至丹徒（今镇江），为东越人所杀；楚王刘戊逃回封国也自杀身亡。

此时，位于狮子山楚王刘戊的陵墓包括兵马俑坑，都还没有完全修好。可是情况极其特殊和紧急，其家人只好把楚王刘戊的尸身匆匆套上早已备好的金缕玉衣，装进玉棺，连同多年准备的金银财宝等随葬品包括兵马俑，像掩埋赃物一样慌慌张张地下葬了。否则，等朝廷旨意到来，一个反叛之王还能享受这么高的下葬规格吗？

妻：真没想到，这座陵墓中不但埋葬着一个诸侯王的尸骨和众多珍贵的随葬品，还埋葬着一个著名的历史事件，埋葬着你们老刘家的一个同族相残、曲折离奇的故事。

我：好在七国反叛没有成功，否则历史上著名的"文景之治"就要短上半截了。

四

我们起身继续向后山刘氏宗祠走，一边想象"刘氏宗祠"长什么样子：应该是一座仿古建筑；坐北朝南；左右对称；门前可能还会建有"汉阙"，因为汉阙是汉代保存比较完整的地面建筑遗存，尤其是河南的"嵩山三阙"——太室阙、少室阙和启母阙，都是汉代祠庙的组成部分。

中国的刘氏宗祠不少，徐州的刘氏宗祠既不是规模最大的，也不是建祠最早的，却因为这里是高祖刘邦故里而成为刘氏郡望，其刘氏宗祠则被称为"彭城堂"。

这里提到刘邦，就不能不提到项羽。

郑州荥阳东北有一个广武山，山上有一个旅游景区叫"汉霸二王城"，两城之间有一条当年魏国开掘的连通黄淮的运河，也就是历史上有名的"鸿沟"。楚汉相争时，项羽的营垒在东，刘邦的营垒在西，隔鸿沟对峙。后来棋盘上的"楚河汉界"就是指的鸿沟，鸿沟以东为楚，鸿沟以西为汉。棋盘就是战场，楚汉战争就是一盘棋，那么，对弈的双方就是刘邦和项羽了。棋局之上，千军万马，纵横捭阖，翻云覆雨，明争暗斗；时而飞沙走石，时而暴雨狂风，时而惊涛裂岸，时而暗流涌动；一方叱咤风云，英武盖世，攻城夺地，战无不胜；一方胸览全局，虽然屡战屡败，却能屡败屡战，败中求胜。棋终，项羽一不小心把刘邦打成了一个开国皇帝，刘邦则百折不挠地把项羽逼成了一个悲情英雄。

所以说，离了项羽，刘邦就成不了刘邦；离了刘邦，项羽也成不了项羽。打一个不大合适的比喻，刘邦和项羽就像绑在一根绳子上的两只蚂蚱，不过这两只蚂蚱并不是命运相连或相同，而是命运的两个极端，就是一只非得把另一只咬死不可。

昨天下午，我们登上了当年项羽的戏马台。

公元前206年秦灭亡后，项羽自称西楚霸王，封刘邦到偏远的汉地为王，又分别加封灭秦有功的其他诸将领为诸侯王。西楚霸王定都彭城后，在城南的山顶就山筑台，以观赏骑兵操演和赛马，故称戏马台。因是项羽筑建和登临的地方，后人在山上修建了台头寺、三义庙、文昌阁、聚奎书院等人文景观，常有文人登台赋诗吊古。如今的戏马台，以风云阁为中轴线，有东西两院，东院有项羽威风凛凛的石雕像，西院有一巨鼎。风云阁即原来的碑亭，碑为明万历十一年（1583年）丹阳人姜士昌所立，"戏马台"三字则是徐州兵备右参政柳城莫与齐所书，字体古朴浑厚，遒劲有力。

当我和妻子正在瞻仰项羽高大威猛的雕像时，一个导游带着一个旅游团队来到我们身边。团队不大，十多个人。导游是位女士，高高爽爽的颇有点儿项羽的英姿。我和妻子继续前行，断断续续听到后边女导游口齿伶俐地讲解：西楚霸王项羽出身贵族，是周王族诸侯国项国后人，是楚国名将项燕的孙子……我和妻子登上雄风殿台阶，欣赏过明代隆庆年间的两根蟠龙石柱，刚跨进殿门，女导游就带着她的团队跟了进来，边走边继续讲解：与项羽相反，刘邦就是个流氓混混儿，他经常领着狐朋狗友到大嫂家蹭饭吃，次数多了，他大嫂自然心烦。一次，大嫂看到刘邦又带人来了，就用饭勺刮锅发出难听的声音，意思是说"没有饭了"。刘邦的朋友只好走了，刘邦却走进厨房，发现其实有饭，便记恨在心。后来刘邦当了皇帝，对他的兄弟子侄一一封王，却独独把他还立过军功的大侄子刘信晾在了一边。刘邦的老爸看不下去了，找刘邦问责。刘邦说，不是我忘了封，而是他母亲太不厚道了。便封刘信为"羹颉侯"。"羹颉"就是"没有饭时勺子刮锅的声音"，以此来羞辱嘲讽他大嫂母子。

谁不厚道？刘邦才是真的不厚道！

看来这位女士对我们老刘家的这位开国皇帝意见还蛮大。

雄风殿的墙壁上展示有秦末农民起义示意图和楚汉战争示意图，并有一幅展示项羽一生重大事件的巨型石刻壁画，名曰《西楚春秋》。女导游走到楚汉战争示意图前，把手中的一张报纸卷起来作教鞭，指点着图上一处，说：

这就是我们现在所在的位置徐州，楚汉时叫彭城。"彭城之战"是楚汉战争的第一场大战，也是一场出奇制胜、以少胜多的经典战例。当时刘邦乘项羽在齐国平叛之际，亲率汉军及诸侯军五十六万，攻占了彭城。正在与齐军作战的项羽让诸将继续攻齐，自率精骑三万，疾驰南下，绕到彭城西边汉军的侧背，利用拂晓突然发起进攻，大破汉军。面对项羽的奇袭，汉军乱作一团，自相践踏，被楚军像砍瓜切菜般斩杀十余万人。汉军落荒而逃，楚军一路追杀。汉军逃到睢水，淹死者不计其数，把水流都堵塞了。楚军把汉军残部包围得水泄不通，正要聚歼的时候，谁知狂风骤起，天昏地暗，飞沙走石，树木被连根拔起。刘邦乘机仅带十几名骑兵突围而逃。他的父亲和妻子都被楚军俘获。刘邦狼狈不堪，逃跑途中为了尽快摆脱项羽的追兵，竟然三次把儿子孝惠和女儿鲁元蹬下马车。

你说这刘邦，为了自己逃命，竟然连自己的亲生儿女都不要了！

再来讲一讲鸿沟之盟，女导游左向横移，指点着图上的另一处说，这里是河南荥阳东北的广武山，山间有一条运河，也叫鸿沟。

彭城之战后，刘邦在鸿沟西构筑城垒，项羽在鸿沟东构筑城垒，两军隔鸿沟长期对峙。项羽欲速战速决，刘邦却坚守不出。项羽便在阵前高高地支起案板，把刘邦的老父亲刘太公放上去，对刘邦说：赶紧投降，不然我就把你老爹给煮了！刘邦说：当年咱们在怀王面前约为兄弟，我爹就是你爹，你若把咱老爹煮了，分给我一碗肉汤喝。

这就是刘邦！好在项羽听取了项伯的意见，并没有烹煮刘邦的老爹，真要煮了，不知刘邦会不会当真分一碗肉汤喝。

这个导游不知是"地陪"还是"全陪"，或许根本不是导游，而那个十多人的团队只是"驴友"自行结合组成的，推举一个知识面较广的文化人给大家讲解而已。否则，作为一个导游怎么会持如此偏激的观点呢？

我本来不习惯听导游讲解的，这会儿反而来了兴趣，且听这位"女导游"继续往下说。

楚汉两军对峙日久，一时无法吃掉对方。刘邦派陆贾到楚军军营，要求放回刘邦的父亲和妻子，项羽不许。刘邦再派侯公到楚营见项羽。此时彭越再次断了楚军粮道，韩信攻占齐地并杀掉楚国大将龙且。项羽后方吃紧，便和刘邦订立了"鸿沟之盟"，放回了刘邦的父亲和妻子。鸿沟之盟约定：楚汉以鸿沟为界，中分天下，鸿沟以东归楚，鸿沟以西归汉。盟约既定，项羽便率军东归。刘邦也准备罢兵西向，张良、陈平献言说，楚军已兵疲粮尽，不如乘机灭楚。今天放过他们，就是放虎归山养虎为患！此话正中刘邦下怀，或者说刘邦正等着张良、陈平代他把这话说出来。刘邦当即背弃盟约，率部追杀楚军，并调令韩信、彭越、英布三路大军共同围歼项羽。

你们说，刘邦是小人还是流氓，还是小人加流氓？不是小人和流氓谁能这么快就背信弃义？

妻子反而听不下去了，扯扯我的衣袖，悄声说：你们老刘家的高祖刘邦当真是这样吗？

我说：是，也不是。她讲的这些也都是事实，都是《史记》上记载的事实，并不是无中生有，造谣污蔑；不过绝对是以点概面，不及其余。不然，毛泽东怎么能说"项王非政治家。汉王则为一位高明的政治家"呢？

这位"女导游"继续说：

刘邦到淮阳北追上了项羽，可是韩信和彭越并没有如约而至，反而又被项羽回头杀得大败。刘邦退到淮阳，坚守不出，并听取张良意见，把淮阳以东到海封给韩信，把睢阳以北至谷城封给彭越。韩信、彭越这才率军赶到。三路汉军由韩信指挥，打败了楚军，并在垓下将楚军团团围住。夜间，汉军唱起了楚歌。项羽听到四面楚歌，大惊，以为汉军尽占了楚地，于是便吟出了那首著名的《垓下歌》。随后上马向南突出重围，追随者八百余骑。汉军派灌婴率五千骑兵追击。项羽渡过淮河只剩百余骑，经阴陵时迷了路，陷于大泽之中，到东城时仅剩二十八骑，被汉军重重包围。项羽对部下说，我自起兵以来，攻必克，战必胜，从没有打过败仗，今天我要三胜汉军，斩汉将，夺汉旗，让你们知道是天要亡我，并不是我不善战的过错！说完冲入汉军，如入无人之境。众人感佩不已。

项羽和众人退到乌江边，乌江亭长对他说，江东虽小，也有沃野千里，民众数十万，足可以让你当王了。请大王赶快渡江；如今只有我有船，汉军到了没办法渡江。项羽一笑说，天要亡我，我还渡江干什么？！况且我项籍与江东八千子弟渡江，而今只有我一人归来，即使江东父兄怜悯我让我为王，我还有什么颜面见他们！然后把自己的乌骓马赠予乌江亭长，步行迎战。项羽负伤十多处，杀敌百余，回头间看到汉军骑司马吕马童，说：这不是我当年的老朋友吗?！我听说汉王出千金买我的头颅，封万户侯，今天就成全你吧。

说完自刎而死。

悲壮，惨烈，宁为玉碎，不为瓦全，项羽的死可谓惊天地泣鬼神！就连宋代婉约词人李清照，路过乌江时也能吟出无比豪放的诗：

"生当作人杰，死亦为鬼雄。至今思项羽，不肯过江东。"

"女导游"讲完，那十多位游客鼓起掌来，并有人喊："讲得好，有文化，有才气！晚上我们请你吃饭。"

不管她是不是真正的导游，她对项羽之死的感慨倒也不无道理。

五

是的，历代文人路过乌江或登上戏马台，曾留下了不少或赞颂，或批评，或感叹，或惋惜的诗句。比如唐代胡曾的"项籍鹰扬六合晨，鸿门开宴贺亡秦。樽前若取谋臣计，岂作阴陵失路人"；又如宋代陆游的"八尺将军千里骓，拔山扛鼎不妨奇。范增力尽无施处，路到乌江君自知"；等等。

不过，我觉得唐代杜牧的《题乌江亭》最能发人深思：

"胜败兵家事不期，包羞忍耻是男儿。江东子弟多才俊，卷土重来未可知。"

这首诗对项羽的乌江自刎提出了质疑，甚至批评项羽不是真正的男儿。胜败乃兵家常事，胸怀大志者应该能大能小，能屈能伸，赢得起也输得起。江东人杰地灵，不乏英才，如果项羽能够忍辱负重渡过乌江，说不定可以东山再起，重新和刘邦争夺天下。

可项羽到底没能迈过这道坎儿。

反观刘邦，当初高举为义帝报仇的正义大旗，乘项羽在齐国平叛之机，亲率五路诸侯五十六万大军浩浩荡荡占领了彭城，结果被项羽率领的三万骑兵杀得落花流水，狼狈逃窜，甚至不惜"抛妻弃子"。可刘邦不但不会因羞耻而自刎，反而一摆脱项羽的追兵就问计于张良，如何才能卷土重来夺取天下。当即作出三项举措：一是拿出函谷关以东土地作奖赏，加强自己的集团军；二是策反项羽的第一猛将英布，使其叛楚归汉；三是让萧何征集关中老弱补充兵员。刘邦退守荥阳又被项羽团团围困，用大将纪信作替身出东门诱敌，才得以从西门逃至成皋（今汜水）。成皋再被楚军攻陷，刘邦仅带夏侯婴一人连夜北渡黄河逃到韩信大营，把韩信的兵权收归己用。之后刘邦乘项羽东归平乱，又南渡黄河重新夺回军事要地成皋，进军广武，在鸿沟西构筑营垒。可以说，从楚汉战争之始，直面项羽，刘邦没有胜过一次，总在狼狈逃窜或即将狼狈逃窜，直到此时方站住了脚跟。

其实，刘邦和项羽对弈的这盘大棋尚未正式交兵，胜负大局就已经定了。且看灭秦之后，刘邦和项羽在咸阳截然不同的"亮相"，便可初见端倪。

刘邦率先入关，兵临咸阳，秦王子婴白马素服，手捧符印出城投降。众人皆要杀子婴，刘邦不许。此举维护了刘邦自己"长者"的仁厚形象。然而进入秦宫，面对金碧辉煌的殿堂、无数的金银财宝、如云的绝色美女，本来就"好财与色"的刘邦直接就晕掉了，当晚就要留宿宫中。首先站出来反对的是樊哙，接着张良讲出一番道理，要想得到天下就不能贪图一时享乐，并说"忠言逆耳利于行，毒药苦口利于病"。刘邦听后当即封了宫廷府库，还军灞上，废除秦制严刑苛法，与咸阳百姓约法三章。

刘邦的这一系列举措非同小可。从欲留宿宫中到还军灞上，第一层，体现出刘邦善于听取别人意见的品性和肚量，包括"逆耳""苦口"的意见；第二层是最难的，那就是战胜自己，可刘邦做到了。面对财宝无数和美女如云的诱惑，刘邦战胜了自己，战胜了自己的欲望。再加上他不杀子婴、不收礼物、废除苛法、约法三章等收买民心的举措，咸阳民众简直把他当成了救世主。刘邦在咸阳一亮相，就初现了他的开明帝王之相。

再看项羽到咸阳的亮相：项羽引兵西屠咸阳，杀秦降王子婴，烧秦宫室，大火三月不灭，收其货宝妇女而东。在项羽准备东归时，有人对他说，关内四塞险阻，土地肥沃，可作为都城以成霸业。项羽说，富贵不归故乡，如衣锦夜行，谁知道呢。那人不屑说，人言楚人是沐猴戴了个帽子，果然。项羽听了大怒，烹了那人。

项羽在咸阳的作为与刘邦形成了鲜明的对比，残暴不仁，目光短浅，刚愎自用，心胸狭窄，不能容人。

关于楚汉之争的结局，在鸿门宴上项羽不用范增之谋而放走了刘邦后，范增就已有预言："竖子不足与谋。夺项王天下者，必沛公也，吾属今为之虏矣。"

六

狮子山不大，步移景换，刘氏宗祠已经在望了。果然是坐北朝南，果然是一座左右对称的仿古建筑，只是没有看到汉阙。如果大门两侧各建半阙，形成一完整的汉阙，整体建筑就更显大汉雄风了。据说宗祠是参照汉代明堂辟雍中的"明堂"建造的。虽然未见汉阙，但远观祠堂整体，两边对称的配殿还是有那么一点儿汉阙的影子。

距宗祠大门不远的西侧，有一块不大的和整体建筑不大般配的方形碑，上书高祖刘邦的丰功伟绩。大意说刘邦是中国历史上杰出的政治家，战略家；大汉王朝的开国皇帝，开明皇帝；对中国的统一、对汉族的形成及汉文化的发展作出了突出贡献。这不是老刘家自吹自擂，因为作者并不姓刘。可惜我一时疏忽没有拍照，否则原文照搬既省事又可以留下作者姓名。

携妻子步上台阶，迈进宗祠大门，迎面就是高祖刘邦的石刻浮雕像。高祖高大威武，面前摆放着几案香炉以及铺着黄绸子的膝垫。想瞻仰一下，却感觉高祖的面容渐渐威严起来。我们老刘家的这位一代天骄的先祖，这位大汉封建王朝的开国皇帝，正等着他的后人及臣民焚香跪拜三呼万岁呢。

路的记忆

2016 年元旦前夕，在北三环的人行道上，即将进入六十九周岁的我，竟然非常清脆地摔了一跤。这一跤摔得干净利落，结结实实，掷地有声，毫不拖泥带水。至于姿态是否矫健，是否优美，那就需要调取北三环的监控了。

正是这一跤，让我萌生了一个念头：写一篇关于走路的散文。

人的一生，要走很长很长的路。

我走过的路，最美丽的记忆大多在童年和少年，而且大多是小路。比如，苇塘边湿湿的小路，大堤脚下翠柳和桃花掩映的小路，高粱地里夹缝似的小路，瓜田间飘香的小路……多了去了。斗转星移，岁月更替，随着年龄的增长，走过的路越来越多。灰渣路，水泥路，柏油路，高速公路，高速铁路，水上的路，空中的路；春光明媚的路，顶风冒雪的路，平平坦坦的路，崎岖坎坷的路，平平安安的路，风险莫测的路。好在，无论是平淡无奇的路，还是艰难困苦的路，如今静下心品味，也都大多渐渐变得美丽起来。

一、烫脚的路

六七岁的时候我就开始帮家里干活儿，放羊放猪，拾柴火，挖野菜，更多的是给牛羊割草。

村庄附近的草差不多都被割光了，我和小伙伴儿只好越走越远。这天早饭后，记得是和花贵、捣包扛着草篮子，拿着小铲子，沿着小路一直向着东南走，走过我们村的花生地、高粱地、柳棵子，翻过一个不大的沙土岗，再横穿两行柳棵子，就到了邻村潘砦的庄稼地。这地方离潘砦村也很远，想着田地的主人也许会疏于管理，除草会不及时或不认真，野草就会疯长起来。

还真是的，地里种的黄豆果然长势不均，有的地方豆苗葳蕤，有的地方豆苗稀稀拉拉，豆苗稀稀拉拉的地方杂草虽说没有长疯，也几乎铺满了地皮，称得上"草盛豆苗稀"了。

我们都喜滋滋的，说反正不愁割一大篮子，干脆先玩几盘"夹子挑担"吧。"夹子挑担"是我们儿时玩的一种博弈游戏，其他还有"走井""摆方""连五"什么的。于是在地上画好棋盘，花贵掐了五节草茎，我摘了五片豆叶一团，就是双方的棋子了。

太阳渐渐升高了。捣包说，不玩了吧，要不一会儿太热了。我们就拿起铲子割草。太阳开始发威，汗珠子沿着头脸、脖子、脊背、肚皮往下淌。四野不见人影，我们干脆脱掉短裤，赤肚子疯割，草梢蹭着光屁股痒痒的。我们每人割了一大堆草，抬头看看，日头已经错午了。要把一大堆草装进一个篮子并不是一件容易的事。需要装一些，上去踩一踩，装一些，上去踩一踩，再把长草弄整齐从篮系子两边往里硬掖，草从篮系两边突上去再长长地垂下来，篮系成了一条山沟。装好的草篮子形似女人中分的披肩长发，还得是毛发特密特旺的女人。掂一掂，估计有二十多斤。

互相看看对方，都成了脏兮兮的小泥猪，正在往下淌的汗珠还在增添一道道新的污迹。龇牙一笑，汗珠便流进嘴里，就尝到了我们最熟悉不过的咸咸的、腥腥的、涩涩的、碜碜的味道。那是我们童年的味道。

回家的路就艰难了，对于一个孩子，二十多斤可是够沉重的。

草装得太实，我们好不容易才把一条胳臂插进篮系，把草篮子扎起来。在老家扎着沉重的篮子走路的姿势很难看，也很难受，要仄弯着身子，把篮子驮在弓起一边的胯上，走路一拐一拐，像残疾人；从后面看，只能看到两条小腿支撑着一篮子草在艰难移动。没办法，孩子背不起来箩头，一茬一茬都是这么扎过来的。

走到小沙岗下面的柳棵子里，我们不约而同地放下草篮子。我们得歇一会儿，好攒一攒力气，一口气走过面前的小沙岗。我们一个个都习惯了打光脚，太阳这么毒，天空像个大烤炉，晌午错又是一天最热的时候，沙土路说不定会被晒得烫脚丫。

抹一把汗水甩到沙土上，"吱"一声就不见了。先是花贵踩到沙土上试了试，说不中，咱们还是绕一绕吧。捣包试了试，也说不中。我上去走了两步，是挺烫的，可是觉得还能忍受，就说，咱们走快点儿，一咬牙也就过去了，绕路走得绕多远呀！

花贵还是主张绕一绕，扎起草篮子，撅哧撅哧顺着柳棵子行向西走了，捣包迟疑了一下，也扎起草篮子撅哧撅哧地跟了上去。我也有点想跟上去绕路走，可就是不甘心跟上去，跟上去不就等于说自己没有主张了？跟上去不就等于说自己服从他人了？

我扎起草篮子，一咬牙踏上了面前的沙土路。

初始的时候还可以忍受，走着走着就灼痛难耐了。抬头看看，已走了将近一半，退回去已没有必要了，只能咬着牙撑过去。

回到家的时候，我感觉还像是走在火炭上，脚底板还是火烧火燎的。扳起脚丫子看看，两个脚前掌都烫起了泡。

母亲又心疼又气恼，连忙让大哥到松林叔家找獾油，接着就数落我：天底下又不是只有一条路，真不行绕绕道不就过来了，看把脚烫的！

二、见鬼的路

在乡下，小孩儿哭闹的时候，大人们往往会拿狼呀鬼呀吓唬他们，稍大一点儿又经常听鬼故事，所以乡下的孩子大多都怕鬼。冬天，尤其雪后的冬夜，生产队的牛屋总是用大树疙瘩烧火取暖。说是烧火，其实并不起明火，只是慢慢地煴，所以叫"煴火"，煴一屋子烟，有时候浓烟还带着辣味，呛得眼泪直流。也确实暖和，"屁暖床，烟暖房"嘛。我们也挤在牛屋里，听大人喷空儿、讲段子。大人们就讲鬼故事吓我们，什么吓人讲什么，讲得活灵活现的，越是吓人我们还越是想听，听得我们散了场都不敢单个回家。

我十三岁才敢提心吊胆地走夜路。其实还不能叫夜路，只是黄昏而已，就这样也是迫不得已的。那一年我考上公社中学，学校离我们村八里路，每星期回两趟家，到大队食堂拿馍。当然要下了课写完作业才能往家走，有时候走着走着天就黑下来了。天一黑我的神经就格外紧张起来，老听到身后有嚓嚓的脚步声，又不敢回头看，只好大步流星地往前赶。尤其是我们村北地那一段路，两边都是黑黢黢的柳树棵子，村里人还传说那里不干净，曾有人在那里碰到过"鬼打墙"。所以，每走到那里总是胆战心惊的，担心随时会从柳棵子里冒出来一个鬼。

三年下来，也走了不少夜路，倒也没有遇到什么鬼。真正遇到鬼，反而是在我们村子里的大路上。

那一天晚上，村子里静悄悄的。正是饥饿年代，孩子们也没有力气扎堆玩耍了。突然，村北头传来一男一女的吵骂声，声音很大，差不多整个村子都能听到。辨嗓音，好像是大队长夫妇。我想去看热闹，就走出家门，顺着门前的大路向北走。

天空中，一层薄薄的云彩遮住了月亮，老家人把这种天气叫作"白阴天"。俗话说"怪好的月明地儿，抵不上个白阴天"，意思是说，白阴天比月明地儿看东西还要清晰。没有月亮就没有阴影，什么东西都没有影子，人也没有影子，有那么一点儿像传说中的冥界。

大路的两边都是民房，有的有院落，有的没有院落。大路西边有两间草屋，草屋后边有一片一人多高的蓖麻，屋山墙旁边有一棵老桑树。那是一棵母桑，每到芒种时节，我们经常爬上去摘桑葚吃。草屋里住着两个老人，男的我们喊芒大伯，以编席为业，女的我们喊麻嫂，操持家务。他们本不是夫妻，老来为伴，住在一起相依为命。前不久，两位老人连病带饿几乎同时去世了。草屋北边住有一家木匠，木匠家有一个与我同岁的孩子，叫胡闹。

当我快要走到那两间草屋的时候，从草屋后边的蓖麻丛中走出一个人，走向那棵老桑树。我以为那个人是胡闹，就叫："胡闹，胡闹！"

他没有说话，径直走到那棵老桑树下面。

我加大了声音："胡闹！你聋了？"

他仍然一声不吭。

我不知道他为什么一声不吭，便也径直走过去。然而，当我走到他跟前的时候，眼前却什么也没有，只有那棵弯着腰的老桑树。

"嗡"的一声，我的头涨得像笆斗一样大，一股阴冷之气将我罩紧，浑身的毛发都竖了起来。当时那种恐惧的感觉，是很难用文字来描述的。

四周死静死静的，仿佛村子里根本没有发生吵架这回事儿。

我并没有被吓瘫，也没有狼狈逃跑。我紧握双拳，自己鼓励自己，自己给自己壮胆。"不怕，不怕！"我在心里说。这样硬撑了一会儿，让自己冷静下来，才转身往回走。

后来我把这件事情说给别人，有人说我是遇到了鬼，有人说我是看花了眼，有人说这不过是幻觉。中年之后，我对佛教历代的公案颇感兴趣，竟然读到两则几乎一模一样的故事。

其一说，一个和尚在山洞里修行，一天晚上化缘回来，走到洞口却看到洞中有一个头如笆斗的魔鬼，手之舞之，足之蹈之。和尚稍一停顿便走了进去，大头鬼则已悄无踪迹。

佛教认为"魔由心生"，心中无鬼，鬼又何在？

另一则公案叫《心中的鬼》，说得就更加明了了。年轻的妻子得了绝症，临死前对丈夫说："我那么爱你，真不想离开你，我死后请不要找别的女子，否则我会变作厉鬼夜夜来找你的麻烦！"妻子死后过了一段时间，丈夫又喜欢上一个女子。订婚之后，他便夜夜见到鬼，责备他违背诺言，并原原本本地说出他和新人之间发生的事情，他每给她买一样东西，鬼都能一丝不差地描述出来。他心中害怕，只好到寺里求救于禅师。禅师说："听你所说，这一定是一个无所不知的聪明鬼。她下次再来，你问她个问题，她如果能回答出来，你就答应她解除婚约，否则，就请她不要再来了。"

"问她一个什么问题呢？"

"到时候你随便抓一把豆子，问她有多少粒。"

当天夜间，鬼又来了，并说她知道他去寺里找过那位禅师。于是他从缸里随便抓了一把豆子，问她："既然你无所不知，你知道我手中有多少粒豆子吗？如果你知道，我就解除婚约，如果不知道，就请你不要再来了。"

鬼默默地消失了，从此再也没有来过。

鬼为什么不知道？因为他自己不知道他手中有多少粒豆子。

三、大雪，回家之路

我对儿时冬天的记忆，大雪占了颇大的空间。大雪纷飞。大雪封门。然而，记忆最深刻、最清晰的，还是我在郑州一中上学时寒假之前的那场大雪。

大雪无声地下了一天一夜，雪停下来已是积雪盈尺。我们从乡下考进来的孩子，都发愁怎么回家过年。我家在封丘县黄陵公社三刘寨村，要先坐火车到开封，然后有两种选择：一是出曹门向东北步行约六十里，从曹岗口过黄河，再步行十二里到家；一是出北门步行约二十里，从柳园口过黄河，再步行八十余里。过曹岗口路近些，可是曹岗口是人力木帆船；走柳园口路远，却是机船。当时听说黄河虽未完全封冻，可沿岸已经结冰。人力木帆船还能过黄河吗？会不会停运？想来想去，觉得还是舍近求远，走柳园口乘机船过河更保险一些。

到达柳园口时已近中午。简易的候船室内，已挤满了等待回家过年的人，焦躁的情绪写在每个人的脸上，也像浓雾一样弥漫。原来，机船已经被冰冻在了码头上，从昨天就没有开船了。这可怎么办？真是大雪天当头浇了一盆冷水，心都凉透了。好在，不一会儿又传来了消息，说码头上的工作人员准备人力破冰，保证让乡亲们回家过年。

我暗自庆幸自己的选择。如果走曹岗口，也许真就有家难回了。

黄昏的时候，码头上的工作人员终于破冰开出一条航道。买票，登船。我好歹挤上了第一趟船，心里才算踏实一些。航道上漂着冰块，机船行驶很慢，走着走着，夜幕已完全笼罩下来。机船终于停住，踩着踏板随人群下了船，才知道机船根本没有办法开到北岸码头，而是停靠在黄河滩中。举目望去，白茫茫无边无际，哪里有什么路？没办法，只有蹚着没膝的大雪跟着人群盲目地向北走，向北走总能登上黄河大堤，顺大堤向东，总能回到我温馨的家。

　　走着走着，只听前面一声惊叫，领头的几个人突然陷了进去。浩瀚的黄河滩就是这样，大水退后总会留下一条或几条水沟，大概水沟尚未完全结冰便被大雪整体覆盖了，领头的几个人就是陷进了没腰的水沟里。

　　是啊，领头的人往往会担当一些风险的。

　　人群停下了，不知如何是好。这时候，我学过的物理知识派上了用场。我绕到旁边，匍匐在地，小心翼翼向前爬，果然安全地爬过了水沟。回头一看，人群全学着我的样子趴在地上，黑压压一片，慢慢地向我这边爬过来。

　　登上黄河大堤之后人群就散了，有的沿大堤向西，有的沿大堤向东，大多数则翻越大堤向着封丘县城方向走。走了一会儿，与我同路沿大堤向东走的只剩下三个人。大堤上面其实也是一条大道，护堤员挺负责任，大堤中间扫出了一条一米多宽的路，旅人不再踏雪而行。走啊走啊，估摸到了半夜时分，与我同行的三个人也先后下了黄河大堤。天寒地冻，子夜无声，积雪白茫茫笼盖四野，我一个人孤零零地走在黄河大堤上。

　　尽管我走得很快，可身上仍然没有一丝暖意，那年的冬天实在太冷了。感到乏力，感到饥饿，这才想到因为害怕误船，我已经两顿没吃东西了。我拿出来从学校食堂买的馒头，一边走，一边啃。

走啊，走啊，机械地向着东方走。不知道走了多长时间，不知道走了多少里程，走到后来，由于又困又乏，头脑昏昏沉沉的，好像是走在梦中。

"喔喔喔——"一声悠长的鸡啼提醒了我，我已经走了整整一夜。

忽然觉得眼前的环境非常熟悉：一条大道横穿大堤，十字交叉的四角各有一棵碗口粗的槐树，成一规整的正方形，就连树的形状也非常熟悉。这四棵槐树是一个地标，北边，大堤脚下就是我姥姥家的村庄清河集。清河集是豫剧祥符调的发源地，小时候，常住姥姥家和表兄弟们一起看戏；夏天，则一起爬上黄河大堤，在这四棵槐树下乘凉，有时就在这四棵槐树下面睡觉。

离我家还有八里路，可我不想再走了，也实在走不动了。

伴着一声声的鸡啼，我下了大堤。路东路西的几进院子都是舅舅们住的青砖楼房，大舅、四舅、五舅住路西，二舅、三舅住路东。

我敲响了三舅家的房门。

三舅看到我时，唏嘘一声，那种吃惊、迷惑、心痛全写在脸上，顾不上问我发生了什么事情，连忙到院子里抱了一捆棉柴，升起一堆旺火。我的衣服上结满了冰，鞋也冻到了脚上。三舅慌着帮我找衣服，换衣服，帮我脱鞋，然后把我的脚抱在怀里暖着，这才顾上问我到底发生了什么事，为什么这时候才回来，为什么弄成这个样子。

我把为什么没走曹岗口而绕道柳园口这一天一夜的情况说了，三舅越发心疼得不行，末了叹一口气，说："其实，曹岗口没有结冰，曹岗口没事儿，村里有几个从开封回来的人，昨天下午就到家了。"

唉，人算不如天算哪！

或许，这是老天对我的一次恩赐呢？

四、大雨中，无路之路

"手把青秧插满田，低头便见水中天。六根清净方为道，退步原来是向前。"

唐代无德禅师这一首偈子，看似大白话，其实，既准确地描绘出了插秧时的场景，又蕴含着耐人寻味的人生哲理。

作为"文革"中第一批下乡的知青，1968 年，我和我的同学郭兆庆、张忠义、吴凯旋、陈德芝一组，到罗山县双楼大队王湾生产队插队。

那时候，我最讨厌最怕干的农活儿，就是插秧了。

插秧的累，不是累在负重上，而是累在姿势上。插秧需要弯腰、抬头、撅屁股，又开腿倒退着前进，所以无德禅师说"退步原来是向前"；如果有风，还必须屁股顶风而行，这样，才能让刚插下的秧苗在风中向前方飘斜，不影响继续倒退着插秧，所以当地农民说："插秧不是人，自己放屁自己闻。"这样插上一阵，腰就酸得直不起来，休息的时候，我们知青便一个个仰天平躺在田埂上。

插秧看似一项粗活儿，其实也是需要技术的，如果掌握不好，不单是每一撮秧苗多少不均，横竖插不成行，甚至插进泥巴中的秧苗还会漂上来。

当然，插秧有时候也会碰上好事、趣事。一次，一名社员在插秧时就抓到了一尾半斤多重的鲫鱼；还有一次，我插着插着，突然"砰"的一下，我的手触到了一个硬物，旁边的社员说是不是插到了鳖盖上？他过来把手伸进水中，果然捉到了一只一斤多重的老鳖。

等秧苗成活、发根、分蘖，长到一尺来高的时候，就该"打秧草"了。打秧草的作用类似于我们北方大田的锄草。不同的是，锄草用的是锄头，而打秧草用的是秧耙；锄草是锄断草根让草死去，而打秧草是用秧耙把水田里的杂草泥到泥巴里，让水草闷死。

那一天，我们在村子东南方向的一块水田里打秧草，男男女女有二十多人。我们一个个戴着草帽，男人多半光着上身，或者用一条湿毛巾披在肩膀上。太阳很毒，天气闷热，汗水挥发不去，水面热气蒸腾，像在洗桑拿。不时还会有水蛭叮在腿肚子上吸血，便抽出一只手用力拍打，啪啪有声。

半下午的时候，从西北方向涌上来一片黑云。黑云又厚又浓，迅速铺展，盖向我们的头顶。云起的西北方向出现了一种少见的奇特云象，黑云的下沿如刀裁一般平齐，却有一个状若蟒蛇尾巴的东西垂挂下来。我从来没有见过这样的云象（至今也没有见过第二次）。经验丰富的生产队队长说："靠死（不好），龙掉尾！"龙掉尾？我们不解，龙掉尾怎么了？"龙掉尾，淹死鬼。赶快收工！"

话音未落，一道电光刺目，"咔啦"一声炸雷迎面劈下，摄人心魄，随后是"轰隆隆"一串轰鸣，就像一面大鼓由急到缓在云层间擂响。

人们扛起秧耙，争先恐后往水田西头跑。水田西边是一条水渠，渠岸呈梯形高出地面。人们又顺着渠岸向南跑，因为向南一百多米有一架木桥，过了木桥就可以再折向西北跑回村里了。

我没有向南跑。我打量了一下渠中水面，也就两米多宽。我自信就凭我的弹跳能力，完全可以一跃而过。我选了一个便于登踏的地方，向后缩了一下身子，便腾空而起。果不出我所料，我跳过了水面，落到了对岸的斜坡上。同时又大出我意料，当我落到地面的时候，我感到一阵揪心的疼痛。原来，渠岸斜坡上尽是暄土，当我的右脚落到渠岸斜坡上的时候，大拇脚趾的指甲盖正好挂在暄土下的一块半截砖上（夏天到水田干活儿，我和男社员一样是从来不穿鞋的）。

我低头看看，右脚拇指的指甲盖整个被揭了下来，只剩下右边的一点皮与脚趾相连。血流如注，疼痛一阵紧似一阵。

就在这时，头顶又是一声炸雷，大雨如期而至，如泼如注，气势恢宏，雨声隆隆，若千军万马狂奔。抬头看，人们已在大雨中无影无踪。

茫茫大雨中的旷野，只剩下我一个人，真正的孤立无援。我只好用毛巾把右脚的脚掌和脚趾一并裹了起来，在大雨中一踮一踮地往村里跑。

回到知青组，亮出我的右脚，说了前因后果，他们忍不住笑得前仰后合。好在吴凯旋兼职"赤脚医生"，给我清洗了伤口，进行了包扎。

这时候，我才顾得上后悔和反思。生产队二十多名劳力，人家都绕道而行，为什么就我一个跨越水渠想抄近路呢？逞能？投机取巧？

走路是向前进的，然而，该绕道的时候还是要绕道，该后退的时候还是要后退，"退步原来是向前"嘛。"欲速则不达"这个极普通的成语，却包含着取之不尽、用之不竭的内涵。

后来，我被揭去的大拇脚趾的指甲盖倒是长出来了。刚长出来的时候，看上去倒也正常。可是，长着长着就和其他九个脚指甲不一样了，而且，年龄越大越变得丑陋，不向前长，只增加厚度，层层叠叠像个小山包一样。

直到现在，每当看到我右脚大拇指畸形的脚指甲时，当年的情景就会浮现在眼前。联想童年时我因为不愿绕道而烫伤脚底板的经历，就觉得自己太不长记性了，太不吸取教训了。

我竟然在同一个坎上绊倒了两次，或者说两次掉到了同一口井中。

五、上山路，下山路

1996年夏，河南省青年诗歌学会在白云山举办笔会，会后安排攀登玉皇顶。不料，凌晨天气突变，阴云密布，宾馆对面的山峰间黑雾蒸腾。这样的天气显然不宜登山。然而中午阴云渐散，露出一片一片纯净的蓝天，时不时的阳光灿烂。

午饭后又准备登山，诗人们向着小黄山散淡而行，欢声笑语如山花绽放。

要观赏沿途绮丽风景，自然要选择小黄山一线登山。不时有三两人离队，到小黄山脚下，只剩下了十几个人。刚攀登不久，天又阴了，且有零星小雨飘落，于是又有一批人选择放弃。继续前行者剩下七人，董林、杨吉哲、冯杰、汗漫、朱欣英、我和我十二岁的女儿。

小黄山的坡度比较平缓，走起来并不太累，只是天公不作美，待我们翻过一座小山，豆粒大的雨点突然而至。杨吉哲、汗漫又想下山，犹犹豫豫时雨又及时地停住了。于是又继续前行。

小黄山贵在景色天然，我们沿着前人踩踏出来的羊肠小道，在茂密的森林间蜿蜒穿行。然而老天好像在故意捉弄我们，刚钻过"贵人弯腰"，雨又下了起来。我们冒着小雨前行，想着下一会儿能停下来。谁知小雨不但没停下的意思，反而越下越大，下成了中雨。雨挂如帘，不绝如缕。此时估计路程已是中途，回头似乎没有必要了，何况，董林、朱欣英和我一开始就是决心要登上玉皇顶的。当然还有我女儿，一路上又说又笑，兴奋的心情溢于言表。

山路泥泞湿滑，越来越难行。一道沟壑横在我们面前，宽两三米；沟壑上用茶碗粗的木棍并排摆放出一米多宽的通道，算是"桥梁"；桥梁右侧有一丛箭竹，左侧则是无底深渊；为了行人安全，左侧约一米高处又横架一木棍，算是"护栏"。

我对董林等四个汉子说了声"照顾好朱欣英女士"，然后牵着我女儿从右侧小心翼翼率先走过去。刚走出几步，听到后边朱欣英一声尖叫，我急回头，只见汗漫头朝下悬在深渊上空，朱欣英抱着汗漫的一条腿按压在护栏上。

"快，快帮小朱！"董林、冯杰、杨吉哲连忙上前，和朱欣英一起把凌空倒悬的汗漫拉了上来。

好险！我惊出一身冷汗。如果不是朱欣英眼明手快，河南有可能就要失去一位优秀的诗人了，那么，作为省作协负责人的我不就成了千古罪人了吗？当然也多亏了那根不起眼的护栏，如果没有那根护栏，即便朱欣英拉住了汗漫，也有可能被一起带下悬崖。我很后怕，也很后悔。你已经是近五十岁的人了，怎么还这样不稳妥？怎么还执意在这样的天气率众登山？

提前放弃的人是英明的。

雨哗哗啦啦下个不停，小路的坑洼处积满了水。也就是下午三点钟，可小黄山的原始森林中却好像夜幕降临。小路还常常分岔，让我们必须痛苦地作出选择，因为既没有路标，也无人可问，就连可供参考的信息也捕捉不到。走迷了路怎么办？我心头的阴影越来越重，比黑幽幽的天空还要阴沉。我想，其他几位诗人的心情也不会轻松。只有我的小女儿兴趣盎然，偶尔看到被遗弃的塑料袋也会兴奋地大叫："爸，爸，这里有人走过！"直到走近一块兀立的状若蹲兔的巨石，我的心情才有所好转，因为巨石上用红漆写着"玉兔拜月"四字。看来我们脚下的道路没有走错。

终于走出了原始森林。走下一道石坎，又是一道沟壑，宽四五米，沟壑上并排架着两根碗口粗的树干，应该叫作"双木桥"吧。桥上半人高处同样架着一根木棍作为"护栏"。树干又湿又滑，再加上此前的教训，我们是断然不敢在这双木桥上行走了，只好骑坐在双木桥上，伏下身子，一寸一寸慢慢挪过去……

雨，终于停下来了，可是凌厉的山风又起，我们本来已经乏累不堪，饥寒难耐，被雨水和汗水浸透的身子怎经得住这凌厉的山风，一个个冻得嘴唇乌紫，浑身打战。爬上一个山包，看到了一块孤零零的圆形巨石，那应该就是传说中的"飞来石"了。在"飞来石"的南侧，我们休息了一会儿，也想暂避一下风寒，然而山风难避，上下牙齿仍然像敲边鼓一样"嗒嗒嗒嗒"响个不停。

过"飞来石"，下一陡坡，看到了一处用蛇皮布搭起的简易房。一种久违的亲切感、安全感和归属感立刻充满了胸间，犹如很久找不到家门的孩子忽然看到了自己的家门一样。蛇皮房里住着一位卖食品和饮料的山民。急急钻进蛇皮房暂避风寒，杨吉哲拿起山民油乎乎的大衣就穿到了身上；冯杰则干脆坐进了山民脏兮兮的被窝。

问了山民，才知道这里就是玉皇门，再有半个小时左右就可以登上玉皇顶了。

杨吉哲、冯杰、汗漫不想再上了。董林、朱欣英、我和我女儿，走出蛇皮屋，迎着扑面而来的山风和云雾，直上玉皇顶。

下山的时候，我们走的是另一条路。这条路多为人工开凿，尽管风景不如小黄山，但却近了许多。乌云渐开，傍晚的阳光照耀着山林，送来了温暖，我们的心情也开始风清气爽。刚刚经历的冷雨山风，似乎是老天恩赐给我们的一次考验。路上的台阶并不算很多，交替着平缓的下坡路，让刚刚经历了艰险道路的我们，感觉走起来非常轻松，非常舒服。

与风雨交加的路相比，阳光灿烂的路走起来就是心情愉快；与艰难的上坡路相比，下坡路走起来就是轻松，就是舒服。即便我们这一些上进心很强的人，也会有这种感觉。

诗人们和宾馆经理都担心我们的安全。下得山来，看到一帮诗人和宾馆经理都在山口接我们，顿时感到心头热乎乎的。

六、结冰的人行道

说一说 2016 年元旦前夕，我是如何在北三环人行道上摔跤的。

2015 年岁尾，下了一场大雪。起初是空中撒盐似的霰子，接着就变成了雪花；雪花越来越大，越来越密，就像一群一群的白蝴蝶盘旋着、俯冲着从天而降。人们早就盼着来一场大雪，因为郑州好几年没有下过一场像样的雪了。

大雪整整下了一夜。

我接到了河南省作家协会打来的一个电话，说是作为上一届主席团顾问，请我列席参加河南省作家协会第六次代表大会；12 月 26 日到黄河迎宾馆报到。

这一天是 12 月 24 日。我看了看窗外，平地积雪有半尺来厚，好在天空已见放晴的迹象。

第二天果然天气晴好。

我冬天在上街区居住，距黄河迎宾馆约四十公里。本打算自己开车去的，又担心积雪未融，路上不安全，就决定乘坐郑上 2 路公交，到西三环换乘 B3，到北三环和文化路交叉口再坐 95 路，因此，26 日吃过中午饭我就动身了。

其实大路还算好走，尤其是对于公交车来说。虽说路边和田野里的积雪几乎一点未化，可大道上因为汽车的碾轧，积雪已经化得差不多了，只是有的地方仍雪水交融。由郑上 2 路转 B3，顺风顺水。到北三环下车，看了看表，下午三点一刻。原想着晚饭前能赶到迎宾馆就不错了，没想到这么顺利，心头不由得滋生一种小小的快意，就连刺骨的寒风也无法阻止。

我心情愉快地顺着北三环北边的人行道向东走，准备到文化路口乘坐 95 路公交车。

北三环的人行道与其他大路不同。其他大路的人行道一般都紧靠着慢车道，而北三环的人行道与慢车道之间隔着一条绿化带。人行道宽阔，且硬化做得很好。人行道上的积雪都被环卫工人铲到了绿化带里，路面干干净净的，只是有的地方结了一层薄薄的冰。

大概是因为刚刚下了一场大雪，常常盘踞在空中的雾霾被一扫而空，露出了少见的纯净的蓝天。只是天气特别寒冷，所以路上行人不多。我把羽绒服连带的帽子扣在头上，双手插在羽绒服两边的口袋里，大步流星地向文化路方向走。

我心情很好，说不上为什么，甚至有点儿小小的得意，于是一边走一边哼起了越调《收姜维》中诸葛亮的唱段：

> 四千岁你莫要羞愧难当
>
> 听山人把情由细说端详
>
> 想当年长坂坡你有名上将
>
> 一杆枪战曹兵无人阻挡
>
> 如今你年纪迈发如霜降
>
> 怎比那……

我的哼唱被我身体的突然失控中断了，同时被中断的还有我的思维。骤然而至，猝不及防，我的左脚向右前方一滑，整个身体向左后方倾斜，平平地清脆地摔在坚硬的人行道上。平常我们爱用"眨眼之间"形容速度之快，这才真正是"眨眼之间"发生的事。因为我的双手插在羽绒服两边的口袋里，所以根本来不及采取任何防范措施，就连用双手撑一下地面的本能动作也不可能做出。我在开篇时说"这一跤摔得干净利落，结结实实，掷地有声，毫不拖泥带水"，没有一点儿渲染夸张之词。

我的大脑也就空白了那么眨眼之间。我平躺在地面上的片刻，首先想到的竟然不是我摔坏了没有，骨折了没有，而是我摔倒的姿态是否非常难看，是否非常狼狈，路过的行人是否都在笑话我。

这种想法一出，我又觉得自己很可笑，觉得自己很虚荣。自己活人难道不是活自己的，而是活给别人看的？让别人看什么呢？是否光鲜？是否体面？是否有尊严？

是自尊还是虚荣，我一时也很难分辨清楚了。若说是自尊，那当然是必需的，若没有了自尊，那还怎么站立人前呢？若说是虚荣，那么多人染发、化妆、整容，讲究穿戴仪表，难道都是虚荣吗？

我活动了一下腰身和胳膊腿，感觉还行，又继续向95路公交车站走。

我的好心情也在这眨眼之间被摔得烟消云散，路也走得小心翼翼，眼睛盯着前边的地面，生怕一不留神又踩到冰面上。同时一边走一边反省，走路就该好好走路，有什么好愉快的，有什么好得意的，不就是此前的一段路顺利一点儿吗?!

人哪，不能得意，哪怕有那么一点点儿的得意，走在路上就有可能摔跤，更不要说得意忘形了。

是夜，躺在迎宾馆暄软的床上，却睡不安稳，感到左半边身子越来越疼得厉害。第二天，发现左胯部全成了乌黑青紫的混合颜色。

老伴和女儿都让我到医院拍一张片子或者做一下核磁共振，说是年龄大了，摔跤最容易骨折。我给一个在医院工作的亲戚打了一个电话，说了说情况。亲戚说没事儿，如果动了骨头，早疼得下不来床了。

哈哈，我这把老骨头还是挺经得起摔打的。

闭嘴！万万不能再有半点儿得意了。

回老家摘杏

汽车驶上连霍高速，心情随视野豁然开朗。

昨天晚上，表弟又打来电话，催我快点回去，说杏园里的杏都熟透了，再不摘就要烂了。于是我自己驾车，带着妻子和四岁的小外孙，一大早就上了路。

我的故乡在封丘，从开封东下高速，过黄河大桥，来回二百余公里，路桥费加汽油费也得二百来块，二百块钱恐怕能买一大堆杏。欧阳修《醉翁亭记》中有一句名言：醉翁之意不在酒，在乎山水之间也。我回老家摘杏，摘杏之意不在杏，而在于一种醇香的美丽情感，一种自己摘杏的田园情趣，一种回归童年的亲切感觉。

汽车如刀，公路在我的前面打开，又在我的身后合拢。伴随着归乡的心境，童年往事也在我的脑海无边无际地延展开来——

小时候，我们村唯一的果园，就是我的一个本族叔叔家的十几棵杏树和桃树了。小麦微微黄梢儿的时候，杏子开始从树冠的浓绿中跳出来，有的发黄，有的抹红，有的泛白。泛白的品种最好吃，我们都叫它大水杏。先是一枚一枚，再是一串一串；先是向阳的树梢，不几天就满树皆是了。即将成熟的杏子在初夏的阳光里闪闪烁烁，馋得我们一个劲儿咕叽咕叽咽口水。我们抵抗不住杏子色香的诱惑，不管是拾柴火还是挖野菜，总爱从杏园旁边过，看杏园的老奶奶偶尔给我们一枚两枚风刮掉的还是鸟啄掉的杏子，我们就幸福得无边无际了。

因此我从小就希望有一片自己的果园……

从开封东刚下高速，我的手机响了。妻子替我接了，是表弟问我们走到了哪里。表弟家就在黄河岸边的清河集。清河集可是不简单，著名的豫剧祥符调就发源于这里。清河集的西瓜也是远近闻名的。小时候，每到瓜熟季节我基本上就住在舅舅家，所以我和表弟光屁股的时候就一块儿看瓜园，一块儿捉蛐子，一块儿下黄河洗澡，一块儿看大戏。

后来，我们家当真有了一个小小的果园，有十来棵小杏树，十来棵小桃树，就在我家打麦场的南边。当我家的小杏树、小桃树第一次开花的时候，我简直高兴疯了，跑回家告诉父亲，告诉母亲，告诉哥哥，一共开了几十几朵杏花，几十几朵桃花。然而，正当我家的小杏树、小桃树生机勃发的时候，农村由互助组转为合作社，一夜之间，我家小小的果园就不再是我家的了。我曾在夜间偷偷移回家几棵，可惜都没有成活。接下来是打右派、人民公社、"大跃进"、吃食堂、三年困难时期……折腾得人们已食不果腹，谁还有兴趣经营果树，我家萌芽状态的小小果园也早已荡然无存了。然而，这小小的果园却一直伴随着我，持续不断地进入我的梦乡，梦中的果园总是盛开着一树树粉嫩的杏花和娇艳的桃花，或是结满了金色的杏子和红嘴的仙桃。后来，我成了一个作家，《河北文学》向我约稿，我曾以此为素材写了一篇小说叫《梦中果园》。

过黄河大桥，再折回北岸的黄河大堤，顺大堤向东不远，便可看到堤北一大片水域，清河集和周围村的村民把这片水域叫作"塘洼"。改革开放之后，当地政府为了开发这片水域，名之"青龙湖"。当年，年龄稍大的我，也经常在塘洼里游泳，每当游到深处，便会有一种恐惧心理油然而生，于是急忙游回岸边。这种恐惧心理来源于一个有关塘洼的传说——

传说塘洼下面通着黄河，通着龙宫，所以谁也不知道塘洼的水有多深，塘洼里的鱼有多大。一天傍晚，几个青年正在岸边割草，忽然乌云密布，电闪雷鸣，风雨交加，青年们就急忙往村里跑。其中有一个青年没有跑，躲到了一棵砍头柳树下，不一会儿竟然雨住天朗风平浪静了。青年正想回村，只见塘洼中间翻起水花。青年又害怕又好奇，匆忙爬上砍头柳树藏到其浓密的树冠中。水花越翻越大，从水花中冒出一个鱼头人身手执钢叉的精怪，巡视一番又隐入水中。少顷，丝竹缭绕，幽香浮动，随后从水中缓缓出现一个少女，衣袂飘飘，美丽惊人。青年哪听过这样的仙乐，哪闻过这样的幽香，哪见过这样的美女，心神恍惚，一不留神从树上摔了下来。

水面顷刻间归于平静。

第二天早晨，人们发现塘洼水面漂着一个草篓大的鱼头——说是龙女要出外游玩，先来一阵雷电风雨让人们回家，又派鲤鱼精先行打探，因鲤鱼精失职被处斩了……

过了昔日的塘洼如今的青龙湖，表弟的村庄清河集也就到了。表弟住在堤南，在堤北还有一栋二层楼房，是为儿子结婚准备的。缓缓驶下黄河大堤，就看到表弟正在往一辆农用汽车上装大沙。表弟是勤快人，除了干农活儿还经销大沙和水泥。

妻子经常跟我回家乡，和我家及表兄表弟家的人都很熟识，关系也不错。小外孙开始有点怯生，不一会儿也就和他同代的表兄妹们玩到一起了。

喝茶抽烟，在表弟家稍事休息，便开车一起到杏园。

杏园其实很近，就在村子的南边。现在的杏树和昔日的杏树长相已不大相同。昔日的杏树树干高大，摘杏需要爬到树上，大部分靠用杆子敲打；如今栽培的杏树没有树干，站在地上就可以采摘。

天气晴暖，杏香浓郁，杏子密密实实地挂在枝头，与翠绿的叶子错落掩映，有的树枝被果实压得几乎弯到地面。我问表弟怎么不摘了卖钱，表弟哈哈一笑说，卖不了俩钱，不值当。这么说，表弟根本就没有把这项收入看到眼里。

妻子和小外孙从没有进过杏园，更没有在杏园亲手摘过杏子。我们都很兴奋，妻子满面红光，一幅心花怒放的样子，一边摘杏一边和表弟、表弟媳妇家长里短地聊天。小外孙更是欢蹦乱跳，掂着塑料袋东边树上摘一个，西边树上摘一个，南边树上摘一个，北边树上摘一个。好在左右相邻都是几个表兄表弟家的杏园，小外孙再怎么跑也不会越界……

我们自然是满载而归。回来的路上，小外孙仍然余兴未尽，一个劲嚷嚷，说，姥姥、姥爷还带我来摘杏啊！

磨道之道

学龄前，我就开始和母亲一起推磨了。

推磨不用学，双手扶磨杠小腹抵紧向前用力就行。可那时我太小了，别说用腹部，连胸脯也没有磨杠高，只能用手推，还需要举起来。也没有谁硬让一个孩子去推磨，我是看母亲有时候一个人推磨太吃力，就死缠活缠要和母亲一起推。母亲拗不过，只好给我另别一根小磨杠。说是帮着母亲推，其实根本用不上力。推磨有句口头禅："头遍轻，二遍沉，推第三遍累死人。"推头遍时母亲走得快，我只能扶着磨杠跟着跑。后来一年一年长大了，才真正成了母亲的小帮手。

几十年过去了，我对故乡磨道的记忆既遥远又清晰。多是生活比较富足的人家才有，一是自家磨面方便，二是为了攒粪。在住房的山墙上接一间小屋，麦秸顶，土坯墙，经风吹雨淋又破又旧，破旧出一种古老的安详与亲切，宛若靠在屋山上晒太阳的老人。磨道一般不安门，实用面积约一丈见方，正中间用砖墩架一木制磨盘，磨盘上置两扇石磨。围绕磨盘，经过人和牲口天长地久周而复始地踩磨蹭压，形成一圈深深的凹槽，这便是"磨道"了。

磨道也隐含着人生之道。人生小磨道，社会大磨道。人一生负重，正如推磨，做工也好，务农也好，为文也好，从政也好，结婚，生育，殊途同归，生生死死，各人走完各人的圆，正如麦哲伦绕地球的航海旅行，始点便是终点。只不过人们在具象的小磨道推磨，磨出的仅是小麦、黄豆、玉米等各类面粉，而人们在抽象的大磨道推磨，创造出了巨大的物质财富和精神财富。故乡的祖先把磨房叫作磨道，真是既准确又富有哲理，细想想，其中蕴含了多少说不清道不尽的人生况味。

也许是往事如酒年代越久远味道越清醇的缘故吧，这种单调累人的活儿似乎并没有令我生厌。每逢推磨，总是母亲扛着粮食拿着零碎用具走在前边，我则头顶着簸箩在后面跟着，像一个会走的大蘑菇。磨道里光线很暗，房顶坠满了粘着面粉的灰嘟噜，房檐的蜘蛛网也粘着面粉，网线就显得很胖，四个墙角堆积着不很新鲜的和陈旧的牲口粪，浓烈的混合着牲口屎尿臊臭味的面粉的浊香味格外好闻。我尤其喜欢在秋雨连绵的日子里推磨，房檐挂着的雨帘隔断了外面湿淋淋的秋寒，磨道里简直成了一个温馨无比的安乐窝，热烘烘的臊臭味和面粉的浊香味就更显得暖人心肺了。如果是晚上推磨就热闹了，父亲和哥哥都来推，母亲负责箩面，我就拿着小鞭子跟在哥哥后边"得儿得儿"地赶，跑累了就裹着父亲的大夹袄拱到簸箩架下，听着母亲"呼嗒呼嗒"的箩面声越来越遥远……

1958年"大跃进"，吃食堂，不再推磨了。食堂解散的时候我已在公社上初中。学校离家八里路，每星期回家背两次馍。记得是1962年冬天的一个星期三，我回到家时天已经黑透了。每逢星期三晚上母亲都是做好饭等着我，那一天家里都黑灯瞎火的，推推门，门搭着。隔壁的堂弟告诉我，母亲到大娘家推磨了。我赶到大娘家，母亲和嫂子正在扫磨底。原来姐姐托人给母亲捎来了二升麦，母亲为了让我能带上花卷馍就赶着磨成了面。那一天母亲很晚很晚才睡觉，我也很晚很晚才睡觉。花卷馍蒸出来了，母亲高低不舍得尝一口。我拿着一个馍硬让母亲吃，母亲无论如何不肯吃，还冲我发脾气，说："我说不吃就不吃，我就不好吃花卷馍。"我也气坏了，冲着母亲吼："你不吃我也不吃！"我"腾"地把馍摔到地上。母亲一下子愣了，过了一会儿才慢慢地把馍拾起来，吹着上面的土，含着两眼晶莹的泪花花，吹净后又慢慢地放进我的馍袋里……

母亲去世七年了①，享年八十一岁，算得上高寿了。在我童年的记忆里，母亲总是在磨道里忙碌着。母亲去世前两年已经神志不清了，听嫂子说，母亲经常一大早起床，在院子里喊："铁头，走，去推磨！"

在我的故乡，20世纪70年代已经普及了电磨。石磨作为农民生活锁链中的一个关键情节已经进入历史，磨道便也荡然无存。物也遥远，事也遥远，忙忙碌碌，我也逐渐地淡忘了。直到1990年8月，我和高旭旺、易殿选、胡鹏四人结伴西行，在敦煌民俗博物馆看到了一盘石磨，才把我对磨道的遥远的记忆清晰地拉到了眼前，我便情不自禁地抱起了磨杠。

便有了我推磨的一幅照片嵌进我的影集。

便有了这篇文字。

①　本篇文章创作于1994年。

当了一次猿猴

乙亥年晚秋，二十多位散文家笔会于王屋山。我虽然也写过几篇散文，却不敢冒称散文家。我随散文家们进山除了充当一个"组织者"角色，主要是想换一换空气。在城市待久了，都想换一换空气，何况王屋山正秋色诱人呢。

瞻仰了唐代阳台宫，参观了千年银杏树，饮了不老泉清凉的泉水，欣赏了愚公移山处的王屋红叶，次日，一行人游兴更浓地进了九里沟。

九里沟却又别具洞天。其时已是十月将尽，层林尽染，九里沟独独苍翠清幽。一口气登上通幽亭，把一百单八级台阶踩在脚下，竟然没有气喘心跳。接下来是一段曲折迂回的山路，山路和山泉相依相伴，相互缠绕；两边山坡蓊蓊郁郁；偶尔一声鸟鸣如一粒珍珠滴落。游者二三四五，自由组合，渐渐拉开。我和邓万鹏边走边聊。

随着山路陡转，突然一树红光把一面山坡照亮。我们的眼睛也亮了。那是一棵柿子树，王屋山深秋的柿子树，火红火红的柿子树，鲜红鲜红的柿子树。柿子树从万绿丛中脱颖而出，把一面山坡都照亮了。

表达此时的情怀要么是呻吟，要么是一声淋漓尽致的长啸。我和万鹏不用交流，就互相感觉出对方对山野情味的贪婪了，于是不约而同地加快了脚步。

绕过正面的陡崖，我和万鹏离开山道，钻进山坡上的树林。树非大树，却也遮天蔽日，密不透风。树林在我们的身前打开，在我们的身后合拢。我们看不见那棵柿子树了，我们只能拨开树丛，大致朝着柿子树的方向前进。

我们还是很准确地找到了那棵柿子树。

打量一下树形，便准备爬树。万鹏说："你心脏有病，我来吧，你在下面接着。"心脏不好不宜登高，这是人人皆知的，可我偏不在乎。我说："还是我上，我小时候最会上树，可以称行家。"我们当然谁也不想放弃一次融进自然的机会，谁也不想放弃一次撒一撒野的机会，何况，亲手从树上摘下的烘柿和从别人手中接过来的烘柿喝到口中，其味道其感觉是截然不同的。

我们双双爬上了柿子树，我们的动作竟然都挺利落。

红丢丢的柿子已经近在眼前了。这是一种纯粹的红，一种纯净的红，一种山野林莽长就的红，一种阳光雨露孕育的红，鲜且透亮，每一个柿子里面都像是点着一支小蜡烛。我们每人摘下一枚烘柿，掰去柿蒂，放到嘴边轻轻一吸，一股清凉甘甜的汁液就淌进了肚腹，人就整个化掉了。

这才叫原汁原味，世间再没有比这更新鲜更干净的水果了。市场上的水果，不管经没经过二道贩子的手，都已经染上了脏兮兮的金钱味道，至于那些自称原汁原味的果汁果茶，更是连提都不要提起。

此时此刻，我们的头脑极其简单，我们的心中明净空灵。喧嚣的尘世已经被我们踩在脚下了，我们飘飘欲仙，我们此时此刻唯一的欲望是选择最红最大熟得最好的柿子。我们感觉我们不仅是已经返老还童，而且正在返祖，我们仿佛变成了两只正在缘木取果的猿猴。直到我们准备下树返回时，我们才重新进化成了人类，有了俗世的思维，我们想，我们应该折几枝带回去，让朋友们也尝一尝新鲜。我们没有多折，在大自然面前，我们不能过于贪心，得留一些给大山，留一些给大山中的鸟儿，留一些给大山中真正的猴子，留一些给像我们一样贪婪着山野情味的后来人。

我们因为少有的愉快，脚步也就少有的轻松。万鹏拎着一簇果实累累的树枝，感慨万千地说："学林，你说这柿子树，结的果子咋就这么甜哩！"乍一听，这一句话说得似乎很幼稚，细想想，竟有穷其不尽的层层疑问，并且隐喻着人世的大道理。同是一座山，同是一面坡，根须扎于同样的泥土，枝叶披戴同样的日月星辰，为什么有的树结果有的树不结果，为什么有的树结的果又香又甜而有的树结的果又苦又涩呢……

野狼榆

　　丁丑秋月，河南省作家协会理事们会于遂平，我有幸二上嵖岈山。其实，对于嵖岈山而言，用"上""登"甚至"攀"字都不准确，只能用一个"爬"字，真正地爬。天下名山无数，真正需要爬的不知还有何山。嵖岈山被称为天下一绝，这也是绝中之一景吧。南山与北山，需要手脚并用的"绝境"十余处。尤其是北山，从"别是洞天"到"玉皇洗脸盆"的途中有一洞，宽和高仅容一人爬过，而下面却纵卧着一块鱼脊状大石。要过此洞，身体需要匍匐在大石上，两腿还要分开，像蜥蜴一样小心向前蠕动，真叫我们这帮作家斯文扫地了。

　　因为我是二上嵖岈山，和第一次上山的心情和感受自然不尽相同，少了一分迫不及待和贪婪，多了一分内心体验和从容。对沿途的景点名胜观赏之余，更对山上的一草一木格外留心。从"桃花洞"上去，左侧有一峰（其实是一巨石）拔地而起，直捣蓝天，其壁陡峭，不可攀缘。壁上横生一树。导游告诉我们，那是一棵树龄已六百多年的"野狼榆"。

　　我站在哨壁下，仰望这棵横生的野狼榆。它虽已生长六百多年，却并不算大，但枝干凌空，遒劲有力。时令已是秋季，且是大旱之年的秋季，山下原野上的庄稼尚且因大旱而焦黄枯死，但这棵老树除几枝原有的干枝外，依然苍然如绿云，竟看不到一片黄叶。几乎没有树干，几百年抵御狂风暴雪的经验，使根部形成一个不规则的半圆形球体，就像蚂蟥的吸盘紧紧地吸在岩壁上，和岩壁融为一体一色，分不清是树根还是岩石。

孤独的老树，你怎么会出生在这陡峭的岩壁上，你又是依靠什么生存了六百多年，历经千千万万严冬酷暑雨雪风霜雷电，纵观历史变幻，俯视人世沧桑？

我想到了六百多年前的一场大风。对于历史，那是一场无关紧要也无须查实的一场大风，然而对于你老树，却是决定你命运的一场大风。那场大风一定是在冬季，因为只有冬季才会有那样的大风。那场大风刮得天昏地暗，飞沙走石，野生植物的种子也都被吹到了天空中。那是一个偶然，一粒种子被那场大风镶嵌在这座石壁上的一个小小的缝隙中，于是就决定你一生必须孤独地艰苦卓绝地守望在这座岩壁上（如果你最终飘落在一块肥沃的原野上，那么你的一生就是另一种样子了）。你无法改变自己的命运，你无能为力，你别无选择。翌年春季，雨水充沛（也许是一个干旱的春季，那样，你的幼年就更加苦不堪言了），你就在这个小小的石缝中悄悄萌芽了。你萌芽之后才发现自己竟然出生在这样一个恶劣的环境中。没有兄弟姊妹，没有伙伴，没有邻居，没有同类；没有可供你扎根的土壤，没有可让你吸食的水分和营养。你哭泣，你绝望，你甚至痛不欲生，然而最终你还是面对现实勇敢、顽强地活下来了，而且活了六百多年还并不见老（称你老树仅指你的年龄而言），活成了一个奇观。

我无法知道你的根扎进岩石要用多少力量，也无法知道你从岩石中吸食水分和营养的手段。树根可以扎进岩石吗？岩石中有可供树根吸食的水分和营养吗？我原本不信，现在我信了，因为有你的存在。然而，你的根虽然可以扎进岩石，也不会深远，岩石中即便有水分和营养，也极为贫乏。你已经生长六百多年的身躯并不庞大就是证明，你身躯上残留的几枝干枝更是证明。

导游说，每到干旱缺水的冬季，这棵树上就会死去一枝或两枝，以保证其他树枝活着和来年春天发出新枝。

这是一棵树吗？这简直是一个物质贫困却精神充实的家庭，这简直是一个生存在恶劣环境中却精诚团结生生不息的民族。

老树无知，我却宁愿这样去想象。

梦回千年

一个白衣男孩儿把一盏点亮的河灯放入水中,河灯逐波而去。夜色朦胧,河灯渐行渐远,隐隐约约,似有似无。它要把我们引领到哪里?一个奇妙的梦境,一个绮丽的世界,还是一部尘封的历史?

在静静的期待中,一曲婉约凄美、愁绪百结的音乐由远而近,乐声萦绕,水面亮出一朵巨大的菊花。菊花在迷蒙的水雾中随波逐流,花瓣徐徐开放,晶莹剔透;花瓣盛开时,作为花蕊的十二个窈窕绰约的宋代美女,纱裙长袖,翩翩起舞,流光溢彩,如梦似幻。歌声响起:"春花秋月何时了,往事知多少。小楼昨夜又东风,故国不堪回首月明中……"这是亡国的南唐后主李煜发自肺腑的哀叹。一个王朝的衰亡必将昭示着另一个王朝的崛起。乐声忽强,斜后方的两座城楼骤然间光芒万丈,金碧辉煌,城楼上数百面大旗翻卷,如潮如浪。一副兴盛的皇家气派,与水雾中朦胧远逝的"故国不堪回首"形成强烈鲜明的反差。

——这就是清明上河园大型水上实景演出《大宋·东京梦华》的序幕《虞美人》,一个如梦如幻却又蕴含着世事哲理的绝妙开篇。

开封市为什么要兴建清明上河园?清明上河园为什么不惜投入一亿三千多万元巨资打造《大宋·东京梦华》?不知有汉,何谈魏晋,溯流回源,我们不能不提到北宋画家张择端举世闻名的艺术巨作《清明上河图》。

《清明上河图》是一幅反映市俗生活的历史艺术杰作,它通过对北宋都城汴梁清明时节郊野、河道、街市形形色色的市俗生活的细致描绘，生动地揭示了北宋汴梁的繁荣景象，对北宋的社会文化作了高度的艺术概括；作为历史现实主义的艺术杰作，《清明上河图》在艺术技巧上取得的成就是多方面的，整幅画作规模宏大，结构严谨，人和物的远近、疏密、动静、简繁，在画家的传神之笔下表现得形神毕肖，无微不至。在笔墨技法上，则兼取了"界画"的工致准确和"写意画"的淋漓活泼，以工代写，以写润工，使其画作典雅堂皇，百读不厌，美不胜收。

作为一幅艺术珍品，《清明上河图》的经历非常坎坷，它曾五次进入宫廷，四次被从宫中盗走，辗转流离，多灾多难，能够完好无损地流传至今，实属不易。首先收藏《清明上河图》的是北宋宫廷。金兵南下，攻破汴梁，混乱中此图被人盗出皇宫，第一次流落民间。元朝，《清明上河图》再次入宫，为皇家所有。元末，宫内一装裱匠巧用调包之计，用临摹本替换真品偷出宫廷，卖入民间。明朝嘉靖年间，权相严嵩大肆搜罗珍奇，《清明上河图》又落入严府，后严嵩权败家业被抄，此图第三次入宫，然好景不长，不久又被太监冯保从宫中盗走。明亡清兴，此图辗转数人后第四次入宫，藏于紫禁城延春阁。1911 年，清朝灭亡，逊帝溥仪以赏赐为名，将宫中的重要文物偷运出宫，《清明上河图》即在其中。1945 年，东北解放，溥仪和随身所携的珍宝一同被俘，《清明上河图》被安然无恙地保留下来，现藏于北京故宫博物院。

尽管《清明上河图》现藏于北京故宫博物院，实际上它却成为今日开封的一张名片，一个文化窗口，一种文化资源。正是这幅幸存的名画，让我们准确具象地了解了北宋都城汴梁的街市风貌、河运情况和当时人们的市俗生活。如何把这得天独厚的文化资源转化为文化旅游产业？在形容游人心情惬意时，不是有一句话叫"人在画中游"吗？于是策划、筹建、动工，由一幅名画走进了一座名园——清明上河园。清明上河园开园以来，果然游人如织，络绎不绝，正是"一朝步入画卷，一日梦回千年"。

开封乃中国八大古都之一，历史文化非常丰厚，最具代表意义的恐怕要数北宋文化了。从赵匡胤陈桥兵变"黄袍加身"，到金兵虏走徽钦二帝"靖康之耻"，历经一百六十余年，《清明上河图》及以其为蓝本修建的清明上河园，内容再丰富，也难以诠释整个北宋文化，可是赴开封的游客则多因其为北宋的都城而来。为了进一步开发开封的文化资源，让人们较多地了解千年之前的北宋文化，为了创建更加精美的景区并打造标志性品牌，让游人得到美的享受，清明上河园不惜重金，像干将、镆铘铸剑一样，精心打造了大型水上实景演出《大宋·东京梦华》。

"宋词"和"唐诗"一样，是中国古代文学史上的一个里程碑。《大宋·东京梦华》大型水上实景演出，分四场六幕，以八阕经典宋词的意境渐次展开，利用景物和声、光、色的无穷变幻，营构起动静交错、深远莫测的恢宏场面，尽量丰富地表现北宋王朝的历史及其文化。其构思策划独辟蹊径，新颖精致，别有洞天，具有强烈的艺术感染力和极高的审美情趣。

《大宋·东京梦华》大型实景演出的序幕《虞美人》，其意境和蕴意前边已有描述。北宋结束了五代十国的分裂局面，开创了一个一百六十余年的太平盛世。实景演出的第一幕《醉东风》，表现的便是北宋都城汴梁太平盛世的繁华景象。

纤夫们节奏整齐、铿锵有力的脚步声和号子声由远而近，由近而远，汴河漕运的船只往来不绝；按照《清明上河图》建造的汴梁街市店铺鳞次栉比，市民进进出出，饮酒，品茶，谈生意；街头河畔，各色行人，熙来攘往，儿童嬉戏，僧侣化缘，商贩引车卖浆，艺人舞枪弄棒，唢呐声里，鞭炮齐鸣，娶亲的队伍穿行其间；"东风夜放花千树，更吹落、星如雨"，上元之夜，火树银花，灯如海，人如潮，街市上，宝马雕车香满路，汴河中，歌声舞影醉花船。

《大宋·东京梦华》大型实景演出的第二幕，则是选用了苏轼的《蝶恋花·花褪残红青杏小》和柳永的《雨霖铃·寒蝉凄切》的文学意境，表现大宋王朝太平盛世的婉约情怀……

总体而言，大宋王朝是一个繁盛的王朝，科技的王朝，文学的王朝，艺术的王朝，婉约的王朝；因而，大宋王朝也是一个开明仁慈的王朝。大宋王朝科技进步，出版了《梦溪笔谈》《统天历》等诸多科技著作，毕昇的活字印刷术被誉为中国历史上的四大发明之一，医学上的"针灸铜人"也是首创于宋代；制瓷工艺也达到了一个高峰，产生了汝、官、钧、哥、定五大名窑；在文学艺术上诞生了苏轼、欧阳修、黄庭坚、米芾、张择端等一批大师级人物以及柳永等婉约派词人，就连宋徽宗赵佶本人也是一个造诣颇深的画家和书法家。说大宋王朝开明仁慈，当然是和其他王朝相对而言。大宋皇帝尤其是开国之后的前几位皇帝，基本上都能够做到勤于政务，体恤民心。到第四位皇帝宋仁宗赵祯，王朝的政治、经济、文化达到鼎盛时期。他恭俭仁恕，宽厚大量，起用了包拯、范仲淹等不少贤人志士，以至于他"驾崩"之时，朝野俱哀，"京师罢市巷哭，数日不绝，虽乞丐与小儿，皆焚纸钱哭于大内之前"，甚至当讣告送到辽国，"燕境之人无远近皆聚哭"，就连辽国皇帝耶律洪基也握着使者的手哭道："四十二年不识兵革矣！"遂将仁宗送他的御衣"葬为衣冠冢"，岁岁祭拜。

然而，大宋王朝也是一个"文治"有余而"武功"不足的王朝，在大宋王朝统治的三百余年间（包括偏安一隅的南宋），辽、西夏、金、蒙多次来犯，边关战争不断。

赵匡胤陈桥兵变、黄袍加身被拥立为皇帝之时，命令部下安抚后周君臣，不许杀人，不许扰民。军队回师京城，基本上做到了军纪严明，秋毫无犯，既和平获取了政权，也最大限度地争取了民心。

赵匡胤开国立号，史称宋太祖。在平定了反叛、征服了南唐、政局基本稳定之后，赵匡胤吸取本人"黄袍加身"及前朝兵变频仍之鉴，上演了史上有名的"杯酒释兵权"这一幕。他两次宴请石守信等军功大将和王彦超等各镇节度使，声泪俱下地劝说他们释去兵权，罢镇改官，买良田，置美宅，终其天年。赵匡胤开国之初就把军权、人权、财权集于中央，也确立了"扬文抑武"的基本国策。武将地位低下，文人地位拔高，文臣看不起武将，更不屑于从军。

这样一来，虽然消除了地方割据的内忧，却酿成了边关吃紧的外患。大宋王朝虽有军队百万，然而在对辽、西夏、金的边关战争中，不说是屡战屡败，也实在是败多胜少。宋真宗景德元年（1004年），辽军攻宋。当时宋王朝经济繁荣，国力强盛，多数大臣仍然主张议和，以宰相寇准为首的少数人主战，并最终说服宋真宗御驾亲征。双方战于澶渊，宋军获胜。然而，宋真宗赵恒却决定就此罢兵，并签订了"澶渊之盟"，以每年向辽纳白银十万两、绢二十万匹来换取与辽的和平。这也是宋王朝用向辽纳贡的方式换取和平的开始。在对待外族入侵的问题上，"议和"成了大宋王朝的主导方向，延续到南宋。宋仁宗时有一员名将狄青，他骁勇善战，征西平南，屡建战功，官至枢密使，终因名望过重引起朝廷猜忌。以仁厚出名的宋仁宗明知狄青是忠臣，但最终还是听从了宰相文彦博等文臣的劝谏，将其罢官出知陈州，致使一代名将忧愤而死。这也是"扬文抑武"国策的具体落实，只是没有太祖的"杯酒释兵权"高明而已。其实，狄青还不是大宋王朝下场最悲惨的名将。南宋高宗赵构和宰相秦桧为了与金兵议和，竟然以"莫须有"的罪名杀害了抗金名将岳飞，更是卑劣之极了。

太祖开国所立"扬文抑武"的基本国策，一开始就埋下了隐患，这种隐患与时俱进，与日俱增，最终成为王朝灭亡的一个重要因素。《大宋·东京梦华》大型实景演出在表现大宋王朝繁荣、繁盛、婉约、繁华的同时，这种"隐患"就像"阴转晴天"时的影子一样，随着剧情的发展逐渐显现出来。例如第三幕《齐天乐》中周邦彦的《少年游》："锦幄初温，兽烟不断，相对坐调笙。低声问：向谁行宿？城上已三更……"这和序幕《虞美人》中的"故国不堪回首月明中"相呼应，同样昭示着一个王朝的末日。

大宋王朝的第八位皇帝徽宗赵佶，酷爱艺术，擅书画，他的画作有藏于故宫博物院的《芙蓉锦鸡图》、藏于台北故宫博物院的《腊梅山禽图》等；他建立了皇家"宣和画院"，令下属编辑的《宣和书谱》《宣和画谱》等书籍对研究中国美术史有相当大的贡献；他还别出心裁地把作画列入科举升官的一项科目，留传下来许多佳话。比如一次他以"深山藏古寺"为考题，多数人画的是层层叠叠的大山有一座寺院，或者露出大殿一角，然而夺得头名的画作上却没有任何建筑，只有一个和尚在山溪间挑水。宋徽宗虽然在艺术上造诣颇高，然而作为一代帝王却极不称职。他崇信道教，贪图享乐，不理朝政，当金兵大举进攻时无法应对，急急忙忙把皇位传让给儿子赵桓。赵桓登基，是为钦宗，改元"靖康"。他即位后立贬蔡京、童贯等人，重用李纲抗金。可不久又听信"议和"派谗言，罢免李纲，向金求和。金国趁此机会于靖康二年（1127年）渡过黄河，攻克北宋都城，俘虏徽宗、钦宗二帝及官员、嫔妃上万人北上，囚于五国城（今黑龙江依兰），是为"靖康之耻"。

《大宋·东京梦华》用抗金名将岳飞《满江红》的悲壮境界，把大型实景演出的气氛推向了高潮。"怒发冲冠，凭栏处，潇潇雨歇。抬望眼，仰天长啸，壮怀激烈……"

硝烟弥漫，战马嘶鸣，硝烟中兵将汹涌，枪如林，刀如霜，战旗猎猎；战舰驶来，隆隆的炮声撼天动地，腾起的水柱蔽日惊云，水中的波浪翻卷着血红……这场景让时光倒流，倒流至西湖歌舞、中原浴血的公元1140年。"靖康耻，犹未雪，臣子恨，何时灭……"顺昌大捷，郾城大捷，岳家军收复西京洛阳，前锋直抵朱仙镇……

花非花，雾非雾，夜半来，天明去，来如春梦几多时，去似朝云无觅处。惊现于眼前的大宋王朝又随着历史的烟云悠悠远去；王朝兴衰，任人评说，可是它留传下来的灿烂文化却与日月同在，当然它留给我们的还有无穷无尽的想象和思索……

花是主人

丁亥年重阳期间，随中国著名作家代表团到古都开封采风，适逢开封市第二十五届菊花花会开幕式。我曾在河南大学就读四年，之后又多次去开封，却总是错过花开时节，还没有观赏过久负盛名的开封菊花。

今秋气候偏冷，大多菊花尚未盛开，然而对于我来说，正是赏花的最佳时节。花朵欲开未开，正如十六七岁的少女，才是真正的花季，给人以遐想，给人以信念，给人蒸蒸日上的朝气，给人好日子还在后边的希望。鲜花盛开固然极美，然而盛极必衰，很容易让人联想到凋零的日子或者江郎即将才尽了。

菊花之于中国，文字记载已有三千多年历史。而开封人尤其钟情于菊花，养菊，爱菊，赏菊，历史悠久，形成了独树一帜的菊文化。唐代已开始品种培育，大诗人刘禹锡就有"家家菊尽黄，梁国独如霜"的诗句。宋代品种更多，《东京梦华录》有这样记载："九月重阳，都下赏菊有数种。其黄白色蕊若莲房曰万龄菊，粉白色曰桃花菊，白而檀心曰木香菊，黄色而圆者曰金铃菊，纯白而大者曰喜容菊，无处无之。酒家皆以菊花缚成洞户。"百姓集菊于市，自发进行赛菊，这种民间赛菊活动一直保持到现在。1989年，第三届全国菊花展览在杭州举办，共设奖二十九项，开封菊花获奖二十二项，各家媒体纷纷报道：古都开封名贵菊花专机抵杭，棵棵硕大娇艳，盆盆怒放潇洒，大有盖压群芳之势，君不观开封菊花将是终生遗憾。

在古都开封，作为官方举办的菊花展览我不知道始于何朝何代，我只知道中华民国张钫（张伯英）任河南省建设厅厅长（当时省会在开封）时就举办菊展。20世纪80年代的一个阳春，我到鄢陵县姚庄采访，一位年逾古稀的老人，给我讲了他在开封禹王台当花工时亲历的一段往事——张钫与菊展的往事。

鄢陵县姚庄，人称姚家花园，传说从周朝鄢国时就开始种花，见于"经传"也有五百年的历史了，《鄢署记闻》上就有"西乡姚庄编户皆艺花"的记载。

老花工当年是名副其实的小花工。他十六岁就外出当花工，开始在鄢陵县农业局，后来在开封禹王台公园。禹王台据说是为纪念大禹治水修建的，又因为这里是春秋时代的大音乐家盲人师旷抚琴吹乐的地方，所以也叫"古吹台"。台上有三贤祠，唐朝大诗人李白、杜甫、高适曾在台上相聚吟诗。

当时的禹王台公园由建设厅领导，厅长张钫非常喜爱菊花，每年重阳节期间都要举办菊花展览。

1931年前后，为了重阳节菊展，公园栽培的菊花特别多。有根栽的，有籽种的。大的小的、圆的扁的、长的方的花盆就用了几万。当时的小花工姚成把它们排成"方阵"，以便浇水施肥和整枝整形。

在圆形花盆的队列中间，有一棵菊苗长得分外与众不同。怎么说呢？当你老远走过去，它就像鸡群之鹤，"呼"一家伙就跳到了你眼睛里。这一方阵都是籽种的。别的菊苗才刚破土，那棵菊苗却已经拔地而起，有三五片叶子在春风里摇头晃脑了。那叶子也非一般菊叶可比，不光是显得厚大，颜色也特殊，墨绿，有光泽，叶背没有白膜。

小花工特别喜欢这棵菊苗，觉得它原来占据的那个圆形灰陶花盆显得很不相称，就抽空儿到土街选购了一个最精美的紫砂胎的方形花盆，把那棵菊苗移栽进去。那一年，为了培育这棵菊苗，小花工真是下了大功夫。

　　由于它长势太猛，小花工便提前掐了顶。第一次分权便出了七个头。等这七个头长到一拃多高的时候，留下正中一枝，其余的又掐了顶。小花工准备把它修整成"繁塔"一样的造型，三层花，正中那枝如蛟龙出水。而且名字也早早起下了，就叫它"独占鳌头"。

　　进入阴历九月，各种各样的菊花就陆续开放了。秋花不像春花那样富丽堂皇，争奇斗艳，然而却清新飘逸，潇洒恬淡，别有情致，就是闻一闻那满园子一缕缕略带药味的清香，也叫人顿生飘飘欲仙之感。

　　小花工最喜欢、最精心培育的那棵与众不同的菊花终于开放了。它整株花有一人来高，下面一层有筛口大小。小花工企望它开出一朵精美绝伦的真正"独占鳌头"的菊花。然而它的花色花形却让人大失所望。你一定没有见过那么难看的花色，青不青，蓝不蓝，紫不紫，白不白，黄不黄，灰不溜秋，死人脸一样，要多难看有多难看。花形更次，每朵有三五枚花瓣，又粗又长，一律向下耷拉着。最上边的一朵也只有六瓣，像个挂在树枝上的猴子。

　　重阳节那天，禹王台公园菊展正式开幕。菊花品种之多和形式的隆重比起现在开封的菊展也不逊色。提前七天闭园进行布展，门外是用各色菊花编成的一个大花篮；门内花池正中用三种颜色的菊花编成一横匾：黄边，白底，中间是紫色的"秋魂"两个大字。路两边全排满了各色品种菊花，什么"玉楼春晓"啦，"火焚绣楼"啦，"二龙戏珠"啦，"白素贞"啦……

小花工也让那盆令人失望的菊花参加了展出，因为它毕竟费了他不少心血，何况草木一秋，花也有灵性呀，云想衣裳花想容，哪棵花不想美丽呀？当然"独占鳌头"这个名字是不能用了，又根据它的色形随便起了个"猿猴坠枝"。

重阳节早上正准备开园，园长找到了小花工，说是今天厅长张伯英要来赏菊，问还有啥不妥的地方没有，并让小花工领着他再亲自查看一遍。园长一眼便看到了那盆叫人丧气的死人脸似的菊花。

园长亲自和小花工抬起了那盆菊花。可是抬到哪儿去呢？那盆菊花又沉得要命。一抬头看到了不远处有个厕所，便径直走过去，把它放到厕所门口也就无伤大雅了。

上午，园长和六七个体面人物簇拥着张伯英赏菊。小花工因为随时准备充当解说员的角色，片刻也不敢远离。

一路行来，张伯英兴致很高，时而高谈阔论，时而朗声大笑，间或夹杂些古人咏菊的诗句。讲到妙处，众人便赞不绝口。别说，张伯英还真是懂菊赏菊的内行。

看完菊花，张伯英要去小解。从厕所出来，张伯英突然发现了那盆"猿猴坠枝"。他手摸着下巴，端详了一会儿，又左右细看，突然又冲我们的园长大声说："你是怕俺张钫要不是？就这一盆好花你还藏到了这里！"

园长一下子没弄清是怎么回事，愣了一下，结结巴巴地说："厅长，这……这花太难看了，我是怕厅长见了……"

"俺偏要了！"他回头喊他的随从，"给我抬走！"又从腰里掏出十块现大洋给小花工，"拿去打壶酒喝！"

就在两个随从上前搬花的时候，其他人也都围上来观赏：

"真是盆好菊花！"

"厅长真好眼力！"

"我还是第一次看到这么漂亮的菊花……"

听到别人称赞，张伯英喜形于色，朗声一笑："哈哈！别说你们，俺老张也是第一次见这品种。你们看——"他走上去指着最上面那朵花说下去，"谁见过这种颜色、这种形状的花？谁见过这么粗的花瓣？你们看这六大瓣，有头有脑，有胳膊有腿，连尾巴都不少，货真价实的'猿猴坠枝'。不说花形花色，连叶子也与众不同……"

消息传开，汴京城不少有头脸的人物纷纷到张伯英家赏花，于是，"猿猴坠枝"成了风靡一时的名菊。

20世纪末，我到洛阳市新安县参观千唐志斋博物馆，才知道千唐志斋原来就是张公馆的后花园。张钫虽然在当时政界只当到了河南省代理主席，但在国民党中也是一个颇有影响的人物，尤其是他给我们留下了珍贵的价值连城的千唐志斋。他收藏的一千四百一十九件墓志、碑碣，真实生动地再现了大唐近三百年的文治武功，是比史书更真实的历史。张钫不愧当过建设厅厅长，他建造的千唐志斋古朴优雅。我去参观的时候正是春季，园中百花盛开，未进馆室，首先看到的是宽大的影壁墙上的八个楷书大字：谁非过客，花是主人。我想，张钫先生建成这座千唐志斋的时候一定也是百花盛开（抑或菊花盛开，因为张钫爱菊，园中一定栽满了菊花），于是挥笔题写了这八个大字。是啊，历史上成千上万的帝王将相已如过客远去，我们也将如过客远去，人生苦短，只有花开依旧，只有花是永远的主人。

此时此刻，我流连于古都开封的龙亭公园，信步于熙来攘往的人群中，观赏名满天下的开封菊花，不觉联想到开封市民钟爱菊花、养育菊花的悠久历史，并由今天的菊展联想到 20 世纪初叶张钫举办的菊展，联想到已成为千唐志斋博物馆的张钫的后花园。

于是张钫先生题书的八个大字就跃然而出：谁非过客，花是主人。

思念并未随时间而逝

我是一个记事很早的孩子。最初始的记忆是一排穿着草绿军装的士兵在我三大伯家的屋后列队集合，我和堂兄不敢近前，趴在二叔家的窗棂上偷看；还有在我家堂屋，本族哥哥刘景林把驳壳枪里的子弹一颗一颗退出来，一丝不苟地擦拭。那应该是新中国成立前后的事情。我是1947年出生的，当时最多也就两三岁吧。

最多的当然是关于母亲的记忆。比如，我跟母亲去我姥姥家，我不想走路，非让母亲抱着，母亲不抱，我就赖着不走；比如，一次在大伯家的打麦场，母亲正和婶子大娘们聊天，我没来由地从后边抱着母亲的头像摇拨浪鼓一样摇，母亲照我的光屁股就是一巴掌，打得我哇哇大哭。在我的记忆里，这是母亲第一次打我，也是唯一的一次。春天跟着母亲到我家南地摘金针，夏天到东地瓜田四周摘豆角，这应该是我稍大一点的事情了。记忆最深的就是跟母亲到磨道推磨了。家乡的磨道大多是在住房的屋山盖一间草屋，里面盘一盘石磨。农闲的时候可以套牲口拉磨，农忙的时候只能人推了，推磨的也就多是女人和孩子。20世纪90年代，《散文选刊》曾经选过我一篇散文《磨道之道》，写的就是小时候我跟着母亲推磨的事情。

母亲晚年的时候神智糊涂了，身子还算硬朗，我回老家看她，她总是先拉着我的手哭，可是过一会儿就不知道我是谁了。听大嫂说，母亲经常一大早起床，在院子里喊我的小名："铁头，走，跟我去推磨！"或者"铁头，走，去东地摘豆角！"母亲依然很勤快，一会儿也闲不住，碗一丢就扛着篮子下地给牛羊割草，可经常忘记回家吃饭，害得我的大侄子一到饭时就漫天地里找奶奶。

　　大概是有一些事情无处诉说，只能讲给孩子听的缘由吧，只有我和母亲单独在一起的时候，母亲偶尔会给我讲一些我出生之前的事情。有一年过蝗虫，蝗虫像乌云一样飞来，所有的庄稼被一扫而空。父亲推着独轮车到豫西贩粮食，母亲背着我二哥牵着我大哥去要饭。大哥太小走不动，只好把大哥自己撇在家里。母亲背着二哥一出门，三岁的大哥便站在门口，眼巴巴地盼着母亲归来，一次母亲回来得太晚，大哥把嗓子都哭哑了。母亲还说起有一次姥爷过生日，家里没有钱买糕点，便炸了一篮儿油馍去给姥爷祝寿。姥爷家在清河集，清河集是有名的集镇，豫剧祥符调的发源地。姥爷家是镇上的大地主，路东路西几进院子，全是青堂瓦舍两层楼房，屋脊上蹲着瑞兽鸱吻。姥爷一见母亲拿的东西，脸立刻黑了下来，说了一句"我就烦吃油馍"，便不再理睬母亲。母亲扭身就走，发誓就是要饭也要隔过我姥爷家的大门。果然，次年黄河发大水又淹了我们家，我们家在清河集村外搭了一间窝棚暂时栖身，母亲就在集上要饭却从不进我姥爷家的大门。母亲说的这些事情也许只是说说而已，却会影响我的一生包括我的人品人格。

　　我一直不明白，我的母亲，一个大地主的闺女怎么会嫁给我的父亲。我十三岁的时候父亲就去世了，是1960年连病带饿去世的，我几次想问我母亲都没好意思开口。然而，从我本族哥哥刘景林的口中我还是捕捉到了一些蛛丝马迹。刘景林民国期间就走南闯北，见多识广，他说我父亲的爷爷在开封做官，而且为官清廉，去世的时候就留下来三间杂货铺，之后就逐渐没落了。我之所以相信刘景林的话，还因为我们村当时只有两个文化人，一个是我本族叔叔刘清臣，另一个就是我的父亲刘清心。我父亲毛笔字写得非常清秀，每到春节前，几乎全村人都到我家让我父亲写春联，而且春联的内容大多是唐宋诗人的名句。

后来，我姥爷因为赌博输了大部分财产，又和五个儿子分了家，土地改革的时候只有我姥爷、姥姥划了地主分子，我的五个舅舅都是中农。从我五六岁开始，每年夏天瓜熟季节我几乎都住在我姥爷、姥姥家里，准确地说是住在舅舅家里。清河集的瓜远近闻名。舅舅家的瓜园都在黄河岸边，有几个表兄弟又和我年龄相仿，我们串瓜园吃瓜，到黄河里洗澡，天天玩得痛快淋漓。那时的姥爷已是晚年，给我留下的印象是落寞沉静，并不像母亲说的那样不近人情。舅舅、妗子和十几个表兄弟表姐妹们对我和母亲一个比一个好，一个比一个亲，现在回忆起来还让我心里觉得暖融融的。

我特别善于爬树，再高再滑的树我都能爬上去，攀枝登干一直爬到禁不动人的地方。清明前上树捋榆钱，小满后上树捋槐花、摘桑葚，小伙伴们谁也没有我爬得高。母亲并不禁止我爬树，只是叮嘱我要小心，别从树上摔下来。然而对于我上树掏鸟蛋母亲就干预了。

村南有我们家三亩地，地北头是我们家的打麦场，场边有一棵老椿树，"灰脖偷"在树上搭了一个窝。灰脖偷学名叫作灰喜鹊，大概是因为它爱偷东西吃，老家人都叫它灰脖偷。初夏的一天，我发现一只灰脖偷在给窝中的小鸟喂食，小鸟们叽叽喳喳地嚷叫。我约了一个小伙伴上树掏鸟窝。鸟窝搭在树梢上，而椿树太脆不敢爬得太高，我们便一人带一根木杆子，准备把鸟窝捅下来。我刚爬上老母杈，就被一只灰脖偷发现了，它警惕地大叫："干啥——干啥!"这叫声好像是报警和求援,几十只灰脖偷立即从四面八方飞过来,一边愤怒地大叫,一边像战斗机一样向我们俯冲。小伙伴挥舞着杆子对付疯了一样的鸟群,我则一手举着杆子继续往上爬,一步一步接近鸟窝。

我冒着鸟群的围攻就像冒着枪林弹雨,正当我把鸟窝捅得摇摇欲坠的时候,不巧我母亲正好从树下路过,便仰着脸冲我大喊:"铁头,你给我下来! 那是灰脖偷的家呀!"我说:"我想养一只小鸟玩儿。"母亲说:"灰脖偷气性大,你养不活,尽是害性命! 你快给我下来!"可我舍不得前功尽弃,还是不顾鸟群的围攻和母亲的喊叫,把鸟窝捅了下来。我从树上下来的时候,母亲正蹲在摔散了的鸟窝旁边,手中捧着一只奄奄一息的小鸟。母亲看到我从树上下来,捡起地上的木杆子就要打我,我一溜烟跑进南边的麦地。

天黑透了我还不敢回家,一直躲在大娘家的磨道里,大娘发现了我才把我送了回去。母亲的气已经消了,母亲说:"往后再别干这种事了,灰脖偷,好歹也是一条性命呀!"

1960 年是我小升初的一年,也是我父亲去世的一年。那一年我二姐带着四岁的女儿从玉门油田回来探亲,加上我侄子侄女,家里有三个孩子。食堂的定量是每顿饭大人一个窝头,小孩半个,再小一点一棱(四分之一)。每次打饭回来,三个孩子都眼巴巴地盯着馍筐里的窝窝头。母亲便把自己的一个窝窝头掰给她的孙子一块,掰给她的孙女一块,再掰给她的外孙女一块。为了孩子,母亲已经顾不上躺在病床上的父亲了。父亲是病死的,也是饿死的。父亲是7 月去世的,没有看到我的初中录取通知书,如果父亲能看到我的录取通知书,也许临走的时候会得到些许安慰。

当时我们公社就一所中学，叫作封丘四中。学校位于公社所在地黄陵集，离我们村八里地。我一个星期回来拿两次馍。我的定量是每天七两，食堂称出二斤一两面，给我蒸九个窝窝头。开始是杂面的，红薯面的，后来什么面也没有了，每天只能吃到七两红薯渣。

也许我本来就是家里的老疙瘩，也许母亲从我身上看到了一点家族的希望，自从我上初中后母亲就对我特别关心起来，母亲说："在家处处好，出门步步难哪。"母亲自己吃柳絮野菜，把一口一口省下的馍晒成馍干，剥花生种时剩下的秕花生也留下来，麦收、秋收的时候跑一二百里到京广线以西拾麦子，拾谷子，拾黄豆。说是去拾庄稼，也是去要饭。找一个善良的人家住下，白天拾庄稼，饭时去要饭，晚上把拾得的一点庄稼去秆去皮，差不多也能落半斤粮食。母亲要到的好一点的馍也舍不得吃，晒干了积攒起来，回来时和拾得的粮食一起带回家。就这样，几乎每次回来拿馍，母亲都能给我另外准备一点食品让我带回学校，让我饥肠辘辘的肚子能够稍微充实一点儿。

初中三年，母亲就对我发过一次脾气。

那是一个星期六，老师都到县城开会去了，下午就放学了。我回到村里的时候街上静悄悄的，尽管是大白天却看不到一个大人，远远地，看到几个半大孩子围在一起好像在争吵什么。我继续往前走，其中一个孩子看到了我，叫了一声："铁头哥回来了！"于是那几个孩子推搡着一个孩子向我走来，好像我是他们的江湖老大，等着我解决问题一样。我看清楚了，他们为首的孩子叫秋成，比我还大一岁。被推搡的孩子不是我们村的，有十来岁，怀中还抱着一只母鸡。"咋回事？"我问。"他偷人家的鸡，到咱村卖！他们东乡人可会偷鸡了，用一根长线拴一只铜蚂蚱，鸡一吃就跑不掉了。"秋成说得有鼻子有眼的。我问外乡孩子："在哪儿偷的鸡？""不是偷的！"外乡孩子说。"那是哪儿来的？""是俺家的鸡！""你还嘴硬？"我说着就给了外乡孩子两个耳光，秋成也趁机把那只鸡夺了过去。"就是俺家的鸡，俺家逃荒打这里过，俺娘让俺把鸡卖了。"外乡孩子哭了，哭着向村外跑去。

早有孩子把这件事情告诉了我母亲，我还没有回到家母亲就迎面过来了。"你打人家孩子了？"母亲劈头就问。"他偷人家的鸡！"我说。我的底气有点不足，此时我也不敢断定那只鸡百分之百就是那孩子偷的。"退一百步，就是那孩子真偷了鸡，你也不能打人家，第一人家比你小几岁，第二人家是外乡人，你这不是仗势欺人吗？坏良心哪你！"我低下头一声不吭，我知道这件事我干得太鲁莽了。"鸡呢？"母亲又问。"西头秋成抱走了。"我说。"赶快去，先把那外乡孩子追回来，再去把鸡要回来还给人家！"

我顺着孩子跑去的方向追到村外，哪里还看得到那孩子的影子？我垂头丧气地回到家，母亲一看就知道我没有追上那孩子。母亲语重心长地说："人哪，没啥别没良心，坏啥别坏良心。对外乡人，能帮一把就帮一把，帮不上也就算了，可说一千道一万也不能欺负人家。你还小，不知道出门在外的难处啊！"

这件事情铭刻在我心里几十年，也让我愧疚了几十年。那个外乡孩子如果还健在的话，如今也已是年逾花甲了。在这里，我向您谢罪了。

人这一辈子，有时候运气好一点，有时候运气差一点，运气随时局而变，这就是时运了。比如我，初中毕业的时候运气就不错，正赶上郑州一中被定为省重点，全省招生，我还就侥幸考上了，按照通知书要求，户口和粮食关系一下子转到了郑州。要知道，当时农转非有多难哪！高中毕业的时候运气就差了，就要高考的时候来了"文化大革命"，大学关了门。两年后作为知识青年到信阳罗山县双楼大队下乡，之后又到郑州铝厂当工人。好在十年"文革"结束后，1977年恢复了高招，尽管晚了十一年，我毕竟圆了自己的大学梦。

读高中时还有寒暑假回家和母亲相聚，参加工作后的探亲假就是来去匆匆了，再加上我二姐随丈夫从玉门调到大庆油田后，母亲还要去大庆给二姐看孩子，去一次就是一两年，这样一来，我想念母亲的时候，就只好拿出母亲的照片看一看。

这十来年里，和母亲一起生活较长时间的有两次，加起来一年有余。

第一次是我在罗山县农村下乡的时候。尽管我每次写信都说我在异乡生活得不错，可母亲还是不放心她的老儿子，便独自从豫北到豫南来看我。那一年母亲已年过花甲。尽管路途不足千里，可始终两地都是偏远的农村，交通非常不便，这对一个不识字的农村老太太来说实非易事。我一接到母亲要来的电报，便立即和同学张忠义拉着架子车到县城去接她，一路上担心母亲搭错车，走丢了。我低估母亲了，当我们赶到罗山汽车站的时候母亲正从出站口往外走。看到儿子气色不错，母亲也露出了舒心的笑容。母亲在我们知青组住了半年多，知青组的几个同学都很好，母亲也把他们当作自己的子女，天天为大家扫地做饭，刷锅洗碗，生活得非常开心。

第二次是1976年，那时候我在郑州铝厂当工人，我的大女儿已经一岁多，母亲是来给我带孩子的。我们在家属招待所住了一间十二平方米的小平房。家属招待所主要是供家属来探亲临时居住的，六排小平房，每两排中间装有公用水龙头，旁边空地上有土垛的公共厕所。当时厂里"一头沉"的老工人很多，老婆带着孩子从农村来探亲，一般来说住下就不走了，这样时间一长，每一间平房基本上都已经各有其主，我们能住上一间已经很不容易了。我们也和邻居一样，顺着小平房的屋檐向前伸出两米余，接上一小间简易房子，门左边地方小，放手提式蜂窝煤炉和案板，门右边地方大，放一张单人床，母亲就睡在这张床上。

能到她的老儿子"家"给老儿子看孩子，做饭洗衣，母亲别提多高兴了。在我的记忆里，那是母亲最开心的一段日子。女儿很乖，不用她怎么操心。母亲本来就爱干净，家里地方又小，每天都要扫几次地，门里门外干干净净，锅碗瓢盆洗得锃亮锃亮，码得整整齐齐，再盖上干净的抹布。母亲已年近古稀，精气神儿却很足。家里的活儿不够干，还要帮助岳母家拆洗被子、棉衣。如果说和母亲有一点争执的话，也全是因为吃饭。那年月无论买什么都要票证，买面自然也要，而且粗粮、细粮搭配。母亲蒸馍老是蒸两样，让我们吃白面馍，她自己吃粗粮馍。我和妻子让她吃白面馍，她坚决不吃，还态度强硬地说："我就喜欢吃粗粮。"左邻右舍都有农村来的大嫂大妈，母亲闲下来就和她们唠家常，相处得非常融洽，有时候邻里拌嘴她还会从中劝解。一次，最前排平房的两个妇女因为一块钱吵得不可开交，谁劝也不听。母亲回家后心情不是太好，自言自语说："人哪，把钱看大了，人就小了。"

大学毕业后我被分配到《妇女生活》编辑部工作，后来又调到《奔流》编辑部。老婆孩子还在上街区，我一直住单身宿舍，没有办法把母亲接到我的身边。

自从我结婚，妻子每月都会给我母亲寄五元钱，我不知道母亲是怎么花用的，但是我却知道，我每次回家探亲给母亲带的糕点母亲是怎么"享用"的。我一般都是早晨从郑州动身，下午到家。母亲一见我总是先端详一番，然后忙着给我煮鸡蛋、做好吃的。晚饭后就会打开我带回去的糕点，先给她的孙子孙女每人分一块，再给大人分一块，自己也尝一块，之后就开始她的"爱心之旅"了。她拿出两块，把其余的封好，再把拿出来的两块包好裹上手绢，起身出门。我问她去干啥，她说："东院你大娘眼瞎好多年了，啥好的也没有吃过，怪可怜的。"不一会儿母亲回来了，又包上两块拿起来往外走，我问她又给谁送，她说："你四奶身体不好，给她送两块去。"就这样，一天，两天，直到送完为止。我知道母亲做得没错，可心里还是有点不大舒服，就说："我是给您买的，可您都让人家吃了。"母亲心平气和，似安慰又似开导地说："自己吃了填坑，人家吃了扬名。"

我无话可说。别看母亲不识字，有时却能说出既富于人生哲理又饱含人品道德标准的格言一样的语言，这些语言生动鲜活，我没有从别人口中听说过，也没有从书本上看到过。

1988年年底，我终于在纬四路分到一套房子，面积虽不算大，却是三室一厅的，把母亲接过来也够住了。而且还是一楼，很适合老人居住。然而，这时候，母亲却已经去世将近两年了。

我考上郑州一中之后，村里人都说母亲将来能享我的福，亲戚也都说母亲将来能享我的福，然而，我却连好好伺候母亲几年都未能做到。这成了我心中永远的痛。母亲离开我们已经二十七年①了，我对母亲的思念却一直不绝如缕，经常梦到母亲。

母亲晚年信了基督教，安葬时却依然用的是传统葬礼。送盘缠那天晚上，打开棺盖让亲人最后瞻仰母亲遗容，母亲平静安详，面色如初，好像睡着了一样。同样信奉基督教的二哥说："你看咱妈的面色多好，咱妈这是上天堂了啊。"

---

① 本篇文章创作于 2014 年。

父亲的手抄本

前几年，北京一家出版社与我签订出版《灵牛》、再版《天狼》《天狗》合同的时候，约请我到某省几所中学签名售书。我没怎么考虑就答应下来。签名售书不但可以扩大影响，多销点书还可以增加一点经济收入，好事呀。然而书将面世的时候，又说每次签名售书之前要给同学们讲一堂课，题目自定，只要是关于读书和写作的内容就行。这可让我为难了。我这人生来就口才不行，笨嘴拙舌，不会讲课。出版方鼓励说，作家哪有不会讲课的？我说我还真的不会，可能是心理素质差，一上台就紧张，一紧张脑袋里就一片空白，往往讲了上一句，下一句就失联了。他们说面对中学生有什么好紧张的，又不是竞选总统。为了帮我准备功课，他们还给我发来了别的作家讲课的视频资料。看到别人在台上谈笑风生，把课堂气氛调动得兴奋热烈，自己心里就更没有底气了。

给中学生讲一讲读书和写作，对于别的作家来说，也许真的可以信口即来，然而对于我却真的很难。

既然当初已经答应了人家，那就硬着头皮准备吧。

我平时写作，无论是写小说或是散文，如果能找到一个好的开头，写下去就非常顺畅，开不好头，就滞涩难行，怎么写怎么别扭。一个中短篇小说或散文，有一个好的开头就基本上成功了一半。

讲课也应该大致如此吧。

怎样开头呢？

就读书而言，现在的孩子真是条件太好了，和我的童年相比，可以说是云泥之别。现如今，多数家庭都富裕了，尤其是城市，只要是孩子需求的书，或者家长认为对孩子学习有用的书，家长大都会给孩子买回来，无论定价。而我小时候，家里却没有一本适合少年儿童阅读的图书。说出来你们可能不信，我小时候读的第一本书，其实是我父亲亲手抄写的一本手抄本。

好，就从父亲的那本手抄本说起吧。

在我十三岁那年，父亲就撒手人寰了。时在 1960 年，那年我从平街村完小考上了黄陵公社初中，父亲没能看到我的录取通知书。1957 年反右，次年成立人民公社，开始了气冲霄汉的"大跃进"，"赶英超美""让钢铁元帅升帐"，五十岁的父亲到山里"大炼钢铁"，夜间加班掉到沟里摔伤了腿，没有得到及时治疗，回来后一直腿疼，后来开始肿胀化脓。正是饥饿年代，父亲卧病在床，病饿交集，临死也没有吃上一顿饱饭。

我童年时，我们村有两个文化人，一个是我父亲，名讳刘清心；另一个是我本族的叔叔，名讳刘清臣。当时刘清臣叔叔在部队服役，这样父亲就成了村里唯一的文化人。清朝晚期父亲的爷爷曾在开封做官，父亲生于 1908 年，大清将亡，到该上学时已是民国之初。父亲是生于开封还是老家？父亲是怎么学的文化？是读的私塾还是新兴的学堂？已经不得而知了。

父亲去世已经六十一年了①，父亲的形象已经模糊在深深的岁月中。准备写这篇文章的时候，我又细细回忆：父亲中等偏高的个

----

① 本篇文章创作于 2021 年。

子，瘦瘦的身材，脸型也是瘦瘦的，高鼻梁，大眼睛。多年前，族中的长辈曾说我长得有几分像父亲，对镜审视，还真是依稀有点儿父亲的影子。

想系统地写一写父亲已经不可能了，仔细回忆也只能从我久远的模糊的记忆里竭力搜寻出一些场景或者片段。

在我的记忆里，父亲从没有打过我，甚至连训斥也没有过。学龄前父亲就教我读写一些常用字；教我珠算，"一上一，二上二，三下五去二，四下五去一，五去五进一……"此类珠算口诀我学龄前就背得滚瓜烂熟；教我一些文字谜语，比如"山上一座山，闯王把马牵，砚边石不见，嘉靖力不全——打四字（出门见喜）""言边草色青，二人土上生，乞讨为一口，人在草木中——打四字（请坐吃茶）""四山肩并肩，四口紧相连，十字中间坐，日字排两边——打一字（田）"。父亲出门爱带着我，我也爱黏着他，比如探亲访友，赶集赶会。刚成立农村合作社时，父亲是生产队的会计，父亲每天晚上要去生产队给社员记工分，我也一天不落地跟着，就连梦游也离不开父亲。

那是夏天一个没有月亮的晚上，我们老家叫作"月黑头"。村子里静悄悄的，连狗叫声也没有，树木的轮廓黢黑一片，时而可以看到谁家一灯如豆。父亲手牵着我从村东头的生产队队部往家走。我光着身子一丝不挂，心有余悸地偎依着父亲，一边走，一边还在抽泣。

——这其实是事情的尾声。而整个过程则是后来通过二婶和父亲的述说，我才知道的。隔壁我二婶说，我那天晚上去你家借簸箕，你正在你家的老枣树下面睡觉。我刚一进大门，看到你突然哭喊着从席子上爬起来，哭喊着你伯（父亲），飞快地向村东头跑，我拦都拦不住。父亲则说，晚饭后我看你在枣树下睡着了，就自己去生产队了，我刚给社员记完工分，正在说事儿，你就哭喊着跑进了会场，我把你搂在怀里，叫了半天你都醒不过来。

我是梦游了，我们老家叫作撒吆挣。

我们家在村南，生产队队部在村东，相隔大半个村子，我在梦中怎么能直接跑过去呢？

不干农活儿的时候，父亲爱穿大襟长袍，无论春夏秋冬。

每到冬天农闲的季节，尤其是晴暖的日子，就会有五六位或八九位甚至十多位叔叔伯伯到我家来。我们家的院子里有四棵老枣树。他们有的靠枣树蹲着，有的靠墙蹲着，有的坐在小凳子上，中间留下一个位置给父亲。这时候，父亲就会穿着黑色的棉布大襟长袍，拿着一本发黄的线装本从堂屋走出来，给叔叔伯伯们很认真地读书。我家中堂摆放的八仙桌子下面，有一个很大的箱子，装得满满的全是线装书。我记得有"四书""五经"，有《西厢记》《牡丹亭》类的杂剧，有《小五义》《巧合奇冤》《施公案》之类的说唱本，等等。所谓"说唱本"，是我这样叫的，书里面有道白，有唱段，我猜想大概是说书艺人用的脚本。父亲给叔叔伯伯们读得很认真，叔叔伯伯们听得也很专注，他们一个个抽着旱烟，眯缝着眼睛。

类似的场景在其他季节有时也会出现，那就是连阴雨不能下地干活儿的日子，地点则从院子里挪到我家堂屋的中堂。

这些线装书我一本也没有读过，因为看不懂。之后经过1958年的"大跃进"，父亲到山区"大炼钢铁"去了，当时我上四年级，公社也要求我们在小学所在的平街村集体住宿，吃大食堂，夜里也要加班干农活儿（因为青壮年都到前线大炼钢铁了），称之为"夜战"。等到1959年父亲从山区回来，整整一大箱子线装书一本也没有了，听说是连同箱子一起在大炼钢铁的土高炉里烧掉了。父亲亲手抄写的那本手抄本也未能幸免于难。

还有两种场合父亲是必穿大襟长袍的：一个是作为红白喜事的"支客"的时候；一个是祭祖的时候。

记得有一次，村里一位老人去世了，他们家讲排场，丧事办得非常隆重，单是待男客的客棚就有打麦场那么大；两班响器对吹；纸扎的四合院、摇钱树、聚宝盆以及纸人、纸马、纸鹤摆了一片。灵棚搭在堂屋门口，条几上摆着死者的灵位，灵位前摆着供品，两边点着两支白色的大蜡烛，中间的香炉青烟缭绕，看热闹的人像看戏一样里三层外三层的。父亲穿着黑色的大襟长袍，站在灵棚的右边；左边站着同样穿着黑色大襟长袍的清臣叔（他在一次政治运动中受到上司牵连，从部队回了老家）。他们两个的角色叫作"支客"。

作为支客，父亲和清臣叔的责任，就是按照传统礼仪迎送接待前来吊孝的客人。接待一般吊丧的客人程序比较简单。客人来到灵棚前，支客和客人相对揖拜，吩咐上香点纸，然后两个支客亮开嗓门，同时喊出："客——到——！"这一声喊，像是一个信号，更像一声命令，既指挥了幕前吊孝的客人，又指挥了幕后的孝子贤孙们；灵堂前的客人开始跪拜行礼，伏地哭吊，同时灵堂后面围棺而坐的孝子贤孙开始呼天抢地，号啕大哭。等到客人哭吊完毕，再次相对揖拜后，两位支客再同声喊出："孝子谢——！"于是灵堂后面的孝子贤孙就收起了哭声。吊孝的客人一个接一个，一拨接一拨，程序如前，周而复始。

如果前来吊孝的客人要行大礼，支客接待的程序就麻烦一些。所谓大礼，是指"三拜九叩""二十四拜"等。最繁杂的大礼叫作

"一百单八拜"，前进步、后退步、左移步、右移步、直步、斜步，走到哪个步点跪拜一次，都是死定的，中间还穿插着与支客的相对揖拜、敬酒，一点也不能错。不过，这样繁杂的大礼太难学，会的人极少，所以也很难看到，我看过多次隆重的丧事，也仅见过一次。比较常见的大礼就是"三拜九叩"和"二十四拜"了。

在乡下，支客是由有文化、懂礼仪、有威望、有能力的人担当的。隆重的红白喜事，比如丧事，且不说应酬、经班、响器班，安排大厨忙工、放鞭炮、送社火、抬棺入土等等，单是入席时为几百位客人安排座位就是一件非常不易的事情，比如娘家人坐哪一桌，舅家人坐哪一桌，女婿坐哪一桌，姑表姨表坐哪一桌，表侄外甥坐哪一桌，等等，哪一路的亲戚坐哪一桌都是有讲究有规矩的，丝毫不能错，错了就会闹笑话，甚至会成为街谈巷议的笑料。在这种场面中，支客就是一个总设计师、总调度、总指挥，当然也就威风八面、无人不从。

因此，每当看到父亲在红白喜事的场面里作为支客出现，我的心里也会有几分得意。

在我的老家，在我的童年，祭祖大致有两种，一是家族的大祭，一是家祭。大祭是在正月十五即元宵节晚上，地点是家族老坟；家祭则是在大年初一凌晨，地点在自家中堂。大祭一般三年或五年一次，小祭则年年祭祀。

老家本来就有一种延续至今的风俗，就是元宵节晚上点灯盏、送灯盏。所谓灯盏，就是用杂面做成寸余高的圆柱形，上部捏成酒杯状，然后蒸熟，安上捻子，添上豆油；家境贫寒舍不得用面粉做的，就用萝卜段做（现在大都用蜡烛替代了）。正月十五天一落黑，家家户户都点亮了灯盏，各路神灵的神龛、大门口、二门口、所有房间的门口、中堂几案，一边一盏；粮食囤中、灶台上、水缸里甚至粪堆上，全都点亮。男人则用托盘托着灯盏，拿上鞭炮香表，到坟地给死去的亲人送灯盏，每一个坟头两盏灯、三炷香、一叠纸。此时的野外，放眼望去，灯火点点，若繁星落地。点过的灯盏是不兴捡回来的，要留给乌鸦喜鹊们享用，因为正月十六是它们的生日。

虽说大祭祖同样也是正月十五晚上，同样也是老坟，但是规模、场面、气势要宏大得多。族里的老上司（辈分最高且年龄最大的人）和族中几位有威望的长辈一旦议定要大祭祖，首先便选定主事（人）。主事当然大都是由我父亲担当。

作为主事，父亲破五就开始张罗，召集族人兑钱兑物，找几个能干的人组成一个班子，明确分工。比如刘一、刘二负责几案、烛台、香炉等祭器；刘三、刘四负责置办香表供品；刘五、刘六负责采购烟花、火鞭、炮仗并负责安排燃放；刘七、刘八负责置办灯盏并于祭祀前在每一个坟前点亮；等等。我们刘家祖先自明初从洪洞大槐树迁至此地，已历十多代六百余年，老坟地已有近百座坟茔，大祭祖必须办得排排场场。正月十五太阳一落山，族中的男丁便遵照主事分工，抬的抬，挑的挑，把所有祭器供品运送到老坟前的空地上。摆放好几案、烛台、香炉、供品，按辈分、长幼为序点亮每一个坟前的两盏灯，点亮蜡烛、燃烧纸钱，等等，主事都安排得一丝不苟且井然有序。随之，主事安排老上司率领各门子孙，以辈分分前后，以长幼分左右，列阵站立供桌之前。此时，作为主事的父亲也身兼司仪，与支客不同的是，身穿大襟长袍的父亲也按辈分长幼站在队列之中。待一挂鞭炮响过，父亲便亮开嗓门喊：老上司上香——，老上司移步上前，上三炷高香后退回原处。然后父亲依次喊出，揖拜——，跪——，一叩首——，二叩首——，三叩首——，起——，再拜——。于是族人们便追随着老上司整齐划一地躬身作揖，跪拜叩首，祈愿祖先保佑家族兴旺，福寿延年。

祭祀礼毕，就进入孩子们最喜欢的程序了，那就是燃放鞭炮烟花。每逢大祭祖，置办烟花爆竹都是批量的，选择最好的，比如有一种万头杂火鞭，就是在一挂一万响的鞭炮间夹杂着烟花，有胆大的青壮年把衣服打湿，把杂火鞭缠绕在身上，燃放时一边挥舞一边在人群里穿行。一时间旗花升空，鞭炮齐鸣，火树银花，真是"东风夜放花千树，更吹落、星如雨"，这时候我们孩子们就会欢呼雀跃地追随，全场一片欢腾。——这就是家族的大祭。

小时候，我读的第一本书是父亲的手抄本，我最先会写的几个字则是"离年下还有（×）天"。一过腊八，我就用粉笔在我家墙上写上这几个字，进入过年倒计时，然后每过一天括号里的数字就减去一。我们男孩子之所以喜欢过年，渴盼过年，除了穿好的，吃好的以及一系列有趣味的民俗，最要紧的一样就是放鞭炮，谁兜里装的炮仗多也是向小伙伴炫耀的资本。老家儿歌曰"腊八祭灶，年下来到，妞要花儿小要炮，老头老婆没啥要，要了几个麻核桃"。当然老头老婆要核桃也不是自己吃的，有带着孩子或者孩子自己到家里拜年的，老婆就会拿出一个核桃给孩子。老家穷，孩子们收不到压岁钱，平常也吃不到核桃，得到一个核桃心里也会欢喜几天。老家人还有句俗话叫"慌得跟拾炮的一样"，比喻人做事慌慌张张，急不可耐。这句俗话现在的孩子包括一些成年人已经很难理解了，而我们那个时代的孩子都是有切身体验的。每到大年初一，鸡叫头遍孩子们就起床了，掂着灯笼，三五结伴聚到街里，因为家家户户为了迎接五福临门，五更天就开始开开大门燃放鞭炮。听到谁家鞭炮一响，孩子们就一窝蜂向谁家狂奔，像百米冲刺一样，为的就是抢先进入那家捡拾没有爆响的"药捻炮"（哑炮），能拾到一个炮仗也会高兴几天。然而，老家过年还有一个习俗，大年三十下午，家家户户把院子打扫得干干净净，然后用一根长长的棍子横着放在大门口，不让财帛外流，叫作"挡财棍"，直到破五才撤除。那一次我就是把这件事忽记了，本来我跑在第一名，结果冲刺时拌在人家的挡财棍上，摔了个大马趴，灯笼也燃着了，膝盖也磕破了。——这就是"慌得跟拾炮的一样"最好的注解。

你想，我们男孩子如此喜爱鞭炮，大祭祖时一下子放那么多火鞭、烟花、炮仗，我们能不欢腾雀跃吗？我们甚至能兴奋好几天，好几天都会到老祖坟所在的沙土地里捡拾没有燃爆的烟花炮仗。

所谓家祭，是指有的家族分支，从老祖坟"拔营"，另立了祖坟。这样的人家除了参加家族大祭，也要在家中另行祭祀。比如我家，从我老爷起就另立了祖坟。每年大年初一，父亲五更即起，认真盥洗完毕，穿起崭新（或浆洗得干干净净）的大襟长袍，在中堂的几案上摆上老爷和爷爷的灵位，一边点燃一支红蜡烛，摆好供品，上三炷高香，然后退后三步，至真至诚地躬身作揖，跪拜叩首。——这就是家祭了。

小时候，一进入腊月，村里的年味儿就如风起青蘋之末，开始丝丝缕缕地弥漫了。年的气味儿首先从妇女儿童身上散发出来，然后在村子里蔓延，向集市蔓延。妇女开始给孩子做新衣服、新鞋、新帽子，有的用自家刚刚织出来的土布，有的则到集市上扯洋布；香表蜡烛、点心果子、年画门神等年货，也开始陆陆续续摆上商店的柜台以及路边的摊位。

祭灶一过，年味儿越发浓郁，乡亲们开始身上带着年味儿接连不断地来我家，我家也就格外热闹起来。有一人独来的，有两人结伴的，有三五成群的，然而没有一个人是空手而来的。他们手中拿的当然不是礼品，而是一色儿的大红纸。不说你们也知道，乡亲们都是来让我父亲写春联（老家也叫"门对儿"）的。要过年了，无论穷富，贴春联是绝对少不了的，"千门万户曈曈日，总把新桃换旧符"嘛。

如果天气晴暖，就把中堂的八仙桌抬到院子中央，院子里马上就欢声笑语，春光荡漾了。这也是我很快乐很得意的时候，跑来跑去，欢实得像一头小牛犊。父亲一个人忙不过来，我就帮父亲研墨、裁纸、叠纸。春联有五言联、七言联、九言联，这就需要叠出五字格、七字格或九字格。看似简单，一些叔叔伯伯却叠不成，而我从小就叠得驾轻就熟了。

这就必然要说到父亲的那本手抄本了。

父亲有一本厚厚的手抄本，横着线装的，白绵纸，红色的"册"字形竖格，又像老房子上比较简单的木窗棂，内容全是父亲亲手抄写的春联。父亲的毛笔字颇为清丽、洒脱。春联的内容非常丰富，有家庭用的传统春联，有各路神灵用的春联，有祠堂庙宇用的春联，有各行各业用的春联，有各种器具上用的春联，应有尽有。现在想来，应该叫作"春联大全"吧。比较常见的传统春联就不说了，举几副我自己觉得不大常见的吧。家用春联如"一夜之间连双岁，五更以内分二年""春前有雨花开早，秋后无霜叶落迟""水清鱼赏月，林静鸟谈心""柳影入池鱼上树，槐荫挡道马登枝""江湖河海波浪池，松柏梅桂杨柳枝"等等；如用于关帝庙的对联"三人三姓三结义，一君一臣一圣人"，用于观音庙的对联"出南海金童引路，驾祥云玉女随身"，用于土地庙的对联"享四时香火，保一方平安"；供奉井神的春联"水井甘甜恩似海，清泉长流泽万民"，供奉牛王爷马王爷神位的春联"牛如南山虎，马似北海龙"；如用于商铺的对联"柜台不欺三尺子，买卖义取四方财"，专用于药铺的对联"宁让柜上药生尘，但求世间人无疾"；如用于独轮车上的春联"一日行千里，两把架万斤"，等等；此外，也有一些关乎人生交际以及劝学励志的，比如"画虎画皮难画骨，知人知面不知心""与有肝胆人共事，从无字句处读书""心地如梧桐秋月，性情似杨柳春风""多读书书中有玉，勤种田田中有金""书山有路勤为径，学海无涯苦作舟"；还有一些可以作为春联用的唐宋诗词联句，比如"等闲识得东风面，万紫千红总是春""绿杨烟外晓寒轻，红杏枝头春意闹"等等。

此外，父亲给乡亲们写春联的同时，还写一些不是春联的"春联"，比如贴在大门外的"出门见喜""抬头见喜"；贴在箱子、柜子、粮食囤、面瓮、咸菜缸、斗、升等器物上的"道西"。尤其是道西，恐怕现在已经很少有人知道是什么意思了。其实当时我也不知道，只知道道西的形状和上边写些什么字。后来曾和一位喜爱民俗的作家朋友谈及此事，又上网查找，才知道民间过年贴道西源自北宋，已经有一千多年的历史了，所谓"腊月二十九，家家贴道西"。说是，道，乃万物之源；西，乃丰收富裕（也有说道乃行道之神的）。各地道西的制作形状不尽相同，意义却大致一样，都是祈愿吉祥富贵的。在我们老家，则是把红纸裁成正方形，大小视器物而定。因为贴道西时四个角要对准上下左右，所以字的上下左右也要对准四个角。道西上的字最常用的有倒写的"福"，"黄金万两（连体成一个字）""日进斗金（连体成一个字）""道西（连体成一个字）""福禄寿（连体成一个字）"等等。

用我童年时读的第一本书——父亲的手抄本作为讲课的切入点，然后牵引出手抄本中的一副对联——"与有肝胆人共事，从无字句处读书"，链接如何读无字句之书，效果应该说还算可以。尽管我口才不行，然而，其中既有知识，又有趣味，还有一定的故事，不能说引人入胜吧，起码一开始就吸引了同学们的注意力。通过和同学们互动，我真切感到，现在孩子的知识面和智力远远超过了我们少年时，比如有的他们从未见过的传统春联，我说了上联，稍加提示，有的同学竟然能对出下联，比如"春前有雨花开早，秋后无霜叶落迟"。有一副商铺联，亦可称趣味联，就是豆芽作坊用的对联，上联"长长长长长长长"；下联"长长长长长长长"；横批"长长长长"。我板书到黑板上，提示说，"长"字有两个读音，同学们可以读出来吗？他们先是小声试读了几个音节，我赞许地让他们大声读，于是全体同学齐声朗读："（上联）cháng zhǎng cháng zhǎng cháng cháng zhǎng；（下联）zhǎng cháng zhǎng cháng zhǎng zhǎng cháng；（横批）cháng zhǎng zhǎng cháng。"

　　我中年之后喜欢上了收藏，经常逛古玩市场。古玩市场也有卖旧书的，线装书少之又少且多是赝品，手抄本则更是难得一见了。这时我就会情不自禁地想起小时候家里那一箱子线装书和父亲的手抄本。小时候，我之所以特别喜欢父亲的手抄本，一是那些春联清丽优美，背会了可以向小伙伴们炫耀，二是手抄本中弥漫着醇厚香甜的"年味儿"，更主要的，那是父亲亲手抄写的，在父亲清秀洒脱的毛笔字的墨迹中，弥漫着父亲身体的味道。可惜，1958 年"大跃进"时，父亲的手抄本和那一箱子线装书一样全都遗失了。好在，因为小时候我特别喜欢那本手抄本，耳濡目染，直到今天我还能清楚地记得手抄本里的一些对联；然而，我能记起来的毕竟只是其中极少极少的一部分，而绝大部分的内容也许再也看不到了，也许也伴随着我父亲的灵魂一起驾鹤西去了。